HERMAN KOCH

VILLA AVEC PISCINE

Traduit du néerlandais
par Isabelle Rosselin

10/18

BELFOND

Du même auteur
aux Éditions 10/18

LE DÎNER, n° 4626

Titre original :
Zomerhuis Met Zwembad
publié par Ambo / Anthos Uitgevers B.V.,
Amsterdam

ISBN 978-2-264-06306-9

1

Je suis médecin généraliste. Je tiens mes consultations de huit heures trente à treize heures. Je prends mon temps. J'accorde vingt minutes à chaque patient. Ces vingt minutes sont mon enseigne. Quel médecin est encore prêt, de nos jours, à vous consacrer vingt minutes ? disent les gens – et ils le font savoir. Il n'accepte pas trop de patients, racontent-ils. Il fait attention à ménager assez de temps pour chacun d'eux. J'ai une liste d'attente. Quand un patient meurt ou déménage, un seul coup de fil suffit pour que j'en récupère cinq.

Les patients confondent le temps et l'attention. Ils pensent que je leur accorde plus d'attention que d'autres médecins. Mais je leur accorde tout simplement plus de temps. Ce que je dois savoir, il me faut une minute pour l'apprendre. Les dix-neuf autres minutes, je les remplis avec de l'attention. Ou l'illusion d'une attention, devrais-je dire. Je pose des questions simples. Comment va le fils/la fille ? Est-ce que vous avez retrouvé le sommeil ? Vous ne mangez pas trop/vous mangez suffisamment ? Je pose mon stéthoscope sur leur poitrine, puis sur leur dos. Prenez une profonde inspiration, leur dis-je. Soufflez doucement. Je n'écoute pas vraiment.

J'essaie du moins de ne pas vraiment écouter. À l'intérieur, tous les corps humains produisent les mêmes bruits. D'abord, on entend les battements de cœur bien sûr. Le cœur n'est au courant de rien. Le cœur pompe. Le cœur est la salle des machines. La salle des machines ne sert qu'à maintenir le navire en mouvement, pas à garder le cap. Puis il y a les bruits provenant des intestins. Des organes. Un foie chargé ne fait pas le même bruit qu'un foie sain. Un foie chargé gémit. Il gémit et implore. Il implore une journée de congé. Une journée pour éliminer le plus gros des impuretés. Pour l'instant, il est toujours en retard. Le foie chargé est comme la cuisine d'un restaurant qui ne ferme jamais. La vaisselle s'amoncelle. Les lave-vaisselle tournent à plein régime. Mais les piles d'assiettes sales et les casseroles encrassées ne font que croître, en hauteur et en largeur. Le foie chargé attend impatiemment ce jour de congé qui ne vient jamais. Tous les après-midi, à quatre heures et demie, cinq heures (parfois même plus tôt), cet espoir d'obtenir un jour de congé est réduit à néant. Quand le foie a de la chance, cela commence seulement par une bière. Avec une bière, il peut rejeter une bonne partie du travail sur les reins. Mais il y en a toujours qui ne peuvent pas se satisfaire d'une bière. Ils prennent autre chose à côté : un genièvre, une vodka, un whisky. Et ils boivent le verre d'une traite. Le foie chargé se cramponne jusqu'à ce qu'il finisse par se déchirer. D'abord il durcit, comme un pneu trop gonflé. Alors il suffit d'une petite irrégularité sur la chaussée pour qu'il éclate.

J'écoute à l'aide de mon stéthoscope. J'appuie le doigt là où je sens un durcissement sous la peau. Est-ce que cela vous fait mal ici ? Si j'appuie plus fort, le foie risque de se déchirer ici, dans mon cabinet de consultation. Je n'en ai aucune envie. De toute cette saloperie. D'un jet de sang qui jaillit vers le plafond. Aucun médecin ne souhaite un décès dans son cabinet de consultation. Chez eux, les patients peuvent faire ce qu'ils veulent. Dans leur maison, en pleine nuit, dans leur propre lit. Quand le foie se déchire, ils n'ont généralement même pas le temps d'atteindre le téléphone. En tout cas, l'ambulance arrive trop tard.

À vingt minutes d'intervalle, mes patients se rendent à ma consultation. Mon cabinet est au rez-de-chaussée. Ils viennent en béquilles et en chaise roulante. Certains sont trop lourds, d'autres manquent de souffle. Ils ne sont en tout cas plus capables de monter des marches. Un escalier, ce serait une mort certaine. D'autres ne font que se l'imaginer : il leur suffit de poser le pied sur la première marche pour se convaincre que leur dernière heure a sonné. Ces patients forment de loin la majorité de ma clientèle. La plupart n'ont rien. Ils geignent tant qu'ils peuvent, ils émettent des sons comme si la mort les regardait droit dans les yeux à chaque instant de la journée, ils s'effondrent dans le fauteuil en face de mon bureau en poussant un soupir – mais ils n'ont pas le moindre problème. J'écoute leur complainte. J'ai mal ici, et là, parfois cela me lance jusqu'en bas… Je prends un air intéressé. Tout en griffonnant sur un papier. Je les invite à se lever, à me suivre dans la salle de soin. Il arrive que je demande à quelqu'un de se déshabiller derrière le paravent, mais le plus souvent j'évite. Déjà quand ils sont habillés, je trouve tous ces corps humains assez épouvantables. Je n'ai pas besoin de les regarder, ces parties du corps qui ne voient jamais le soleil. Ces plis de la peau à l'intérieur desquels il fait toujours trop chaud et où les bactéries ont le champ libre, ces champignons et ces inflammations entre les orteils, sous les ongles, ces doigts qui grattent, ces doigts qui frottent jusqu'à ce que ça saigne… Regardez docteur, c'est là que cela me démange le plus… Non, je ne veux pas voir. Je fais mine de regarder mais, pendant ce temps, je pense à autre chose. À des montagnes russes dans un parc d'attractions. Sur le premier wagon est fixée la tête d'un dragon vert, les gens lèvent les bras, ils s'époumonent. Du coin de l'œil, j'aperçois des touffes de poils pubiens humides, des plaques pelées, rouges, enflammées, sur lesquelles aucun poil ne repoussera jamais, et je pense à un avion explosant en plein vol, les passagers encore attachés à leur siège qui amorcent une culbute de plusieurs kilomètres dans l'infini : il fait froid, l'oxygène manque, en contrebas l'océan attend. Quand j'urine, ça me brûle, docteur. Comme si j'urinais des aiguilles… On fait sauter un train juste avant son arrivée en gare, la navette spatiale Columbia explose en millions de petits morceaux, le deuxième avion s'enfonce dans la South Tower. Ça me brûle ici, docteur. Ici…

Vous pouvez vous rhabiller, leur dis-je. J'ai vu ce que j'avais à voir. Je vais vous rédiger une ordonnance. Certains patients ont du mal à dissimuler leur déception : une ordonnance ? Pendant quelques secondes encore, ils restent immobiles, sans comprendre, le caleçon ou le slip aux genoux. Ils ont demandé leur matinée au travail, ils en veulent pour leur argent, même si cet argent, c'est la communauté des gens en bonne santé qui le verse. Ils veulent au moins que le médecin les palpe, qu'il enfile des gants en caoutchouc et prenne entre ses doigts experts quelque chose : une partie de leur corps. Qu'il enfonce un doigt quelque part. Ils veulent être *examinés*, ils ne se contentent pas de son expérience accumulée au fil des années, de son regard clinique qui enregistre, d'un seul coup d'œil, ce qui ne va pas. Parce qu'il a déjà vu cent mille fois le même spectacle. Parce que son expérience lui dit que, cette cent millième fois, il n'a pas besoin de se précipiter sur ses gants en caoutchouc.

Parfois c'est inévitable. Parfois il faut aller à l'intérieur. La plupart du temps, avec un ou deux doigts, plus rarement avec la main entière. J'enfile mes gants en caoutchouc. Si vous pouviez juste vous allonger sur le côté… Pour le patient, c'est le moment critique. Il est enfin pris au sérieux, un examen interne va avoir lieu, mais son regard n'est plus posé sur mon visage. À présent il regarde uniquement mes mains. Mes mains qui enfilent les gants en caoutchouc. Il se demande comment il a pu en arriver là. Si c'est vraiment ce qu'il veut. Avant d'enfiler les gants en caoutchouc, je me suis lavé les mains. Comme le lavabo est en face de la table de soin, je tourne le dos au patient. Je prends mon temps. J'ai retroussé mes manches. Je sais que les yeux du patient sont rivés sur moi. Je fais couler l'eau du robinet sur mes poignets. Je commence par me laver soigneusement les mains puis je remonte le long de mes avant-bras : jusqu'aux coudes. Le ruissellement de l'eau m'empêche de l'entendre, mais je sais que la respiration du patient s'accélère quand j'arrive aux coudes. Elle s'accélère, ou même s'interrompt totalement pendant quelques secondes. Un examen interne va avoir lieu. Consciemment ou non, le patient a lui-même insisté pour qu'il ait lieu. Cette fois, il refuse qu'on l'expédie avec une petite ordonnance. Mais maintenant, le doute l'envahit. Pourquoi faut-il que le médecin se lave et se désinfecte les mains et les avant-bras *jusqu'aux coudes* ? Quelque chose dans le corps du patient se contracte. Alors qu'il devrait au contraire se détendre le plus possible. La détente est la clé d'un examen interne en douceur.

Je me retourne et me sèche les mains, les avant-bras, *les coudes*. Toujours sans regarder le patient, je sors d'un tiroir une paire de gants dans un sachet en plastique. Je déchire le sachet pour l'ouvrir, pose un pied sur la pédale de la poubelle et jette l'emballage. À ce moment-là seulement, pendant que j'enfile les gants, j'observe le patient pour la première fois. Son regard est, comment dire, *différent* de celui qu'il avait avant que je ne lui tourne le dos pour me laver les mains. Vous pouvez vous allonger, dis-je sans lui laisser le temps d'émettre des réserves à l'idée de l'examen interne. Votre visage tourné vers le mur. Un corps nu est moins humiliant qu'un corps avec un slip et un pantalon baissés jusqu'aux chevilles. Moins désemparé. Deux jambes dont les extrémités sont encore pourvues de chaussettes et de chaussures, mais qui sont enchaînées l'une à l'autre par un slip et un pantalon. Comme un prisonnier attaché à d'autres par une chaîne. Quelqu'un qui a son pantalon aux chevilles ne peut pas s'enfuir. On peut soumettre la personne à un examen interne, tout comme on peut lui envoyer un coup de poing en pleine figure. Ou vider le chargeur de son pistolet en tirant au plafond. Cela fait trop longtemps, bordel, que j'écoute tous ces bobards ! Je vais compter jusqu'à trois… Un… Deux… Essayez de vous détendre, dis-je encore. Tournez-vous tranquillement sur le côté. J'enfonce bien mes doigts dans mes gants en caoutchouc que je lisse et remonte jusqu'à la hauteur des poignets. Le bruit du caoutchouc qui s'étire me rappelle toujours les ballons de fêtes. Des ballons d'anniversaire, qu'on gonfle pendant la nuit pour faire une surprise à celui qui va avoir un an de plus. Vous allez sans doute ressentir une impression désagréable, dis-je. Surtout, continuez de respirer calmement. Le patient n'est que trop conscient de ma présence juste derrière son corps en partie dénudé, mais il ne peut plus me voir. Je profite de ce moment pour prendre un peu le temps d'étudier plus attentivement ce corps, du moins ce qui est nu.

Je suis jusqu'à présent parti du principe que le patient est un homme. Dans l'exemple que j'ai choisi, un homme est allongé sur la table de soin avec son pantalon et son slip baissés. Pour les femmes, c'est une autre histoire. J'y reviendrai plus tard. L'homme en question tourne à demi la tête vers moi mais, comme je l'ai déjà expliqué, il ne peut plus vraiment me voir. Posez la tête tranquillement, dis-je. Surtout détendez-vous. Pendant ce temps-là, à son insu, je dirige mon regard vers le bas de son dos nu. J'ai déjà annoncé qu'il allait sans doute éprouver une sensation désagréable de courte durée. Entre cette précision et la sensation désagréable, il n'y a rien. C'est le moment creux. Le moment le plus creux de l'examen. Les secondes passent, inaudibles, comme si le son d'un métronome avait été coupé. Un métronome posé sur un piano dans un film muet. Aucun contact physique n'a encore eu lieu. Sur le bas du dos dénudé, j'observe les marques du slip. Des stries rouges laissées par l'élastique sur la peau. Parfois j'aperçois des boutons ou des taches de vin. La peau elle-même est à cet endroit souvent trop pâle, c'est une de ces zones qui voient rarement le soleil. Il y a presque toujours des poils qui, plus bas, se densifient. Je suis gaucher. Je pose la main droite sur l'épaule du patient. À travers le gant, je sens le corps se raidir. Tout le corps se tend et se contracte. Il aimerait se détendre, mais l'instinct est le plus fort, il se prépare, se braque contre l'attaque imminente de l'extérieur.

Puis ma main gauche est là où elle doit se trouver. La bouche du patient s'ouvre, les lèvres s'écartent, un soupir s'échappe entre ses dents quand mon majeur pénètre à l'intérieur. Un son entre un soupir et un gémissement. Doucement, dis-je. C'est bientôt terminé. J'essaie de ne penser à rien, mais c'est toujours difficile. Alors je pense au soir où j'ai perdu la clé de mon vélo dans la boue d'un terrain de foot. La flaque de boue faisait moins d'un mètre carré et j'étais certain que la clé était dedans. Et je lui demande : c'est sensible ici ? Mon index vient s'ajouter à mon majeur, ensemble nous trouvons la petite clé du vélo. Un peu… Où ? Ici… ? Ou bien là ? Il pleuvait sur le terrain de football, l'éclairage dispensé par quelques lampadaires encore allumés était insuffisant pour y voir clair. Souvent le problème vient de la prostate. Un cancer ou seulement une grosseur. Au premier examen, on ne peut pas encore en dire grand-chose. J'aurais pu rentrer à la maison à pied et revenir le lendemain pour poursuivre mes recherches à la lumière du jour. Mais tant qu'à faire, puisque j'avais déjà les doigts dedans, de la boue loin en dessous des ongles, autant continuer. Aïe ! Là docteur !

Putain ! Excusez-moi… Ouh, putain ! Puis il y a eu ce moment unique, mes doigts qui détectent un élément dur dans le magma humide. Attention, c'est peut-être un éclat de verre… Je le tiens tout de même à la lumière, la faible lumière, mais je sais en fait déjà. Elle brille, elle étincelle, je n'aurai pas à rentrer à pied. Sans regarder mes mains, je retire les gants et je les jette dans la poubelle à pédale. Venez vous asseoir. Vous pouvez vous rhabiller. Il est encore trop tôt pour tirer des conclusions, dis-je.

Cela va faire déjà un an et demi que Ralph Meier s'est retrouvé dans ma salle d'attente. Je ne l'ai pas reconnu tout de suite, bien sûr. Est-ce qu'il pouvait juste, entre deux… Ce n'était qu'une petite bricole, a-t-il dit. Une fois dans mon cabinet de consultation, il est allé droit au but. Était-ce vrai ce qu'untel et untel lui avaient raconté, que j'étais plutôt coulant pour prescrire du… Et là il a lancé un regard apeuré autour de lui, comme s'il craignait qu'on nous entende. « Untel et untel » faisaient partie de ma clientèle régulière. En fin de compte, ils se refilaient le tuyau et c'est ce qui avait amené Ralph Meier chez moi. Cela dépend un peu, avais-je dit. Il faut tout de même que je vous pose un certain nombre de questions sur votre état de santé général, pour que nous n'ayons pas de surprises plus tard. Et ensuite ? a-t-il insisté. Si tout va bien, vous seriez prêt à… J'ai acquiescé. Oui, ai-je dit. Cela peut s'arranger.

Nous sommes à présent un an et demi plus tard et Ralph Meier est mort. Demain matin, je dois me présenter devant le conseil de l'ordre des médecins. Pas pour le service que je lui ai rendu à l'époque, mais pour une autre affaire survenue au moins six mois plus tard : ce que l'on pourrait appeler une

« erreur médicale ». Pour ce qui est du conseil de l'ordre, je ne me fais pas trop de souci : dans la profession médicale, nous nous connaissons tous, souvent nous avons même étudié ensemble. Ici, ce n'est pas comme aux États-Unis, où un avocat peut ruiner un médecin pour une erreur de diagnostic. Ici, il faut vraiment y aller fort. Et même. Un avertissement, une interdiction de pratiquer pendant quelques mois, cela ne va pas plus loin.

Il y a un seul point auquel je dois vraiment faire attention : veiller à ce que les membres du conseil continuent de considérer l'affaire comme une erreur médicale. Je dois rester concentré. Je dois même continuer à y croire à cent pour cent, à l'erreur médicale.

L'enterrement a eu lieu il y a quelques jours. Dans un beau cimetière bucolique bordant un coude du fleuve, avec de grands arbres séculaires. Le vent soufflait à travers les branches, les feuilles bruissaient, les oiseaux gazouillaient. J'étais resté le plus possible en arrière, cela me paraissait plus raisonnable, mais rien n'aurait pu me préparer à ce qui s'est passé.

« Comment oses-tu venir ici ? »

Un court instant de silence total. Le vent semblait être soudain tombé, les oiseaux aussi s'étaient tu brutalement.

« Salopard ! Comment oses-tu ? Comment *oses-tu* ? »

Judith Meier avait la voix d'une chanteuse chevronnée, une voix sans doute capable d'atteindre les auditeurs aux derniers rangs d'une salle de concert. Toutes les têtes s'étaient tournées vers moi. J'étais près du hayon ouvert du corbillard, d'où les fossoyeurs venaient d'extirper le cercueil contenant le corps de son mari pour le porter sur leurs épaules.

Elle s'est précipitée vers moi, se frayant un chemin à travers les centaines de visiteurs qui s'écartaient pour lui libérer le passage. Ses hauts talons dans le gravier de l'allée ont produit pendant trente secondes le seul bruit audible dans le silence le plus parfait.

Elle s'est immobilisée juste devant moi. Je m'attendais à ce qu'elle me gifle. Ou tambourine avec ses poings sur le revers de ma veste. Bref, à ce qu'elle fasse une scène, elle avait toujours été douée pour ça.

Mais ce n'est pas ce qu'elle a fait.

Elle m'a regardé. Le blanc de ses yeux était injecté de sang.

« Salaud », a-t-elle dit encore une fois, plus bas maintenant.

Puis elle m'a craché au visage.

2

Les fonctions d'un médecin généraliste sont simples à décrire. Il n'a pas à guérir les gens, il n'a qu'à s'assurer qu'ils ne se rendent pas en masse chez les spécialistes et dans les hôpitaux. Son cabinet est un avant-poste. Plus le médecin généraliste retient de patients dans son avant-poste, mieux il exerce son métier. C'est un simple exercice d'arithmétique. Si nous, médecins généralistes, adressions tous ceux qui présentent la moindre démangeaison, plaque ou toux, à un spécialiste ou à l'hôpital, le système s'effondrerait totalement. Totalement. Le calcul a déjà été effectué. Il en est ressorti que l'effondrement suivrait un rythme accéléré. Si chaque médecin généraliste orientait un tiers de ses patients vers un spécialiste pour un examen plus approfondi, le système se fissurerait déjà au bout de deux jours. Et il imploserait au bout d'une semaine. Les médecins généralistes sont aux avant-postes. Un simple rhume, disent-ils. On va laisser la maladie suivre son cours pendant une semaine, et si cela ne passe pas, n'hésitez pas à revenir. Trois jours plus tard, le patient s'est étouffé dans ses propres glaires. Cela arrive, dites-vous. Une rare combinaison de facteurs, concernant tout au plus un patient sur dix mille.

Les patients font mauvais usage de leur supériorité numérique. L'un après l'autre, ils attendent que je les fasse entrer dans mon cabinet. Je passe vingt minutes à convaincre chacun qu'il n'a rien. Je consulte de huit heures trente à treize heures. Cela fait trois patients par heure, douze ou treize patients par jour. Pour le système, je suis le médecin idéal. Les médecins qui pensent pouvoir consacrer deux fois moins de temps à leurs patients arrivent à vingt-quatre patients par plage de consultations. Avec vingt-quatre, le risque que quelques-uns s'écroulent est plus grand qu'avec douze. C'est aussi une question de ressenti. Un patient qui ne reçoit que dix minutes d'attention aura plus facilement tendance à se sentir expédié qu'un patient à qui l'on raconte la même histoire pendant vingt minutes. Ce dernier a l'impression que ses troubles sont pris au sérieux. Il aura moins vite l'idée de demander un examen plus approfondi.

Bien sûr, des erreurs se produisent. Sans erreurs, le système ne pourrait pas fonctionner. Dans un système comme celui-ci, il faut justement que des erreurs surviennent. Même un mauvais diagnostic peut en définitive conduire au résultat souhaité. Mais souvent, le mauvais diagnostic n'est même pas nécessaire. L'arme principale dont nous disposons, nous médecins généralistes, c'est la liste d'attente. La plupart du temps, il suffit d'évoquer son existence. Pour cet examen, la liste d'attente est de six à huit mois, dis-je. Cette intervention pourrait permettre une légère amélioration de votre état, mais il y a une liste d'attente… La moitié des patients décrochent à la seule mention de cette liste. Je le vois à leur visage : le soulagement. Ce ne sera pas partie remise, se disent-ils. Personne ne souhaite qu'on lui enfonce à travers le larynx une sonde de l'épaisseur d'un tuyau d'arrosage. C'est un examen désagréable, dis-je. Vous pourriez aussi décider de voir si cela disparaît avec un peu de repos et des médicaments. Et nous ferons le point dans six mois.

Comment se fait-il qu'il puisse exister des listes d'attente dans un pays aussi riche que le nôtre, peut-on se demander. J'ai en tête l'image de la poche de gaz. De nos réserves de gaz. Il m'est arrivé de l'évoquer à l'occasion d'une réunion informelle entre confrères. Combien de mètres cubes faudrait-il en vendre pour parvenir à résorber, en une semaine, la liste d'attente pour les opérations de la hanche ? ai-je demandé à une occasion. Comment expliquer, bon Dieu, que dans un pays civilisé comme le nôtre, des personnes meurent avant d'avoir pu arriver en tête de la liste d'attente ? On ne peut pas faire ce genre de calculs, ont rétorqué mes confrères. On ne peut pas comparer les réserves de gaz au nombre d'opérations de la hanche reportées.

La poche de gaz est gigantesque : selon le scénario le plus pessimiste, les réserves seront suffisantes pour les soixante années à venir. Soixante ans ! C'est plus que les réserves de pétrole du golfe Persique. Nous sommes un pays riche. Nous sommes aussi riches que l'Arabie saoudite, le Koweït, le Qatar – pourtant, des gens continuent de mourir chez nous parce qu'ils doivent attendre trop longtemps un nouveau rein, des nourrissons passent de vie à trépas parce que l'ambulance censée les amener en catastrophe à l'hôpital reste coincée dans les embouteillages, des mères risquent la mort parce que nous, médecins généralistes, les avons convaincues qu'un accouchement à domicile était sans danger. Alors qu'en réalité, nous devrions dire que c'est tout simplement *meilleur marché* – le constat vaut dans ce cas-là aussi : si toutes les mères revendiquaient le droit d'accoucher à l'hôpital, le système s'écroulerait au bout d'une semaine. Désormais les risques de décès des nouveau-nés, de dommages cérébraux dus à l'impossibilité de leur administrer de l'oxygène lors d'un accouchement à domicile sont pris en compte dans les calculs. Très rarement, on tombe sur un article dans la presse médicale, des extraits de l'article sont parfois repris dans le journal, mais ils suffisent à nous apprendre qu'aux Pays-Bas, la mortalité néonatale est la plus élevée de toute l'Europe et du reste du monde occidental. Aucune conclusion n'a encore été tirée de ces chiffres.

Face à cette situation, le médecin généraliste est, de fait, impuissant. Il peut rassurer. Il peut en tout état de cause se débrouiller pour qu'un patient ne fasse pas appel aux services d'un spécialiste. Il peut convaincre une femme qu'elle ne court aucun risque en accouchant chez elle, que c'est beaucoup « plus naturel ». Certes, plus naturel au sens où mourir est aussi naturel. Nous pouvons prescrire une pommade, ou un somnifère, brûler un grain de beauté à l'acide, dégager des ongles de pied incarnés. Nous charger de petites corvées souvent peu ragoûtantes. Nous nettoyons la cuisine avec notre tampon à récurer, éliminant les restes collés entre les feux de la cuisinière.

Parfois je n'arrive pas à dormir la nuit. Je pense alors à la poche de gaz. Tantôt elle ressemble plutôt à une bulle, comme celles que l'on forme avec du savon, elle est juste sous la croûte terrestre, il suffit d'y percer un trou pour qu'elle se vide – ou qu'elle éclate. Tantôt le gaz s'étend sur une bien plus grande surface. Il se répand parmi les particules de terre libres. Imperceptiblement, les molécules de gaz se mélangent à la terre. Inodores. On tient à proximité une flamme et elles explosent. La flamme se transforme en jet qui en l'espace de quelques secondes se propage sur des centaines de kilomètres carrés. Sous la terre. La couche superficielle du sol se décolle, les ponts et les bâtiments n'ont plus d'appui, les hommes et les animaux plus assez de terre ferme sous les pieds, des villes entières sont englouties dans la couche inférieure en feu. Allongé dans l'obscurité, je garde les yeux ouverts. Parfois, l'anéantissement de notre pays prend la forme d'un reportage. Un reportage sur National Geographic, avec des graphiques et des animations informatiques, le genre de reportages qu'ils savent si bien faire : sur des ruptures de barrage et des tsunamis, des avalanches et des torrents de boue qui ensevelissent des villages et des villes, tout le versant d'un mont volcanique qui se détache d'une île, puis coule dans la mer et provoque un raz-de-marée atteignant huit heures plus tard, à des milliers de kilomètres de là, une hauteur de mille deux cents mètres. *The Disappearance of a Country*, demain soir à 21 h 30 sur cette chaîne. Notre pays. Notre pays englouti par ses propres réserves de gaz.

Parfois, quand je reste éveillé la nuit, je pense à Ralph Meier. Jouant l'empereur Auguste dans la série télévisée du même nom, par exemple. Ce rôle lui va comme un gant, ses amis comme ses ennemis s'entendent sur ce point. Tout d'abord parce qu'il a la stature nécessaire, bien sûr. Une corpulence à laquelle on ne parvient qu'au fil des ans, à force de ripailles dans des restaurants dotés d'au moins une étoile Michelin. De barbecues trop copieux dans son jardin : saucisses d'Allemagne, jambons de Bulgarie, agneaux entiers de Texel rôtis à la broche. Je me souviens de ces barbecues comme si c'était hier : sa gigantesque silhouette derrière les flammes et la fumée. Il retournait lui-même les hamburgers, les steaks et les cuisses de poulet. Le visage rougi, pas rasé, la fourchette du barbecue dans une main, une canette d'un demi-litre de Jupiler dans l'autre. Sa voix qui comme toujours portait loin au-dessus de la pelouse. Une voix comme une corne de brume. Une voix qui sert de repère aux pétroliers et aux navires-conteneurs à l'approche de bras de mer lointains et de ports inconnus. Le dernier barbecue ne remonte d'ailleurs pas à si longtemps, environ cinq mois, je crois. Il était déjà malade à ce moment-là. C'était encore lui qui retournait la viande, mais il avait pris une chaise de jardin en plastique, il était obligé de s'asseoir. Le spectacle d'une maladie – une maladie comme la sienne – qui attaque le corps humain est toujours fascinant. La lente démolition d'un corps. C'est une guerre. Les cellules malades se retournent contre les cellules saines. Elles commencent par attaquer le corps latéralement, par les flancs. L'attaque est restreinte, facile à repérer, une petite provocation, censée uniquement détourner l'attention du gros des troupes. On croit avoir remporté une victoire, on a tout compte fait repoussé cette première escarmouche. Mais le gros des troupes se tient encore caché, plus profond dans le corps, dans un lieu obscur où les rayons X, les échographies et les scanners à résonnance magnétique ne peuvent les trouver. Le gros des troupes est patient. Il attend d'avoir rassemblé toutes ses forces. Pour s'assurer la victoire.

Hier, le troisième épisode a été diffusé. L'empereur consolide son pouvoir. Il change son nom, Octavien, pour s'appeler Auguste et met le sénat hors jeu. Suivent dix épisodes. Il n'a jamais été question d'annuler ou de reporter la diffusion de la série *Auguste* après le décès de l'acteur principal. Ralph Meier est bien dans son rôle. Seul acteur néerlandais aux côtés d'Italiens, d'Américains et d'Anglais, il attire pourtant toute l'attention sur lui.

Je pense cependant avoir été le seul, hier soir, à regarder la série sous un autre angle que la plupart des autres téléspectateurs. Avec d'autres yeux, devrais-je dire. Les yeux d'un médecin.

« Est-ce que je peux raisonnablement partir ? m'avait demandé Ralph Meier à l'époque. Le tournage dure deux mois. Si je dois arrêter à la moitié, ce sera une catastrophe pour tout le monde.

— Bien sûr, avais-je répondu. Ne te fais pas de souci. La plupart du temps, ce n'est rien. Nous allons attendre tranquillement le résultat. Ensuite, nous aurons le temps de réagir. »

J'ai regardé l'empereur Auguste s'adressant au sénat. On avait employé les grands moyens pour cette coproduction américano-italienne. Des milliers de soldats romains, des légions entières qui exultent sur les collines autour de Rome, des dizaines de milliers d'épées, de boucliers et de lances que l'on brandit, des flottes de centaines de navires devant le port d'Alexandrie, des courses de chars, des combats de gladiateurs, des lions rugissant et des chrétiens déchiquetés. Ralph Meier était atteint de la forme la plus virulente de la maladie. Il fallait intervenir tout de suite, avant qu'il ne soit trop tard. Intervenir énergiquement : une première frappe, un bombardement tous azimuts anéantissant d'un seul coup les cellules malades. J'ai regardé son visage, son corps. À l'intérieur de ce corps, selon toute probabilité, le gros des troupes était passé à l'attaque.

« *Senators !* disait-il. *From this day I am your emperor. Emperor... Augustus.* »

Sa voix portait, comme toujours – même à l'époque. S'il était déjà mal en point, il n'en laissait rien paraître. Ralph Meier était un bon professionnel. S'il le fallait, il faisait tout oublier quand il jouait. Même une maladie mortelle.

3

Au fil des ans, les personnes normales ont disparu de ma consultation l'une après l'autre. Celles qui avaient un travail de neuf heures à dix-sept heures, je veux dire. J'ai encore dans ma clientèle un avocat et le propriétaire d'un club de fitness, mais pour le reste, mes patients exercent en grande majorité ce que l'on appelle des métiers créatifs. Je ne tiens pas compte des veuves. J'en ai un certain nombre. On peut sans crainte parler d'un excédent. Des veuves d'écrivains, d'acteurs, de peintres… Les femmes sont plus résistantes que les hommes, elles sont d'une autre trempe, plus tenaces. On survit plus longtemps, quand on vit dans l'ombre. Une vie entière à faire des cafés et à aller acheter du vin chez un grossiste pour les génies dans leurs ateliers. Du saumon frais de Norvège pour les écrivains dans leurs bureaux où il faut toujours se déplacer sur la pointe des pieds. Cela peut paraître pénible, mais tout compte fait l'effort est minime. Les veuves deviennent âgées. Très âgées. Souvent elles s'épanouissent le temps d'un instant à la mort de leur mari. Je les ai vues ici à ma consultation. Elles ont du chagrin, elles se tamponnent les yeux avec leur mouchoir, mais elles sont aussi soulagées. Le soulagement est une émotion difficile à dissimuler.

J'observe avec les yeux d'un médecin. J'ai appris à regarder à travers les larmes. Une longue maladie n'est pas une partie de plaisir. Une cirrhose est une affaire longue et douloureuse. Souvent, le patient s'y prend trop tard, à peine a-t-il agrippé le seau à côté de son lit que le sang jaillit déjà. Changer trois fois par jour la literie, des draps et des couvertures alourdis par le vomi et les excréments, c'est un effort physique plus intense que de préparer le café ou de veiller à ce qu'il y ait toujours du genièvre à la maison. Combien de temps cela va-t-il encore durer ? s'interroge la future veuve. Vais-je pouvoir tenir bon jusqu'à l'enterrement ?

Puis arrive enfin le jour. Il fait beau, un ciel bleu parsemé de nuages blancs, les oiseaux chantent dans les branches, les fleurs à peine écloses embaument. Pour la première fois de sa vie, la veuve est au centre de l'attention. Elle porte des lunettes de soleil pour que personne ne puisse voir ses larmes – c'est du moins ce que tout le monde se dit. En réalité, les verres foncés sont là pour dissimuler son soulagement. Le cercueil est porté vers la tombe par les meilleurs amis. Il y a des discours. Et à boire. En quantité. Pas de café insipide à l'enterrement d'un artiste, mais du vin blanc, de la vodka et du genièvre vieux. Pas de tranches de cake ou de biscuits fourrés aux amandes pour accompagner le thé, mais des huîtres, du maquereau fumé et des boulettes de viande. Ensuite, toute la compagnie va au café du coin. « Allez, à la prochaine, mon gars, où que tu sois ! Salaud ! Vieux cochon ! » On trinque, on renverse de la vodka. La veuve a retiré ses lunettes de soleil. Elle rit. Elle rayonne. Les draps couverts de vomi sont encore dans le panier à linge sale mais demain ils iront vraiment pour la dernière fois dans la machine à laver. Elle pense que sa vie de veuve sera toujours comme ça à partir de maintenant. Que les amis continueront de trinquer encore pendant des mois (et même des années !). À sa santé. Au nouvel objet de leur attention. Elle ne sait pas encore que ce sera terminé après quelques visites de politesse. Que le silence qui suivra est le même qui survient toujours après une vie passée dans l'ombre.

Voilà ce qui se passe la plupart du temps. Il y a cependant des exceptions. La colère enlaidit les veuves. Ce matin, il y a eu soudain un grand tumulte à la porte de mon cabinet. Il était encore tôt, je venais de demander à mon premier patient d'entrer. « Docteur ! » a soudain appelé la voix de mon assistante. « Docteur ! » Un bruit a retenti, comme celui d'une chaise qu'on renverse violemment, puis j'ai entendu une autre voix. « Où es-tu, salaud ? hurlait la voix. Montre-la, ta sale gueule, si tu l'oses ! »

J'ai souri à mon patient. « Si vous voulez bien m'excuser un petit instant », ai-je dit, et je me suis levé. Dans le couloir qui va de la porte d'entrée de mon cabinet jusqu'à la pièce où je consulte, on passe d'abord devant une table à laquelle est assise mon assistante, puis devant la salle d'attente. En vérité, il s'agit plutôt d'un espace d'attente, sans porte pour l'isoler du couloir.

J'ai jeté un rapide coup d'œil de côté. Il était, comme je l'ai dit, encore tôt. Pourtant, trois patients étaient déjà assis à feuilleter de vieux *Marie Claire* et *National Geographic*. Enfin, à ce moment-là, ils avaient déjà arrêté de les feuilleter. Leurs magazines posés sur leurs genoux, ils regardaient Judith Meier. Judith n'avait pas embelli après la mort de son mari, c'était le moins qu'on puisse dire. La peau de son visage avait rougi, mais pas uniformément, si bien que l'ensemble paraissait tacheté. Derrière Judith, mon assistante me faisait signe qu'elle n'avait rien pu faire. Plus loin derrière, près de la porte d'entrée, une chaise gisait sur le côté.

« Judith ! ai-je dit en écartant les bras comme si j'étais content de la voir. Que puis-je faire pour toi ? »

Pendant une ou deux secondes, elle a paru décontenancée par mon accueil – mais cela n'a effectivement pas duré plus d'une ou deux secondes.

« Assassin ! » a-t-elle crié.

J'ai jeté un rapide coup d'œil vers mes patients dans l'espace d'attente, trois visages familiers. Un cinéaste souffrant d'hémorroïdes, le propriétaire d'une galerie d'art en proie à des troubles de l'érection et une actrice plus toute jeune qui attendait son premier enfant – mais pas de l'acteur blond, bien charpenté, arborant son éternelle barbe de quelques jours, qu'elle avait épousé sept mois plus tôt dans un château en Toscane, le tout aux frais d'une émission *people* sur la chaîne commerciale qui avait en échange obtenu les droits de diffusion de toute la cérémonie et de la fête qui avait suivi. J'ai haussé les épaules et cligné de l'œil à leur intention. Une urgence, c'était ce que je voulais leur signifier par ce haussement d'épaules et ce clin d'œil. Un cas typique d'hystérie aiguë. La boisson ou la drogue – ou les deux. Pour être certain qu'ils le remarquent, j'ai fait un autre clin d'œil.

« Judith, ai-je dit le plus calmement possible. Viens, je vais voir ce que je peux faire pour toi. »

Avant qu'elle ait pu répondre, j'ai tourné les talons et marché à grands pas vers mon cabinet. Une fois arrivé là, j'ai posé les mains sur les épaules de mon patient. « Est-ce que je peux vous demander de retourner juste un instant dans la salle d'attente ? Mon assistante va pendant ce temps préparer votre ordonnance. »

4

J'ai regardé le visage de Judith Meier de l'autre côté de mon bureau. Les taches étaient encore là. Il était désormais difficile de dire si elle avait un visage blanc avec des taches rouges ou un visage rouge avec des taches blanches.

« Tu es fini », a-t-elle dit pour la deuxième fois. Et elle a ajouté : « Tu vas devoir fermer ta boutique de clown. » En prononçant ces derniers mots, elle a rejeté brusquement la tête en arrière, vers la porte de mon cabinet derrière laquelle se trouvait l'espace d'attente de mes patients.

J'avais les coudes appuyés sur mon bureau. J'ai joint les extrémités de mes doigts et me suis penché un peu plus en avant. « Judith », ai-je dit – mais pendant un instant je n'ai plus su comment poursuivre. « Judith, est-ce qu'il n'est pas trop tôt pour tirer des conclusions aussi extrêmes ? J'ai peut-être fait un mauvais diagnostic au début concernant Ralph. Je l'ai reconnu. La question sera aussi soulevée demain devant le conseil de l'ordre. Mais je n'ai jamais sciemment…

— Nous verrons bien comment réagira le conseil de l'ordre quand je leur raconterai ma version de l'histoire. »

Je l'ai regardée fixement. J'ai essayé de sourire, mais je ressentais dans ma bouche la même sensation que lorsque je m'étais cassé la mâchoire en tombant de vélo. Un trou dans la chaussée. Des travaux souterrains. Une clôture avait été installée autour du trou pour avertir les cyclistes approchant, mais des plaisantins l'avaient retirée. Aux urgences, on avait suturé ensemble ma mâchoire supérieure et ma mâchoire inférieure, je n'ai pas eu le droit de parler pendant six semaines et je ne pouvais manger qu'à l'aide d'une paille.

« Tu vas t'y rendre personnellement ? ai-je demandé le plus calmement possible. Ce n'est pas dans les habitudes…

— Non, c'est d'ailleurs ce qu'ils m'ont dit. Mais ils ont trouvé l'affaire suffisamment grave pour faire une exception. »

À présent, je souriais. J'ai du moins réussi à plisser les lèvres pour faire croire à un sourire. Mais j'avais l'impression de m'être tu pendant des jours et de rouvrir à nouveau la bouche pour la première fois.

« Je vais juste voir mon assistante, ai-je dit, et je me suis levé. J'en profiterai pour récupérer tous les résultats et les dossiers. »

Judith s'apprêtait à partir, elle aussi. « Ne te donne pas cette peine. J'en ai terminé ici. Je te verrai demain devant le conseil de l'ordre.

— Une seconde. Je reviens tout de suite. J'ai quelque chose qui va t'intéresser. Quelque chose dont tu n'es pas au courant, là encore. »

Elle avait déjà commencé à se lever de son fauteuil. Elle m'a regardé. J'ai essayé de respirer normalement. Elle s'est rassise.

« Une seconde », s'il te plaît.

Sans accorder, cette fois, un seul regard aux patients qui m'attendaient, je me suis approché de la table de mon assistante. Elle tenait le téléphone plaqué contre son oreille.

« Est-ce que c'est seulement la pommade, ou aussi la crème ? » disait-elle dans le combiné.

« Liesbeth, vous pouvez juste... »

« Excusez-moi un instant », a-t-elle dit et elle a posé la main sur le microphone.

« Vous pouvez renvoyer tous les patients chez eux ? ai-je demandé. Et décommander les suivants ? Inventez quelque chose, ce que vous voulez. Après vous pourrez partir, vous aussi. Prenez le reste de la journée. Il faut juste qu'avec Judith... Il vaut mieux que je la voie plus longtemps...

— Vous avez entendu comment elle vous a appelé ? Vous ne pouvez tout de même pas...

— J'ai parfaitement entendu, Liesbeth, l'ai-je interrompue. Judith est très perturbée. Elle ne sait pas ce qu'elle dit. Peut-être ai-je sous-estimé la maladie de Ralph. C'est déjà assez grave. Je vais d'abord... Je vais passer un peu de temps avec elle, sortir, juste aller prendre un café à une terrasse. Elle a besoin d'un peu plus d'attention. Cela se comprend. Mais je ne veux pas que les patients me voient partir avec elle. Alors si vous pouviez les renvoyer le plus vite possible chez eux... »

Quand je suis revenu dans mon cabinet, Judith Meier était encore assise dans le fauteuil en face de mon bureau.

Elle a tourné la tête vers moi. Elle a regardé mes mains vides puis m'a lancé un regard interrogateur.

« Je crois que le dossier doit être encore ici », ai-je dit.

5

La clientèle d'un médecin généraliste comme moi présente certains inconvénients. Par exemple, on vous invite partout. On trouve que vous êtes un peu de la partie – en insistant sur « un peu ». Vernissages, présentations de livres, premières de films ou de pièces de théâtre, pas un jour ne passe sans qu'une invitation soit glissée dans votre boîte à lettres. Impossible de ne pas y répondre. Pour un livre, vous pouvez toujours mentir en prétextant que vous n'en êtes qu'à la moitié, que vous préférez ne pas donner votre avis avant de l'avoir lu en entier. Mais les premières de pièces de théâtre sont ce qu'elles sont. À la fin, bien obligé d'y aller de votre commentaire. C'est ce que l'on attend de vous, que vous y alliez de votre commentaire. Il ne faut surtout jamais dire ce que vous en avez pensé. *Jamais*. Vous devez sagement le garder pour vous. Pendant un certain temps, j'ai essayé de m'en tirer par des banalités. Des banalités comme « Il y avait vraiment de bons passages », ou « Et vous-même, qu'en avez-vous pensé ? ». Mais les banalités ne suffisent pas. Il faut dire que vous avez trouvé la pièce fantastique, que vous êtes reconnaissant d'avoir pu assister à cette première historique. Les premières de films ont souvent lieu le lundi soir.

Là non plus, vous ne pouvez pas partir tout de suite. Il faut qu'ils aient vu votre tête. Vous ne voulez pas rentrer trop tard, vous êtes le seul en dehors de leur circuit à vous être fait prendre au piège : le seul qui le lendemain matin doit se rendre à son travail à une heure normale. Vous vous retrouvez en face de l'acteur principal ou du metteur en scène et vous dites que vous avez trouvé le film fantastique. « Émouvant » est aussi une bonne option, en deuxième position. Pour parler de la fin du film. Vous avez une coupe de champagne à la main et vous regardez l'acteur principal ou le metteur en scène droit dans les yeux. Vous avez déjà oublié la fin, ou plutôt : vous avez réussi à ne plus y penser. Vous prenez un visage grave. « J'ai trouvé la fin émouvante », dites-vous. Puis vous pouvez rentrer chez vous.

Je ne sais jamais ce que je trouve le pire : le film en soi, la représentation théâtrale à proprement parler, ou l'acte de présence à la fin. Par expérience, je sais qu'on peut penser à autre chose plus facilement pendant un film que pendant une pièce de théâtre. Au théâtre, on est plus conscient de sa propre présence. De sa propre présence et du temps qui s'écoule. De sa montre. J'ai acheté une montre avec des aiguilles lumineuses spécialement pour les premières au théâtre. Pendant une représentation théâtrale, il se passe quelque chose avec le temps. Mais je n'ai pas encore bien réussi à savoir quoi. Il s'arrête, le temps. Non : il se fige. On regarde les acteurs et les actrices, leurs gestes, on écoute les phrases qui sortent de leur bouche et c'est comme si on remuait une cuillère dans une substance qui s'épaissit rapidement. À un moment donné, la cuillère s'immobilise. Elle reste plantée toute droite dans la substance. On ne peut plus remuer. Je regarde pour la première fois ma montre. Le plus discrètement possible bien sûr. Personne ne veut être surpris à regarder sa montre pendant une représentation. Prudemment, je relève la manche de ma veste. Je me gratte le poignet comme si j'avais une démangeaison. Puis je jette un rapide coup d'œil aux aiguilles lumineuses. L'heure affichée est chaque fois la preuve flagrante que le temps réel et celui de la pièce sont deux grandeurs différentes. Ou plutôt : des temps qui s'écoulent dans deux dimensions différentes, parallèles. Vous pensez (vous espérez, vous priez) qu'une demi-heure est déjà passée, mais les aiguilles de votre montre vous indiquent que cela fait à peine douze minutes que les lumières de la salle se sont estompées. Vous ne pouvez pas gémir ou soupirer pendant une représentation. Un gémissement, un soupir, attirerait inutilement l'attention. Quand on gémit ou soupire, on déconcentre les acteurs. Et pourtant comment ne pas gémir ou soupirer ! On en arrive à la principale différence par rapport à un film : impossible de partir. Au cinéma, on peut s'éclipser discrètement dans l'obscurité. Même pendant la première. Il a sûrement un besoin pressant d'aller aux toilettes, se disent les gens, puis ils vous oublient. On ne s'aperçoit pas que vous ne revenez plus. Un départ est possible. Envisageable. Cela m'est arrivé à plusieurs occasions lors de la première d'un film. Au début, j'allais vraiment aux toilettes, je passais la dernière heure du film assis sur la lunette, la tête dans les mains, gémissant, geignant, fulminant. Mais en même temps heureux. Heureux et soulagé. Tout valait mieux que le film lui-même. Progressivement, je suis passé maître dans l'art de disparaître sans me faire remarquer. Je me dirigeais avec désinvolture, mains dans les poches, vers la sortie. Quand je croisais quelqu'un en chemin, je lui disais : je vais juste prendre un peu l'air. L'instant d'après, j'étais dehors. La rue, les tramways, les scooters, les gens. Des gens aux visages normaux, aux voix normales. Des voix qui échangeaient des propos normaux. « On s'en prend un autre ou tu préfères rentrer ? » Au lieu de : « Nous devons veiller, nom de Dieu, à ce que l'héritage de père ne tombe pas entre de mauvaises mains, Martha. » Combien de phrases de ce genre une personne peut-elle supporter en l'espace d'une demi-heure ? « La fille qui est la mienne ne se promène pas accoutrée comme une prostituée ! Sinon, elle ne sera plus ma fille ! »

Dans un film, il y a aussi la musique. Dont le volume augmente chaque année. On peut donc gémir et soupirer sans que personne ne le remarque. Mais c'est comme pour la douleur. La respiration s'accélère, s'amplifie. Un chien qui souffre halète, langue pendante. De l'oxygène. Il faut que le plus d'oxygène possible s'achemine vers la zone endolorie. L'oxygène reste le meilleur moyen de lutter contre la douleur. Je suis dans la rue. Je vois les gens. Je respire l'air du dehors. Lors d'une représentation théâtrale, tout cela est impossible. Pas d'échappatoire prévue dans le contrat. Il faut sortir un instant juste avant que la représentation ne commence. Il le faut, même si ce n'est pas sans danger. Une fois dans la rue, toutes sortes de pensées séduisantes vous assaillent. Parmi elles, la plus tentante est de ne pas se rendre dans la salle. Rentrer à la maison, retirer ses chaussures, poser les pieds sur le canapé, regarder à la télé la rediffusion d'un film de série B qu'on a déjà vu cinq fois. Tout vaut mieux que la représentation.

Cela vient aussi de ma profession. Dans mon métier, pouvoir se détendre vraiment est une nécessité vitale. Je vois et j'entends des choses toute la journée. Des choses que je dois me sortir de la tête le soir. Les mycoses. Les verrues en sang. Des replis de la peau à l'intérieur desquels la température a trop monté. Une femme de cent cinquante kilos que l'on doit examiner à un endroit où l'on espérait ne jamais avoir à revenir. Or pendant une représentation, se détendre est inconcevable. À peine la salle s'obscurcit-elle que ces choses saisissent leur chance. Il fait noir, se disent-elles. Fonçons sur lui ! À présent, seule la scène est éclairée. Et les aiguilles de ma montre. Un temps interminable commence. La grande coagulation. Je me réjouis les jours de semaine où rien n'est prévu le soir. Un repas. Une petite bière ou un verre de vin. Les actualités télévisées. Un film de série B ou un match de football. C'est un jour de semaine qui commence bien. Un jour de semaine avec une perspective. Un horizon même, devrais-je dire. Un paysage vallonné qui descend en pente douce, de plus en plus loin, avec au fond la mer qui scintille. Mais une journée qui se termine par une représentation théâtrale est comme une chambre d'hôtel donnant sur un mur aveugle. Ce jour-là ne respire pas. On manque d'air mais la fenêtre est coincée, elle ne s'ouvre pas. La plainte commence à huit heures et demie du matin, au moment où j'y pense pour la première fois. En temps normal, j'écoute à peine mes patients, mais quand une journée de la semaine se conclut par une représentation, je n'écoute plus rien. J'envisage des dizaines de moyens de me dérober. Je suis souffrant. La grippe. Une intoxication alimentaire. Un membre de ma famille s'est jeté sous un train. Je pense à la scène de *Misery* où Kathy Bates brise à coups de masse la cheville de James Caan. Je serais capable de me faire du mal. Pendant la bataille de Stalingrad, des soldats des deux camps se sont tiré dans la main ou le pied pour échapper au front. Quand ils se faisaient prendre, ils étaient fusillés. Mon patient radote à propos d'une vague douleur qu'il ressent dans le bas du dos, mais je ne parviens à penser qu'à des blessures par balle. Au Mexique, les escadrons de la mort des cartels de la drogue entaillent le noyau de leurs balles pour qu'elles tournent plus lentement. Une balle à rotation lente produit plus de dégâts à l'intérieur du corps. Ou ne ressort pas. Je pense à des mesures radicales. Pas à un travail à moitié fait. Avec un petit doigt cassé, on peut tout de même assister, le bras en écharpe, à la première d'une pièce de théâtre. Trente-neuf de fièvre passe pour un prétexte mesquin. Non, j'ai d'autres idées. Un couteau à huîtres qui glisse et traverse la paume de la main. Elle ne commence à saigner que lorsqu'on retire le couteau.

Les pièces de théâtre conçues « sur la base d'improvisations » sont les pires. On y marmonne beaucoup. Des fragments de textes et de dialogues « inspirés de la réalité ». Les acteurs et les actrices portent des costumes qu'ils ont confectionnés eux-mêmes. Les représentations sur la base d'improvisations durent généralement moins longtemps que celles qui s'appuient sur un texte écrit, mais c'est comme pour la perception de la température ambiante : on peut avoir l'impression qu'il fait beaucoup plus froid ou plus chaud que la température affichée sur le thermomètre. On détaille les costumes faits maison. Le temps apparent semble indiquer qu'une demi-heure s'est écoulée, mais les aiguilles de votre montre ne mentent pas. Vous collez votre montre à votre oreille. Peut-être s'est-elle arrêtée. Mais la montre fonctionne avec une batterie au lithium qui peut durer un an et demi. Le temps s'étire en silence. Vous devez compter jusqu'à soixante avant de regarder encore une fois.

Avec un couteau à huîtres, il y a toujours un risque de septicémie. Le commun des mortels fait bien de se rendre directement aux urgences. Mais moi j'ai tout à la maison. Tétanos. Fièvre jaune. Hépatite A. J'ai ici des flacons dont une seule goutte suffit à vous plonger dans l'inconscience pendant une journée entière. Deux gouttes et on ne revient jamais à soi. Aux chiens et aux chats, on injecte le produit, mais les êtres humains peuvent de leurs propres mains boire la ciguë. C'est un tout petit verre de rien du tout. Un minuscule verre à liqueur. De l'eau et des aromates à quatre-vingt-dix pour cent. On peut faire ses adieux dignement à sa famille et à ses proches. On peut faire une dernière plaisanterie. Je l'ai constaté suffisamment souvent. La plupart des mourants ne manquent pas cette toute dernière occasion de faire une petite plaisanterie. Même si, de toute leur vie, vous ne les avez jamais surpris à faire la moindre blague. La plupart d'entre eux y ont, de toute évidence, longuement réfléchi. Comme s'ils souhaitaient laisser ce souvenir d'eux. Ces derniers mots. Ces derniers mots *légers*. La proximité de la mort exige une certaine légèreté, pensent-ils. Mais la mort n'exige rien du tout. La mort vient vous chercher. La mort veut que vous la suiviez, de préférence sans opposer trop de résistance. « Vous prendrez bien un petit verre, vous aussi », disent-ils et ils avalent le leur d'un trait. Une minute plus tard ils ferment les yeux, une minute encore et ils sont morts. On voit rarement surgir des larmes à l'occasion du dernier verre. Je n'ai jamais entendu quelqu'un dire à sa femme : « Tu es celle que j'ai aimée par-dessus tout. Tu vas me manquer. Et moi je vais te manquer aussi probablement. » Jamais. De la légèreté. Une boutade. C'est comme aux enterrements. Là aussi il s'agit avant tout de passer un bon moment. On doit y rire et y boire et y jurer. Sinon c'est bourgeois. Un enterrement bourgeois est le pire cauchemar d'un artiste. « C'est exactement ce que Henk aurait voulu », disent-ils avant de fracasser leurs bouteilles de whisky sur le cercueil. « Il faut que ce soit un moment de joie. Pas une vallée de larmes, bon sang ! » Je crois que la tendance est apparue il y a une quinzaine d'années : l'enterrement cocasse. Des cercueils roses, des cercueils en bois blanc, des cercueils décorés de peintures de dragons et de dents de requin, des cercueils de chez Ikea, des cercueils en plastique ou enveloppés dans des sacs poubelle. Je trouve toujours que le pire, c'est pour les enfants. Quand il y en a, la situation est déjà épouvantable pour eux, mais quand un artiste meurt, ses enfants sont eux aussi obligés de faire en sorte que tout cela reste drôle. De tapisser le cercueil de papa d'autocollants ou de petits poèmes. D'y glisser sa tasse de café favorite portant l'inscription FUCK YOU ! Pour tout à l'heure. Pour là-bas. À la fin de son long voyage. Pour qu'il puisse encore boire son café dans sa tasse favorite avec FUCK YOU ! écrit dessus. Les enfants n'ont surtout pas le droit de pleurer. On leur maquille le visage et on leur donne des ballons et des trompettes et des chapeaux de fête. Parce que c'est ce que papa aurait souhaité par-dessus tout : que ses enfants s'amusent à son enterrement. Qu'ils jouent à cache-cache entre les pierres tombales. Qu'il y ait après de la limonade et un gâteau et un grand saladier rempli de caramels, de Snickers et de Mars.

Ils veulent tous être enterrés dans le même cimetière. Le cimetière dans le coude du fleuve. Il y a une liste d'attente. Les gens normaux qui travaillent de neuf heures à dix-sept heures ne peuvent même pas s'inscrire sur cette liste. Comme le cimetière borde le fleuve, au moins quatre fois par an, c'est par bateau que le corps du défunt est transporté. Dans ce cas, il y a plus de chances qu'une photo soit publiée dans le journal du lendemain. Le bateau part du centre de la ville et passe sous les ponts, cela donne de belles photos. Il est aussi toujours décoré comme pour une fête : des fleurs et des couronnes, des hommes et des femmes arborant des vêtements recouverts de peinture et des chapeaux pointus. Les femmes avec des ailes de papillons dans le dos, les hommes avec des moustaches teintes en vert ou en rouge. Sur le pont avant, quatre musiciens de la Compagnie des joyeux trompettistes vêtus de costumes de clowns jouent une musique amusante. Tout le monde est déjà ivre sur le bateau et le navire d'escorte. Les gens ordinaires observent depuis la rive la procession des bateaux sur l'eau, mais les proches parents, éméchés, ne les jugent pas dignes d'un regard.

Je dois reconnaître à Ralph Meier, ou peut-être plutôt à Judith, le mérite d'avoir organisé un enterrement dans une certaine mesure normal. Pas de bateau, mais un simple corbillard. Il y avait bien un millier de personnes présentes. Les équipes de plusieurs chaînes de télévision. Quand la voiture transportant le cercueil a tourné pour remonter l'allée de gravier, il ne m'a fallu reculer que de quelques pas pour éviter que la famille proche ne m'aperçoive. Judith portait de grandes lunettes de soleil et un foulard noir à pois blancs. C'est sans doute à cause de ce foulard qu'elle m'a fait penser ce jour-là, plus qu'à d'autres occasions, à Jacqueline Kennedy, même si je ne crois pas que Jacqueline Kennedy aurait, devant une foule immense, craché au visage d'une personne dont elle aurait jugé la présence indésirable à un enterrement.

Je n'ai pas quitté le cimetière aussitôt après l'incident. J'ai d'abord rebroussé chemin jusqu'à la grille, puis j'ai marché un peu plus loin, le long de la rive. Un canot à rames filait sur l'eau, un homme s'est approché à vélo, il a dépassé l'embarcation en criant dans un mégaphone des instructions aux rameurs. Deux cygnes, avec dans leur sillage des oisillons bercés par les flots, contribuaient eux aussi à donner l'impression que « la vie continue », comme on dit. Après être resté planté là quelques minutes, j'ai tourné les talons et je suis retourné dans le cimetière.

La salle ne pouvant accueillir un millier de personnes, les discours avaient lieu en plein air. Le maire a pris la parole, ainsi que le ministre de la Culture. Des collègues acteurs et des metteurs en scène ont évoqué des souvenirs et des anecdotes savoureuses. De temps en temps, des rires fusaient. J'étais tout à l'arrière, à moitié dissimulé dans les buissons, à quelques mètres de l'allée de gravier. Un comique a prononcé un discours dans lequel il jouait le rôle principal. En fait de discours, on aurait plutôt dit qu'il testait son prochain spectacle. On entendait certes quelques rires, mais un peu gênés, comme si l'assistance était plus peinée qu'amusée par ce qui se disait. J'ai pensé aux derniers instants de Ralph Meier, à l'hôpital, à peine une semaine plus tôt. Au petit verre à liqueur contenant le cocktail fatal posé sur une table roulante à côté de son lit. Sur la table il y avait aussi des restes de yaourt aux fruits dans une coupelle, la cuillère encore dedans, le journal du matin et une biographie de William Shakespeare dont il avait lu des passages ces dernières semaines. Un marque-page y était glissé, il n'avait même pas dépassé la moitié. Il avait demandé à Judith et à ses deux fils de quitter la chambre un instant.

Après leur départ, il m'a fait signe de m'approcher.

« Marc », a-t-il dit ; il m'a pris la main, l'a tirée sur la couverture et a posé son autre main par-dessus.

« Je veux te dire que je regrette », m'a-t-il confié.

J'ai observé son visage. Quoiqu'un peu maigre, il avait plutôt l'air en bonne santé, ce visage. On ne pouvait attribuer sa maigreur à la maladie que si on l'avait connu encore rond et rebondi quelques mois auparavant. Son regard était vif.

Chaque fois je m'en étonnais. J'avais pu constater à plusieurs reprises que les gens choisissent une certaine date pour mourir et que ce jour-là, soudain, ils s'épanouissent. Ils parlent et rient plus qu'à leur habitude, comme s'ils espéraient que quelqu'un les retienne. Que quelqu'un leur dise qu'il est ridicule de mettre, comme ça, un point final.

« Je n'avais pas… je n'ai jamais eu…, a dit Ralph Meier. Je suis désolé. Voilà ce que je voulais te dire. »

Je n'ai pas répondu. Avec les médicaments adaptés et quelques traitements particulièrement désagréables, il aurait pu prolonger sa vie d'un mois peut-être. Mais il avait opté pour le petit verre à liqueur. Un adieu dans la dignité. Avec le petit verre à liqueur, on n'imposait pas à ses proches parents des souvenirs difficiles à effacer.

Mais cela reste étrange. Cette mort dont on décide soi-même. Le jour où on le décide. On jette l'éponge. Pourquoi pas demain ? Pourquoi pas dans une semaine ? Pourquoi pas hier ?

« Comment va… comment va-t-elle maintenant ? » a-t-il demandé. Je l'ai vu hésiter, je l'ai vu se retenir à temps de dire son nom. Je ne sais pas ce que j'aurais fait si Ralph Meier avait prononcé son nom à haute voix.

J'ai haussé les épaules. J'ai pensé aux vacances plus d'un an auparavant. Dans la maison de location.

« Marc », a-t-il dit. J'ai senti la pression de sa main sur la mienne. Il a essayé de la serrer plus fort, mais je remarquais à présent le peu de force qui lui restait. « Peux-tu lui dire… de ma part… peux-tu lui dire ce que je viens de te dire ? »

J'ai détourné le regard ; sans difficulté, j'ai retiré ma main de sous les siennes – les mêmes mains qui autrefois avaient eu la force de faire faire à d'autres personnes des choses qu'elles n'avaient pas envie de faire. Contre leur gré.

« Non », ai-je dit.

6

Cela s'est produit une demi-heure plus tard. J'étais dans le couloir, ses deux fils qui avaient faim s'étaient rendus à la cafétéria. Judith Meier revenait des toilettes où elle s'était mis du rouge à lèvres et refait les yeux.

« Je suis heureuse que tu aies été là », a-t-elle dit.

J'ai acquiescé. « Il est parti joliment », ai-je dit. Ce sont les choses que l'on dit à des moments pareils. Malgré soi. C'est comme dire d'une représentation théâtrale qu'on l'a trouvée fantastique. Ou de la fin d'un film qu'elle était émouvante.

Un homme s'est approché de nous, un homme en blouse blanche. Il s'est arrêté juste devant nous et a tendu la main à Judith. « Madame Meier ?

— Oui ? » Elle lui a serré la main.

« Maasland. Docteur Maasland. Vous avez un petit moment ? »

Il portait un dossier brun sous le bras. En haut à droite était collée une étiquette sur laquelle on avait noté au feutre « Monsieur R. Meier » au-dessus du nom de l'hôpital imprimé en petits caractères.

« Et vous êtes ? a demandé Maasland. De la famille ?

— Je suis le médecin de famille, ai-je dit en lui tendant la main. Marc Schlosser. »

Maasland a ignoré ma main tendue.

« Docteur Schlosser, a-t-il dit. C'est… Cela tombe bien à vrai dire. Il y a un certain nombre de choses… » Il a ouvert le dossier, a commencé à le feuilleter. « Où est-ce que c'était ? Ici. »

Quelque chose dans l'attitude de Maasland m'a mis sur mes gardes. Comme tous les spécialistes, il ne se donnait pas la peine de dissimuler son profond mépris pour les médecins généralistes. Que ce soit un chirurgien ou un gynécologue, un gastroentérologue ou un psychiatre, ils vous lancent tous le même regard. Vous n'aviez plus envie de poursuivre vos études à l'époque ? dit ce regard. Vous étiez trop paresseux pour y consacrer quatre années de plus ? Le gros œuvre vous faisait peur, peut-être ? Nous incisons les gens, nous nous frayons un chemin jusqu'aux organes, jusque dans la circulation sanguine, le cerveau, le centre de commande du corps humain, nous connaissons ce corps comme un mécanicien connaît le moteur d'une voiture. Un médecin généraliste ne peut qu'ouvrir le capot – puis, rempli d'étonnement et d'admiration, secouer la tête face à une telle merveille technique.

« Hier, avec M. Meier, nous avons refait tout l'historique de la maladie, a-t-il dit. C'est une procédure habituelle en cas d'euthanasie. Vous n'êtes pas la personne qui a fini par nous adresser M. Meier, c'est bien cela, docteur Schlosser ? »

J'ai fait mine de réfléchir. « Oui, c'est juste », ai-je dit.

Maasland a fait glisser son doigt sur une feuille dans le dossier. « Je vous le demande parce qu'ici il est précisé… oui, ici. » Le doigt s'est arrêté. « Hier, M. Meier nous a déclaré qu'il était venu vous consulter en octobre dernier.

— C'est possible. C'est tout à fait possible. Il ne venait me consulter que rarement. Quand il avait un doute. Ou pour un deuxième avis. J'étais… je suis un ami de la famille.

— Et pourquoi est-il venu vous voir en octobre, docteur Schlosser ?

— Je n'ai pas ça en tête. Il faudrait que je vérifie. »

Maasland a lancé un rapide coup d'œil de côté, en direction de Judith, puis ses yeux se sont à nouveau fixés sur moi. « D'après M. Meier, vous lui avez dit en octobre l'an dernier qu'il n'avait aucun souci à se faire. Alors qu'à l'époque déjà, les premiers symptômes de sa maladie étaient apparus.

— Je ne peux pas vous répondre spontanément. Il se peut qu'à l'époque, il m'ait déjà posé des questions. Peut-être qu'il sentait déjà certaines choses et qu'il voulait seulement être rassuré.

— Est-ce qu'en octobre, pendant la consultation en question, vous avez prélevé un peu de tissu sur M. Meier, docteur Schlosser ? Et est-ce que vous nous avez ensuite envoyé ce tissu pour analyse ?

— Si c'était le cas, je suis sûr que je m'en souviendrais.

— C'est aussi mon avis. D'autant qu'un prélèvement de tissu n'est pas sans risque. Dans le pire des cas, cela peut même accélérer la progression de la maladie. J'ose espérer que vous en êtes conscient, docteur Schlosser ? »

Le capot du moteur. J'avais le droit d'ouvrir le capot, mais pas de toucher les fils et les tuyaux.

« Ce qu'il y a de curieux dans cette histoire, c'est que monsieur Meier s'en souvenait parfaitement, a poursuivi Maasland. D'après lui, vous avez envoyé le tissu pour une culture. Et il devait vous appeler plus tard pour le résultat. »

Ralph Meier était mort. Son corps, sans doute extrêmement refroidi à présent, était étendu à quelques mètres de nous, derrière la porte verte sur laquelle était fixé un écriteau portant l'inscription SILENCE. Nous ne pouvions pas entrer pour lui demander s'il avait pu se tromper en communiquant ces renseignements.

« Je n'arrive pas à m'en souvenir pour l'instant, ai-je dit. Je suis désolé.

— Quoi qu'il en soit, ce tissu n'est jamais arrivé ici. »

Vous voyez bien, avais-je presque envie de dire. Vous voyez bien que, la veille de sa mort, Ralph Meier commençait vraiment à tout mélanger. À cause des médicaments. À cause de son état de faiblesse. Mais je ne l'ai pas dit.

C'est là que Judith Meier a pris la parole.

« Octobre », a-t-elle dit.

Maasland et moi, nous l'avons regardée, mais Judith ne regardait que moi pour l'instant.

« Ralph était inquiet. Il devait tourner un film pendant presque deux mois en Italie. Il était censé partir quelques jours plus tard. Il m'a dit que tu pensais que ce n'était rien, mais que par sécurité tu avais envoyé quelque chose à l'hôpital. Pour le rassurer.

— Nous n'avons rien reçu ici, a dit Maasland.

— C'est effectivement très curieux, ai-je dit. Je n'aurais vraiment pas oublié une chose pareille, je crois.

— C'est en fait pour cette raison que je suis venu vous voir, madame Meier, a dit Maasland. Nous estimons que le problème est trop grave pour ne pas en tenir compte. Nous voulons examiner cette affaire plus à fond. Je voulais vous demander l'autorisation de réaliser une autopsie.

— Oh non ! a dit Judith. Une autopsie ? C'est vraiment nécessaire ?

— Cela nous donnera à tous, bientôt à vous aussi, madame Meier, plus de certitude sur ce qui s'est précisément passé. Une autopsie permet de voir beaucoup de choses. Nous pouvons savoir par exemple si un prélèvement de tissu a effectivement été réalisé, et quand. Les méthodes se sont vraiment perfectionnées ces dernières années. Si du tissu a été prélevé, nous pouvons déterminer avec la plus grande précision quand cela s'est produit la première fois, en octobre ou plus tard, et presque au jour près. »

7

À peine trois semaines après la brusque apparition, il y a un an et demi, de Ralph Meier dans mon cabinet de consultation, une invitation pour la première de *Richard II* est arrivée dans ma boîte à lettres. En ouvrant l'enveloppe, j'ai ressenti les mêmes symptômes physiques qu'à chaque invitation. La bouche sèche, un ralentissement de mon rythme cardiaque, les extrémités des doigts moites, une pression derrière les yeux et le sentiment de vivre un cauchemar. Dans ce cauchemar, j'arrive en voiture dans une zone résidentielle d'un nouveau quartier, je tourne à gauche, je tourne à droite, sans pouvoir retrouver mon chemin, je vais devoir continuer à tourner en rond jusqu'à la fin des temps.

« Ralph Meier ? a dit Caroline. Ah bon ? Je ne savais pas que c'était un de tes patients. »

Caroline, c'est ma femme. Elle ne m'accompagne jamais quand je vais assister à une première. Pas plus qu'elle ne vient aux présentations de livres, aux inaugurations de galeries et aux rétrospectives dans le cadre de festivals cinématographiques. Elle s'y sent encore plus oppressée que moi. J'insiste rarement. Parfois je la supplie à genoux de venir avec moi. Elle sait alors que je ne plaisante pas et se joint à moi sans protester. Mais je n'en abuse pas. Je garde les supplications à genoux pour les cas d'urgence.

« *Richard II*, a-t-elle dit en dépliant l'invitation. Shakespeare… Oh, pourquoi pas ? Je vais venir. »

Nous petit-déjeunions dans la cuisine. Nos deux filles étaient déjà parties à l'école. Lisa, la cadette, à l'école primaire au coin de la rue, Julia à vélo au collège. Dans dix minutes, mon premier patient arriverait.

« Shakespeare. Ça va durer au moins trois heures, ai-je dit.

— Oui, mais avec Ralph Meier. Je ne l'ai encore jamais vu en vrai. »

Il y avait une expression rêveuse dans le regard de ma femme tandis qu'elle prononçait le nom de l'acteur.

« Pourquoi me regardes-tu comme ça ? a demandé Caroline. Je peux te le dire franchement. Pour une femme, ce Ralph Meier est agréable à regarder, c'est tout. Alors trois heures, ce ne sera pas trop long. »

Nous sommes donc allés deux semaines plus tard à la première de *Richard II* au théâtre municipal. Ce n'était pas la première fois que j'allais voir jouer une pièce de Shakespeare. J'en avais déjà vu une dizaine. *La Mégère apprivoisée*, où tous les rôles masculins étaient joués par des femmes, *Le Marchand de Venise*, avec les acteurs en couches-culottes et les actrices habillées de sacs poubelle et coiffées de cabas de supermarché, *Hamlet* avec des mongoliens, des éoliennes et une oie (morte) dont on tranchait la tête sur scène, *Le Roi Lear* avec des anciens esclaves et des orphelins du Zimbabwe, *Roméo et Juliette* dans un boyau jamais achevé d'une ligne de métro, le long des murs ruisselait l'eau des égouts sur laquelle étaient projetées des diapositives de camps de concentration, *Macbeth* où tous les rôles de femmes étaient joués par des hommes nus – ils portaient pour tout vêtement un lacet entre les fesses, des menottes et des poids étaient suspendus à leurs mamelons et une bande-son faisait entendre des tirs de mortier, des morceaux de Radiohead et des poèmes de Radovan Karadžić. En dehors du fait que je n'osais pas regarder comment les menottes et les poids étaient fixés aux (ou à travers les) mamelons, c'était là encore l'écoulement du temps qui avait posé un problème majeur. Je me souviens de retards dans des aéroports, des retards interminables d'une demi-journée, ou même plus, qui ont passé dix fois plus vite que ces représentations.

Mais pour ce *Richard II*, les acteurs portaient des costumes d'époque. Le décor reproduisait une salle de château aussi fidèlement que possible. À l'apparition de Ralph Meier, il s'est produit quelque chose. Lorsque la pièce avait commencé, le public était tout simplement silencieux, mais là, le silence était total. Tout le monde retenait son souffle en attendant que Richard prononce ses premiers mots. J'ai lancé un regard de côté à Caroline, mais elle n'avait d'yeux que pour ce qui se passait sur scène. Deux taches roses lui coloraient les joues. Trois heures plus tard, nous buvions un verre de champagne dans le foyer du théâtre. Autour de nous se bousculaient des hommes en blazers bleus et des femmes en robes longues qui traînaient par terre. Une profusion de bijoux : bracelets, colliers et bagues. Dans un coin du foyer jouait un ensemble à cordes.

« Il serait peut-être temps de… ? » J'ai regardé ma montre. Pour la première fois de la soirée, ai-je constaté.

« Ah, Isis peut bien attendre encore un peu, a dit Caroline. Si on en prenait un autre ? »

Isis était à l'époque notre baby-sitter. Elle avait seize ans et ses parents ne voulaient pas qu'elle rentre trop tard à la maison. Julia avait alors treize ans, Lisa onze ans. Dans un an ou deux, nous oserions laisser notre fille cadette avec l'aînée. Mais pas pour le moment.

Quand je suis revenu du bar avec deux nouvelles coupes de champagne, j'ai aperçu à une dizaine de mètres de nous la tête de Ralph Meier qui dominait les autres. Elle opinait, à gauche et à droite. Elle souriait, comme sourit une tête habituée à recevoir des compliments.

« Il est là, ai-je dit. Je vais te le présenter.

— Où ? » Ma femme, bien plus petite que moi, ne l'avait pas encore repéré. Elle a vite mis de l'ordre dans ses cheveux relevés et essuyé des miettes ou des peluches imaginaires sur son chemisier.

« Marc. » Il m'a serré la main. C'était une solide poignée de main, celle d'une personne qui tient à faire savoir qu'elle n'utilise que dix pour cent de sa force.

Il s'est tourné vers Caroline. « C'est ta femme ? Ça alors, tu t'es bien gardé d'en parler. » Il a pris sa main et, se penchant en avant, y a appliqué un baiser. Il s'est ensuite tourné de côté et a posé sa main sur l'épaule d'une femme dont nous n'avions pas encore remarqué la présence car elle était entièrement dissimulée par la stature de Ralph Meier. Elle s'est approchée, sortant littéralement de son ombre, et nous a tendu la main.

« Judith », s'est-elle présentée, et elle a serré la main de Caroline, puis la mienne.

Je me suis aperçu seulement plus tard, quand je l'ai vue seule pour la première fois, que Judith Meier n'était pas vraiment petite. Elle ne paraissait petite qu'à côté de son mari, comme un village au pied d'une montagne. Mais ce soir-là, dans le foyer du théâtre municipal, mon regard est allé de Ralph à Judith, puis de Judith à Ralph, et les pensées qui souvent m'assaillent quand je vois des couples ensemble pour la première fois me sont venues à l'esprit.

« Vous avez aimé ? a demandé Judith Meier, plus à Caroline qu'à moi.

— J'ai trouvé ça fantastique, a dit Caroline. Une expérience fantastique.

— Je ferais peut-être mieux de m'éclipser, a lancé Ralph. Vous pourrez dire en toute simplicité ce que vous en avez vraiment pensé. »

Il a ri de son rire tonitruant, quelques personnes ont tourné la tête et se sont mises à rire elles aussi.

Comme je l'ai déjà dit, je suis parfois contraint de demander à mes patients de se déshabiller. Quand toutes les autres possibilités sont épuisées. À quelques exceptions près, ce sont surtout des couples qui fréquentent mon cabinet. Je regarde leurs corps nus. Je superpose les images. Je vois un corps s'approcher de l'autre. Je vois une bouche, des lèvres qui se pressent contre d'autres lèvres, des mains, des doigts qui se tâtent, des ongles sur une peau nue. Parfois ils sont dans le noir, mais pas souvent. Certaines personnes laissent sans honte la lumière allumée. J'ai vu leurs corps. Je sais que, dans la plupart des cas, il vaudrait mieux que la lumière soit éteinte. Je regarde leurs pieds, leurs chevilles, leurs genoux, leurs cuisses puis, plus haut, la zone autour du nombril, la poitrine ou les seins, le cou. Le plus souvent, j'évite les parties génitales à proprement parler. Je regarde, mais comme on regarde sur l'asphalte un animal tué par une voiture. Mon regard s'y attarde tout au plus un instant, comme un ongle cassé s'accroche au fil d'un vêtement – pas plus. Je n'ai d'ailleurs pas encore parlé de l'arrière. L'arrière d'un corps est une tout autre histoire. Les fesses peuvent susciter, selon leur forme ou leur absence de forme, de l'attendrissement ou une fureur aveugle. La zone sans nom où la raie des fesses se fond dans le bas du dos. La colonne vertébrale. Les omoplates. L'implantation des cheveux dans le cou. À l'arrière d'une personne, le no man's land est plus étendu qu'à l'avant. À l'arrière de la lune, le module de commande et le module lunaire perdent tout contact radio avec le centre de contrôle. J'adopte une expression censée refléter mon intérêt. Je demande, en imaginant le couple en train de se tâter, lumière allumée ou éteinte, l'arrière du corps : est-ce que cela vous fait mal aussi quand vous êtes allongé sur le côté ? En réalité, j'ai envie à ce stade que cela se termine vite. Que le patient se rhabille. Que je n'aie plus qu'à regarder de nouveau sa tête qui parle. Mais je n'oublie jamais les corps. J'unis une tête à une autre. J'unis les corps. Je les fais s'entrelacer. Haletante, une tête se rapproche de l'autre. Des langues s'insèrent dans des bouches et tournent, en quête de quelque chose. Dans les grandes villes, il y a des rues où de grands immeubles empêchent la lumière du jour de pénétrer. Entre les pavés des trottoirs poussent de la mousse ou des touffes d'herbe rachitiques. Il y fait froid et humide. Ou au contraire chaud et humide. Partout volent des moucherons. Ou des nuages de moustiques. Vous pouvez vous rhabiller. J'ai vu ce que j'avais à voir. Est-ce que votre mari va bien ? Votre femme ?

J'ai regardé Ralph Meier, puis Judith. Comme je l'ai dit, elle n'était pas petite en soi. Elle était trop petite pour *lui*. J'ai pensé à ces choses. Les choses que les gens font ensemble dans le noir. J'ai regardé la main de Ralph qui tenait une coupe de champagne. Tout bien considéré, il était miraculeux que le verre ne se casse pas.

Puis il y a eu soudain ce moment. Le moment auquel j'ai souvent repensé par la suite – qui aurait dû me mettre en garde.

Judith avait pris Caroline par le coude pour lui présenter quelqu'un. Une femme dont le visage m'évoquait un vague souvenir, sans aucun doute une des actrices de *Richard II*. Caroline a donc dû faire volte-face et nous tourner le dos, à Ralph et moi.

« En tout cas, je ne me suis pas ennuyé un seul instant, ai-je dit à Ralph. J'ai été enchanté de cette expérience extraordinaire. »

Il ne m'a pas fallu plus de deux secondes pour m'apercevoir que Ralph Meier ne m'écoutait plus. Il ne me regardait même plus. Et sans suivre la direction de son regard, j'ai su aussitôt ce qu'il fixait.

À présent une transformation s'opérait aussi dans ce regard. Dans ces yeux. Tandis qu'il regardait l'arrière du corps de Caroline de la tête aux pieds, un voile est passé devant son regard. On observe parfois ce phénomène chez les oiseaux de proie dans les documentaires sur la nature. Des oiseaux de proie qui, alors qu'ils sont en vol en altitude, ou postés sur une branche d'arbre, repèrent une souris ou autre morceau de choix quelque part en contrebas. C'est ainsi que Ralph Meier regardait le corps de ma femme : comme un produit consommable qui lui donnait l'eau à la bouche. Cette bouche s'est mise en mouvement, les mâchoires mastiquaient, j'ai même cru entendre le grincement de ses dents – et un soupir lui a échappé. Ralph Meier voyait quelque chose d'appétissant, sa bouche se réjouissait d'avance à l'idée du savoureux petit plat qu'il engloutirait en quelques bouchées s'il en avait l'occasion.

Le plus curieux, sans doute, était l'absence de gêne dont il faisait preuve. Comme si je n'étais même pas là. Il aurait pu tout aussi bien déboutonner sa braguette et se mettre à pisser sur moi. Cela n'aurait fait aucune différence.

Puis, d'un seul coup, il a été présent de nouveau. Comme si quelqu'un avait claqué des doigts : un hypnotiseur qui l'aurait sorti de sa transe.

« Marc », a-t-il dit. Il m'a regardé comme s'il me voyait pour la première fois. Puis il a regardé le verre vide dans sa main. « Qu'en dis-tu ? On en reprend une ? »

Plus tard, quand Caroline et moi nous sommes retrouvés au lit, je lui en ai parlé. Elle venait de retirer l'élastique de ses cheveux et les secouait pour les libérer. Elle a eu l'air plus amusée que choquée. « Vraiment ? a-t-elle dit. Comment il me regardait exactement ? Raconte-moi encore une fois…

— Comme un bon morceau.

— Ah oui ? Mais ce n'est pas le cas ? Tu n'es pas d'accord ?

— Caroline, je t'en prie ! Je ne sais pas comment te dire les choses plus clairement… J'ai… j'ai trouvé ça *salace*.

— Ah, mon chéri. Mais cela n'a rien de salace, la façon dont les hommes regardent les femmes. Ou inversement, la façon dont les femmes regardent les hommes. Je veux dire, ce Ralph Meier est un homme à femmes, tout simplement, il n'y a qu'à le regarder. Ce n'est peut-être pas très agréable pour sa femme à lui, mais bon, elle a choisi. Pour une femme, cela saute aux yeux, le genre d'homme qu'il est.

— J’étais juste à côté de lui. Il n’en avait rien à faire. »

Caroline s’est retournée vers moi, elle est venue se blottir contre moi et elle a posé une main sur ma poitrine.

« Tu n’es tout de même pas jaloux ? C’est l’impression que tu me fais, on dirait un mari jaloux.

— Je ne suis pas jaloux ! Je sais parfaitement comment les hommes regardent les femmes. Mais là, ce n’était pas normal. C’était… c’était *salace*. Je n’ai vraiment pas d’autre mot.

— Mon gentil mari jaloux », a dit Caroline.

8

Dans un cabinet comme le mien, il ne faut pas être trop à cheval sur les normes médicales. Sur ce que l'on peut juger raisonnable, à strictement parler, d'un point de vue médical. Quand on exerce une profession libérale, les excès sont plus souvent la règle que l'exception. Ensemble, mes patients assurent le remplissage de dix conteneurs de bouteilles par semaine. Je pourrais leur dire la vérité. La vérité se situe autour de deux à trois verres par jour. Deux pour les femmes, trois pour les hommes. Personne n'a envie d'entendre cette vérité-là. J'appuie l'extrémité de mes doigts sur leur foie. J'en vérifie la dureté. Je leur demande : Combien de verres consommez-vous par jour au juste ? Il ne faut pas qu'ils me racontent d'histoires. Leur peau exhale l'alcool. Une petite bière avant le repas puis, tout au plus, une demi-bouteille de vin, disent-ils. L'alcool suinte par leurs pores et s'évapore juste à la surface de leur peau. J'ai un bon nez. Je peux sentir ce qui a été bu la veille. Les peintres et les sculpteurs empestent le genièvre vieux ou à forte teneur en malt. Les écrivains et les acteurs la bière et la vodka. Les écrivaines et les actrices répandent une haleine acide de chardonnay bon marché avec des glaçons.

Ils mettent tous la main devant la bouche, mais ne parviennent pas à retenir leurs rots. Je pourrais bien sûr faire des remarques. Je pourrais leur demander de jouer cartes sur table, comme on dit. Une petite bière et une demi-bouteille de vin : laissez-moi rire ! Mais je ferais fuir mes patients, aussi sûrement qu'ils ont déjà fui leur précédent médecin. Un médecin qui, comme moi, a pressé le doigt sur leur foie et senti la même chose que moi – mais leur a dit la vérité. Si vous continuez, votre foie va se déchirer dans un an. C'est une fin particulièrement douloureuse. Le foie ne peut plus assimiler les impuretés. Elles se répandent dans tout le corps. Elles s'accumulent dans les chevilles, les ventricules, le blanc de l'œil. Le blanc de l'œil commence par jaunir, puis devient gris. Des parties du foie meurent. La déchirure à proprement parler survient au dernier stade. Les patients fuient et viennent me voir. Quelqu'un – un ami ou une amie proche ou encore un collègue – leur a parlé d'un médecin pas trop pointilleux sur la quantité d'alcool que l'on peut consommer par jour. Oh, ce nombre de verres par jour est assez relatif, dis-je. On ne vit qu'une fois. D'ailleurs, vivre sainement est un facteur de stress majeur. Regardez autour de vous. Tous ces artistes qui ont atteint l'âge de quatre-vingts ans, voire plus, alors qu'ils ont toujours mené une vie dissolue ! Je vois déjà mes nouveaux patients se détendre. Un sourire apparaît sur leur visage. Je leur dis ce qu'ils ont envie d'entendre. Je cite un nom. Pablo Picasso, dis-je. Pablo Picasso ne crachait pas dessus, lui non plus. Citer un nom sert un double objectif. En associant dans un même souffle mes patients à un artiste mondialement connu, je leur offre l'impression le temps d'un instant d'être eux-mêmes Pablo Picasso. Je pourrais le formuler autrement. Vous êtes un plus grand poivrot que Pablo Picasso, pourrais-je leur dire, sauf que vous n'avez pas le dixième de son talent. Tout bien considéré, ce n'est que du gaspillage. Un gaspillage d'alcool, j'entends. Mais je ne le fais pas. Je tais d'autres noms. Les noms de génies qui ont bu à en mourir. Le dernier jour de sa vie, Dylan Thomas est rentré en fin d'après-midi dans sa chambre au Chelsea Hotel à New York. « *I've had eighteen straight whiskies, I think that is the record*[1] », a-t-il dit à sa femme. Puis il a perdu connaissance. L'autopsie a révélé que son foie avait un volume quatre fois supérieur à celui d'un organe que l'on peut encore considérer comme sain. Je ne dis rien de Charles Bukowski, de Paul Gauguin, de Janis Joplin. Tout est dans la façon de vivre sa vie, dis-je. Quand on sait profiter de la vie, on résiste plus longtemps que les pisse-vinaigre qui ne mangent que des plantes et se bourrent de yaourts bio. Je leur parle de végétariens souffrant d'affections intestinales mortelles, de partisans de l'abstinence alcoolique qui meurent d'une paralysie cardiaque avant d'avoir atteint l'âge de trente ans, de non-fumeurs fanatiques chez qui l'on découvre trop tard un cancer des poumons. Regardez les pays méditerranéens, leur dis-je. On y boit du vin depuis des siècles, mais les gens y sont dans l'ensemble en meilleure santé que dans nos contrées. J'évite sciemment d'évoquer certains pays et peuples. Je ne parle pas de l'espérance de vie moyenne des Russes qui se pintent à la vodka. Quand on ne vit pas, on ne risque pas de vieillir non plus, dis-je. Savez-vous pourquoi les Écossais n'ont jamais la grippe ? Non ?

1. J'ai bu dix-huit whiskies d'affilée, je crois que j'ai battu les records (*N.d.T.*).

Je vais vous le dire… À ce point de mon discours, j'ai pratiquement conquis un nouveau patient. Je cite de mémoire des marques de whisky : Glenfiddich, Glencairn, Glencadam – enfin, le moment décisif du premier entretien arrive : je laisse entrevoir que moi aussi j'aime bien boire un petit verre. Que je suis comme eux. L'un d'entre eux. Pas totalement bien sûr. Je sais où est ma place. Je ne suis pas un artiste. Je ne suis qu'un simple médecin. Mais un médecin qui accorde plus de valeur à la qualité de la vie qu'à un corps sain à cent pour cent.

J'ai parmi mes patients une ancienne secrétaire d'État qui pèse cent cinquante kilos. Une ancienne secrétaire d'État à la Culture avec qui j'échange des recettes, alors qu'il faudrait que je n'échange strictement rien. Parfois, je n'arrive presque plus à respirer, docteur, dit-elle, après s'être laissée tomber en haletant dans le fauteuil en face de mon bureau. Je lui demande de déboutonner son chemisier, pour seulement dégager le haut de son dos, et je prends mon stéthoscope. L'intérieur d'un corps trop gros émet des bruits différents de ceux d'un autre où tous les organes ont suffisamment d'espace. Tout doit fonctionner plus énergiquement. C'est un combat pour gagner de l'espace. Un combat perdu d'avance. La graisse est partout. Les organes sont cernés. J'écoute avec mon stéthoscope. J'entends les poumons qui, à chaque inspiration, doivent pousser la graisse de côté. Expirez très lentement, dis-je. Et j'entends la graisse reprendre sa place. Le cœur ne bat pas, il tambourine. Le cœur fait des heures supplémentaires. Le sang doit être pompé pour parvenir à temps dans tous les recoins du corps. Mais les artères aussi sont encerclées par la graisse. Respirez maintenant tranquillement, dis-je. La graisse se cramponne.

Elle bouge encore quand les poumons tentent de se remplir d'air, mais elle ne cède plus jamais le terrain gagné. C'est une lutte qui se joue au centième de millimètre près. Invisible à l'œil nu, la graisse se prépare à l'offensive finale. Je déplace le stéthoscope vers l'avant du corps. Entre les seins de l'ancienne secrétaire d'État scintille un mince filet de sueur, comme une chute d'eau dans le lointain, quelque part en haut du versant d'une montagne. J'essaie d'éviter de regarder ses seins. J'ai comme toujours des pensées déplacées. Je ne peux pas m'en empêcher. Je pense au mari de l'ancienne secrétaire d'État, un « dramaturge » sans emploi pendant la majeure partie de l'année. Je me demande qui se met au-dessus ou en dessous. D'abord il se met dessus. Mais il n'a aucune prise. Il glisse de ce corps comme d'un lit à eau ou un coussin pneumatique pas assez gonflé. Ou il s'y enfouit justement trop profondément. Il griffe la chair en l'empoignant. En réalité il aurait besoin de cordes et de crampons. Cela prend vraiment trop de temps, dit sa femme en haletant et en le repoussant. Maintenant il est en dessous. Je pense aux seins au-dessus de son visage, à leur lente descente. D'abord il se produit une éclipse totale. La lumière disparaît. Puis il n'y a plus d'espace pour respirer. Le « dramaturge » crie encore quelque chose, mais les sons sont étouffés par les seins, qui lui couvrent à présent tout le visage. Ils sont trop chauds et plus totalement secs non plus. Un mamelon violet de la taille d'une assiette à dessert lui obture la bouche et les narines. Puis la première côte se brise dans un craquement sec sous le poids des cent cinquante kilos du corps volumineux de sa femme. Elle ne se rend compte de rien. Elle lui agrippe la verge et l'introduit en elle. Comme là aussi tout est trop gros, elle met un certain temps à s'assurer qu'il est vraiment à l'intérieur. Entre-temps, d'autres côtes cassent. C'est comme un immeuble de dix étages, l'entrepreneur n'a étudié les plans qu'à moitié, les ouvriers commencent à démolir un mur porteur au rez-de-chaussée. Au début, seules quelques fissures apparaissent, puis toute la construction se met à osciller. Pour finir l'immeuble s'effondre. Elle lui lèche l'intérieur de l'oreille. C'est la dernière chose qu'il ressent. Et entend. La langue d'un Saint-Bernard qui lui remplit tout le pavillon de l'oreille. Respirez encore une fois, dis-je. Comment va votre mari ? A-t-il retrouvé du travail ? Je pourrais l'avertir que cela ne peut plus durer encore longtemps. Ce ne sont plus seulement les organes qui manquent d'espace, les articulations aussi sont très surchargées. Tout va se casser. Les rotules, les ligaments des chevilles, les hanches. C'est comme un semi-remorque trop chargé. Dans la descente, les freins chauffent trop, le semi-remorque dérape et finit par passer à travers la rambarde de sécurité et tomber dans le ravin. Mais j'ouvre le tiroir de mon bureau et j'en sors une recette. De l'échine de porc aux pruneaux et au vin rouge, cuite au four. C'est une recette que j'ai découpée dans un magazine. L'ancienne secrétaire d'État aime cuisiner. En dehors de cet unique passe-temps, rien ne l'intéresse. Tôt ou tard, elle cuisinera à en mourir. Elle mourra en tombant la tête la première dans une marmite.

Ralph Meier était trop gros lui aussi, mais d'une autre manière. De manière « plus naturelle », pourrait-on dire. Au début, les dimensions de son corps faisaient illusion. Le surpoids l'enveloppait comme un manteau trop grand. Mais chez lui aussi, j'ai entendu, lors de sa première visite à mon cabinet, des bruits que l'on entend rarement chez les gens sains. J'avais posé mon stéthoscope sur son dos dénudé. Tout d'abord, il y avait sa respiration, bruyante, pénible, comme s'il lui fallait puiser à l'aide d'un seau, dans un puits bien trop profond, un air déjà rare. Dans ses battements de cœur, on décelait une résonance. Une résonance comme dans le tintement d'une cloche. Et plus bas, au niveau de ses intestins, sous son estomac, cela s'agitait et gargouillait. Il avait un faible pour les crustacés et les volailles, comme j'allais pouvoir le constater de mes propres yeux plus tard. Pour les petits oiseaux – les cailles, les perdrix. Il en détachait les petits os et les glissait dans sa bouche. Il suçait le contenu des vertèbres, broyait les colonnes vertébrales entre ses dents pour en extraire tout ce qu'il restait de jus. « Je dois jouer tous les soirs, m'a-t-il dit. Et tous les après-midi, nous répétons une nouvelle pièce. Je n'y arrive plus. » Un collègue lui avait donné mon nom, a-t-il précisé. Un collègue qui était un de mes patients depuis des années. Il lui avait parlé des comprimés. De la facilité avec laquelle je prescrivais les comprimés – benzédrine, amphétamine, speed – qui, en tant que médecin, me paraissaient le mieux pour lui. J'écoutais à l'aide du stéthoscope. Je me demandais très sérieusement ce que les comprimés allaient déclencher dans ce corps. Benzédrine, amphétamine, speed – ce sont en fait des noms différents pour désigner une même chose. Le cœur s'accélère, les pupilles se dilatent, les vaisseaux sanguins s'ouvrent davantage. Pendant quelques heures, on peut mettre le paquet.

On pourrait effectivement dire de moi que je suis « coulant » pour ce qui est de prescrire certains médicaments. Certes, je suis coulant. Pourquoi quelqu'un devrait-il rester éveillé la moitié de la nuit alors qu'avec un seul milligramme de lorazépam il peut faire la grasse matinée ? Ces médicaments améliorent la qualité de vie. Certains confrères mettent en garde leurs patients contre un effet d'accoutumance. Ils prescrivent du valium, mais quand la personne revient consulter et leur demande de renouveler l'ordonnance, ils prennent soudain un air embarrassé. Moi j'ai un autre point de vue là-dessus. Certaines personnes ont besoin d'un coup de pied au derrière, et d'autres d'une tête qui, pendant quelques heures, réfléchit moins. Ce que tous ces médicaments ont de merveilleux, c'est leur simplicité. Avec cinq milligrammes de valium, on devient nettement plus calme, et à peine trois milligrammes de benzédrine suffisent pour donner envie de faire la bringue jusqu'à cinq heures du matin. Ou prenons un homme qui n'ose ni entrer dans les magasins, ni adresser la parole aux filles. Au bout de deux semaines de Seroxat, il rapporte chez lui une douzaine de chemises Hugo Boss, une lampe de bureau signée Alan Setscoe et cinq nouveaux pantalons du G-Star RAW REtail Store. Trois semaines plus tard, il parle à toutes les filles de la discothèque. Pas à une ou deux filles, non, à toutes. Il ne se laisse plus décourager par de ridicules esclaffements ou un franc refus. Il n'a pas de temps à perdre avec des esclaffements ou des refus. « La soirée ne fait que commencer », c'est bon pour les losers, les boutonneux qui après avoir traîné sept heures avec une bière à la main finissent par rentrer seuls chez eux. La soirée ne fait pas que commencer, il le sait grâce au Seroxat. La soirée est déjà bien engagée. Plus elle commence tôt, plus elle dure. Il a la parfaite phrase d'entrée en matière. Ou plutôt : il n'a plus besoin de réfléchir à ce genre de phrases. Elles sont toutes aussi efficaces. Elles le sont d'autant plus qu'on les oublie au bout de trente secondes. Elles brillent par leur simplicité. Vous êtes ravissante, dit-il à la fille qui est ravissante. Y a-t-il aussi un *monsieur* Mulder ? demande-t-il à la femme qui s'est présentée sous le nom d'Esther Mulder. Avant, je n'aurais jamais eu le culot de sortir des phrases pareilles, dit le consommateur de Seroxat. On va chez moi ou chez vous ? Vos yeux sont plus beaux quand vous souriez. Si nous partons ensemble maintenant, au moins nous aurons sauvé la soirée. Je peux vous toucher ici, ou allez-vous me prendre pour un vieux dégoûtant ? Après cinq minutes avec vous, j'ai eu l'impression de vous connaître depuis des années. C'est – il n'a pas d'autre mot pour l'exprimer – *libérateur* de pouvoir prononcer ce genre de phrases. La simplicité : voilà l'astuce. La simplicité, c'est dire à une belle femme qu'elle est belle. Il ne faut jamais dire : Savez-vous que vous êtes très belle ? Une belle femme le sait déjà. En règle générale, c'est seulement à une femme laide qu'il faut dire : Savez-vous que vous êtes très belle ? Une femme qui ne l'a encore jamais entendu. Une femme à qui on ne l'a encore jamais dit. Sa gratitude ne connaîtra pas de limite. Plus tard dans la soirée, elle sera prête à tout accepter : une verge sale, crasseuse en plein visage. Une verge crasseuse qui décharge sur elle du sperme rance accumulé pendant des mois. Sur son nombril, ses lèvres, ses paupières. Du sperme jaunâtre. Jaunâtre comme les pages fanées d'un livre que personne n'a eu envie de lire et qui est donc resté au soleil à côté de la chaise-longue. Du sperme infect, inutile, qui sent le résidu de Yakult dans une petite bouteille entamée, oubliée dans le réfrigérateur. Mais du côté des belles femmes, un problème se pose aussi, ou pour l'exprimer autrement : on peut être quasi certain qu'une belle femme s'entend rarement dire qu'elle est belle. Que dans une fête, plus aucun homme n'ose le lui dire. On entend souvent les jolies femmes s'en plaindre entre elles : on considère leur beauté comme une évidence. Comme la Joconde, l'Acropole ou la vue du Grand Canyon depuis Grandview Point. Nous n'avons plus de mots pour les belles femmes. Nous restons sans voix. Bouche bée. Nous éludons leur beauté. Vous avez mangé dans un bon restaurant ces derniers temps ? demande la bouche. Vous avez des projets pour les vacances ? La belle femme répond simplement. Dans un premier temps, elle est heureuse et soulagée qu'on lui adresse la parole *simplement*. Qu'on engage avec elle une conversation de tous les jours. Si simple. Si normale. Comme si, au lieu d'être belle, elle était une personne comme les autres. Au bout d'un certain temps, cependant, quelque chose commence à la tarauder. D'une manière ou d'une autre, cela demeure curieux. La belle femme porte sa beauté comme une parure de plumes posée sur sa tête. Il est donc curieux que tout le monde continue de parler sans rien dire de la parure de plumes.

« Tu as une belle femme », m'a dit par exemple Ralph Meier dès qu'il en a eu l'occasion. Assis en face de moi de l'autre côté de mon bureau, il a au moins eu le mérite de ne pas y aller par quatre chemins. C'était la deuxième fois qu'il venait consulter, à peine une semaine après la première de *Richard II*. Une fois encore, il avait surgi dans mon cabinet sans s'annoncer, sans avoir pris de rendez-vous. « Si je pouvais me faufiler entre deux rendez-vous, avait-il dit à Liesbeth, mon assistante. Je n'en ai que pour une petite minute. »

J'ai d'abord cru qu'il venait faire renouveler l'ordonnance pour ses comprimés, mais il n'en a absolument pas parlé lors de cette deuxième visite. « J'étais dans le quartier, a-t-il dit. Je me suis dit, autant lui demander directement.

— Oui ? » J'essayais de poser sur lui le regard le plus neutre possible, mais rien n'y faisait, je ne pouvais pas m'en empêcher : je ne cessais de penser à la façon dont il avait regardé ma femme de la tête aux pieds une semaine plus tôt.

« Ce samedi, nous donnons une fête, a-t-il dit. Chez nous, à la maison. S'il fait beau, dans le jardin. Je voulais vous inviter, toi et ta femme. »

Je l'ai regardé, la tête plongée dans mes pensées. Nous aurait-il invités si j'avais été marié à une autre femme que Caroline ? me suis-je demandé. Une femme moins appétissante ?

« Une fête ?

— Judith et moi. Ce samedi, cela va faire précisément vingt ans que nous sommes ensemble. » Il a secoué la tête. « Incroyable. Vingt ans ! Le temps file à toute allure. »

9

« Il ne perd pas son temps, ai-je dit. Il va droit au but. »

Nous étions assis à la table de la cuisine. Le lave-vaisselle émettait des gargouillements. Lisa était déjà couchée, Julia faisait ses devoirs dans sa chambre. Caroline a versé ce qu'il restait de vin dans nos deux verres.

« Marc, arrête ! Il te trouve sympathique, c'est tout. Il ne faut pas toujours chercher plus loin.

— Sympathique ! Il ne me trouve pas sympathique du tout. C'est toi qu'il trouve sympathique. Il me l'a dit mot pour mot : “Qu'est-ce qu'elle est *sympathique* ta femme, Marc !” C'est comme ça qu'il te regardait au théâtre. Comme un homme qui regarde une femme *sympathique*. Laisse-moi rire ! »

Caroline a pris une gorgée de vin, elle a penché légèrement la tête de côté et m'a regardé. Je le voyais à ses yeux : cette soudaine attention que lui portait le célèbre acteur Ralph Meier l'amusait. Je ne pouvais d'ailleurs pas le lui reprocher. Franchement, cela m'amusait aussi. C'était en tout cas plus amusant que si les acteurs célèbres ne remarquaient même pas votre femme, me suis-je dit. Puis j'ai repensé à son regard salace. Son regard d'oiseau de proie. Non, manifestement, cela n'avait pas qu'un côté amusant.

« Tu dis qu'il nous invite à sa soirée parce qu'il me court après, a répondu Caroline. Mais cela ne tient pas debout. Il nous a aussi invités à la première ! Et là il ne m'avait encore jamais vue. »

J'ai dû reconnaître qu'elle avait marqué un point. Pourtant, c'était différent, une invitation à une première ou une invitation à une soirée chez quelqu'un.

« Si nous renversions la situation, ai-je dit. Dans un mois, c'est ton anniversaire. Est-ce que tu inviterais Ralph Meier à ton anniversaire ?

— Eh bien… » Caroline m'a regardé d'un air taquin. « Non, c'est vrai, a-t-elle fini par répondre. Je ne pense pas, non. Jusque-là, tu as raison. Je veux seulement dire qu'il ne faut pas toujours chercher plus loin. Peut-être qu'il nous trouve vraiment sympathiques. Tous les deux, je veux dire. C'est possible, non ? J'ai discuté avec sa femme à la première. Je ne sais pas, ça arrive parfois, qu'il y ait tout de suite un déclic. C'est ce qui s'est passé avec cette Judith. Qui sait, peut-être qu'elle a demandé à Ralph de nous inviter ? »

Judith. Son nom m'avait encore échappé. La première fois, je l'avais oublié dès qu'elle m'avait serré la main dans le foyer du théâtre. La deuxième fois ce matin, quand Ralph Meier avait commencé à parler de la fête.

Judith, me suis-je répété mentalement. *Judith*.

Je vais être sincère. Quand elle m'a tendu la main et qu'elle a prononcé son nom, je l'ai observée comme tous les hommes observent une femme inconnue qui entre pour la première fois dans leur champ de vision.

Tu pourrais, avec elle ? me suis-je dit en la regardant dans les yeux. *Oui* a été la réponse.

Et Judith m'avait regardé. Cela se compte en fractions de secondes, un échange de regards juste un peu plus long. C'est le regard que nous avons échangé, Judith et moi. Un peu plus long que le dictent les convenances, du strict point de vue de la décence. Et tandis que j'oubliais son nom, elle me souriait. Ce n'était pas tant sa bouche qui souriait, mais ses yeux.

Oui, disaient ces yeux à leur tour. *Moi aussi avec toi.*

Décence n'est pas le bon mot. Ce terme n'a sa place que dans des phrases que l'on préférerait ne pas entendre sortir de sa propre bouche. Des phrases comme : « Je m'attendais tout de même à ce que nous appliquions ici les principes les plus élémentaires de la décence. » Non, je ne peux pas me qualifier de décent. Je regarde les femmes de cette manière parce que je ne saurais pas comment les regarder autrement. C'est peut-être dommage pour les femmes « gentilles », les femmes « tout à fait sympathiques », mais celles-ci, par mesure de prudence, je ne les regarde jamais trop longtemps. Je ne suis pas grossier, je noue s'il le faut une conversation animée, mais mon attitude ne laisse planer aucun doute. *Pas avec toi, non* inscrit cette attitude en lettres majuscules sur mon front. *C'est totalement hors de question. Ce n'est pas près d'arriver.* Les femmes gentilles compensent leur manque d'attrait physique par des talents qu'elles ont acquis dans d'autres domaines. Elles se chargent, par exemple, de tartiner tous les toasts pour des réunions de plus d'une centaine de personnes. Ou elles louent pour toute l'assistance des chapeaux de fête et des masques. Ou elles débarquent à l'improviste avec un triporteur contenant plus de bois que nécessaire pour tous les braseros. « Qu'est-ce qu'elle est sympa cette Wilma », dit tout le monde. « Une femme tellement sympathique ! Qui d'autre ferait une chose pareille ? Qui y aurait pensé ? » Tout le monde voit bien que Wilma est trop pâle, ou trop mince, ou tout simplement trop laide, mais elle fait tellement de choses formidables, et de façon désintéressée, que ce serait moche d'en parler. À l'occasion d'une de ces réunions de plus d'une centaine de personnes, un homme finit par rester accroché à Wilma. Souvent au sens propre. C'est le même homme que nous avons vu toute la soirée au bord de la piste de danse. Il a bougé avec les danseurs mais sans jamais avancer sur la piste. La petite bouteille de bière dans sa main s'est balancée au rythme de la musique, mais c'était le seul élément chez cet homme qui se déplaçait en rythme. « Tu te souviens de lui ? » disent les gens plus tard. « L'homme qui était à la fête ? Il est avec Wilma maintenant. » À partir de ce jour-là, c'est lui qui va chercher les deux cents petits pains chez le boulanger et qui coupe le bois pour les braseros. Wilma se repose un peu de toutes les années qu'elle a passées à jouer à la personne sympathique. On pourrait difficilement lui donner tort. Puis viennent les enfants. Des enfants laids en général, surdoués et en proie à des difficultés relationnelles. Des enfants qui apprécient vraiment l'école, sautent plusieurs classes mais sont toujours harcelés par les autres. Le plus souvent, c'est la faute de la société si, plus tard dans leur vie, ils ne parviennent qu'à devenir l'assistant d'un marchand de fromages bio. Les amies de Wilma se demandent entre-temps ce qu'elle a pu trouver d'intéressant dans cet homme qui a du mal à bouger. Mais elles *comprennent*. Elles ne disent jamais à haute voix à Wilma ce qu'elles comprennent. En revanche, elles en parlent entre elles. « C'est tout de même bien pour elle qu'elle ait au moins *quelqu'un* », disent-elles. « Cela va peut-être vous surprendre mais, d'une certaine manière, ils vont bien ensemble. »

Tu pourrais, avec ça ? Quand j'étais étudiant, nous nous posions toujours la question entre nous pendant le cours d'autopsie. Quand un cadavre tout frais était posé sur la table de dissection. Tantôt une vieille personne décharnée ayant fait don de son corps à la science, tantôt une victime de la route qui portait dans la poche de sa veste une carte de donneur. C'était pour faire baisser la tension. La tension que l'on ressent avant de découper un être humain. « Tu pourrais, avec ça ? » Nous le chuchotions entre nous en veillant à ce que notre professeur ne puisse pas nous entendre. Nous proposions des montants. « Pour cent mille ? Pour un million ? Non ? Et pour cinq millions ? »

À l'époque, nous divisions aussi les cadavres en catégories. « Pas mal » signifiait tout simplement laid ; « séduisant » était employé pour une personne qui avait un visage agréable, ou doux, mais un corps sur lequel on aurait pu briser une bouteille de champagne ; par « beau », il fallait entendre que, sur la table de dissection, était allongé pour le moins un mannequin. Un corps dont il était vraiment dommage qu'il fût si froid et immobile.

Caroline me regardait. « Tu as l'air de bien t'amuser ! Qu'est-ce que tu as à rire tout seul ? »

J'ai secoué la tête.

« Non, je pensais à Judith. Et à Ralph. À la façon dont il t'a regardée. Elle n'a probablement pas idée que ton apparition fera l'effet d'une bombe le jour de ses vingt ans de mariage.

— Marc ! Je n'ai pas la moindre intention de perturber leur anniversaire de mariage.

— Je sais très bien que ce n'est pas ton intention. Mais il faut que tu me promettes de ne pas t'éloigner de moi une seconde. »

Caroline a éclaté de rire.

« Oh, Marc ! C'est vraiment formidable d'avoir un mari comme toi. Un mari qui veille sur moi. Qui me protège. »

J'ai à mon tour penché la tête en la regardant d'un air taquin.

« Et qu'est-ce que tu vas mettre ? » ai-je demandé.

10

Tous les pères préfèrent avoir un fils qu'une fille. Toutes les mères aussi d'ailleurs. Notre professeur de biologie médicale s'appelait Herzl. « Il est impossible d'éradiquer l'instinct, disait-il. Des années de civilisation peuvent le dissimuler. La culture et la justice nous obligent à le maîtriser. Mais l'instinct ne disparaît jamais. Il attend pour frapper que quelqu'un relâche un instant sa vigilance. »

Le professeur Aaron Herzl. Au cas où ce nom évoquerait encore quelque chose à quelqu'un : c'est effectivement le même Aaron Herzl qui plus tard, à force de tracasseries à propos de ses recherches sur le cerveau des criminels, a fini par quitter l'université. Aujourd'hui, les conclusions de ses recherches se sont banalisées, mais à l'époque – pendant mes années d'étude – de telles idées ne pouvaient être énoncées qu'à voix basse. Durant ces années-là, on croyait encore à la bonté humaine. La bonté en chaque être humain. Un être humain mauvais était perfectible, telle était l'idée dictée par la tendance dominante. N'importe quel être humain mauvais.

« "Œil pour œil, dent pour dent", c'est en réalité un comportement bien plus proche de la nature humaine que nous n'osons l'admettre en public, enseignait

Herzl. Vous tuez l'assassin de votre frère, vous castrez le violeur de votre femme avec un couteau de boucher, vous tranchez les deux mains du cambrioleur qui s'est introduit dans votre maison. Souvent, la justice, après d'interminables délais, parvient au même jugement final. La mort. À dégager. Nous ne voulons plus jamais voir circuler dans nos rues les assassins et les violeurs. Quand le père meurt, le fils reprend le flambeau. Il chasse les intrus de la maison et tue les barbares qui violent sa mère et ses sœurs. À la naissance du premier-né, non seulement le père, mais aussi la mère poussent un soupir de soulagement quand il s'avère être un fils. Ce sont des faits que l'on ne peut pas balayer par deux mille ans de civilisation. Que dis-je, deux mille ans ? Avant-hier, cela se passait encore de cette manière. Il y a à peine vingt, trente ans. Nous ne devons jamais oublier d'où nous venons. Des hommes gentils, agréables, *doux*, pourquoi pas ? Mais c'est un luxe. Dans un camp de concentration, les hommes gentils, agréables, cela ne sert à rien. »

Je ne veux pas créer de malentendu. J'aime mes filles plus que tout au monde. J'essaie simplement d'être honnête. Je voulais un fils. Je le voulais si fort, au plus profond de moi, que c'en était presque douloureux. Un fils. Un garçon. J'ai pensé à l'instinct quand j'ai coupé le cordon ombilical. Julia. Depuis sa naissance, rien ne m'a été plus précieux qu'elle. Ma fille. Cela a été le coup de foudre. Le genre d'amour qui vous fait monter les larmes aux yeux. Mais l'instinct a eu le dessus. Ce sera mieux la prochaine fois, chuchotait-il en mon for intérieur. Dans deux ans, il y aura une possibilité de rattrapage. À la naissance de Lisa, tout a été terminé. Nous en avons un peu parlé, d'un troisième enfant, mais l'idée d'une autre fille n'éveillait guère ma curiosité. Les choses sont ce qu'elles sont. La probabilité d'avoir une troisième fille était cent fois supérieure à celle d'avoir un fils. Les hommes qui ont trois filles ou davantage prêtent à rire. Il était temps pour moi de me rendre à l'évidence. D'apprendre à vivre dans cette situation. J'ai commencé à mettre les avantages en regard des inconvénients. Comme on confronte les avantages et les inconvénients de vivre à la campagne ou dans une grande ville. À la campagne, on voit plus d'étoiles dans le ciel, on est plus au calme, l'air est plus sain. En ville, on a la vie à portée de main. Certes, il y a plus de bruit, mais on n'a pas besoin de prendre la voiture pour aller acheter un journal sept kilomètres plus loin. Il y a des cinémas et des restaurants. À la campagne, il y a plus d'insectes, en ville plus de tramways et de taxis. Sans doute n'ai-je pas besoin de préciser que, dans mon exemple des éléments à prendre en compte, la campagne était la fille et la ville un garçon. Les gens qui vivent à la campagne se donnent toutes les peines du monde pour présenter les inconvénients comme des avantages. Je ne mets qu'une heure pour venir en ville en voiture, dit l'habitant de la campagne. Je peux aller au cinéma et sortir au restaurant, mais je suis toujours content de pouvoir retrouver ensuite le calme et la nature.

Une heure aller et une heure retour : rien ne peut mieux exprimer la distance entre le fait d'avoir une fille et le fait d'avoir un garçon. Après la naissance de Lisa, je me suis résigné à une vie à la campagne. J'ai décidé d'accepter les inconvénients, mais surtout de profiter des avantages. Les filles sont moins agitées. Les filles sont plus gentilles. Les chambres des filles ont une meilleure odeur que celles des garçons. On s'inquiète plus pour les filles que pour les garçons, tout au long de la vie. L'heure à laquelle elles rentrent à la maison après une fête de l'école revêt une tout autre signification que pour les garçons. Sur le trajet entre l'école et la maison, beaucoup de pistes cyclables ne sont pas éclairées. En revanche, toutes les filles tombent amoureuses de leur père. L'éternel combat pour protéger son espace vital se livre contre les mères. Caroline en faisait parfois les frais. « Mais c'est quoi le problème, au juste ? » criait-elle en désespoir de cause à Julia quand celle-ci lui claquait au nez la porte de sa chambre. « Et toi, qu'est-ce qui te fait rire ? » me demandait-elle quand elle voyait ensuite Lisa lever les yeux au ciel et m'adresser un clin d'œil. « Toi, tu ne fais jamais rien de travers à leurs yeux. Qu'est-ce que je fais de travers, moi ? Qu'est-ce que tu fais que je ne fais pas ?

— Je suis leur père. »

« Dans quoi il joue cet acteur, papa ? » a demandé Lisa tandis que nous garions la voiture à quelques rues de la maison de Ralph Meier. Nous étions d'abord passés devant, en longeant une haie, puis des arbustes bordant un jardin dans un des quartiers les plus calmes, les plus chers, de notre ville. Entre les arbustes, on apercevait les invités debout sur la pelouse, un verre et une petite assiette à la main. De la fumée s'échappait, sans doute d'un barbecue : nous avions ouvert nos vitres et une odeur de viande grillée nous emplissait les narines.

« Il est surtout connu comme acteur de théâtre, ai-je dit. Il ne passe pas souvent à la télévision. »

Pour Lisa, un acteur célèbre devait jouer pour le cinéma, ou au moins dans une série diffusée tous les jours à la télévision. Sans doute aussi être jeune, pas plus âgé que Brad Pitt en tout cas. Pas de l'âge de

Ralph Meier qui donnait une petite fête parce qu'il était marié avec la même femme depuis vingt ans.

« On peut aussi être célèbre quand on joue au théâtre ? a-t-elle demandé, étonnée.

— Lisa ! Ne sois pas idiote ! Bien sûr que oui ! » Julia avait les écouteurs de son iPod dans les oreilles mais, de toute évidence, cela ne l'avait pas empêchée de suivre notre conversation.

« Ben quoi ? Je peux demander tout de même ! a dit Lisa. C'est possible, papa ? On peut être célèbre au théâtre ? »

Nous n'avions pas prévu d'amener nos deux filles à la fête de Ralph Meier. Mais comme elle avait lieu un samedi après-midi, nous leur avions proposé de venir. Au début, elles n'avaient pas manifesté de grand enthousiasme. Mais finalement, une demi-heure avant notre départ, elles avaient annoncé, à notre étonnement, qu'elles nous accompagnaient. « Pourquoi ? Vous n'êtes vraiment pas obligées d'y aller, vous savez, ai-je dit. Maman et moi, nous ne serons partis que quelques heures.

— Julia dit qu'il y aura peut-être des gens célèbres », a expliqué Lisa.

J'ai regardé Julia.

« Ben pourquoi tu me regardes comme ça ? a-t-elle dit. Ça se peut, non ? »

Je venais de fermer la voiture à clé et, tandis que nous longions les arbustes et la haie en direction de la porte d'entrée, j'ai essayé de répondre à la question de ma fille cadette. Oui, me suis-je dit, on pouvait encore être célèbre en jouant sur les planches, mais cette célébrité n'était pas la même que cinquante ans auparavant. On avait plusieurs fois tenté de rendre justice au talent de Ralph Meier également devant la caméra – avec un résultat très variable. Je me souviens d'une série policière dont la diffusion avait été interrompue au bout de huit épisodes, du sérieux avec lequel Ralph Meier avait prononcé la phrase : « Vous allez venir nous expliquer tout ça au poste, mon p'tit gars ! » – un sérieux qui donnait seulement envie de rire. Son rôle de résistant dans *Le Pont sur le Rhin*, le film néerlandais le plus coûteux de tous les temps, n'avait pas été une réussite non plus. Je me rappelle surtout la scène de l'assaut du bureau de l'état civil à Arnhem et la phrase : « Il faut la flinguer, cette putain à boches, bordel ! » En prononçant cette phrase, Ralph Meier avait essayé de donner à son regard une expression de fureur, mais on y décelait surtout de l'étonnement. Comme un héros de la résistance de plus de cent kilos n'était pas convaincant, il avait dû faire un régime. Il avait manifestement perdu quelques kilos, mais son corps n'en était pas plus mince, simplement un peu plus vide. Et une demi-heure avant la fin du film, devant le peloton d'exécution, Ralph donnait l'impression d'être soulagé. Peut-être était-il content que le tournage touche à sa fin car il allait enfin pouvoir aller chercher un sandwich au camion cantine.

« Il y a encore beaucoup de gens qui vont au théâtre, ai-je dit. Pour ces gens-là, Ralph Meier est célèbre. »

Lisa a tourné la tête vers moi et m'a décoché son plus adorable sourire. « Mais oui, papa. »

11

Parfois vous rembobinez votre vie, pour vérifier à quel moment elle aurait pu prendre une autre tournure. *Là !* vous dites-vous. *Là, regarde...* Là, quand je dis que, pendant les vacances, nous serons nous aussi dans la région et que c'est peut-être (« Effectivement. Oui. Pourquoi pas ? Qui sait ») une bonne idée de passer. C'était au moment de prendre congé, tout à la fin de la soirée. La nuit était déjà tombée depuis longtemps et Ralph tout comme Judith ont évoqué pour la première fois la maison de vacances.

Vous faites un arrêt sur image, puis vous revenez en arrière, image par image. Ici, Judith serre Caroline dans ses bras et l'embrasse sur les deux joues. « Nous y serons de la mi-juillet à la mi-août, dit-elle. Donc si vous êtes dans les parages… » Encore un peu avant, vous voyez Ralph Meier qui éclate de rire à une plaisanterie incompréhensible – dont vous ne vous souvenez plus. « Nous avons loué une villa pour cet été, dit-il ensuite. Une villa avec piscine pas loin de la plage. Venez y faire un saut, si vous en avez envie. Il y a largement la place. » Il vous donne une petite tape sur l'épaule. « Et j'ai comme l'impression qu'Alex sera content. » Il fait un clin d'œil et regarde ma fille aînée. Julia. Mais Julia se détourne à moitié et fait mine ne pas nous avoir entendus.

Alex était leur fils aîné. J'étais là quand Alex et Julia ont été présentés l'un à l'autre. Nous étions encore dans le hall d'entrée, au tout début de notre visite, nous venions d'arriver. On a rarement l'occasion d'en être témoin, et justement parce que c'est rare, on sait tout de suite quand c'est vrai. Cette étincelle. L'étincelle qui littéralement se transmet de l'un à l'autre.

« Cela vous ferait plaisir ? a demandé Caroline à nos deux filles sur le chemin du retour. De passer chez ces gens-là pendant les vacances ? »

Aucune réponse ne lui est parvenue de la banquette arrière. Dans mon rétroviseur, j'ai vu Julia regarder rêveusement dehors. Lisa s'était enfoncé dans les oreilles les écouteurs de son MP3.

« Julia ? Lisa ? a dit Caroline en se retournant et en posant le bras sur le dos de son siège. Je vous ai posé une question.

— Oui ? a dit Julia. Qu'est-ce que tu as demandé ? »

Ma femme a poussé un soupir. « Je vous ai demandé si ça vous dirait qu'on passe chez ces gens-là pendant les vacances.

— Ça m'est égal, a dit Julia.

— Ah bon ? Il m'avait semblé que tu trouvais ce garçon extrêmement sympathique. On ne t'a pas vue de tout l'après-midi et de toute la soirée.

— Mam…

— Oh, désolée. J'ai juste pensé que tu serais contente à l'idée de le revoir. Pendant les vacances.

— Ça m'est égal, a dit Julia.

— Et toi Lisa ? a demandé ma femme. Elle était obligée de crier presque, avant que Lisa ne retire ses écouteurs. « Qu'est-ce que tu dirais de passer chez ces gens pendant les vacances ? Ils ont loué une villa près de la mer. Une villa avec piscine. »

Lisa s'était retirée, avec le frère cadet d'Alex et d'autres enfants, dans un coin du salon où ils avaient regardé des DVD et joué à des jeux sur la PlayStation devant un gigantesque téléviseur à écran plasma fixé au mur. Thomas ! Un miracle que son nom me revienne aussitôt à l'esprit. Alex et Thomas. Thomas me paraissait avoir à peu près le même âge que Lisa, mais Alex avait probablement un an et demi de plus que Julia. Quatorze ou quinze ans. Il ne manquait pas d'attrait, avec ses boucles blondes et une voix déjà très grave pour son âge. Dans tous ses mouvements, que ce soit sa manière de marcher ou de tourner la tête pour vous regarder, il y avait une lenteur étudiée, comme s'il essayait de jouer une version de lui-même au ralenti. Thomas était plutôt du type TDAH : agité, bruyant. Dans le coin réservé au téléviseur à écran plasma, des verres et des bols de chips ne cessaient d'être renversés, et les autres enfants hurlaient de rire à ses plaisanteries.

« Chouette, une piscine ! » a dit Lisa.

Quand nous sommes arrivés chez eux, j'ai commencé par errer dans le salon et la cuisine, puis je suis allé me promener dans le jardin. Je connaissais vaguement le visage de beaucoup des personnes présentes, sans toujours savoir pourquoi. Plusieurs de mes clients étaient là aussi. La plupart d'entre eux me voyaient probablement pour la première fois lâché dans la nature, dans des vêtements normaux et les cheveux en bataille. Sans doute était-ce pour cette raison qu'ils me regardaient eux aussi comme une personne leur évoquant un vague souvenir, sans parvenir à identifier mon visage. Je ne leur venais pas en aide. Je les saluais d'un signe de tête et poursuivais ma promenade.

Ralph, posté devant le barbecue, portait un tablier de cuisine sur lequel était imprimé I LOVE NY. Il piquait les saucisses, retournait les hamburgers et faisait glisser des ailes de poulet dans un plat. « Marc ! » Il s'est penché et a enfoui le bras dans une glacière dont il a ressorti un demi-litre de Jupiler. « Et ta femme ? J'ose espérer que tu es venu accompagné de ta ravissante femme ! »

Il m'a glissé la canette de bière glacée dans la main. Je l'ai regardé. Je n'ai pas pu m'en empêcher : j'ai ri.

« Qu'est-ce qui te fait rire ? m'a-t-il demandé. Tu ne vas tout de même pas me dire que tu es venu tout seul ? »

J'ai regardé autour de moi dans le jardin en faisant mine de chercher Caroline. Je cherchais quelqu'un d'autre. Et j'ai trouvé presque aussitôt. Elle était près des portes coulissantes de la baie vitrée par laquelle j'étais sorti quelques minutes plus tôt.

Elle m'a vu elle aussi. Elle a fait un grand geste.

« Je vais voir où elle est », ai-je dit.

Avant de poursuivre, je dois d'abord donner quelques précisions sur mon aspect physique. Je ne suis pas un George Clooney. Avec la tête que j'ai, je ne décrocherais pas un rôle principal dans une série en milieu hospitalier. J'ai en revanche la présence nécessaire, ou plutôt : le regard. Le regard qui unit tous les médecins, du haut en bas de l'échelle. C'est, je ne vois vraiment pas comment l'exprimer autrement, un regard *qui déshabille*, qui voit le corps humain tel qu'il est. *Pour nous, ce corps n'a pas de secrets*, dit ce regard. *Vous pouvez le recouvrir de vêtements, mais en dessous vous êtes nus.* Voilà le regard que nous portons sur les gens. Comme s'ils étaient non pas des patients, mais les habitants provisoires d'un corps qui, sans un entretien régulier, peut lâcher.

J'étais avec Judith sur la terrasse devant les portes coulissantes en verre. Dans le jardin, la musique provenant de la maison n'était plus qu'un murmure. Un air sud-américain : de la salsa. Mais personne ne dansait. Partout des petits groupes parlaient, debout. Nous ne détonions pas, Judith et moi. Nous formions nous aussi un petit groupe.

« Vous habitez ici depuis longtemps ? » ai-je demandé.

Nous tenions chacun une petite assiette en plastique à la main. Une petite assiette que nous venions de remplir au buffet installé dans le salon. Moi en me servant un peu plus de charcuterie, de fromage français et de préparations à la mayonnaise, elle plus de tomates cerise, de thon et de choses d'un gris verdâtre qui ressemblaient à des feuilles d'artichaut mais n'en étaient sans doute pas.

« C'était la maison de mes parents, a dit Judith. Ralph et moi, nous avons commencé par habiter pendant quelques années dans une péniche. C'était bien, romantique, tout ce qu'on veut, mais quand les garçons sont arrivés, c'est devenu trop petit et oppressant. Sans parler de l'angoisse de s'occuper de deux enfants en bas âge avec à longueur de journée de l'eau tout autour. Il était grand temps de partir. Et nous en avions vraiment assez de ce tangage sur le bateau. »

J'ai ri, alors qu'à proprement parler, elle n'avait rien dit de drôle. Mais je connaissais par expérience le mécanisme : plus on a l'occasion de rire dans une conversation avec une femme, mieux c'est. Elles n'ont pas l'habitude, les femmes, de faire rire. Elles pensent qu'elles ne sont pas drôles. C'est d'ailleurs souvent le cas.

« Et tes parents… ? » J'ai laissé la question en suspens, tout en décrivant à l'aide de ma fourchette en plastique un rond au-dessus de mon assiette en plastique. *À l'intérieur* de l'assiette : la seule interprétation possible était que je lui demandais si ses parents étaient encore parmi nous. Parmi les vivants.

« Mon père est mort. Ma mère trouvait la maison trop grande pour y vivre seule et elle a pris un appartement dans le centre-ville. J'ai aussi un frère qui vit au Canada. Il était d'accord pour que nous récupérions la maison.

— Et cela fait une drôle d'impression ? » ai-je demandé en élargissant le mouvement de ma fourchette. *À l'extérieur* de l'assiette. « Cela fait une drôle d'impression de vivre dans une maison où l'on a grandi ? Je veux dire, c'est un peu comme si tu avais remonté le temps, pour te retrouver à l'époque où tu étais une petite fille. »

En prononçant les mots « petite fille », j'ai légèrement baissé les yeux. Vers sa bouche. Sa bouche qui mâchait une feuille. J'ai regardé sans équivoque : comme un homme regarde la bouche d'une femme. Mais j'ai aussi regardé en tant que médecin. Avec le fameux regard. *Tu peux aussi continuer de me parler de bouches*, disait le regard. *Pour nous, les bouches non plus n'ont pas de secrets*.

« Au début, oui. Au début cela m'a fait une drôle d'impression. C'était comme si mes parents y vivaient encore. Je n'aurais pas été étonnée de les croiser : dans la salle de bains, dans la cuisine, ici dans le jardin. Mon père plutôt que ma mère. Je veux dire, ma mère vient ici encore régulièrement, bien sûr, donc c'est différent. Ce soir aussi, elle est ici, quelque part, tu l'as peut-être vue. Mais nous avons vite apporté des transformations, abattu des murs, réuni deux chambres en une seule, installé une autre cuisine, et ainsi de suite. Alors ce sentiment a disparu. Pas complètement, mais quand même. »

Une bouche est une mécanique. Un instrument. Une bouche aspire l'oxygène. Elle mâche la nourriture pour la réduire en bouillie et l'avale. Elle goûte, elle sent si un aliment est trop chaud ou trop froid. J'ai de nouveau regardé Judith droit dans les yeux. Et j'ai continué de la regarder avec en tête ces pensées à propos des bouches. *Un regard en dit plus long que des mots*. C'est un cliché. Mais un cliché en dit aussi plus long que des mots.

« Et ta propre chambre ? ai-je dit. Ta chambre de petite fille ? Tu l'as aussi entièrement réaménagée ? »

En prononçant les mots « chambre de petite fille », j'ai cligné des yeux une fraction de seconde, puis j'ai levé les yeux vers les deux étages de la maison. C'était une invitation. Pour qu'elle me montre son ancienne chambre de petite fille. Maintenant, ou plus tard dans l'après-midi. Dans la chambre de petite fille, nous regarderions de vieilles photos. Les vieilles photos d'un album. Au bord d'un lit une place qui avait été autrefois son lit de petite fille. Judith sur une balançoire. Dans une piscine. Posant avec des camarades de classe dans une cour d'école pour le photographe. Au bout d'un moment, je lui prendrais l'album des mains et je la renverserais sur le lit en la poussant doucement. Seulement pour la forme, elle résisterait encore un peu. En émettant de petits rires, elle appuierait ses mains contre ma poitrine pour essayer de me repousser. Mais le fantasme aurait le dessus. Un vieux fantasme, aussi vieux que la chambre de petite fille. Le médecin passe. Le médecin prend la température. Le médecin pose une main sur le front. Le médecin éloigne les parents inquiets et reste encore un peu assis au bord du lit.

« Non, a dit Judith. Mon ancienne chambre de petite fille est maintenant celle de Thomas. C'est lui qui a repeint les murs. Rouge et noir. Et oui, si tu veux tout savoir : avant, les murs étaient violets et roses.

— Et tu avais un lit couvert de coussins violets et roses et aussi d'animaux en peluche, ai-je dit. Et un poster de… – là j'ai fait un pari ; citer un chanteur ou un acteur de cinéma était trop risqué, trop associé à une période – Un phoque, ai-je dit. Un gentil phoque. »

À ce stade, je dois aussi donner, en dehors de mon aspect physique, quelques précisions sur moi-même. Je suis plus amusant que la plupart des hommes. Dans les listes que publient les magazines féminins sur les qualités les plus prisées chez un homme, la plupart des femmes indiquent le « sens de l'humour ». Autrefois, je pensais que c'était un mensonge. Un mensonge pour dissimuler le fait qu'au moment décisif, leur choix finirait toujours par se porter sur George Clooney ou Brad Pitt. À présent, j'ai compris qu'il s'agit d'autre chose. Par « sens de l'humour », les femmes ne veulent pas dire qu'elles souhaitent continuellement se taper les cuisses en écoutant les plaisanteries d'un homme hilarant. Elles veulent dire autre chose. Elles veulent dire que cet homme doit être « plaisant ». Pas drôle : plaisant. Au fond, toutes les femmes ont peur de finir par s'ennuyer avec les hommes trop beaux en ce bas monde. D'être confrontées à des hommes parfaitement conscients de la belle image que leur renvoie le miroir. Qui n'ont aucun mal à se donner. Les femmes ? Ils ont l'embarras du choix. Mais à peine la nuit de noces passée, ils n'ont déjà plus de conversation. L'ennui n'a plus de fond. C'est fatigant de passer toute la journée avec un homme amoureux de son propre reflet dans la glace. Jour après jour. Le temps se transforme en une longue route droite à travers un paysage certes beau mais monotone. Un paysage qui ne change jamais.

« Presque, a dit Judith.

— Un cheval. Non, un poney. Tu lisais des livres sur les chevaux.

— Oui, je lisais parfois des livres sur les poneys. Mais je n'avais pas de poster de cheval. Ni de poney.

— Papa… » J'ai senti une main frôler mon coude et j'ai regardé de côté. Julia était devant moi, accompagnée d'Alex, le garçon flegmatique qui m'avait serré la main plus tôt mais dont j'avais entre-temps oublié le nom. Un peu en retrait, deux garçons et deux filles attendaient. « On peut aller chercher des glaces ? a-t-elle demandé. Ce n'est pas loin d'ici. »

Point de vue timing, le moment était à la fois mal et bien choisi. D'un côté, nous risquions de ne plus jamais pouvoir retrouver la légère sensualité de notre conversation en apparence innocente sur les chambres de petite fille, les posters de phoques et les livres de chevaux. D'un autre côté, ma fille de treize ans était la preuve vivante qu'un homme plaisant – moi en l'occurrence – avait été en mesure d'engendrer un enfant. Et pas n'importe quel enfant, une blonde apparition, un rêve capable de mettre sens dessus dessous, dès le premier regard, les hormones de ce garçon de quinze ans. Je le dis sans détour : je prends un immense plaisir à être en compagnie de mes filles dans des endroits où tout le monde peut nous voir ensemble. Sur une terrasse, dans un grand magasin, à la plage. Les gens regardent. Je les *vois* regarder. Je vois aussi ce qu'ils pensent. *Mon Dieu que ces enfants sont réussies !* pensent-ils tous. *Quelles ravissantes petites filles !* L'instant suivant, ils pensent à leurs propres enfants. Leurs enfants moins réussis. Ils deviennent jaloux. Je sens leurs regards envieux. Ils se mettent en quête de défauts : dents pas tout à fait droites, affections cutanées, voix trop perçante. Mais ils ne trouvent rien. Alors ils se fâchent. Ils se fâchent contre le père qui a eu plus de chance qu'eux. La biologie est une force. On aime aussi de tout son cœur un enfant laid. Mais c'est différent. On est satisfait de sa maison au troisième étage sur cour, mais un jour on est invité à déjeuner chez quelqu'un qui a une piscine dans son jardin.

« Mais c'est où exactement ? ai-je demandé le plus calmement possible. Cet endroit où vous allez chercher des glaces. »

J'ai regardé le garçon flegmatique comme tout père regarde un garçon qui veut emmener sa fille acheter des glaces. *Si tu poses un seul doigt sur elle, tu es mort.* D'un autre côté, une voix chuchote aussi qu'il faut lâcher prise. Il y a un moment critique où le père protecteur doit faire un pas en arrière au profit de la continuité de l'espèce. La biologie, c'est ça aussi.

« C'est près d'ici, a dit Judith. Ils n'ont qu'une rue à traverser, mais il y a un feu rouge. »

Je l'ai regardée. J'ai résisté à la tentation de lui dire : « Ma fille a treize ans, ma chérie, elle va déjà toute seule au collège à vélo. » J'ai fait mine de réfléchir. De me montrer compréhensif. Un gentil père inquiet. Mais surtout un père plaisant.

« OK, ai-je dit, et je me suis tourné vers le garçon. Je compte sur toi pour la raccompagner, d'accord ? »

Puis nous nous sommes à nouveau retrouvés seuls, Judith et moi. Mais le moment était effectivement passé. J'aurais été mal inspiré de ramener la conversation sur les posters de phoques et les livres de chevaux. Sur la chambre de petite fille. On se fait vite une idée du genre d'homme qu'on a en face de soi. Visiblement aucun autre sujet de conversation, se dit la femme qui invente ensuite une excuse pour se débarrasser de lui. « Il faut que j'aille dans la cuisine pour vérifier si la tarte est cuite. »

Je l'ai regardée. J'ai soutenu son regard, plutôt. J'avais vu Judith regarder ma fille. Ce regard aussi était vieux comme le monde. Un bon parti, disaient ses yeux. Un bon parti pour mon fils. Et maintenant nous nous regardions. Je cherchais encore les mots justes, mais je lui parlais déjà avec les yeux. Judith n'avait aucune raison d'être jalouse ou furieuse contre moi. Son fils aussi était réussi. Lui aussi était un bon parti. En laissant sans difficulté Julia partir avec lui, je n'avais fait que confirmer ce que tout le monde pouvait constater de ses propres yeux. Quatre-vingt-dix pour cent des femmes trouvent un homme marié plus attirant qu'un homme seul, nous enseignait Aaron Herzl, mon professeur de biologie médicale, déjà à l'époque. Un homme qui a déjà quelqu'un. Un homme marié, de préférence avec des enfants, a déjà fait ses preuves. Il en est capable. Les hommes célibataires, en liberté, sont comme une maison restée vide trop longtemps. Cette maison a forcément un problème, se dit la femme. Six mois plus tard, elle est encore vide.

C'est ainsi que Judith me regardait. Comme un homme marié. Le message était clair. Nos enfants étaient réussis. Indépendamment l'un de l'autre, nous avions renforcé l'espèce en mettant au monde des enfants réussis occupant une position de force sur le marché. Nos enfants ne seraient jamais vides.

« Il a déjà une petite amie ? » ai-je demandé.

Judith a rougi. Sans être écarlate, elle avait manifestement pris des couleurs.

« Alex ? a-t-elle dit. Non. »

Elle semblait sur le point d'ajouter quelque chose, mais elle s'est retenue à temps. Nous nous sommes regardés. Nous avions les mêmes pensées.

12

Quand Julia et Lisa étaient petites, il nous arrivait encore d'aller camper. Plus maintenant. C'est surtout Caroline qui aimait cela. Avant notre rencontre, elle avait souvent campé. Je ne voulais pas la décevoir. Quand on a une femme qui aime l'opéra ou la danse classique, on l'accompagne à l'opéra et aux spectacles de danse classique, c'est aussi simple que cela. Caroline aimait dormir dans une tente. Donc j'ai moi aussi essayé de dormir dans une tente. Mais je passais une bonne partie de la nuit éveillé. Ce n'était pas tant la pensée d'être totalement à l'extérieur – à l'extérieur sans protection, séparé du monde par un simple bout de tissu – qui me faisait fixer l'obscurité les yeux grands ouverts. Ce n'était pas non plus la pluie sur la toile de tente, le tonnerre qui semblait vous exploser dans le pavillon de l'oreille, l'odeur de vestiaire quand on se réveillait trop tard et que le soleil avait chauffé la toile pendant des heures. Non, ce n'étaient pas tous ces aspects qui m'empêchaient de dormir. C'étaient *les autres* : l'humanité de l'autre côté de la fine toile de tente. J'étais éveillé et j'entendais des choses. Des choses que font les autres et qu'on ne *veut* pas entendre. Ce n'était pas la tente qui était à l'origine de mes insomnies, mais l'endroit où elle était plantée : dans un camping parmi d'autres tentes.

Un matin, quelque chose en moi a craqué. J'étais assis dans mon fauteuil pliant à ras de terre devant notre tente, les jambes étendues dans l'herbe. Julia faisait des allers-retours en tricycle sur le petit chemin qui menait aux toilettes. Lisa jouait à quelques mètres de moi dans son parc escamotable, à l'ombre d'un châtaigner. « Papa, papa ! » a crié Julia en agitant la main. Et je lui ai répondu moi aussi en agitant la main. Caroline était partie acheter du lait à l'épicerie du camping – dans celui de la veille flottaient deux grosses mouches ce matin-là.

Un homme s'est approché sur le chemin. Il portait un short rouge. Pas un short court ou trois-quarts ordinaire, mais un modèle qui dégageait ses jambes blanches presque jusqu'à l'entre-cuisses. L'homme portait des sandales aux semelles en bois qui, à chacun de ses pas, venaient claquer avec un plaisir sonore contre ses plantes de pieds sans aucun doute très blanches aussi. Sans la moindre gêne, à la vue de tous, il tenait dans sa main droite un rouleau de papier toilette.

C'était une sensation, rien de plus. Une sensation d'écœurement. Je trouvais répugnant que cet homme passe à quelques pas de ma fille sur son tricycle. J'ai vu Julia arrêter de pédaler et le regarder. Cela n'en devenait que plus répugnant. L'idée que sur les yeux qui n'avaient pas trois ans de ma fille s'imprime ce corps humain trop blanc et dénudé était, je ne sais comment le dire autrement, *avilissante*. L'homme avilissait le regard avec ses jambes nues, ses sandales en bois et ses pieds blancs répugnants. Le regard d'un enfant.

Je ne savais pas encore très bien ce que j'allais faire quand je me suis levé péniblement de mon fauteuil pliant et que je l'ai suivi jusqu'aux toilettes. « Ne t'écarte pas du chemin, ma chérie », ai-je dit en passant devant Julia. J'ai aussi lancé un coup d'œil à Lisa dans son parc et je suis entré dans le bâtiment. J'ai vite trouvé ce que je cherchais. Je n'avais qu'à me laisser guider par les bruits. Les cabines des toilettes étaient de celles qui laissent un large espace ouvert entre le bas de la porte et le sol. En haut, elles étaient aussi reliées par l'air libre. Elles n'avaient pas de plafond. Si on se mettait debout sur la lunette, on pouvait voir son voisin dans sa cabine. Je me suis accroupi, puis agenouillé. L'homme avait baissé son short rouge jusqu'à ses chevilles. J'ai vu ses pieds dans les sandales en bois, ses orteils blancs disproportionnés. L'ongle d'un gros orteil était jaunâtre, comme les extrémités des doigts d'un fumeur invétéré. Couleur de nicotine. J'ai pris une profonde inspiration. Il existait des traitements, je le savais, il n'y avait aucune raison de se promener dans un état pareil. Certes, les traitements n'étaient pas toujours efficaces, mais quand on avait un minimum de décence, on épargnait à ses semblables un tel spectacle. Il fallait être un gros rustre, un gros rustre *répugnant*, sans la moindre compassion, pour exhiber ses pieds malades. Quand on se permettait de surcroît d'attirer encore plus l'attention sur soi en portant des claquettes, on perdait à tout jamais le droit à la clémence – à l'anesthésie en cas d'intervention d'urgence.

J'étais encore agenouillé devant les toilettes. J'observais à présent la scène avec le regard du médecin. Je me suis demandé ce que je pouvais faire. Ce genre d'ongles opposaient peu de résistance, je le savais, ils se détachaient rapidement quand on parvenait à glisser quelque chose en dessous : une pincette, un coton-tige, le bâtonnet d'une glace, peu importait, très peu de force suffisait. J'ai regardé le gros orteil et l'ongle condamné à mort. Je ne pouvais maintenant plus m'en empêcher. J'ai pensé à un marteau. Pas le marteau que Caroline et moi utilisions pour enfoncer dans la terre les piquets de notre tente. Celui-là était mou, *souple*, un marteau rond en caoutchouc qui ne pouvait pas faire beaucoup de dégâts. Non, il fallait que ce soit un vrai marteau. Un marteau *en métal* capable de broyer d'un seul coup bien ciblé cet ongle fragile, de le faire éclater en mille morceaux. En dessous le tissu est plus mou. Cela se transformerait en bain de sang. Les parties d'ongle détachées voleraient de tous côtés, contre les parois et la demi-porte des toilettes, comme du tartre pulvérisé sous la roulette du dentiste. Un voile est passé devant mes yeux. Un voile rouge disent souvent les gens, mais le mien était gris : le gris d'une averse, ou d'un brouillard qui soudain se lève. Je pouvais agripper l'homme par les chevilles et le tirer en dessous de la porte. Mais je n'avais toujours pas de marteau.

« Putain… »

Il y a eu un silence ; et c'est en prenant conscience du silence qui s'installait que j'ai compris que j'avais juré à voix haute.

« Pardon ? a dit la voix de l'homme. Il y a quelqu'un ? »

Un compatriote. Un Néerlandais. J'aurais dû m'en douter. Mais en fait, je le savais depuis longtemps : depuis l'instant où il était entré dans mon champ de vision avec son rouleau de papier toilette.

« Gros dégueulasse ! » ai-je dit. J'ai vu les mains de l'homme agripper son short rouge et commencer à le remonter le long de ses jambes. Je me suis levé. « Espèce de dégueulasse. Tu devrais avoir honte. Il y a des enfants dans ce camping. Eux aussi voient cette saleté. »

Il régnait un silence de mort de l'autre côté de la porte. Sans doute ne parvenait-il pas à décider s'il devait sortir ou attendre encore un peu, pour plus de sûreté, au cas où je partirais.

C'est ce que j'ai fini par faire. J'ai cligné des yeux, ébloui par le soleil, quand je suis sorti au grand air – et j'ai aussitôt constaté que quelque chose n'allait pas. J'ai vu notre tente, j'ai vu le parc avec Lisa dedans sous le châtaigner, mais pas Julia et son tricycle.

« Julia ? ai-je appelé. Julia ? »

Je connaissais ce sentiment, il m'était déjà arrivé de perdre ma fille aînée. À la foire. J'avais réagi assez calmement, essayant de garder une voix normale mais, à l'intérieur de ma cage thoracique, les battements glacials de la panique résonnaient bien plus fort que la musique des orgues de Barbarie et les cris des gens dans les wagons des montagnes russes.

« Julia ! »

J'ai marché jusqu'au bout du chemin, à l'endroit où il disparaissait après un virage derrière une grande haie. Au-delà s'étendait le champ suivant, où étaient dressées des tentes.

« Julia ? »

Devant une petite tente bleue, deux femmes accroupies lavaient des assiettes dans une bassine posée devant elles sur l'herbe. Elles se sont interrompues, m'ont regardé d'un air interrogateur, mais j'ai aussitôt fait demi-tour. À gauche du chemin, quelques mètres plus bas, j'ai entendu clapoter la rivière où nous allions souvent nager l'après-midi.

« Julia ? »

Je me suis tordu la cheville sur une grosse pierre ronde. Une ronce m'a fouetté la joue, juste en dessous de l'œil. En trois, ou tout au plus quatre pas trébuchants, j'ai atteint la rive. Le tricycle était là, la roue avant dans l'eau, devant une crique peu profonde.

J'ai commencé à courir dans l'eau, j'ai glissé et je suis tombé, dans une fontaine de gouttes d'eau, les fesses contre les pierres du fond.

Julia n'était pas dans la rivière mais tout simplement sur la rive. Elle jetait des cailloux, mais quand elle m'a vu les jambes écartées dans l'eau, elle a éclaté de rire.

« Papa ! a-t-elle crié et elle a levé les bras en l'air. Papa ! »

Je me suis levé d'un bond. Un autre et j'étais auprès d'elle.

« Bon sang ! ai-je dit en lui agrippant fermement le poignet. Qu'est-ce que je t'ai dit, bon sang ! Il faut rester sur le chemin ! Rester sur le chemin, bon sang ! »

Pendant une seconde entière, les yeux de ma fille m'ont regardé comme si le tout n'était qu'une plaisanterie – papa est tombé dans l'eau pour rire, maintenant papa est fâché pour rire – puis quelque chose s'est éteint dans son regard. Elle a grimacé de douleur en tirant fort sur son poignet.

« Papa… »

Pendant des années, j'allais me souvenir de ce regard ; chaque fois des larmes me monteraient aux yeux.

« Marc ! Marc ! Qu'est-ce que tu fais ? »

Caroline était en haut de la butte entre les arbres. Elle tenait à la main une bouteille de lait. Son regard est allé de moi à Julia puis est revenu vers moi.

« Marc ! » a-t-elle crié encore une fois.

« Je n'en peux plus », ai-je dit une demi-heure plus tard, quand Julia, calmée, avait repris, comme si de rien n'était, ses allers-retours en tricycle sur le chemin.

Caroline m'a regardé. Elle m'a pris les deux mains et a dit : « Tu te souviens de ce petit hôtel que nous avons vu hier dans le village ? Juste à côté du marché ? Si nous allions y passer quelques jours ? »

À partir de ce jour-là, nous avons toujours été à l'hôtel. Ou nous avons loué une maison. Dans les hôtels et les maisons, il y avait parfois des piscines où l'on voyait aussi les parties dénudées d'autres personnes, mais on avait au moins la possibilité de se retirer. Le regard prenait quelques heures de liberté. Les yeux fermés pendant quelques heures, sur le lit de sa propre chambre. On n'était plus obligé d'ingurgiter à haute dose, vingt-quatre heures sur vingt-quatre, la saleté humaine. Après avoir passé plusieurs vacances dans des petites maisons et des hôtels, nous avons commencé à nous arrêter un peu plus longuement devant les vitrines des agences immobilières. Nous regardions les photos et les prix. Une maison secondaire à l'étranger aurait été un lot de consolation pour Caroline, qui avait bien voulu renoncer au camping. Nous pouvions nous le permettre financièrement. À condition de chercher à une certaine distance de la côte, ces maisons ne coûtaient pour la plupart qu'une bouchée de pain. Mais en nous perdant dans nos pensées à la vue de la petite photo d'un vieux moulin à eau et de son verger de poiriers, aussitôt nous réfléchissions à haute voix à tous les inconvénients. C'était peut-être dommage d'aller dans cette maison uniquement pour les vacances, nous disions-nous. Nous regardions longtemps la photo d'une ferme rénovée avec piscine. Il faudrait que quelqu'un s'occupe de la piscine, disions-nous, l'entretienne. Pareil pour le jardin. Sinon, on passerait nos vacances à tondre la pelouse et à déraciner les orties.

Par conséquent, nous remettions toujours à plus tard notre rêve d'une maison secondaire à l'étranger. Parfois, nous acceptions qu'un agent immobilier local nous fasse visiter les lieux. Nous nous courbions pour franchir des portes basses, affaissées ; nous sentions l'odeur d'eau stagnante d'une piscine où flottaient des lentilles d'eau et où coassaient des grenouilles ; nous évitions des toiles d'araignée dans une ancienne porcherie ; nous apercevions un coude de la rivière qui scintillait en contrebas ; nous nous penchions pour jeter un coup d'œil au vieux four à pain et regardions les hirondelles voleter sous les poutres du bâtiment principal pour entrer dans leur nid ou le quitter.

Trop venteux, jugeait souvent Caroline lors de ces visites. Trop chaud. Trop froid. Une vue trop limitée. Trop exposé. Les voisins sont trop près. Trop isolé.

« Nous vous téléphonerons, disais-je à l'agent immobilier. Ma femme et moi voulons prendre le temps de réfléchir quelques jours. »

Le matin de notre départ pour nos vacances d'été, en voyant la tente dans le coffre de la voiture, je n'en ai pas cru mes yeux. Elle était complètement au fond, peut-être à dessein, pour que je ne la remarque pas. Au même instant, Caroline est apparue dans l'encadrement de la porte d'entrée de notre maison en tenant deux sacs de couchage enroulés dans les mains.

« Oui ? ai-je dit. C'est quoi l'idée ?

— Rien. Je me suis juste dit : parfois on tombe sur un bel endroit où il est seulement possible de camper. Où il n'y a pas d'hôtel, je veux dire.

— Oui ? » ai-je répété. Je me suis dit qu'il valait mieux adopter un ton léger, comme si ma femme avait voulu me faire une bonne blague. « Alors il va falloir que je me rende tous les matins de l'hôtel au camping ? »

Caroline a posé les sacs de couchage dans le coffre et les a poussés au fond, contre la tente.

« Marc, a-t-elle dit. Je sais ce que tu penses du camping. Je ne vais pas t'obliger à faire quoi que ce soit. Mais parfois, c'est tout simplement dommage de se retrouver à l'hôtel. J'ai regardé sur internet, il y a là-bas des campings tout confort. Avec des restaurants. À une centaine de mètres de la plage.

— À l'hôtel, il y a aussi un restaurant », ai-je dit, mais je savais que le combat était perdu d'avance. Caroline regrettait le camping. J'aurais beau avancer toutes sortes d'arguments – la tente et les sacs de couchage prenaient la moitié de l'espace disponible pour les bagages –, je ne pouvais pas ignorer que ma femme avait à nouveau envie d'enfoncer des sardines dans le sol, de tendre des cordes et de dormir dans un sac de couchage qui, le matin, serait couvert de gouttes de rosée.

Il m'est aussi venu une autre pensée. Le soir après la fête dans le jardin chez Ralph et Judith Meier, j'avais demandé à Caroline si elle avait eu l'occasion de parler à Ralph. Et, plus particulièrement, s'il lui avait fait des avances.

« Tu avais parfaitement raison, a-t-elle répondu.

— À quel sujet ?

— De dire que c'est un homme salace.

— Ah bon ? » Nous étions couchés l'un à côté de l'autre, nos lampes de chevet allumées, mais nous ne nous regardions pas dans les yeux. Je ne sais pas quelle aurait été l'expression dans les miens si nous nous étions bel et bien regardés.

« Oui, tu avais raison. Je ne sais pas, je pense que, depuis que tu m'en as parlé, j'y suis attentive : à sa façon de me regarder. Et là je m'en suis aperçue, moi aussi. Il y avait quelque chose dans son regard… Il se passait la langue sur les lèvres en me regardant. Il faisait du bruit avec sa bouche. Comme si j'étais un hamburger. Nous étions à côté du barbecue, il plantait sa fourchette dans la viande pour vérifier si elle était cuite et retournait les hamburgers. Puis il baissait le regard. Il prenait l'expression d'un mauvais acteur dans un film censé être comique. Il roulait les yeux en regardant mes seins. Je vais être très claire : parfois c'est agréable. Parfois, une femme a plaisir à constater qu'un homme admire son corps. Mais là, c'était… différent. C'était, qu'est-ce que tu as dit déjà… salace. Oui, c'était ça. Un regard salace. Je ne savais pas où me mettre. En plus il a fait une plaisanterie. Je ne sais plus trop bien de quoi il s'agissait, mais c'était une plaisanterie salace. Pas une plaisanterie salace spirituelle, mais une vraie blague salace. Tu aurais dû voir la tête qu'il faisait en même temps ! Il y a des gens qui rient d'une plaisanterie comme s'ils l'avaient inventée eux-mêmes. C'est comme ça qu'il riait.

— Et maintenant, tu n'as plus envie de passer les voir dans leur maison de vacances, ai-je dit un peu trop vite.

— Marc ! Comment cette idée peut-elle te passer par l'esprit ? Non, je ne préfère pas, non. Déjà que je n'aime pas ça, passer chez des gens quand je suis en vacances, mais là sûrement pas. Je ne serais pas tranquille une minute au bord de la piscine avec Ralph dans les parages.

— Mais quand nous sommes partis, tu as donné l'impression de trouver que c'était une excellente idée. Quand nous nous disions au revoir, devant la porte d'entrée. Et dans la voiture, tu as aussi demandé à Julia et à Lisa ce qu'elles en pensaient. »

Caroline a poussé un soupir.

« Ah, nous avions tous un peu trop bu, a-t-elle dit. Dans ces cas-là, tu ne vas pas t'empresser de dire que tu n'as aucune envie de passer dans leur maison de vacances. Et dans la voiture, je pensais surtout à Julia. À ce garçon qui lui a plu. Mais heureusement, elle n'était pas très enthousiaste, elle non plus.

— Bon, nous verrons bien, ai-je dit. Ce n'est pas une obligation. »

Nous étions dehors, près du coffre ouvert de la voiture. J'ai flairé une occasion mais il fallait alors que je renonce à m'opposer à prendre la tente. Et tout de suite.

« Tu sais quoi ? ai-je dit. Cela va faire plusieurs années maintenant et parfois cela me manque, à moi aussi, le camping. On pourrait réessayer. Mais je ne veux pas entendre parler de casseroles et de réchaud à gaz ! Le soir, on sort dîner, un point c'est tout. »

Ma femme m'a soigneusement examiné à son tour, pour s'assurer que ce n'était pas une plaisanterie. Puis elle m'a sauté au cou.

« Marc ! Tu es vraiment adorable ! »

Je l'ai serrée contre moi. Je n'ai pas pu m'empêcher de penser à la dernière demi-heure de la fête dans le jardin. Je l'avais cherchée partout et j'avais fini par trouver Judith dans un coin éloigné du jardin où elle ramassait des verres, des canettes et des bols de chips et de cacahuètes à moitié vides.

Je l'avais attrapée par le poignet. Elle avait eu peur et s'était tournée vers moi. Quand elle m'avait reconnu, un sourire presque rêveur était apparu sur son visage.

« Marc…

— Il faut que je te revoie », ai-je dit.

13

Nous sommes partis un samedi. La première nuit, nous avons dormi à l'hôtel. La deuxième aussi. Nous n'avions pas de plan déterminé, comme la plupart du temps quand nous étions en vacances. Ou je devrais plutôt dire : tout donnait à penser que nous n'avions pas de plan prédéterminé. De l'extérieur, nous avions l'air d'un couple ordinaire avec deux filles. Une famille qui sans plan déterminé descend vers le Sud. En réalité, nous nous rapprochions presque imperceptiblement de la région où Ralph et Judith Meier avaient leur maison de vacances.

Dans le troisième hôtel, le matin sur le lit, j'ai feuilleté le guide des campings que nous avions pris à la maison au tout dernier moment. Dans le voisinage immédiat de la maison de vacances, dans un rayon d'une dizaine de kilomètres, il y avait trois campings.

« Que diriez-vous d'aller planter la tente quelque part demain ? ai-je dit.

— Ouiiiii ! se sont écriées en chœur Julia et Lisa.

— Seulement s'il fait beau » a répondu Caroline en me faisant un clin d'œil.

C'était le plan. Mon plan. Nous irions camper. Nous resterions quelques jours, au besoin une semaine, dans le même camping. Quelque part – sur la plage, au supermarché, sur une terrasse de la petite ville voisine – nous tomberions sur les Meier.

Plusieurs semaines avant notre départ, j'avais acheté dans une librairie spécialisée dans les voyages une carte extrêmement détaillée de la région. La carte était si précise que chaque maison y apparaissait distinctement. Sans pouvoir en être sûr à cent pour cent, je pensais avoir repéré la maison des Meier, grâce à l'adresse et à l'itinéraire que Judith nous avait envoyés par mail quelques jours après la fête dans le jardin. J'ai tapé l'adresse sur Via Michelin. Ensuite, sur Google Earth, j'ai zoomé jusqu'à ce que je puisse distinguer le bleu de la piscine et même le plongeoir.

Un des trois campings était situé en bordure de la route qui menait à la plage depuis la maison de vacances de Ralph et Judith Meier. J'ai été cependant épouvanté quand j'ai lu dans le guide qu'il s'agissait d'un « camping vert ». Un camping avec des « animaux de la ferme », des « sanitaires respectueux de l'environnement » et des « équipements sobres pour les vrais amoureux de la nature ». Je sentais presque la puanteur d'ici. Un camping où les produits vaisselle et les déodorants faisaient sans aucun doute partie des produits interdits présentait toutefois un avantage supplémentaire : le contraste par rapport à la maison de vacances avec piscine n'en serait que plus grand. Un seul plongeon suffirait pour que Julia et Lisa n'aient plus jamais envie d'en partir.

Dans son mail, Judith m'avait donné ses deux numéros de téléphone. Une semaine après la fête dans le jardin, j'avais tenté plusieurs fois de l'appeler sur son portable, mais obtenu le répondeur. Au début, sur le numéro fixe, personne ne répondait non plus.

J'avais envisagé de laisser un message, mais j'y avais finalement renoncé.

Trois jours plus tard – je n'espérais déjà plus et m'apprêtais à raccrocher –, une voix de femme inconnue a répondu sur la ligne fixe.

Je me suis présenté et j'ai demandé si Ralph ou Judith étaient là.

« Ils sont à l'étranger, a dit la voix – une voix plus trop jeune, ai-je constaté. Et, pour l'instant, je ne peux pas encore vous dire quand ils seront de retour. »

J'ai demandé à quel endroit à l'étranger.

« Et qui êtes-vous ? a demandé la voix.

— Je suis leur médecin de famille. »

Il y a eu quelques secondes de silence.

« Ralph a reçu une proposition inattendue, a poursuivi la voix. Des États-Unis. Pour un rôle dans une nouvelle série télévisée. Il est parti là-bas. Et ma fille a eu envie de l'accompagner. Alors pendant ce temps-là, je m'occupe des garçons. »

La mère de Judith. Je me souvenais vaguement d'une femme de soixante-dix ans environ se promenant, l'air un peu égaré, dans le jardin. Le lot de tous les parents d'un certain âge. Les amis de vos enfants n'échangent quelques mots avec vous que par politesse puis essaient de se débarrasser de vous le plus vite possible.

« Je peux..., a dit la mère de Judith. Voulez-vous que je leur transmette un message ? »

J'ai réprimé la tentation de dire : « Cela relève du secret médical. » J'ai répondu : « J'ai ici le résultat d'un examen sur mon bureau. Votre fille est venue à ma consultation il y a quelques semaines. Rien de grave, mais j'aimerais tout de même qu'elle prenne contact avec moi. J'ai déjà essayé de l'appeler sur son portable, mais elle ne répond pas.

— Oui, ça aussi, Judith m'a appelée pour m'en parler. Elle a oublié son portable. Je suis dans la cuisine. Je le vois d'ici. »

Tôt le lendemain matin, Judith a appelé. Ma consultation avait à peine commencé. Le premier patient venait de prendre place de l'autre côté de mon bureau. Un homme avec de fins cheveux gris, plusieurs veinules éclatées sur le visage, qui souffrait de troubles de l'érection.

« Je ne peux pas parler trop longtemps, a-t-elle dit. Que se passe-t-il ?

— Où es-tu exactement aux États-Unis ? » ai-je demandé en regardant le visage de mon patient. Un visage qui ressemblait à un terrain vague, un terrain où jamais plus rien ne serait construit.

« Nous sommes en ce moment en Californie. À Santa Barbara. Ici il est minuit passé. Ralph est dans la salle de bains. J'ai parlé à ma mère. Elle était plutôt surprise. Elle est âgée, mais elle s'est soudain souvenue que mon médecin généraliste est une femme. J'ai dû vite inventer une histoire, dire que j'étais allée te voir pour un deuxième avis. Mais cela n'a fait que l'affoler encore plus. »

J'imaginais Ralph Meier dans la salle de bains. Son grand corps sans vêtements. Les jets d'eau sortant de la pomme de douche. Les gouttes rebondissant sur ce corps : ses épaules, sa poitrine – son ventre pendant comme un auvent au-dessus de ses parties génitales. J'essayais de me représenter le ventre de Ralph en me souvenant de la première fois qu'il était apparu à ma consultation et que je lui avais dit d'enlever le haut. Je m'étais demandé s'il pouvait voir quoi que ce soit en baissant les yeux ou si ce ventre soustrayait tout à son regard.

« Je ne peux pas parler longtemps moi non plus, ai-je dit. Je voulais seulement savoir comment tu allais. Quand vous alliez rentrer. »

En le disant, j'ai regardé droit dans les yeux l'homme qui souffrait de troubles de l'érection. On peut lutter contre les troubles de l'érection à l'aide de comprimés, mais cela reste une imposture. Avec les comprimés, il se redresse quoi qu'il arrive, même devant un cheval malade, une corbeille à papier vide ou la vitrine d'une papeterie. En tout cas, si j'étais une femme, je ne tiendrais pas à savoir si l'autre a recours à un tel remède.

« Je ne sais pas, a dit Judith. Ralph doit encore faire quelques essais à l'écran. Ce serait fantastique si cela se faisait. Ce sera une très grande série. De HBO, c'est eux aussi qui ont tourné *Les Soprano*. Et *The Wire*. Il y a treize épisodes. L'histoire se passe dans la Rome antique à l'époque de l'empereur Auguste. Ils veulent Ralph dans le rôle principal. Le rôle de l'empereur.

— J'ai reçu ton mail. Avec l'adresse de votre maison de vacances.

— Marc, il faut que je raccroche maintenant. Nous allons peut-être y aller dès le début du mois de juillet. Tout dépend de ce qui va se passer ici. Peut-être que nous irons là-bas directement en avion depuis ici. Et ma mère nous rejoindra plus tard avec les garçons. Quand les vacances scolaires auront commencé. »

Je voulais ajouter quelque chose. Une allusion directe. Une avance. Quelque chose qui aurait aussitôt rappelé à Judith l'homme charmant que j'étais. Mais la présence de la souris morte de l'autre côté de mon bureau m'obligeait à me limiter à des banalités sans intérêt.

« Nous serons dans les parages, ai-je dit. Enfin, je veux dire : nous allons de toute façon dans cette direction. Ce serait bien si nous pouvions…

— Au revoir Marc. »

Pendant cinq secondes environ, j'ai gardé l'écouteur collé à mon oreille. L'écouteur qui n'émettait pas de signal occupé, mais un bruissement. J'ai pensé à la journée qui m'attendait. J'avais maintenant l'impression que cette journée aussi se remplissait d'un bruissement.

« Vous pouvez passer à côté pour retirer votre pantalon, ai-je fini par dire à mon patient en reposant l'écouteur. Je vous rejoins tout de suite. »

Le camping vert a dépassé mes plus folles espérances. Il faut reconnaître qu'il occupait un bel emplacement ombragé dans une pinède. Au loin, à travers les arbres, on apercevait l'étroite bande bleue de la mer. J'ai senti cependant une curieuse odeur. Celle d'animaux malades. Caroline a pris plusieurs profondes inspirations par le nez. Julia et Lisa ont eu l'air hésitant. Nous étions alors juste devant la barrière de l'entrée. Nous pouvions encore faire demi-tour. La barrière même était faite d'un simple tronc d'arbre peint. Un tronc d'arbre pas tout à fait droit, comme dans la nature. À côté, il y avait une petite guérite du style cabane en rondins. Nous étions sortis et restions appuyés contre notre voiture, hésitants. Je savais naturellement que ce camping était le mieux placé par rapport à la maison de vacances, mais il y a des limites à ce qu'une personne peut supporter. Cette odeur d'animaux malades faisait déjà naître en moi une fureur sourde. C'était une odeur qu'il m'arrivait parfois de sentir dans mon cabinet de consultation. Elle émanait de patients qui laissaient libre cours à la nature, comme ils le disaient eux-mêmes. Des patients qui refusaient de retirer des poils sur leur corps à des endroits où on n'est pas censé en avoir ; qui préféraient se laver avec l'eau d'un puits ou d'un fossé et qui « par principe » n'utilisaient pas de produits chimiques ou cosmétiques pour leur hygiène corporelle. Si tant est qu'on pût parler d'hygiène. Ils sentaient, par tous leurs orifices et leurs pores, l'eau stagnante. L'eau mêlée de terre et de feuilles mortes d'une gouttière bouchée. L'odeur ne faisait que s'aggraver quand ils se déshabillaient. Comme si l'on soulevait le couvercle d'une casserole. Une casserole oubliée au fond du réfrigérateur. Je suis médecin. J'ai prêté serment. Je soigne tout le monde sans faire de distinction. Mais rien ni personne ne suscite en moi autant de colère et de dégoût que la puanteur écologique des prétendus amis de la nature.

« Qu'en pensez-vous ? ai-je demandé aux membres de ma famille. Il y a d'autres campings dans les parages.

— Je ne sais pas… », a dit Caroline.

Julia a haussé les épaules. Lisa a demandé s'il y avait une piscine. Je m'apprêtais à lui répondre quand un homme est sorti de la cabane en rondins. Après un coup d'œil à notre plaque d'immatriculation, il est venu vers nous la main tendue.

« Bonjour ! » a-t-il dit en néerlandais sans une pointe d'accent ; il s'est d'abord approché de Caroline, lui a agrippé la main avant qu'elle ait pu l'écarter.

Un Néerlandais ! Les Néerlandais à l'étranger. Les Néerlandais qui démarrent un projet à l'étranger. Ils rénovent une ruine croulante pour en faire un hôtel ou un gîte, ouvrent une crêperie sur la plus belle plage de toute la côte, ou installent un camping dans une clairière isolée. Je n'ai jamais pu me défaire de l'impression que ces Néerlandais privent la population locale de quelque chose. Quelque chose qu'elle pourrait très bien faire elle-même. La plupart d'entre eux ne tiennent pas le coup très longtemps. On les traite par-dessous la jambe, ou on leur rend la vie tellement impossible qu'ils finissent par partir. Les tuiles du gîte sont livrées trop tard, l'autorisation pour le terrain de minigolf se perd dans le courrier, la hotte aspirante de la crêperie ne répond pas aux normes locales de sécurité. Les entrepreneurs néerlandais se plaignent des machinations incompréhensibles auxquelles se livre la bureaucratie du pays en question. « Mais qu'est-ce qu'ils cherchent exactement ? s'interrogent-ils à haute voix. Personne ne faisait quoi que ce soit de cette ruine. Dans ce bois il n'y avait strictement rien. Personne ne venait jamais sur cette plage. Nous nous donnons du mal. Nous, les Néerlandais, nous avons le goût de l'effort. Pourquoi nous met-on à ce point des bâtons dans les roues ? Ici, ils préfèrent ne rien faire que de se fatiguer. » Après avoir pesté et juré pendant deux à trois ans contre les autochtones, et contre les étrangers et leur tempérament paresseux en général, ils plient bagage et rentrent chez eux bredouilles.

En serrant à mon tour la main du gérant du camping, j'ai essayé de lire sur son visage à quel stade il en était. C'est comme une maladie maligne. D'abord il y a l'espoir. Puis suit la dénégation. La résignation ne survient que tout à la fin.

« Soyez les bienvenus », a dit l'homme. Sa poignée de main était trop vigoureuse, il se donnait visiblement du mal pour se montrer aussi ouvert et enjoué que possible, mais j'ai décelé dans ses yeux les signes d'un manque de sommeil chronique. Des veinules rouges dans le blanc des yeux, sans aucun doute le résultat de nuits entières passées à se ronger les sangs à propos de dettes ou de marchandises livrées trop tard ou pas du tout. Je lui donnais encore un an, tout au plus. Avant l'été prochain, il ferait abattre les animaux de la ferme et rentrerait aux Pays-Bas.

Dans la cabane en rondins, il s'est mis à feuilleter longuement un registre avec un plan du camping. Il a secoué la tête et poussé à plusieurs reprises un profond soupir, en faisant glisser son index sur le plan, mais il jouait mal.

« Je peux vous demander comment vous nous avez trouvés ? a-t-il dit quand, après avoir poussé plusieurs autres soupirs et s'être frotté le menton d'un air songeur, il a fini par nous attribuer un emplacement. Nous n'existons que depuis deux ans et nous ne sommes pas mentionnés dans tous les guides de camping. »

Deux ans. Je n'ai pas pu m'empêcher de sourire. J'avais vu juste. Après la dénégation venait la résignation. Le décompte des jours. « Nous avons du flair, ai-je dit. Pour les campings où on sait encore ce que veut dire camper. Camper vraiment dans la nature, sans fioritures inutiles comme les billards américains, les machines à sous et les piscines équipées de toboggans aquatiques. »

14

Parfois tout arrive trop vite. Trop vite pour que l'on puisse croire au hasard. Je m'étais préparé à passer quelques jours tranquilles. Des jours sans événements marquants. Un livre. Une petite partie de badminton. Une promenade. Il fallait créer un sas. Le vide des premiers jours de vacances. Après ce vide, on a envie que survienne un événement. On est ouvert à de nouvelles rencontres. Au changement. On est prêt à voir d'autres gens. La première soirée, nous irions manger des crevettes et des rondelles de calmar à une terrasse sur la plage. Nous étions fatigués du voyage. Nous n'irions pas nous coucher trop tard. Je resterais éveillé pendant des heures, à écouter la respiration régulière de ma famille endormie. Mais cela s'est passé autrement. Cela s'est surtout passé trop vite.

Avec l'accord de Caroline (« Vas-y. De toute façon, tu ne fais que te mettre dans mes pattes »), j'ai fait un tour dans le camping pendant qu'elle montait la tente, aidée de Julia et de Lisa. Je me suis engagé au hasard dans un sentier entre les arbres. Il y avait peu de tentes sur le terrain. Seulement quelques caravanes. Je suis passé devant le petit bâtiment en bois qui abritait les « sanitaires respectueux de l'environnement ». Pour moi, c'est le plus grand cauchemar du camping : devoir sortir de la tente la nuit pour aller pisser. Je retardais toujours ce moment le plus longtemps possible. Jusqu'à ce que j'aie mal. Puis j'enfilais tant bien que mal mes chaussures humides. Pas question d'aller en pleine nuit aux sanitaires. Là où les papillons de nuit venaient se heurter frénétiquement contre la lumière extérieure. Où toutes les parties découvertes de votre corps étaient piquées par les insectes qui ne dormaient jamais. Je défaisais la fermeture à glissière de la tente et j'avançais de quelques pas tout au plus. Parfois il y avait des étoiles. Parfois la pleine lune. Je dois admettre que j'ai aussi vécu des moments heureux debout parmi les arbres en entendant mon urine bruire dans l'herbe et contre les tiges des orties. Puis je regardais le ciel. Les milliers d'étoiles. Voilà, c'est ça, me disais-je dans ces moments-là. Tout est là. Le reste, c'est de la foutaise. À un moment pareil, il n'y avait rien avant. Et rien après. Nous avions acheté notre tente à l'occasion de nos premières vacances aux États-Unis, une quatre places. Caroline et moi n'étions encore que deux à l'époque. Nous nous blottissions l'un contre l'autre dans nos sacs de couchage attachés ensemble par leurs fermetures à glissière. À côté de nous il restait beaucoup de place. Un espace vide disponible. L'avenir. Après avoir pissé, je retardais toujours un peu mon retour dans la tente. Je regardais la lune au-dessus de ma tête puis la lueur du clair de lune dans l'herbe. À l'intérieur de la tente dormaient à présent, en plus de ma femme, mes deux filles. J'étais dehors. Quand le premier frisson me parcourait le dos, je me glissais à nouveau dans la chaleur du sac de couchage.

À l'intérieur des sanitaires respectueux de l'environnement, il n'y avait rien d'autre que quelques planches en bois dans lesquelles avait été scié un trou. Il faisait sombre sous le trou, on ne voyait pas le fond, mais on le sentait. Les grosses mouches bleues à l'intérieur et à l'extérieur de la porte ne se sont pas envolées quand j'ai agité la main. J'ai refermé la porte et poursuivi mon chemin. Je suis arrivé devant l'enclos qu'occupaient les « animaux de la ferme ». J'y ai vu un lama, quelques poules et un âne. L'herbe n'y poussait pas, il n'y avait que de la boue. Partout le sol était couvert de déjections. Dans la toison brun foncé du lama étaient aussi collées des déjections et des mottes de boue. L'âne était trop maigre. C'était lui qui était le plus près de la clôture. Je voyais ses côtes, il tremblait de tout son corps et fouettait l'air de sa queue pour chasser les mouches. Les poules étaient regroupées dans un coin, immobiles.

J'ai senti une fureur froide monter en moi. Je m'apprêtais à retourner à l'endroit où Caroline et les enfants avaient monté la tente pour annoncer que nous devions tout de suite lever le camp quand j'ai senti un frôlement sur ma main gauche.

« Papa…

— Lisa. »

Ma fille cadette a serré mon index et mon majeur entre ses petits doigts. Nous avons regardé ensemble les animaux derrière la clôture sans rien dire.

« Papa ?

— Oui ?

— Il est malade, l'âne ? »

J'ai pris une profonde inspiration avant de répondre.

« Je ne sais pas, ma chérie. Il y a beaucoup de mouches. Les mouches le gênent, tu as vu ? »

J'ai regardé l'âne grelottant qui, juste à ce moment-là, s'est avancé à pas chancelants et a passé sa tête au-dessus de la clôture. J'ai senti les larmes me monter aux yeux.

« Je peux le caresser, papa ? »

Je n'ai pas répondu. J'avais du mal à avaler. Quelque chose me restait en travers de la gorge. C'est ce qu'on dit à un moment pareil. Et ce quelque chose ne formait pas un bloc. C'était mou, liquide.

Lisa a posé sa petite main sur la tête de l'âne. Un nuage de mouches s'est élevé dans l'air. L'âne a cligné des yeux. J'ai détourné le regard et je me suis mordu la lèvre inférieure.

« Papa ?

— Oui, ma chérie ?

— Est-ce qu'on pourrait acheter quelque chose pour lui tout à l'heure ? Des carottes par exemple ? »

J'ai posé les deux mains sur les épaules de ma fille et je l'ai attirée vers moi. Je me suis d'abord raclé la gorge. Je ne voulais pas qu'elle s'inquiète inutilement en entendant le son de ma voix.

« C'est une très bonne idée, ma chérie. Des carottes, de la salade, des tomates. Tu vas voir, il va adorer. »

Il n'y avait sur la plage qu'un seul restaurant où les tables et les chaises étaient directement posées sur le sable. Il était bondé, mais nous avons eu la chance de trouver une dernière petite table libre. Nous avons commandé de la bière pour Caroline et moi, un Fanta pour Lisa et un Coca light pour Julia. Le soleil était descendu derrière les rochers, mais la température restait agréable.

« On peut marcher jusqu'à la mer ? a demandé Lisa.

— Pas de problème, a dit Caroline. Mais regardez d'abord le menu pour choisir ce que vous voulez manger. On vous appellera quand ce sera servi. »

Elles ont jeté un rapide coup d'œil au menu. Lisa voulait des macaronis à la sauce tomate, Julia juste une salade.

« Julia, il faut que tu manges quelque chose de plus consistant. Prends au moins un hamburger en même temps, ou des macaronis comme Lisa.

— Pas envie », a dit Julia. Elle s'est levée. « Tu viens ? a-t-elle dit à sa petite sœur.

— Faites bien attention, leur a lancé Caroline. Et n'en profitez pas pour aller dans l'eau quand nous ne sommes pas là. Vous devez rester sur la plage. »

Julia a poussé un profond soupir et levé les yeux au ciel. Lisa s'était déjà faufilée entre les tables pour courir vers la plage. Julia a ensuite rattrapé sa sœur, ses sandales à la main. Elle ne portait qu'un T-shirt et le bas du bikini rouge qu'elle avait acheté juste avant les vacances et j'ai vu quelques tables plus loin deux hommes tourner la tête et la regarder.

« Elle ne mange vraiment pas assez ces derniers temps, a dit Caroline. Ça ne peut pas continuer.

— Ah, ce n'est pas grave. Mieux vaut pas assez que trop. Ou est-ce que tu préférerais avoir une fille énorme avec plein de bourrelets ?

— Non, bien sûr. Mais je me fais parfois du souci. Elle fait pareil à la maison. Elle commence par manger toute la salade, puis elle dit qu'elle n'a plus faim.

— Je pense que c'est un peu de son âge. Elle veut ressembler aux mannequins des magazines. Kate Moss ne mange pas grand-chose, elle non plus. Mais c'est mieux que le contraire. Là tu ne parles pas à ton mari mais au médecin. »

Nous avons pris une deuxième bière et commandé une bouteille de vin blanc. Le soleil avait complètement disparu à présent. Derrière le restaurant, les rochers s'élevaient à pic. Dans les quelques villas qui y étaient disséminées, on voyait déjà des lumières allumées. J'entendais le ressac mais, la plage étant en contrebas, nous ne pouvions pas voir nos filles depuis notre table.

« Veux-tu que j'aille voir où elles sont ? m'a demandé Caroline.

— On va attendre qu'ils servent les plats. Que peut-il leur arriver ? »

En fait, j'étais toujours aussi inquiet qu'elle. Mais nous nous étions ainsi réparti les rôles. Caroline était la première à exprimer son inquiétude, puis je lui disais de ne pas exagérer. Si j'avais été seul ici avec mes filles, je serais déjà descendu trois fois sur la plage pour vérifier que des vagues ne les avaient pas emportées au large.

Caroline m'a pris la main.

« Marc, cela va aller, ce camping ? Je veux dire, là on fait vraiment du camping à la dure. On aurait pu en choisir un qui soit un peu plus luxueux.

— Je suis allé voir les animaux cet après-midi. Ils ont l'air totalement sous-alimentés. Et ils sont probablement malades.

— Tu voudrais aller dans un autre camping ? Nous pouvons rester cette nuit et en chercher un autre demain.

— Il faudrait lui mettre l'inspection sanitaire sur le dos, à ce salaud. Son business serait fermé du jour au lendemain. Mais dans ce cas, ils abattraient sans doute les animaux. »

Un garçon en T-shirt et en jean est venu apporter le vin. Il a débouché la bouteille et l'a posée sur la table dans un simple seau à glace. Il ne nous a pas demandé si nous voulions le goûter. Cela ne s'est pas avéré nécessaire. Le vin était glacé et avait le goût de raisins qu'on a laissés tremper une nuit entière dans l'eau d'un torrent.

« Nous pouvons partir demain, a proposé Caroline. Tu veux vraiment dénoncer cet homme pour quelques animaux malades ? Il risque de faire faillite.

— J'ai emporté une trousse de soins. Surtout en cas d'urgence. Mais j'ai aussi des antibiotiques, ce genre de choses. Je verrai demain ce que je peux faire.

— Mais Marc, tu es en vacances. Ne commence pas à te lancer dans un projet dès le premier jour de tes vacances. C'est un très beau projet de vouloir aider des animaux malades, mais quand même. »

C'était le reproche que Caroline me faisait parfois. D'ailleurs, tout bien considéré, c'était le seul sujet de conflit entre nous : il fallait toujours que je trouve à m'occuper pendant les vacances. Elle pouvait, pour sa part, passer des heures à lire un livre au bord d'une piscine. Ou allongée sur un transat à la plage, avec pour tout accoutrement des lunettes de soleil, en regardant fixement devant elle. Alors que moi, au bout d'une demi-heure, j'avais besoin de faire quelque chose. Sur la plage, je construisais des digues et des châteaux, dans la maison louée pour les vacances je désherbais tout le chemin qui menait de la porte d'entrée à la route. J'arrivais même parfois à fatiguer mes filles. Au début, elles m'aidaient à creuser les canaux de dérivation qui permettaient, quand la marée montait, d'évacuer l'eau de mer se retirant après chaque vague sans que notre château de sable ne soit endommagé, mais au bout d'une heure à peine, elles en avaient assez. « On va se reposer un peu, papa. » Et Caroline disait : « Marc, viens t'allonger. Je suis fatiguée rien qu'à te regarder. »

Je m'apprêtais à objecter que j'estimais de mon devoir, en tant que médecin, de faire quelque chose pour ces animaux malades, mais que cela ne me prendrait pas beaucoup de temps, quand nous avons entendu la voix de Julia.

« Papa ! Maman ! »

Caroline a posé violemment son verre sur la table et s'est levée d'un bond. « Julia ! s'est-elle écriée. Que se passe-t-il ? »

Il ne se passait rien du tout. Julia arrivait en courant sur le sable. À la lumière des lampes de la terrasse, nous l'avons vue nous faire de grands signes. Nous avons vu aussi qu'elle n'était pas seule. À côté d'elle marchait un garçon. Je ne l'avais aperçu qu'une seule fois. Pourtant je l'ai reconnu aussitôt. À ses boucles blondes. Mais surtout à sa façon de marcher : d'un pas traînant, comme si marcher dans le sable représentait tout simplement un trop grand effort pour lui.

« Tu sais qui est là aussi ? » a crié Julia avant même d'avoir atteint notre table.

15

Parfois tout arrive trop vite.

« Tu le savais ? » a demandé Caroline quand, bien plus tard dans la soirée, nous buvions un dernier verre de vin devant la tente. Julia et Lisa dormaient déjà. « Oui, tu le savais », a-t-elle dit sans attendre ma réponse. Il faisait sombre. J'étais content de ne pas avoir à la regarder. « Pourquoi, Marc ? Pourquoi ? »

Je n'ai rien dit. Je jouais avec mon verre dans ma main et je l'ai porté à mes lèvres. Mais le verre était vide. Nous étions assis dans nos fauteuils pliants au ras du sol, les jambes étendues dans les aiguilles de pin. Parfois, je sentais quelque chose me gratter les chevilles. Une fourmi. Une araignée. Mais je ne bougeais pas.

« Je croyais que tu voulais tenir Ralph à bonne distance de moi, a dit Caroline. Je te l'ai pourtant dit, que je ne voulais pas y aller. Et toi tu cherches un camping à deux pas de leur maison de vacances. »

Caroline avait suspendu un photophore à l'extrémité du mât de l'auvent. Un photophore avec de petites fenêtres en verre. Mais la bougie s'était consumée et nous étions dans l'obscurité. Au-dessus de nos têtes scintillaient des milliers d'étoiles entre les arbres. En contrebas, on entendait le doux ronronnement du ressac.

« Oui, je le savais, ai-je dit. Mais je trouvais que ce n'était pas une raison pour éviter de venir ici, comme si on s'interdisait un endroit sous prétexte qu'on risque de tomber sur des gens qu'on préférerait éviter.

— Mais Marc ! Il y a des centaines d'endroits de ce genre le long de la côte. Des centaines d'autres petites plages où la famille Meier n'a pas loué de maison de vacances.

— J'en ai reparlé avec Ralph. Juste après la fête dans son jardin. Il m'a dit à quel point c'était beau ici. Encore relativement sauvage. J'étais tout simplement curieux. »

Caroline a poussé un profond soupir. « Et maintenant ? Qu'est-ce qu'on va faire ? Nous serons bien obligés d'y aller demain. Ce serait vraiment très étrange de ne pas y mettre les pieds.

— Ce n'est qu'un petit repas. Ils vont sûrement refaire un barbecue. Si tu veux, on s'en ira après. Pour trouver une autre plage, un autre camping. Mais si tu ne veux vraiment pas aller à ce repas, nous n'irons pas. Nous trouverons bien une excuse. On dira que tu ne te sens pas bien. Ou que c'est moi qui vais mal. Et on partira après-demain. »

Un silence s'est installé. J'ai passé la pointe de ma langue sur ma lèvre supérieure qui était dure et sèche.

« C'est ce que tu souhaites ? ai-je demandé. Encore une fois : cela ne pose aucun problème. Nous trouverons une excuse. »

À côté de moi, j'ai entendu ma femme soupirer plusieurs fois. Je l'ai entendue balayer de la main quelque chose sur ses jambes nues. Un insecte. Une aiguille tombée d'un pin. Ou peut-être rien du tout.

« Ah, ce n'est pas très grave. C'est plutôt que je me réjouissais à l'idée de passer quelques jours ou une petite semaine tous les quatre. Si c'était arrivé un peu plus tard pendant nos vacances, j'aurais eu beaucoup moins de réticences. À rencontrer d'autres gens. Mais là, c'est trop rapide. Je n'ai aucune envie pour l'instant de croiser un tas de gens. D'avoir de longues conversations sur une terrasse en buvant beaucoup de vin. »

J'ai tendu le bras vers elle et j'ai posé ma main sur sa cuisse.

« Moi non plus à vrai dire. Moi non plus je n'avais pas encore très envie de voir d'autres gens. Je suis désolé. C'est ma faute. »

Caroline a posé sa main sur la mienne.

« Oui, c'est ta faute. Tu n'auras qu'à les appeler demain pour nous décommander. »

J'ai serré les paupières. J'ai dégluti, mais je n'avais rien dans la gorge. En dehors du ressac dans le lointain, je n'entendais qu'un léger bruissement dans mes oreilles. « D'accord, ai-je répondu.

— Je plaisantais, a dit Caroline. Non, ce serait ridicule de nous décommander maintenant. On va y aller. Pour tout te dire, je suis curieuse moi aussi. De voir leur maison. Et c'est sympa pour nos filles. De retrouver ces garçons, je veux dire. Et puis il y a la piscine. »

Plus tôt dans la soirée, voilà comment les choses s'étaient passées sur la plage : Julia était venue s'asseoir à notre table avec Alex, suivis de près par Lisa et le petit frère Thomas. Ensuite le reste de la famille Meier était arrivé tranquillement. Ralph et Judith, et la septuagénaire que j'avais vue à l'occasion de la fête dans le jardin : la mère de Judith. Plus deux autres personnes. Un homme approchant de la soixantaine aux cheveux gris mi-longs d'où émergeaient encore quelques boucles noires – son visage m'était familier mais je n'ai pas pu le situer tout de suite. Et une femme. Une femme dont j'ai supposé qu'elle était avec cet homme, même si elle avait au moins vingt ans de moins que lui.

« Quelle surprise ! » a dit Ralph. Il a agrippé solidement Caroline, qui avait commencé à se lever, par les épaules, et l'a embrassée trois fois sur les joues.

« Bonsoir », a dit Judith. Nous nous sommes nous aussi embrassés sur les joues. Puis nous nous sommes regardés. *Oui, je suis bel et bien venu*, lui disais-je avec les yeux. *C'est ce que je vois*, répondait-elle du regard.

« Pourquoi n'avez-vous pas appelé pour prévenir que vous veniez ? a dit Ralph. Vous auriez pu dîner avec nous. Cet après-midi au marché, nous avons acheté un cochon de lait entier. C'est un vrai délice, vous savez, un cochon de lait cuit au feu de bois. »

Caroline a haussé les épaules et m'a regardé.

« En fait, nous venons d'arriver, ai-je précisé. Nous ne voulions pas… Nous sommes installés ici, au camping.

— Au camping ! » s'est écrié Ralph, comme s'il s'agissait de la nouvelle la plus divertissante qu'il ait entendue ces derniers jours. À ce moment-là, l'homme aux cheveux gris a fait un pas en avant. « Oh, désolé, a dit Ralph. J'ai totalement oublié de vous présenter. Stanley, je te présente Marc. Il est médecin. Et voici sa ravissante femme, Caroline. »

L'homme que Ralph avait présenté sous le nom de Stanley a commencé par serrer la main de Caroline. « Stanley Forbes », a-t-il précisé. Et il n'a répété que son prénom, « Stanley », en serrant la mienne. J'ai pu aussitôt resituer son visage. Stanley Forbes n'était pas son vrai nom. Il s'appelait autrement quand, vingt-cinq ans plus tôt, il avait troqué les Pays-Bas contre les États-Unis. Jan ? Hans ? Hans Jansen ? – en tout cas ce genre de nom néerlandais très ordinaire, je ne parvenais pas à m'en souvenir. Durant les premières années qui avaient suivi son départ, on n'avait pas entendu parler de lui mais, par la suite, le metteur en scène néerlandais qui à présent se faisait appeler Stanley Forbes s'était fait un nom à Hollywood.

« Et voilà l'amie de Stanley, a dit Ralph. Emmanuelle. » Il a posé la main un instant sur l'épaule de la jeune femme. « *Emmanuelle, these are some friends of us from Holland. Marc and Caroline.* »

Dire qu'Emmanuelle était une beauté serait encore insuffisant. Elle a serré la main de Caroline, puis la mienne – et on aurait dit que cette main tendue surgissait d'une couverture de *Vogue*. C'était une petite main fine, presque encore celle d'une enfant. J'ai d'ailleurs pu constater, de près, qu'elle devait avoir à peine cinq ans de plus que Julia. Dix-sept ? Dix-huit ? Pas plus de vingt en tout cas. J'ai regardé son visage puis celui de l'homme aux cheveux gris. J'avais mal évalué son âge. Elle n'avait pas vingt, mais *quarante* ans de moins que Stanley Forbes. Avait-elle réussi à décrocher un rôle dans son prochain film en échange de ses faveurs au lit ? J'ai regardé la tête de quarante ans de plus du metteur en scène. Son corps de quarante ans de plus, vêtu d'un pantalon de lin blanc presque transparent et d'une chemise blanche identique. Les abondants poils gris qui frisaient sur sa poitrine débordaient de l'ouverture du col.

Pendant quelques secondes, je l'ai imaginé en train de lui imposer son vieux corps. De se glisser auprès d'elle et de lui caresser le ventre. Jusqu'au nombril. De décrire un petit cercle du bout de l'index autour de son nombril, puis de continuer à descendre. L'odeur de vieil homme sous les draps. Les squames de la peau se détachant. Elle qui pendant ce temps s'efforçait de penser à autre chose. Au rôle promis par exemple. Hans (?) Jansen (?) en rêvait-il déjà quand il avait quitté les Pays-Bas ? De jeunes femmes qui par admiration pour son talent ou en échange d'un rôle dans un de ses films étaient prêtes à lui tripoter la bite.

La mère de Judith s'est avancée en dernier. En lui serrant la main, j'ai étudié son visage, mais je n'ai pas eu l'impression qu'elle faisait le lien avec notre conversation téléphonique quelques semaines plus tôt.

« Monsieur Schlosser, a-t-elle dit, répétant mon nom après que sa fille m'a présenté.

— Marc », ai-je précisé.

J'ai regardé autour de moi pour voir si une table s'était libérée, mais il y avait à peine assez de chaises libres. Au même moment, le garçon en jean est venu prendre notre commande.

« Ah, vous n'avez pas encore mangé, a dit Ralph.

— Nous pouvons…, ai-je dit. Peut-être qu'une table va bientôt se libérer. Ou quelques chaises.

— Laissons-les dîner tranquilles, a dit Judith. En plus, maman est fatiguée. Mais si vous, vous avez envie de rester, a-t-elle poursuivi à l'intention de Ralph et de Stanley Forbes. *If you want to stay…*, a-t-elle ajouté en se tournant vers Emmanuelle. Moi je vais commencer à rentrer avec ma mère. *I think it's better for my mother to go home now. She is very tired.* »

Un moment d'hésitation a suivi. Ralph aussi a lancé un regard autour de lui, à la recherche de quelques tables ou chaises libres. Caroline m'a lancé un rapide coup d'œil et a vite détourné les yeux. Julia a penché la tête vers Alex, assis en face d'elle à table, à la place de Lisa, et lui a chuchoté quelque chose à l'oreille. Thomas courait après Lisa sur le sable. Stanley Forbes avait passé son bras autour de la taille d'Emmanuelle et l'avait attirée vers lui. La mère de Judith était debout au milieu des tables comme si tout cela ne la concernait pas.

« De toute façon, vous allez rester quelques jours, non ? a dit Judith. Alors venez dîner chez nous demain. »

16

C'est le professeur Aaron Herzl qui nous a expliqué pour la première fois pourquoi l'horloge biologique n'était pas tout à fait la même pour les hommes et pour les femmes. Les aiguilles indiquaient certes la même heure, mais avaient deux significations différentes. « C'est comme pour l'heure normale, enseignait-il. Parfois sept heures moins le quart, c'est tôt. Et parfois, sept heures moins vingt, c'est déjà assez tard. »

Nous avions deux heures par semaine de biologie médicale, à l'époque une discipline optionnelle. Généralement, dans l'amphithéâtre, il y avait plus d'étudiantes que d'étudiants. Aaron Herzl approchait de la soixantaine, mais les étudiantes se mettaient à rougir et à pouffer de rire quand il leur adressait directement la parole. À cet égard, il était la preuve vivante de ses propres théories. Les mêmes théories qui quelques années plus tard allaient lui valoir son renvoi de l'université, couvert de plumes et de goudron.

« Ce que je vais vous raconter maintenant est sans doute moins agréable à entendre pour mes étudiantes, a-t-il dit en scrutant l'amphithéâtre. D'un autre côté, ce sont tout simplement les faits. On ne peut rien y faire. C'est peut-être injuste, mais les femmes qui savent accepter cette injustice au lieu de se révolter, peuvent compter sur une vie longue et heureuse. »

Des rires étouffés se sont fait entendre sur les bancs de l'amphithéâtre. Nous, les étudiants masculins, nous étions formé nos propres impressions sur notre professeur de biologie médicale. Des impressions mitigées surtout. Le fait que la plupart des filles trouvent attirant ce vieillard chauve remettait en question certaines données biologiques. Nous étions jeunes. Nous avions une semence jeune qui nous garantissait huit cents fois plus de chances d'engendrer un enfant sain qu'une vieille semence, avions-nous entre-temps appris en cours de gynécologie. Mais nous *comprenions*. Nous comprenions que le professeur Aaron Herzl était un concurrent sérieux. Nous en appelions à la raison, nous tentions en présence des filles de ridiculiser le professeur par des allusions à ses parties génitales certainement ridées et couvertes de taches de vieillesse, mais il émanait de lui quelque chose – une aura, ou plutôt : un rayonnement charismatique qui stimulait les hormones des filles. À notre détriment.

Le professeur Herzl a toussé plusieurs fois et s'est raclé la gorge. Il portait un jean et un col roulé gris. Pas de veste. Il a remonté les manches de son pull avant d'aller prendre place derrière son pupitre. Puis il a passé ses mains dans ses cheveux gris qui ne poussaient plus que sur les côtés de sa tête.

« Nous devons commencer par accepter que tout est fait en sorte pour que l'espèce humaine se perpétue. Pour que, quoi qu'il arrive, elle ne soit pas en voie d'extinction. Quand je dis tout, je veux littéralement dire *tout*. L'attirance entre les sexes, le sentiment amoureux, la lubricité, appelons cela comme on veut, peu importe. La jouissance. L'orgasme. Tout contribue à ce que nous soyons attirés par l'autre. À ce que nous ayons envie de toucher l'autre. À ce que nous voulions pénétrer l'autre. La Création est bien plus parfaite que certains penseurs progressistes veulent bien nous le faire croire aujourd'hui. La nourriture sent bon. La merde pue. La puanteur sert de mise en garde pour éviter que nous mangions nos propres déjections. La pisse pue aussi, mais moins, pour que dans les cas extrêmes – un naufrage, un atterrissage en catastrophe dans le désert – nous puissions boire notre propre urine. Neuf pour cent de la population est homosexuelle, neuf pour cent est gauchère. Ce pourcentage n'a pas changé au fil de cinq mille ans d'évolution. Pourquoi ? Parce que c'est *possible*. S'il était plus élevé, la survie de l'espèce serait menacée. Tout bien considéré, un homosexuel n'est rien d'autre qu'un contraceptif ambulant. Sans parler des homosexuels gauchers qui n'apparaissent pas séparément dans les statistiques. » Rires dans l'amphithéâtre, peut-être plus du côté des garçons que des filles cette fois. « La survie de l'espèce. Tout tourne autour de cela. Je ne vais pas m'attarder ici sur *les raisons pour lesquelles* l'espèce doit continuer d'exister. Les bactéries aussi luttent pour leur survie. Les cellules cancéreuses se multiplient à cœur joie. La survie est la seule force motrice derrière la création. Pourquoi en est-il ainsi ? Ou plutôt : quel jugement de valeur devons-nous émettre là-dessus ? Je serais bien incapable de vous le dire ! Les humains sont désormais allés sur la lune où il ne pousse rien et où on n'a pas trouvé de traces de vie. Mais en quoi une lune déserte pose-t-elle un problème ? Une lune dépourvue de plantes, d'animaux et d'embouteillages ? Et pourquoi une terre déserte poserait-elle un problème ? Ou, encore une fois : quel *jugement de valeur* devrions-nous porter sur une terre dépouillée et déserte ? » À ce moment-là, le professeur Herzl s'est interrompu pour boire une gorgée d'eau dans un verre posé sur son pupitre. « Pour réfléchir au sens de la création, au sens de la vie, si vous voulez, il faut d'abord s'intéresser aux dinosaures, a-t-il poursuivi. Les dinosaures ont peuplé notre planète pendant cent soixante millions d'années. Puis ils sont morts assez soudainement. Plusieurs millions d'années plus tard, les êtres humains sont entrés en scène. Je me suis toujours demandé pourquoi. Quel intérêt avaient ces cent soixante millions d'années ? Quelle perte de temps ! On n'a pas pu établir le moindre lien direct dans l'évolution entre un dinosaure et un être humain. Si l'humanité et la survie de l'humanité avaient vraiment une telle importance, pourquoi les dinosaures sont-ils apparus en premier ? Et pourquoi si longtemps ? Pas mille ans, ou dix mille ans, ou un million d'années, non : *cent soixante millions* ! Pourquoi pas autrement ? Pourquoi pas d'abord l'humanité ? Pourquoi cela n'a-t-il pas commencé par l'évolution des poissons, se transformant en mammifères, puis en êtres humains se redressant pour marcher sur deux jambes ? Pour ensuite passer, des dizaines de milliers d'années plus tard, de l'homme des cavernes à l'inventeur de la roue, de l'imprimerie, de la radio portative et de la bombe à hydrogène ? Et ainsi de suite pendant des milliers, ou même, s'il ne tenait qu'à moi, quelques millions d'années, jusqu'à ce que soudain, aussi soudainement qu'elle est arrivée, l'humanité disparaisse elle aussi. À cause d'une météorite, d'une éruption solaire ou d'un hiver nucléaire, peu importe en l'occurrence. L'humanité s'éteint. Ses os sont enfouis sous une épaisse couche de poussière, tout comme ses villes, ses voitures, ses pensées, ses souvenirs, ses espoirs et ses attentes. Tout disparaît. Puis, après une vingtaine de millions d'années, arrivent les dinosaures. Ils ont du temps devant eux. Nous ne sommes plus là, cela n'a plus d'importance. Ils ont cent soixante millions d'années pour eux. Les dinosaures ne sont pas des fouisseurs, ils ne s'intéressent pas au passé. Ils n'ont pas suivi de longues études pour effectuer des recherches archéologiques. Ils ne vont pas analyser les strates du sol, comme nous le ferions. Ils ne trouvent donc pas de cités disparues. Pas d'autoroutes à quatre voies, de téléviseurs, de machines à écrire. Pas de Mercedes parfaitement conservée sous une couche de terre, encore en bon état de marche. Ils trouvent peut-être tout au plus, par hasard, fortuitement, un crâne humain. Un crâne qu'ils vont juste renifler puis lancer le plus loin possible, parce qu'il ne contient plus rien de comestible. Les dinosaures ne manifestent pas de curiosité pour ceux qui, avant eux, se sont promenés sur la terre. Ils vivent dans le présent. Nous devrions pouvoir apprendre cette leçon des dinosaures. Vivre dans le présent. Quand on connaît l'Histoire, on est condamné à la répéter, nous dit-on continuellement. Mais l'essence de l'existence ne réside-t-elle pas justement dans la répétition ? La naissance et la mort. Le soleil qui se lève chaque matin et qui se couche à nouveau chaque soir. L'été, l'automne, l'hiver, le printemps. Un nouveau printemps, disons-nous. Mais il n'a rien de nouveau. Nous parlons des premières neiges, mais c'est la même neige qu'un an plus tôt. Les hommes partent à la chasse. Les femmes veillent à préserver la chaleur dans la caverne. Un homme peut féconder plusieurs femmes en un seul jour. Mais une femme enceinte est indisponible pendant neuf mois pour assurer la survie de l'espèce. Nous pouvons désormais calculer le nombre d'accouchements qu'une femme peut supporter. La réponse est : vingt. Ensuite le risque devient trop grand et l'attrait de la femme diminue. L'homme est ainsi averti qu'il ne doit plus s'accoupler avec cette femme, car elle n'est plus fertile. La création est vraiment bien faite. La semence de l'homme peut, quant à elle, être utilisée bien plus longtemps. Pour la santé d'un enfant, être issu d'un père âgé présente des risques négligeables. Quand un homme de soixante-quinze ans engendre un enfant avec une femme d'une vingtaine d'années, cela nous amuse. Mais en réalité, il n'y a pas de quoi rire. Un enfant est un enfant. Un enfant de plus. Un enfant qui sinon n'aurait pas été là. Un homme vieillit, mais son attrait ne diminue pratiquement pas. Là aussi réside le génie de la création. Les aliments frais sentent bon. Les aliments avariés empestent. Nous savons à l'odeur si un carton de lait a déjà dépassé la date de péremption. C'est aussi de cette manière que nous nous regardons. Pas cette personne, nous disons-nous. Elle est trop vieille. Jamais de la vie. Nous ne voulons pas d'une femme qui a dépassé la date de péremption, parce que cela n'a aucun sens. Cela ne contribue pas à la survie de l'espèce. Je tiens ici à m'attarder sur cette injustice. Je compatis avec les femmes qui estiment que tout cela est injuste. Les femmes sont les footballeurs de la création. À trente-cinq ans, elles doivent prendre leur retraite et avant cela, s'être débrouillées pour que tout soit en place : un toit sur la tête, un mari, des enfants. Les femmes s'attachent plus vite que les hommes. Quel que soit l'homme. On observe ce phénomène chez celles qui commencent à se rapprocher de l'âge critique. De belles femmes qui pourraient conquérir n'importe quel homme choisissent soudain un laid mortellement ennuyeux. L'instinct a le dessus. La survie de l'espèce. Un laid mortellement ennuyeux avec une voiture et un crédit hypothécaire. Le toit sur la tête. Pas même pour elles, mais pour l'enfant. Le berceau doit être installé dans une pièce sèche et facile à chauffer. Le type mortellement ennuyeux offre pour le remboursement mensuel du crédit une meilleure garantie que l'homme séduisant qui sait qu'avec les femmes, il n'a que l'embarras du choix. L'homme séduisant qui baise à droite à gauche peut partir du jour au lendemain sans tambour ni trompette. L'instinct est si fort que la femme n'agit même pas dans son propre intérêt. Elle préférerait se glisser chaque nuit contre l'homme séduisant, mais l'homme séduisant a un autre programme. Son programme à lui consiste essentiellement à féconder le plus grand nombre de femmes possible et à transmettre, ce faisant, ses gènes puissants et sains. C'est l'horloge biologique. Les aiguilles indiquent la même heure. Pour la femme, il est l'heure de s'installer. Mais pour l'homme, il est encore trop tôt, estime-t-il. Pour finir j'ajouterai qu'il y a des cultures où l'on s'occupe de la femme rejetée. Nous avons tendance à mépriser ces cultures. Chez nous, une femme abandonnée dépérit dans la solitude. Pourtant, nous nous sentons supérieurs. Dans ces mêmes cultures, on veille à ce que, très tôt, une fille soit protégée. On peut trouver injuste qu'un homme ne puisse pas être fécondé, mais pas un homme ne s'en plaint. Nous sommes enchantés de ne pas avoir à nous promener pendant neuf mois avec un gros ventre. Il ne ferait que nous encombrer, nous empêcher d'obéir à notre instinct. Vous êtes jeunes. Faites ce que vous voulez. Et faites-le le plus grand nombre de fois et le plus souvent possible. Ne pensez pas à l'avenir. Veillez à vous constituer des souvenirs dignes de ce nom. Et laissez l'injustice mijoter dans son propre jus. C'est par ces propos que je souhaite conclure aujourd'hui. »

La maison de vacances se dressait, parmi d'autres maisons de vacances, sur une colline à environ quatre kilomètres de la plage. Et à trois kilomètres de notre camping. Comme elle était trop loin pour faire le trajet à pied, nous avions pris la voiture.

« Ça alors, je m'attendais tout de même à autre chose, a dit Caroline tandis que nous nous efforcions de lire les numéros des maisons en regardant par les fenêtres des portières, toutes vitres baissées, ce qui n'était pas si facile car souvent les numéros manquaient ou disparaissaient derrière du lierre ou d'autres végétaux.

— Nous venons de passer le numéro cinquante-trois, puis il y a eu le cinquante-cinq, mais maintenant ça redescend », ai-je dit. J'ai arrêté la voiture et passé la tête par la fenêtre. « Trente-deux, bordel ! Comment ça, tu t'attendais à autre chose ?

— Je ne sais pas. Quelque chose de plus artistique ? »

J'ai tourné au bout d'une impasse. Nous étions arrivés au sommet de la colline. On voyait au loin la mer dessiner une fine bande bleue et en contrebas la route serpenter vers la plage. J'ai lancé un regard de côté à ma femme. Elle aussi avait été sur le point d'épouser un type mortellement ennuyeux, il y avait un certain nombre d'années. Notre première rencontre avait eu lieu dans une soirée. Un simple anniversaire chez des amis. Caroline était une amie d'enfance de la femme de celui dont on fêtait l'anniversaire. Le type mortellement ennuyeux n'était l'ami de personne. Le type mortellement ennuyeux l'accompagnait. « Je ne connais personne d'autre ici », m'a-t-il dit devant le buffet. Il a posé son verre de Coca et sorti une pipe. « Je suis venu avec mon amie. » J'ai regardé ses doigts bourrer la pipe de tabac. Quelle femme peut bien avoir envie d'un homme qui fume la pipe ? me suis-je demandé. Et l'instant suivant, Caroline est apparue à ses côtés. « Si on s'en allait ? a-t-elle dit au type mortellement ennuyeux. Je ne me sens pas très bien. » Parfois, le contraste entre un homme et une femme est si grand qu'on se demande quels facteurs ont pu les réunir. Des facteurs financiers par exemple. Ou liés au statut ou à la célébrité. Le mannequin d'une vingtaine d'années aux côtés du millionnaire sexagénaire. La beauté éblouissante aux côtés du footballeur le plus laid qu'on puisse imaginer. Jamais un footballeur de troisième division, même un footballeur de troisième division au physique de David Beckham. Non, un footballeur de réputation mondiale. Avec de fins cheveux sales et un sourire qui découvre plus de gencives que de dents. C'est un accord. La lumière des projecteurs sied au mannequin. Elle peut faire des emplettes à volonté à Milan et New York. Le footballeur affreux et le vieux millionnaire montrent qu'ils ont pu conquérir les plus belles femmes du monde. Mais parfois, on ne comprend pas tout de suite la nature de l'accord. Ce n'est pas Dieu possible ! se dit-on. Quel intérêt peut-elle trouver à ce type mortellement ennuyeux ?

« Oh pardon, a dit Caroline et elle m'a tendu la main.

— Marc », ai-je répondu en m'emparant de la main. J'ai d'abord réprimé l'envie de tenir cette main plus longtemps que ce qui aurait pu passer pour normal. Puis j'ai réprimé l'envie de dire quelque chose de « plaisant ». J'ai lancé un rapide coup d'œil au type mortellement ennuyeux qui entre-temps avait allumé sa pipe et exhalait d'épais nuages de fumée. C'était purement une intuition. Je n'avais absolument pas besoin de dire quoi que ce soit de spirituel. J'étais plaisant, un point c'est tout. Nettement plus plaisant en tout cas que le type mortellement ennuyeux.

J'ai déjà parlé de mon physique. Je dois cependant ajouter qu'à première vue, je n'ai pas l'air d'un médecin. En tout cas, pas à des soirées d'anniversaire. Y a-t-il un médecin dans la salle ? crient les gens quand quelqu'un s'évanouit ou s'ouvre la main sur un verre cassé. D'abord leur regard passe à côté ou au-dessus de moi. Un homme qui porte des chaussures de sport plus trop neuves, un jean plus trop propre et un T-shirt. Et dont les cheveux sont volontairement en bataille. J'ai des cheveux qui le permettent. Avant de venir à la soirée d'anniversaire, je me plante devant la glace. Je place mes doigts de chaque côté de ma tête et je les passe vite de haut en bas dans mes cheveux. Ce qui produit exactement l'effet recherché.

J'ai regardé la femme qui s'était présentée sous le nom de Caroline. J'ai soudain su pourquoi elle était avec ce type mortellement ennuyeux. L'horloge biologique. Elle avait consulté l'horloge biologique et décidé que le temps commençait à presser. Mais comme c'était dommage. J'ai regardé le type mortellement ennuyeux. J'ai pu me faire une idée de la mauvaise qualité de ses gènes. Les enfants seraient sans doute laids. Des enfants laids qu'un père fumant la pipe irait chercher à l'école. Elle avait dit qu'elle ne se sentait « pas bien », me suis-je souvenu, et mon cœur s'est mis soudain à battre violemment. Je n'étais tout de même pas arrivé trop tard ? Cette pensée m'était tellement insupportable que, sans plus de cérémonie, je suis allé droit au but.

En tant que femme enceinte, elle ne présentait pour moi, en tant qu'homme, plus aucun intérêt. Avec une femme enceinte, j'allais échanger quelques politesses puis la laisser au type mortellement ennuyeux. L'enfant grandirait dans une maison où la puanteur de la fumée de la pipe imprégnerait les vêtements, les meubles et les rideaux.

« Certaines femmes sont convaincues qu'elles ne peuvent pas boire d'alcool quand elles sont enceintes, ai-je dit. Mais un verre de vin rouge ne peut vraiment pas faire de mal. C'est même mieux. Pour se détendre, mais aussi pour le fœtus. »

Caroline a rougi. J'ai craint un instant d'avoir visé juste mais, après un rapide coup d'œil à l'emmerdeur à côté d'elle, elle a à nouveau posé son regard sur moi.

« Je… nous… nous essayons, a-t-elle dit. D'avoir un bébé. Mais cela n'a rien donné jusqu'à présent. »

J'ai poussé un profond soupir. C'était un soupir de soulagement.

« Je vous présente toutes mes excuses, ai-je dit. Vous vous demandez sans doute de quoi je me mêle. Mais c'est en quelque sorte une déformation professionnelle. Quand des femmes disent qu'elles ne se sentent pas bien, je pense tout de suite à… enfin, à ça. »

Elle a plissé les yeux. Une déformation professionnelle ? demandaient ces yeux plissés. Mais de quelle profession s'agit-il ?

« Je suis médecin généraliste », ai-je dit.

Sans détourner d'elle mon regard, j'ai enfoui mes doigts dans mes cheveux pour les rabattre nonchalamment en arrière, ce qui les a décoiffés encore plus. Je ne regardais plus le type mortellement ennuyeux. Je faisais comme s'il n'était pas là. Comme si nous n'étions que tous les deux, elle et moi. Rétrospectivement, je pense que c'était d'ailleurs le cas.

« Médecin généraliste », a dit Caroline. Elle souriait. Elle ne s'est d'ailleurs pas donné la peine de dissimuler son rapide coup d'œil approbateur sur le reste de mon corps. Manifestement, ce qu'elle voyait semblait lui plaire, car son sourire s'est élargi, découvrant ses belles dents.

« Qu'est-ce qui t'est passé par la tête, au juste ? » lui ai-je demandé plus tard. Pas une fois, mais environ deux fois par an. Longtemps après notre premier baiser, nous avons eu plaisir, tous les deux, à reconstituer notre première rencontre.

« Je me suis dit : c'est la dernière chose que j'aurais pu imaginer », répondait toujours Caroline. « Médecin généraliste ! Quel charmant médecin généraliste, me suis-je dit. Avec ses cheveux en bataille et ses vêtements usés. Et toi ? Qu'est-ce que tu as pensé ?

— J'ai pensé : qu'est-ce qu'elle peut bien faire avec ce type mortellement ennuyeux ? Quel dommage pour une si belle femme. Qu'une femme si belle et sympathique doive supporter la fumée d'une pipe. »

Hors champ, la voix de l'insupportable fumeur de pipe avait dit : « Si tu ne te sens vraiment pas bien, Caroline, nous ferions mieux de partir maintenant.

— Je pense que je vais rester encore un peu, avait-elle répondu. Je vais prendre encore un petit verre de vin rouge. »

« Regarde, papa ! Là ! s'est écriée Lisa sur la banquette arrière.

— Quoi ? ai-je dit en appuyant sur la pédale de frein. Où ça ?

— Là ! Le garçon qui marche là-bas. C'est Alex. »

17

« Quelqu'un a encore envie de sardines ? Il y en a largement assez. »

Ralph s'essuyait les doigts sur son T-shirt et nous regardait d'un air interrogateur. « Ça te dit, Caroline ? *Emmanuelle, you want some more ? You can have it.* Non, comment on dit ça en anglais ? » Il s'est tourné vers Stanley en clignant de l'œil. « Elle n'a rien à craindre pour sa ligne. C'est nous qui devrions faire attention. Marc, tu en veux d'autres ? Allez, c'est toi le médecin. Les sardines, c'est bon pour la santé. C'est de la bonne graisse, non ? »

« Oui, c'est sûr, ai-je dit en me frottant le ventre. Mais je n'ai vraiment plus faim, Ralph. Merci. »

Nous étions assis autour de deux tables blanches en plastique mises bout à bout, dehors sur la terrasse. Celle-ci était entourée d'un muret circulaire qui reproduisait l'aspect d'un rocher incrusté de coquillages et de fossiles d'animaux marins. Dans un renfoncement du muret était installé un barbecue, au-dessus duquel avait même été aménagée une hotte en forme de cheminée recouverte de tuiles rouges. Malgré la cheminée, l'odeur de sardines, grasse et épaisse, flottait dans l'air autour de nous, comme la fumée d'un incendie. Elle imprégnait tout : nos vêtements, nos cheveux, la vigne et les palmes au-dessus de nos têtes. J'avais espéré manger de la viande. De l'agneau ou du porc. Des cuisses de poulet au besoin. Je déteste les sardines. Pas les sardines en boîte où les arêtes sont déjà dissoutes par la marinade, mais la variante fraîche, qu'on passe plus de temps à décortiquer qu'à manger. On pense s'être débarrassé de toutes les arêtes, pourtant il s'en faufile à chaque bouchée une bonne vingtaine. Des arêtes qui ensuite piquent méchamment les gencives et le palais, ou se coincent dans la gorge. Et puis il y a l'odeur. Ou plutôt : la puanteur. La puanteur qui m'avertit que je ferais mieux d'éviter ce genre d'aliments. Elle persiste sur vos doigts pendant des jours. Sous vos ongles. Vos vêtements peuvent aller directement dans le panier de linge sale. Et vous n'avez plus qu'à vous laver les cheveux. Sans parler des renvois qui vous rappellent tout au long de la nuit et le matin suivant ce que vous avez mangé la veille.

« Vera ? s'enquérait Ralph à présent auprès de la mère de Judith. Tu ne vas tout de même pas me décevoir, j'espère ? »

C'était la première fois que j'entendais quelqu'un prononcer son nom. Elle avait de courts cheveux gris. Une coupe pratique. Vera. J'ai répété son nom mentalement. Ses cheveux auraient mieux convenu à une Théa ou une Ria. Elle avait un visage avenant mais inexpressif, et peu ridé pour son âge. Une femme pratique, en bonne santé, qui selon toutes probabilités avait mené une vie prudente, sans trop d'excès, et qui après un verre de vin blanc commençait à dodeliner de la tête. Je m'attendais à tout moment à ce qu'elle estime avoir terminé son repas, s'excuse et prenne la direction de sa chambre.

Peu après notre arrivée, Judith nous avait fait faire le tour de la maison. Le premier étage, le plus vaste, était occupé par le salon-salle à manger, la cuisine et les trois chambres à coucher. Même sans les explications de Judith, il n'aurait pas été difficile de deviner qui dormait dans telle ou telle chambre. La chambre au lit double et aux tables de chevet couvertes de livres et de journaux était celle qu'elle partageait avec Ralph, la chambre un peu plus petite meublée de deux lits à une place et au sol jonché de vêtements, chaussures, balles de tennis et lunettes de plongée qu'on avait envoyés dinguer était celle d'Alex et de Thomas, et la plus petite chambre avec un seul lit à une place était celle de la mère. Je ne sais pas pourquoi, mais c'est surtout à la porte de cette dernière chambre que je me suis un peu attardé pendant que Judith et Caroline retournaient vers le salon. La pièce était pour ainsi dire vide, presque une cellule de religieuse. Sur le dossier du seul fauteuil était suspendu un gilet marron, sous le fauteuil deux chaussons violets avaient été disposés soigneusement l'un à côté de l'autre. Au mur au-dessus du lit était accroché un dessin au fusain d'un bateau de pêcheur tiré sur la grève. Sur la table de chevet j'apercevais un cadre contenant une photo – du moins j'ai supposé qu'il s'agissait d'une photo, car je n'en voyais que le dos. J'ai écouté les voix de Judith et de ma femme. J'avais une occasion. J'aurais pu avancer de deux pas pour regarder qui (ou ce qui) figurait sur la photo, mais je me suis retenu. Plus tard, me suis-je dit. Plus tard, il y a encore largement le temps. À l'avant de la maison, une grande baie vitrée s'étirait sur toute la largeur de la façade. Elle offrait une vue sur les collines du littoral, mais la mer était hors du champ de vision.

Les meubles du salon étaient presque tous laids. Un canapé vert et deux fauteuils verts également, dont on ne pouvait dire s'ils étaient recouverts de simili cuir ou de plastique. Une table basse en rotin protégée par une plaque de verre dépoli. La table de la salle à manger était en bois sombre massif, les dossiers des chaises assorties avaient été tapissés de peluche rouge. « Les propriétaires sont anglais », a dit Judith.

Au rez-de-chaussée, il y avait un garage et un appartement séparé du reste de la maison avec une entrée indépendante. C'est là que logeaient Stanley et Emmanuelle. J'avais le vague espoir que l'on nous fasse aussi visiter cet appartement, mais Judith n'a fait qu'entrouvrir la porte et appeler pour faire savoir qu'elle était là, et là-dessus Stanley est apparu dans l'encadrement de la porte. Il avait noué autour de sa taille une serviette de bain blanche qui lui descendait juste en dessous du genou. « Emmanuelle prend une douche », a-t-il dit. J'ai regardé la partie dénudé de son corps. Il avait un ventre plat pour son âge. Plat et bronzé. Mais sa peau était terne. Sur la poitrine et sous le nombril, ses poils étaient presque blancs. « Vous venez boire un verre avec nous ? » a demandé Judith.

Pour finir, nous avons fait un petit tour dans le jardin. Sur le côté de la maison, une véranda abritait une table de ping-pong. Au-dessus de la porte du garage était fixé un panier de basket. Dans la partie du jardin qui n'était pas recouverte de dalles, la terre était sèche et marron, presque rouge. Depuis la terrasse, on rejoignait la piscine par un escalier carrelé de quelques marches.

« Sans doute avez-vous envie de faire d'abord un petit plongeon ? » a dit Judith. Caroline et moi, nous nous sommes regardés. « Euh, peut-être tout à l'heure », a dit Caroline.

La piscine avait la forme d'un huit. Au milieu, un mince filet d'eau jaillissait d'un îlot en pierre d'à peine un mètre de diamètre. Sur l'eau flottaient des matelas pneumatiques, des ceintures de natation et un crocodile vert gonflable avec des poignées de chaque côté de la tête. L'extrémité la plus éloignée, dans le plus grand cercle du huit, était surmontée d'un plongeoir.

« C'est ici que se déroule le plus gros de nos journées, a dit Judith. Pour aller à la plage, il faut les traîner de force. »

Soudain, Lisa et Thomas sont sortis en courant de la maison. Le fils cadet de Judith n'a pas freiné en arrivant au bord de la piscine. Il a paru hésiter jusqu'au dernier moment entre un plongeon et une bombe. Moitié en chute libre, moitié en dérapant sur les carreaux humides, il a atterri dans la piscine dans une gerbe d'eau.

« Thomas ! s'est exclamée Judith.

— Allez viens, Lisa ! Viens ! » a-t-il crié. Il faisait de grands moulinets avec les bras et nous avons dû reculer de quelques pas pour éviter d'être éclaboussés. « Lisa ! Lisa ! Tu viens ? »

Ma fille cadette s'est approchée. Elle s'est arrêtée un instant sur le bord, puis s'est jetée à l'eau.

« Lisa, a appelé Caroline. Lisa, où est Julia ? »

Lisa s'était hissée sur le crocodile, mais Thomas l'en a fait aussitôt tomber. « Qu'est-ce que tu dis, maman ? a-t-elle demandé en remontant à la surface.

— Où est Julia ?

— Je ne sais pas. Ils sont à l'intérieur, je crois. »

Après les sardines est arrivée la raie. Elle était si grande qu'elle recouvrait presque toute la grille du barbecue. La fumée s'est accentuée. Sur une petite table métallique à côté du barbecue, Ralph avait posé un plat contenant d'autres animaux marins. Essentiellement des seiches. Toutes les variantes possibles de seiches : des seiches aux abdomens ronds et blancs, pourvues de tentacules à l'avant, des seiches avec le haut du corps en forme de champignon d'où partaient des grappes de tentacules, et des seiches ressemblant plutôt à des pieuvres, avec ces fameuses ventouses recouvrant de longs bras préhensiles qui pendouillaient hors du plat.

« Nous achetons tout notre poisson dans un magasin du village approvisionné directement par les pêcheurs, a dit Ralph en écartant la fumée de son visage. De l'extérieur, on ne voit même pas que c'est un magasin. Il y a un store métallique devant, tu sais, et ils ne l'ouvrent que quand le poisson arrive. On ne trouve nulle part du poisson aussi frais. »

J'étais en train de me débarrasser aussi discrètement que possible d'une arête de sardine qui s'était plantée dans un endroit impossible de mon palais, juste derrière mes incisives, et je me suis contenté de grogner pour lui signaler que je l'avais entendu. Comme j'étais juste à côté du barbecue, c'est moi qui recevais le plus de fumée dans le visage. La fumée dégagée par la raie sentait moins mauvais que celle des sardines mais, de toute façon, je n'avais plus faim. Je me suis resservi un verre de vin blanc et j'en ai pris une grande gorgée. Je me suis rincé la bouche tout en essayant avec la pointe de ma langue d'attraper l'arête, mais je ne suis parvenu qu'à me piquer atrocement la langue plusieurs fois.

« L'idée est de réaliser treize épisodes, disait Stanley à Caroline. Treize fois cinquante minutes.

Ce sera sans doute la production la plus coûteuse de toute l'histoire de la télévision. »

Caroline et moi étions assis l'un à côté de l'autre, Stanley et Emmanuelle en face de nous. Emmanuelle, qui avait allumé une longue cigarette avec filtre, faisait tomber ses cendres dans son assiette contenant des restes de sardines. La nuit était tombée, mais elle avait gardé ses lunettes de soleil aux verres disproportionnés, qui empêchaient de voir ce qu'elle regardait.

« Vous connaissez *Les Soprano* ? a demandé Stanley à Caroline. *The Wire* ? »

— Nous avons vu presque toutes les saisons des *Soprano* en DVD a dit Caroline. Je trouve la série formidable. C'est très bien joué aussi. Et j'ai entendu beaucoup de bien de *The Wire*. Mais nous n'en sommes pas encore arrivés là. Et *Desperate Housewives* ? Vous connaissez *Desperate Housewives* ? Nous en avons aussi quelques coffrets en DVD.

— *The Wire*, c'est vraiment ce qu'il y a de mieux. Il faut absolument voir ça, on accroche tout de suite. Les acteurs sont noirs pour la plupart. C'est pour ça que la série ne fait pas autant d'audience que *Les Soprano*. Mais *Desperate Housewives*... Je suis désolé, mais je dois avouer que je trouve souvent le scénario peu crédible. Un peu trop rigolo aussi. Mais peut-être que c'est plutôt une série pour femmes. Emmanuelle adore par exemple. Pas vrai ? Emmanuelle ? *You like* Desperate Housewives *a lot, right ?* »

Il a fallu qu'il lui touche l'avant-bras pour qu'elle comprenne qu'il lui adressait la parole. Puis il a dû répéter sa question.

« *Desperate Housewives... is nice*, a-t-elle fini par répondre sans s'adresser spécialement à l'un de nous.

— Bon, ben au moins c'est clair », a dit Stanley. Il a ri en regardant Caroline. « *Anyway*, cette série est produite par HBO, qui a aussi fait *Les Soprano* et *The Wire*. La nôtre sera la série la plus coûteuse *ever*. Est-ce que je l'ai déjà dit ?

— Oui, a répondu Caroline. Mais ce n'est pas grave.

— Elle raconte l'expansion de l'empire romain. Toute la période de son essor, disons. De Jules César à Néron compris. D'ailleurs, le seul point qui reste encore en suspens, c'est le nom qu'il faut lui donner. Ils hésitent encore entre *Rome* et *Auguste*. Mais comme sept des treize épisodes se déroulent pendant le règne de l'empereur Auguste, je pense que la série va s'appeler *Auguste*.

— Et Ralph ? ai-je demandé.

— Ralph va jouer l'empereur, a dit Stanley. L'empereur Auguste.

— Oui, je sais. Ce n'est pas ce que je voulais dire. Je me demandais pourquoi tu as pensé à Ralph. Pourquoi tu l'as choisi pour ce rôle.

— Il y a des années, quand je vivais encore aux Pays-Bas, j'ai travaillé avec Ralph. Je ne sais pas si vous avez déjà vu *Les Petits Chéris* ? »

J'ai dû réfléchir un instant. Puis cela m'est revenu. Je l'avais vu non pas au cinéma à l'époque, mais bien plus tard, à la télévision. *Les Petits Chéris*... Une histoire de jeunes traînant à vélomoteur, avec des scènes de sexe assez explicites pour ces années-là et de violence tout aussi explicite. Il y avait notamment une scène qui fait encore parler aujourd'hui, des années plus tard, le genre de scène qui rend éternel même un mauvais film. Plusieurs jeunes tirent un fil en travers d'une route, à hauteur de tête. Un vélomoteur approche à toute allure. Puis cette tête qui roule sur l'asphalte. La tête qui s'immobilise sur le bas-côté. Non, dans un fossé. La tête dépasse encore tout juste de l'eau. On voit alors parmi les lentilles d'eau un œil qui lance un regard étonné. Un clignement d'œil. Puis le point de vue change. On voit ce que l'œil regarde. Une grenouille sur le côté. Une grenouille effrayée. Une grenouille qui regarde la tête avec autant d'étonnement que la tête le regarde. Ensuite la grenouille coasse et l'image devient floue, et pour finir noire. La suggestion était claire. La tête tranchée par le fil *vivait* encore quand elle avait atterri dans le fossé.

« Mes parents m'avaient interdit d'aller le voir, a dit Caroline.

— Ah bon ? a dit Stanley, une lueur d'amusement dans les yeux. Tu étais si jeune à l'époque ?

— Est-ce que Ralph a joué dedans ? ai-je demandé. Dans *Les Petits Chéris* ? Je ne m'en souviens plus du tout.

— J'ai encore mal au cou à cause de cette scène ! s'est écrié Ralph, qui visiblement avait suivi la conversation. Ha ha ha !

— C'était lui ? » ai-je demandé à Stanley. Je me suis tourné vers Ralph. « C'était toi dans ce fossé ? Je ne m'en étais jamais rendu compte.

— Je suis en tout cas ravi que tu connaisses tes classiques, Marc, a dit Ralph. Hein, qu'est-ce que tu en penses, Stanley ? C'est tout de même agréable à entendre, que des gens se souviennent encore de cette scène ?

— Oh, quelle horreur, maintenant ça me revient ! a dit Caroline. Cette tête tranchée dans le fossé ! Je n'ai même pas osé regarder à l'époque. J'ai compris pourquoi mes parents m'avaient interdit d'y aller. »

Ralph a éclaté de son rire tonitruant. Stanley aussi. Emmanuelle a levé la tête. Un sourire rêveur est apparu sur son visage, mais elle n'a pas cherché à savoir ce qui avait déclenché l'hilarité générale. J'ai pensé aux derniers films de Stanley Forbes, ceux qu'il avait tournés à Hollywood. Je ne les avais pas tous vus mais, là aussi, il avait mis en scène essentiellement des scènes explicites. C'étaient des films où *on voyait tout*, comme on dit. Les membres arrachés et les moignons sanglants, tout comme les parties génitales marbrées de bleu et palpitantes. On oubliait vite le sujet de ces films après coup, mais les scènes explicites étaient devenues sa marque de fabrique.

« Mais où est Judith ? a demandé Ralph. Je meurs de soif. »

Effectivement, où était-elle ? Elle s'était levée de table quelques minutes plus tôt pour aller chercher d'autres bouteilles de vin blanc et n'était toujours pas revenue. La mère de Judith, à l'autre extrémité de la table en face de moi, s'est mise à bâiller en mettant la main devant sa bouche. « Mais oui », a-t-elle dit. C'étaient ses premiers mots depuis une demi-heure.

Je me suis penché en avant sur ma chaise et j'ai regardé autour de moi. D'abord en direction de l'escalier de pierre qui menait au premier étage, puis vers la véranda sur le côté de la maison, où Lisa et Thomas jouaient au ping-pong à la lumière jaune d'un néon. Après la première portion de sardines, ils avaient estimé avoir assez mangé et reçu l'autorisation de quitter la table. Tout comme Julia et Alex dont j'ignorais où ils étaient partis. J'ai regardé vers la piscine, à présent éclairée de l'intérieur. Il n'y avait pas un souffle de vent. Le crocodile gonflable vert, immobile, était posé sur le côté. Tandis que je pataugeais dans mes sardines, je n'avais pas osé regarder Judith. Quant à elle, elle ne semblait pas se donner de mal pour établir un contact avec ses yeux.

Elle avait certes un peu trop ri à une remarque de Caroline qui n'était pas si drôle que ça et posé la main sur son avant-bras. Bref, je me demandais si quelque chose ne m'avait pas échappé. Un regard. Un geste. Un signe qui m'aurait indiqué que je devais la suivre dans la maison après avoir laissé s'écouler quelques minutes. *Si j'allais voir pourquoi Judith met autant de temps ?* Je me suis répété cette phrase plusieurs fois mentalement, mais elle avait trop l'air de sortir d'un mauvais film.

Soudain, il y a eu du mouvement en haut de l'escalier. J'ai d'abord vu Alex descendre, puis Julia, suivie à quelques pas de distance par Judith. Les cheveux de Julia étaient en désordre, ai-je constaté tandis qu'elle approchait, et elle avait le rose aux joues. Je ne connaissais pas Alex depuis suffisamment longtemps pour pouvoir dire si lui aussi avait les cheveux décoiffés.

« Papa ? » Julia était venue se camper derrière moi, elle a posé les mains de chaque côté de mon cou et m'a massé doucement les épaules. C'est toujours ce qu'elle faisait quand elle essayait d'obtenir quelque chose de moi : un peu plus d'argent de poche pour un pull trop cher qu'elle avait vu en ville ; le « gentil » hamster dans la vitrine du magasin d'animaux qu'elle voulait rapporter à toute force à la maison ; la fête de l'école où « tout le monde » avait le droit de rester jusqu'à minuit. « Oui ? » ai-je dit. J'ai pris sa main gauche dans ma main droite et lui ai doucement serré les doigts. J'ai aussi lancé un rapide coup d'œil à Caroline. Julia ne commençait jamais par demander quoi que ce soit à Caroline. Elle savait que j'étais plus coulant. *Laxiste*, me disait toujours Caroline. *Tu n'oses jamais dire non.*

« Est-ce qu'on peut rester ici ? a demandé Julia.

— Rester ici ? ai-je dit. Comment ça, rester ici ? » J'ai essayé de croiser le regard de Judith, mais elle venait de poser deux nouvelles bouteilles de vin blanc sur la table et tendait le tire-bouchon à Stanley. J'ai senti la chaleur me monter au visage. Mon cœur s'est mis à battre plus fort. « Tu veux rester dormir ici ? Je ne pense pas qu'il y ait assez de place…

— Non, je veux dire nous tous, a annoncé Julia en me malaxant plus vigoureusement les épaules. On viendrait tous ici au lieu de rester dans ce camping ridicule. »

Judith a fait un pas de côté, pour s'écarter de la table. Elle s'est retrouvée derrière ma femme et elle m'a fixé.

« Nous vous avons invités il y a un certain temps, a-t-elle dit. Mais maintenant que Stanley et Emmanuelle sont arrivés à l'improviste des États-Unis, il n'y a à vrai dire plus de place dans la maison. Mais je me suis dit : vous avez une tente. Pourquoi ne pas la planter ici, dans le jardin ? »

Je l'ai regardée à mon tour. La lumière des bougies n'atteignait pas son visage. Je ne parvenais pas bien à voir ses yeux.

« *Please ?* m'a chuchoté Julia à l'oreille. S'il te plaît ?

— Je ne sais pas, ai-je répondu. Je ne vois pas où nous pourrions nous installer. Je veux dire, cela va vous faire trop de remue-ménage. Vous avez déjà des invités. Vous allez vous retrouver tout d'un coup avec beaucoup de monde.

— C'est ridicule ! » Ralph intervenait à présent. « Plus on est de fous… plus on se couche tard… » Il a ri bruyamment. « Enfin, quoi qu'il en soit, il y a largement assez de place !

— J'avais pensé à un emplacement sur le côté de la maison, a dit Judith. Là où il y a la table de ping-pong. Il y a assez de place pour une tente. Et vous pouvez vous doucher chez nous, à l'intérieur. »

Une détonation a retenti. Nous avons tous regardé Stanley qui venait de déboucher une bouteille. « Désolé a-t-il dit. Non, je veux dire je suis désolé que nous soyons déjà installés ici. Nous ne savions pas que vous aviez été invités.

— Je ne pense pas que ce soit une bonne idée, a dit Caroline. La terre est très dure, là-bas derrière. On ne peut pas y planter une tente. Nous allons tout simplement rentrer au camping. » Elle m'a regardé, puis s'est adressée à Julia. « Vous pouvez revenir ici de temps en temps. Nous pouvons nous donner rendez-vous sur la plage. Mais au camping, nous avons plus d'espace. Et puis tout le monde sera plus tranquille.

— Je le trouve ridicule, ce camping, a dit Julia.

— Oh, mais la terre, ça ne posera pas de problème, a dit Judith. Vous serez bien abrités, là-bas. Il y a un tas de briques dans le garage, il n'y aura même pas besoin de la maintenir la tente par des piquets. En tout cas, vous ne vous envolerez pas ici.

— Tu veux bien, papa ? » a dit Julia. Elle me pinçait les épaules si fort que c'en était presque douloureux. « Tu veux bien ? Allez ! »

18

Il était près de minuit quand nous sommes retournés au camping. Dans la voiture, Caroline n'a pas dit un mot, mais une fois que Julia et Lisa ont été couchées, elle a annoncé qu'elle allait fumer une autre cigarette dehors.

J'étais fatigué. J'avais bu trop de vin blanc. J'aurais préféré me glisser à côté de mes filles dans mon sac de couchage. Mais cela faisait deux ans que Caroline avait arrêté de fumer. Elle ne m'avait pas répondu quand je lui avais demandé plus tôt dans la soirée ce qu'elle pensait de l'idée de déplacer notre tente dans le jardin de la maison de vacances. Elle avait secoué le paquet de cigarettes d'Emmanuelle pour en prendre une, qu'elle avait ensuite allumée en silence. Puis, après la raie et les seiches, elle avait fumé d'autres cigarettes. Je ne les avais pas comptées. Plus de cinq en tout cas, ai-je estimé. Quand nous sommes partis, Emmanuelle lui a donné le paquet presque vide.

Bref, il me semblait plus judicieux d'aller tenir compagnie à ma femme à l'extérieur de la tente.

« À ton avis, qu'est-ce que je peux dire, maintenant ? » m'a-t-elle demandé alors que je venais à peine de m'affaler sur ma chaise pliante. Elle essayait de chuchoter, mais n'arrivait pas à maîtriser sa voix.

Elle crachait les mots. J'ai cru sentir sur ma joue quelques postillons. « Quand tu dis sans te démonter que tu trouves que c'est une bonne idée d'aller camper chez ces gens dans le jardin, puis que tu me demandes, seulement *après coup*, ce que j'en pense, en présence des enfants ! Est-ce que j'ai mon mot à dire ? Il ne me reste plus qu'à tout gâcher pour Julia et Lisa. Et je me retrouve dans le rôle de la mère pénible qui se plaint toujours de tout. Et toi tu es le père formidable qui s'accommode de tout. Putain, Marc, je ne savais pas où me mettre ! »

Je n'ai rien dit. Je voyais l'extrémité de sa cigarette s'illuminer dans le noir. S'illuminer *rageusement*. Quand nous avions fait connaissance, nous fumions encore tous les deux. Au lit, nous nous allumions nos cigarettes. J'avais arrêté quelques années avant elle. De toute façon, depuis la naissance des filles, nous ne fumions plus que dans le jardin.

« En plus je te dis que je n'ai pas envie de voir d'autres gens en vacances. Et certainement pas la première semaine. Et toi tu dis d'accord, parfait, comme tu veux, nous pouvons repartir demain. Et il suffit que nous passions une soirée à manger du poisson en écoutant des potins qui t'intéressent sur des séries télévisées hors de prix pour que tu te retournes comme une crêpe.

— C'est à cause de Julia ! Je sais. Je suis laxiste. Je ne sais pas dire non. Mais je les ai vues s'amuser dans la piscine et en jouant au ping-pong. Les garçons sont gentils. Je pense qu'il faut en tenir compte. Moi aussi je trouve ça plus tranquille d'être simplement avec nos filles en vacances. Mais cela ne peut pas faire de mal de se mettre pour une fois à leur place. Est-ce que c'est agréable pour nos filles, d'être seules avec leurs parents ?

— Marc, ce n'est pas la question ! Ne fais pas comme si tu étais le seul à vouloir que nos filles passent de bonnes vacances. Moi aussi je vois que cela leur fait plaisir de passer du temps avec ces garçons. Mais nous ne sommes pas obligés pour autant de renoncer tout de suite à notre intimité. Ce qui m'embête, c'est ta façon de faire. Tu me l'as demandé de telle façon que je ne pouvais plus refuser. »

J'ai entrevu une issue. La fameuse lumière au bout du tunnel. Un rideau s'était écarté : par la fenêtre, je voyais poindre l'aube. Dans une dispute normale, j'aurais continué obstinément à affirmer qu'elle devait cesser de geindre avec ces histoires d'intimité alors que nous étions en vacances avec deux filles de onze et treize ans. Et qu'elle ne devait pas toujours se débrouiller pour se présenter comme la mère victimisée. Mais cette dispute n'était pas normale.

« Je suis désolé, ai-je dit. Je ne me suis pas bien rendu compte. J'aurais dû te le demander d'une autre manière. À un autre moment. Excuse-moi. »

Le silence a duré. Pendant quelques secondes, j'ai cru qu'elle pleurait. Mais c'étaient ses lèvres qui tiraient sur le filtre de la cigarette.

Je me suis penché en avant et j'ai trouvé son poignet dans le noir. Je l'ai serré doucement.

« Il te reste combien de cigarettes ?

— Marc, je t'en prie. Ne fais pas l'imbécile.

— Non, vraiment. Je ne vois pas le mal que peut faire une seule petite cigarette ! Ce soir, j'ai envie de fumer une cigarette. Ici, dehors. Avec toi.

— Tu sais quoi ? Parfois je me fais franchement du souci. À propos de toi. Et du regard que tu portes sur tes patients. » J'ai essayé de localiser le paquet de cigarettes dans l'obscurité et j'ai fini par le trouver parmi les aiguilles de pin, sous le fauteuil pliant de ma femme. « À ta façon de parler d'eux, j'ai remarqué que tu te sentais supérieur. Supérieur à tous ces artistes de seconde zone. Tu as l'impression que tu vaux mieux qu'eux. Et à raison. Tu as en horreur toutes ces premières, ces vernissages, ces présentations de livres. Les conneries sans intérêt que débitent ces gens persuadés de s'être hissés au-dessus du reste de l'humanité parce qu'ils font de l'art. Ces prétendus artistes peintres qui ne vendent pas une toile, ces cinéastes qui tournent des films que ne vont voir qu'une centaine de personnes. Mais en attendant ils méprisent les gens qui, eux, sont capables de gagner de l'argent. Même quand ces gens peuvent en soigner d'autres. Comme toi.

— Caroline…

— Non, attends, je n'ai pas fini. C'est ce que je continue de trouver le plus douloureux. Cette façon qu'ils ont de te regarder. Je me demande parfois si tu t'en aperçois. Moi je le vois. Ils te méprisent, Marc. Ils sont profondément convaincus que tu n'es qu'un petit médecin ordinaire et simplet. Un petit médecin sans envergure, parce que tu ne sais pas peindre des tableaux à la con dont personne ne veut. Qui refuse de mendier de l'argent pour le énième spectacle répugnant ou film minable que personne n'est impatient de voir. C'est tellement évident. Même dans leur façon de me regarder. À leurs yeux, je vaux encore moins que toi, bien sûr. La *femme* du médecin. La pire des immondices. Je les vois penser : peut-on tomber encore plus bas ? Et ils s'empressent de regarder autour d'eux au cas où ils trouveraient une compagnie plus intéressante. Plus vite ils se seront débarrassés de cette femme de médecin un peu sotte qui les barbe, mieux cela vaudra.

— Caroline, tu ne dois pas te…

— Tais-toi. Je n'ai pas fini. Tu vas m'écouter jusqu'au bout. Je ne reviendrai plus là-dessus. Plus jamais. Je te le promets. »

J'ai pris la cigarette entre les doigts de Caroline pour allumer la mienne.

« Je t'écoute, ai-je dit.

— C'est simple, je ne peux plus le supporter. Ou plutôt : je pouvais encore le supporter tant que tu étais convaincu d'être au-dessus de ça. Mais est-ce que c'est encore le cas ? Est-ce que tu te sens encore au-dessus de ça, Marc ? »

J'ai réfléchi. J'ai réfléchi à ce dont j'étais vraiment convaincu et j'ai su quelle était la réponse. Une idée m'était souvent passée par la tête, à des moments où j'en avais eu assez. Je m'étais dit : qu'est-ce qu'on y perdrait, au juste, si je leur faisais à tous une injection ? Parmi les films qu'il « fallait absolument tourner », comme l'avait un jour formulé un de mes patients, lesquels n'existeraient jamais ? Quelles toiles ne seraient pas peintes ? Quels livres ne seraient pas écrits ? Bref, éprouverait-on le moindre manque ? Remarquerait-on quoi que ce soit ?

Parfois, entre deux patients, je restais seul dans mon cabinet pendant trente secondes. J'imaginais alors comment cela pourrait se dérouler. Je les appellerais un par un. Bras gauche ? Bras droit ? Vous voulez bien remonter votre manche ? Ce n'est qu'une petite piqûre, il n'y en a pas pour longtemps. En une semaine, j'aurais liquidé la corvée. Les projets de films seraient remisés au placard. Les spectacles annulés. Les livres non écrits. Serait-ce vraiment une perte ? Ou le soulagement prendrait-il vite le dessus ?

« Qu'est-ce qui te fait sourire ? a demandé Caroline.

— Non, je me demandais ce qui se passerait s'ils venaient tous à disparaître. Mes patients. Si je renouvelais ma clientèle, je veux dire. Si j'accrochais à ma porte un écriteau : à partir de maintenant, nous n'acceptons plus que les gens normaux. Les gens qui travaillent de neuf heures à dix-sept heures. »

J'ai tiré sur ma cigarette et aspiré la fumée. Cela m'a fait du bien. J'ai eu l'impression que c'était la première fois. La première fois dans la cour de récréation. Et comme la première fois, j'ai eu une quinte de toux.

« Fais attention, Marc. Tu n'as plus l'habitude.

— Qu'est-ce que tu veux dire exactement, quand tu dis que je ne suis plus au-dessus de ça ? Qu'est-ce qui te fait croire ça ?

— Je ne sais pas, d'après moi, cela a commencé depuis que tu connais Ralph Meier. On dirait que… on dirait presque que tu l'*admires*. Cela ne t'arrivait jamais avant, d'admirer tes patients. À tes yeux, ils étaient tous épouvantables. Toutes ces premières où tu devais aller, tu trouvais que c'était une perte de temps. C'est ce que tu disais à chaque fois. »

J'ai tiré une deuxième bouffée de ma cigarette. Un peu plus prudemment cette fois, pour éviter une nouvelle quinte de toux.

« Enfin, de l'admiration, c'est peut-être un grand mot, ai-je avancé, mais on peut difficilement dire que Ralph est un incapable. Il se distingue tout de même de la plupart de ces prétendus artistes qui ont une si haute opinion d'eux-mêmes. C'est tout simplement un bon acteur. Je veux dire, toi aussi tu as trouvé qu'il jouait bien. Dans *Richard II*.

— C'est vrai, je l'ai trouvé vraiment bon. Même s'il a cet air salace, je trouve qu'il faut faire la part des choses. Faire la distinction entre le talent de quelqu'un et ce qu'il fabrique dans sa vie privée. Mais ce n'est pas ce que je voulais dire. Ce n'est pas son talent que tu admires, c'est sa vie que tu sembles trouver intéressante. Je l'avais déjà remarqué quand il a donné la fête dans son jardin. Et maintenant ici. Tout le mal que tu t'es donné pour trouver un camping près de chez eux. Et ton empressement à accepter leur proposition d'installer notre tente dans leur jardin. Cette envie débordante que tu as, consciemment ou inconsciemment, de te retrouver dans leur voisinage. Je trouve ça curieux. Tu n'es pas comme ça, Marc. Tu *n'étais* pas comme ça. Ce n'est pas le Marc que je connais. Et ce n'est pas le Marc pour qui moi j'ai… j'avais de l'admiration. Le Marc qui n'aurait jamais, au grand jamais, voulu passer ses vacances chez un de ses patients. Même un acteur célèbre. Surtout un acteur célèbre. »

J'ai entendu le bruit de la fermeture à glissière de notre tente. Elle s'ouvrait par petites saccades. Lisa est apparue, dans son pyjama, frottant ses yeux encore ensommeillés.

« Vous vous disputez ? » a-t-elle demandé.

J'ai tendu la main vers elle et je l'ai attirée vers moi. « Non, ma chérie. Nous ne sommes pas en train de nous disputer. Quelle drôle d'idée !

— Je vous entends parler sans arrêt. Je n'arrive pas à dormir. »

Je lui ai passé le bras autour de la taille et l'ai serrée contre moi. Lisa a posé la main sur ma tête et ses doigts ont remué dans mes cheveux.

« Papa !

— Qu'est-ce qu'il y a, ma chérie ?

— Tu fumes ! »

Un instant j'ai pensé éteindre ma cigarette par terre, mais j'aurais renforcé son impression de m'avoir pris en flagrant délit.

« Mais tu ne fumes jamais ! a dit Lisa.

— C'est vrai.

— Pourquoi tu le fais maintenant, alors ? »

Dans l'obscurité, j'ai vu l'extrémité incandescente de la cigarette de Caroline foncer vers le sol et s'éteindre aussitôt.

« Oh, pour une fois. Juste pour une occasion très spéciale…

— Mais tu n'as pas le droit de fumer ! C'est très mauvais pour la santé. Quand on fume, on meurt. Je ne veux pas que tu fumes, papa. Je ne veux pas que tu meures.

— Je ne vais pas mourir, ma chérie. Regarde, je l'éteins. »

J'ai enfoncé vigoureusement la cigarette dans la terre.

« Vous ne fumez jamais, a dit Lisa. Maman ne fume jamais. Alors pourquoi tu fumes ? »

J'ai pris une profonde inspiration. J'avais les yeux qui me piquaient, mais cela ne venait pas de la fumée.

« Papa ne fume jamais, lui non plus, a dit Caroline. Il voulait seulement se rendre compte à quel point c'est dégoûtant. »

Il y a eu un silence. J'ai serré ma fille encore plus fort contre moi et je lui ai caressé le dos.

« On retourne à la piscine demain ? » a demandé Lisa.

Je n'ai rien dit. Dans l'obscurité, j'ai compté les secondes. Une, deux, trois… J'ai entendu Caroline pousser un profond soupir.

« Oui, ma chérie, a-t-elle dit. Demain nous retournerons à la piscine. »

19

C'est ainsi qu'a commencé notre séjour dans la villa des Meier. *Près* de la villa, devrais-je dire. *À côté* de la villa. Finalement, le sol n'était pas dur au point de ne pouvoir y planter des piquets. J'avais lancé un regard interrogateur à Caroline après avoir déroulé le tapis de sol et commencé à monter les mâts.

« Non mon chéri, avait-elle dit. Je te laisse t'en occuper tout seul. »

Puis elle était allée à la piscine.

Nous avions de fins matelas pneumatiques qui se gonflaient tout seuls. Même si le sol n'était pas aussi dur que tout le monde le pensait, il l'était quand même. À travers les matelas pneumatiques, nous sentions toutes les irrégularités et chaque petite pierre que j'avais oublié d'enlever en montant la tente. Nous étions de surcroît installés juste à côté de la table de ping-pong. Je m'endormais et m'éveillais au son des balles qui rebondissaient. Les parents d'Alex et de Thomas n'exigeaient pas qu'ils se couchent à une heure déterminée. Quand ils ne jouaient pas au ping-pong, je les entendais plonger du haut du plongeoir longtemps après minuit.

Caroline ne disait rien. Elle ne disait pas : « Tu es content maintenant ? C'est pourtant bien ce que tu voulais ! » Elle se contentait de me regarder. Puis elle souriait.

Nous accompagnions les Meier dans les marchés des environs. Ralph négociait d'un ton léger le prix du poisson, de la viande et des fruits. « Ils me connaissent tous, disait-il. Ils savent que je ne suis pas le touriste de base. Je connais le prix d'un kilo de crevettes. » Nous allions dans des restaurants où il écartait toujours la carte avec ostentation. « Il ne faut pas prendre ce qu'il y a au menu ici. Il faut demander les arrivées du jour. » Et c'était ce qu'il faisait. Il donnait une tape sur l'épaule des serveurs en leur pinçant amicalement le ventre. « Vous ne pourrez jamais goûter ça ailleurs », nous disait-il. Des plats de poissons étaient déposés devant nous. Toujours du poisson. Sous toutes les formes et de toutes les tailles. Des poissons dont j'ignorais l'existence. Des poissons dont on se demandait par quel bout il fallait commencer à les manger. Je suis un amateur de viande. Ralph ne me donnait pas la possibilité d'examiner le menu. À une seule occasion, j'étais parvenu à attirer l'attention d'un serveur pour lui indiquer un plat aperçu sur une petite table voisine. Un plat de viande. Un plat recouvert d'une sauce marron foncé d'où émergeaient des os. « Qu'est que tu viens de commander ? s'était écrié Ralph en secouant la tête. Ici il faut manger du poisson. Demain on ira chercher de la viande pour le barbecue. Nous connaissons une ferme dans le coin où on peut acheter de l'agneau et du porc élevés sur place. Ici, la viande vient du supermarché. On est dans un *restaurant de poisson*. Allez, bon appétit ! »

Quand nous ne passions pas la journée au bord de la piscine, nous allions à la plage. Ou plutôt : sur des petites plages. La plage ordinaire, où nous

nous étions rencontrés la première fois, n'était pas assez bien. « Tout le monde y va », avait dit Ralph, sans expliquer en quoi cela posait un problème. Les petites plages où Ralph nous emmenait avaient pour principale caractéristique un accès difficile. Après avoir garé les voitures, il nous fallait souvent crapahuter pendant au moins une heure sur des sentiers rocailleux quasi impraticables, envahis de chardons et de ronces qui égratignaient nos jambes nues jusqu'au sang. Des insectes à l'abdomen rayé rouge et jaune, qui vrombissaient dans l'air vibrant de chaleur, nous piquaient les mollets ou le cou. En contrebas s'étendait la mer bleue. « Personne ne vient ici ! s'écriait Ralph. Vous allez voir tout à l'heure. Un paradis ! » Nous étions toujours très chargés. Ralph et Judith emportaient tout avec eux : des transats, des parasols, une glacière remplie de canettes et de vin blanc frais, et un panier de pique-nique contenant des baguettes, des tomates, de l'huile d'olive, de la charcuterie, du fromage et du thon en boîte, des sardines et les inévitables variantes de seiches. La première fois, quand nous sommes arrivés sur la plage, Ralph n'a pas hésité à retirer tous ses vêtements pour se jeter à l'eau entre les rochers. « Mon Dieu que c'est bon ! s'est-il exclamé en s'ébrouant. Alex, tu me lances mes lunettes de plongée ? Je crois qu'il y a des crabes ici. Et des oursins ! Aïe ! Bordel ! Tu veux bien regarder, Judith ? Je crois que mes sandales en plastique sont dans le sac bleu. Marc, qu'est-ce que t'attends ? »

En effet, qu'est-ce que j'attendais ? J'ai déjà expliqué quel regard je porte sur les corps nus. Tous les jours j'ai affaire à des corps nus. Un corps nu dans un cabinet de consultation n'a rien à voir avec un corps nu en plein air. J'ai regardé Ralph sortir de l'eau et glisser ses pieds dans les sandales en plastique que Judith avait sorties du sac bleu. J'ai regardé les gouttes tomber de son corps. Il secouait la tête comme un chien mouillé, ses cheveux projetant encore des gouttes. Il s'est mouché bruyamment dans ses doigts qu'il a ensuite essuyés sur sa cuisse. Il y a très longtemps de cela, les premiers animaux sont venus vivre sur la terre ferme. La plupart d'entre eux se sont enfoncés à l'intérieur des terres. Cela fait à peine deux cents ans que les êtres humains, au début en petit nombre, sont retournés sur la plage. Je regardais le sexe poilu de Ralph dont dégoulinait une telle quantité d'eau que l'on ne pouvait voir si c'était de l'eau de mer ou son urine qu'il laissait s'évacuer sans vergogne. « Allez Marc, viens te baigner. On peut voir jusqu'au fond ici. » Les mains sur ses hanches, l'air satisfait, il a observé le paysage autour de lui, admirant « sa petite plage » dont lui seul connaissait l'existence. Pendant quelques secondes, il a caché le soleil avec son corps énorme. Puis il a fait volte-face et est retourné à grands pas dans la mer, ses sandales claquant bruyamment contre ses talons.

Je ne suis pas pudique, ce n'est pas le problème. Enfin, je vais le formuler autrement : je suis pudique, et je suis fier de l'être quand cela signifie que l'on évite d'exposer à l'air libre, partout et à tort et à travers, à la vue de tous, sa verge et d'autres parties lâches de son corps. Je trouve, en somme, que dénuder son corps exige une certaine prudence. Je fuis comme la peste les plages nudistes, les campings de naturistes et autres lieux où s'attroupent les adeptes de la nudité. Tous ceux à qui il est arrivé de voir des personnes nues jouant au volley sur une plage savent qu'un tel spectacle n'a rien d'érotique. Dans les charniers, on entasse souvent les gens nus, les uns sur les autres. Il faut tout de même préserver un minimum de dignité humaine. Les naturistes ne s'en préoccupent pas. Sous prétexte qu'il est plus naturel de retirer tous ses vêtements, ils vous imposent en pleine face une vue dégagée sur leur verge qui pendouille, leurs seins qui se balancent, les lèvres pendantes de leur vulve et leur raie des fesses humide. Ils pointent sur vous un doigt accusateur. Ils proclament que c'est *vous* qui avez l'esprit étriqué quand vous estimez qu'il vaudrait mieux que tout cela reste caché.

J'ai regardé autour de moi pour voir ce que faisaient les autres. Les deux garçons avaient enfilé des maillots de bain multicolores. Des maillots de bain dont les jambes descendaient jusqu'en dessous du genou. Caroline avait retiré son chemisier et s'était allongée en bikini sur une serviette qu'elle avait étalée sur les galets. Mes deux filles aussi avaient mis leur bikini. Lisa n'avait pas encore vraiment besoin du haut, mais elle ne voulait pas être en reste par rapport à sa sœur aînée, ce qui était compréhensible.

La dernière personne sur laquelle j'ai porté mon regard était Judith. Elle était accroupie devant le sac bleu d'où elle avait sorti les sandales de Ralph. Elle a pris un flacon de crème solaire et commencé à s'enduire les bras. J'avais bien vu. Elle ne portait que le bas de son bikini. J'ai regardé très vite. Je craignais que Judith ne me surprenne en train de fixer sa poitrine. J'ai donc détourné aussitôt le regard pour reporter mon attention sur la mer. Pas la moindre trace de Ralph. J'ai regardé attentivement, sans parvenir à l'apercevoir. La petite plage était située dans une crique. Près de l'ouverture sur la mer s'avançait une presqu'île constituée de rochers que venaient lécher les vagues. Je me suis dit que ce serait un curieux début de vacances si Ralph se noyait dès le premier jour. Ou sans aller jusque-là, s'il fallait le hisser sur la petite plage de galets toussant, éternuant, suffoquant. Oui, il y avait un médecin dans la salle. J'étais la personne tout indiquée pour lui faire un bouche à bouche. Pour l'allonger sur le dos et lui masser le ventre afin qu'il recrache l'eau de mer ingurgitée. J'ai pensé à ma bouche sur la bouche de Ralph. Je sentirais certainement un goût de seiches. *On est dans un restaurant de poisson !* ai-je pensé et j'ai éclaté de rire.

« Marc ! Marc ! »

Il était là, dressé sur le point culminant de la presqu'île. Il avait relevé ses lunettes de plongée et son tuba. Il faisait de grands gestes.

J'ai pris une décision. Une décision qui aurait des conséquences majeures pour tout le reste de nos vacances, je m'en suis rendu compte à cet endroit et à ce moment précis. J'ai retiré mon T-shirt, mon pantalon et mon slip. En tournant le dos à la plage, et par conséquent aussi près que possible de la séparation entre la terre et la mer, là où les vagues déferlaient sur les galets. Si quelqu'un en avait eu envie, il aurait pu voir pendant environ cinq secondes mon corps entièrement nu, mais seulement de dos. Le côté le moins repoussant, osais-je espérer. J'ai saisi mon maillot de bain, que j'avais enroulé dans ma serviette, et je me suis penché pour l'enfiler. C'était un maillot de bain ordinaire, aux jambes qui arrivaient juste au-dessus des genoux. Sans couleurs. Avec une sorte de motif à fleurs. Mais noir et blanc. Je l'ai enfilé et j'ai noué le cordon pour éviter que le maillot ne descende. En le portant dès le premier jour à la mer, je signalais que j'allais toujours le mettre – à la piscine aussi.

« Viens, Marc. Viens voir ! »

J'ai escaladé les rochers et Ralph m'a donné son tuba et ses lunettes de plongée. « Ici, juste en dessous, mec. Collée contre le rocher, un truc énorme. » Il m'a montré les dimensions avec ses mains. « Une pieuvre. Un mastodonte. On va se régaler ce soir. »

Stanley et Emmanuelle ne nous accompagnaient jamais dans nos expéditions vers des criques et des plages de galets éloignées. La plupart du temps, ils restaient dans la maison de vacances, où Stanley, installé à une petite table sur la terrasse, travaillait au script d'*Auguste* pendant qu'Emmanuelle enchaînait tranquillement des longueurs dans la piscine. Ou ils partaient en excursion dans les villages et les villes alentours, où ils visitaient des musées, des églises et des cloîtres. Stanley avait un appareil photo numérique avec un grand écran. À son retour, il nous montrait les photos qu'il avait prises pendant la journée. Des clochers d'églises, des galeries à colonnades et des jardins de cloîtres. J'essayais de témoigner mon intérêt, mais j'avais du mal. Il y avait aussi beaucoup de photos d'Emmanuelle : Emmanuelle assise, les jambes relevées, sur un muret à côté d'une statue équestre ; Emmanuelle posant coquettement devant un bassin surplombé d'une fontaine en pierre représentant des carpes ; Emmanuelle installée à une terrasse devant une table recouverte d'une nappe blanche, le goulot d'une bouteille drapé d'une serviette blanche dépassant d'un seau à glace ; Emmanuelle suçotant une patte de crabe ou de langoustine. Les photos d'Emmanuelle étaient de loin les plus nombreuses. Parfois, Stanley laissait une photo d'elle plus longtemps à l'écran. « Regardez, disait-il, un sourire rêveur apparaissant sur son visage. Elle n'est pas magnifique ? » Il avait raison.

Sur les photos, Emmanuelle se métamorphosait. Elle se libérait d'elle-même. De sa présence physique dont il émanait surtout de la lassitude et du désintérêt. Manifestement, Stanley semblait s'oublier quand il regardait les photos. Comme s'il avait déchiré l'image de la jeune femme dans un magazine, du genre de ceux que les adolescents cachent sous leur matelas.

Certains jours, nous restions au bord de la piscine du matin jusqu'au soir. Vers midi, Ralph allumait le barbecue et Judith allait chercher les premières bières et bouteilles de vin blanc dans le réfrigérateur. Nous prenions alors un « repas léger » sur la terrasse. Le reste de l'après-midi, nous restions affalés dans nos transats autour de la piscine et, presque tous, nous nous assoupissions. Les garçons avaient tendu une corde depuis le premier étage jusqu'au plongeoir. Ils se hissaient sur le rebord de la fenêtre puis, en se suspendant par les mains, ils descendaient le long de la corde jusqu'au-dessus de la piscine et se laissaient tomber dans l'eau, sous les applaudissements de nos filles à qui nous avions interdit d'utiliser la corde. Pendant les barbecues, Ralph gardait son short, mais visiblement il avait hâte que le déjeuner se termine pour pouvoir le retirer. L'eau giclait sur le rebord quand il plongeait dans la piscine en poussant un grand cri. J'étais toujours particulièrement attentif à ce premier plongeon. Je l'observais avec le regard du médecin. Vingt ans plus tôt, on déconseillait encore formellement de se baigner aussitôt après un repas. Cette idée a fait son temps. Maintenant, on estime généralement qu'il vaut mieux, au contraire, ne pas attendre trop longtemps. La digestion à proprement parler ne démarre qu'au bout d'une heure. Et là, le danger est réel. Le sang se concentre vers l'estomac et les intestins. L'activité cérébrale diminue. Le mécanisme de la pensée se ralentit et finit même par s'interrompre totalement. D'autres parties du corps sont elles aussi insuffisamment irriguées, reçoivent trop peu d'oxygène. Les jambes, à court d'oxygène, ne parviennent plus à fournir un effort. Les bras commencent à picoter et s'engourdissent. Se baigner dans la mer pendant que l'on digère, c'est risquer de devenir le jouet des vagues, d'être entraîné au large par des courants traîtres. Mais juste après le repas, le danger est minime. On a certes l'estomac plein. Le risque n'est pas totalement exclu. Des plats au fromage fondu peuvent se figer d'un seul coup. Le fromage, trop vite refroidi, redevient une masse solide. Le pylore se verrouille. Le transit vers les intestins se bloque. Les sauces peuvent se mettre à rouler, comme le pétrole dans la cale d'un gigantesque navire-citerne. Celui-ci, pris dans la tempête, s'échoue contre des rochers et se fend en deux. Les sauces clapotent contre la paroi de l'estomac et remontent dans l'œsophage. Le nageur menace de s'étouffer dans son propre vomi qui reflue dans la trachée. Il brandit une dernière fois le bras hors de l'eau, appelle à l'aide. Mais sur la plage personne ne le voit. Personne ne peut l'entendre. Il disparaît sous les vagues et il est rejeté, quelques jours (et souvent même des semaines) plus tard, sur une autre plage à des kilomètres de là.

C'est ce regard que je portais sur Ralph quand il plongeait dans la piscine. Chaque fois, j'envisageais la possibilité qu'il ne remonte pas à la surface. Ou que, dans son état d'ébriété, il heurte le fond et reste paralysé de la tête aux pieds. Mais toujours il réapparaissait, il toussait, éternuait et crachait, puis se hissait sur l'échelle située sur le côté. Il étalait alors une serviette sur un transat pour se sécher au soleil. Il ne cherchait pas à se couvrir. Il était allongé, jambes écartées, le corps trop grand pour le transat, les pieds dépassant du cadre : tout était exposé au regard et dorait au soleil. « Si ça c'est pas des vacances », disait-il en rotant, puis il fermait les yeux. Une minute plus tard, sa bouche s'entrouvrait déjà et un ronflement sonore se faisait entendre. Je regardais son ventre et ses jambes. Sa verge en travers de sa cuisse. Ensuite je regardais mes deux filles. Julia et Lisa. Elles ne paraissaient pas se formaliser. Elles s'amusaient dans la piscine. Elles jouaient à chat avec Alex et Thomas. Caroline jetait dans l'eau des pièces qu'ils devaient aller ramasser au fond. Je me demandais si, finalement, je n'avais pas l'esprit étriqué. Si ce n'était pas moi qui avais tort de trouver répugnante l'idée de la verge nue de Ralph Meier à proximité de mes filles encore enfants. Je n'arrivais pas à le savoir – et tant que je n'y arrivais pas, je continuais de trouver l'idée répugnante. Je me rappelle qu'une après-midi, l'homme à tout faire de l'agence de location était passé. Il y avait des problèmes de pression dans les canalisations : le soir, l'eau ne sortait qu'au compte-gouttes du pommeau de la douche. Sans prendre la peine d'enfiler un pantalon ou de s'entourer d'une serviette, Ralph s'était levé de son transat pour aller serrer la main du réparateur. J'ai vu le réparateur regarder. Ou plutôt : *ne pas* regarder. Il faisait sans doute deux têtes de moins que Ralph. Il en était plus près qu'une personne de taille normale, sa tête à moins de trente centimètres de la verge de Ralph qui à présent pendait entre ses jambes. Il n'avait qu'à baisser le regard de quelques millimètres pour la voir remplir pratiquement tout son champ de vision. Ralph a glissé ses pieds dans ses sandales et précédé le réparateur dans l'escalier.

Ils ont disparu dans la maison et, un quart d'heure plus tard, quand ils sont redescendus, Ralph n'avait toujours pas enfilé de pantalon ou noué une serviette autour de sa taille. « C'est le réservoir sur le toit, a-t-il dit. Il est bouché. En plus, il n'y a pratiquement pas eu de pluie. »

Le lendemain matin, plus la moindre goutte ne sortait de la douche. À l'extérieur, les robinets et la douche de la piscine étaient aussi à sec. Ralph a juré et attrapé son téléphone portable. « Putain, on paie une fortune pour cette location ! Ils ont intérêt à trouver une solution. Pas de pluie, mon cul. » Mais à l'agence, personne ne répondait au téléphone. Ralph a une fois de plus glissé ses pieds dans ses sandales, mais cette fois, pour changer, il avait déjà mis un pantalon. « Je descends, a-t-il dit. Je vais leur dire ce que je pense de leur réservoir d'eau. »

C'est là que Caroline a proposé de se rendre avec moi à l'agence de location. Quand Ralph a protesté, elle lui a dit : « Comme ça, Marc et moi nous en profiterons pour faire les courses. Ce soir, c'est nous qui allons préparer le dîner. » Elle m'avait regardé en parlant. Certes elle souriait, mais j'ai vu à l'expression dans ses yeux qu'elle tenait à ce que nous y allions. J'ai tout de même grommelé un peu, puis je suis allé dans la tente chercher les clés de la voiture.

20

Tandis que nous descendions la côte, Caroline était restée plutôt silencieuse. Une fois sur la route, alors que je m'apprêtais à tourner à gauche, en direction de l'agence de location située en périphérie de la petite ville la plus proche, Caroline a posé la main sur mon avant-bras. « Non, nous allons d'abord prendre le petit déjeuner, a-t-elle dit. Sur la plage. »

Quelques instants plus tard, nous étions assis à la terrasse où, le premier soir, nous avions retrouvé les Meier. Caroline trempait son croissant dans une grande tasse de café crème.

« Enfin un petit moment à nous, a-t-elle dit en soupirant. J'en avais vraiment envie ! »

C'était vrai, je ne pouvais pas lui donner tort. Sans que nous ayons vraiment pu opposer de résistance, nous nous étions retrouvés dans la dynamique propre au partage d'une maison de vacances. Cette dynamique vous entraînait insidieusement avec elle, comme un courant marin imperceptible à l'œil nu. Elle autorisait rarement des moments de solitude, voire jamais. L'intimité était mise en veilleuse. À quelques occasions, j'avais tenté d'aller seul chercher du pain au village, mais toujours quelqu'un avait eu envie de m'accompagner. La plupart du temps, c'était Ralph. « Tu vas au village, Marc ? Super. C'est le jour du marché. On en profitera pour acheter du poisson et des fruits frais. » J'attendais ensuite au moins une demi-heure, les clés à la main, à côté de ma voiture. « Les garçons vont venir aussi, disait Ralph quand il finissait par apparaître en haut de l'escalier. Comme ça, ils nous aideront à tout porter. Une petite minute. Alex finit juste de prendre sa douche. »

« Oui, moi aussi j'en avais envie, ai-je dit à Caroline. Tu as eu une bonne idée ! »

J'ai regardé un père jouer au cerf-volant avec son jeune fils. C'était un cerf-volant à deux cordes, que l'on peut faire tourner et descendre en piqué. Chaque fois que le père confiait les cordes au garçon, le cerf-volant s'abattait brutalement sur le sable. Sur la mer, on ne voyait à cette heure qu'une seule voile blanche. Un bateau de croisière blanc se déplaçait presque imperceptiblement de gauche à droite sur la ligne d'horizon.

« Pendant combien de temps va-t-il falloir qu'on supporte ça ? a demandé Caroline.

— Qu'on supporte quoi ?

— Marc… Tu sais ce que je veux dire. Pour Julia et Lisa, c'est très sympa, mais pour nous… Combien de temps va-t-il falloir que nous restions ? Combien de temps devons-nous passer là avant de reprendre la route sans nous sentir coupables ?

— C'est si terrible que ça ? ai-je commencé, mais j'ai vu aussitôt l'expression sur le visage de Caroline. Non, désolé. Tu as raison. C'est épouvantable. Je veux dire, moi aussi j'ai parfois du mal à les supporter. Tous ces gens. Ralph… » Je lui ai lancé un regard interrogateur. « Tu as encore des problèmes avec… Est-ce qu'il te regarde encore de façon désagréable ?

— Non, c'est fini, grâce à la présence de notre éblouissant mannequin. »

J'ai décelé une curieuse résonance dans le ton de sa voix : une sonorité pas tout à fait pure quand elle a prononcé les mots « éblouissant » et « mannequin ». Les femmes pensent que les hommes les trouvent mystérieuses mais, souvent, elles sont totalement transparentes.

« Alors comme ça, Ralph t'a échangée contre une jeunesse, ai-je dit en riant. Et finalement, tu regrettes. Qu'une femme de ton âge ne se fasse plus siffler par les laveurs de carreaux et les acteurs de théâtre célèbres. »

Avec sa petite cuillère, elle m'a projeté sur le visage quelques gouttes de la mousse crémeuse qui recouvrait son café. « Marc ! T'es pas drôle ! Je suis vraiment contente qu'il me fiche un peu la paix. Je t'assure. Mais tu as remarqué sa façon de regarder Emmanuelle ? »

J'ai haussé les épaules.

« Hier ? a poursuivi Caroline. Hier, avant l'arrivée du réparateur. On aurait dit qu'il n'en avait rien à faire. Stanley était installé à sa petite table en train de travailler et Emmanuelle était allongée sur son transat. Quand Ralph est passé avec la bouteille de vin blanc, il l'a frôlée en se penchant au-dessus d'elle pour attraper son verre. Ensuite il n'a pas arrêté de la regarder en la servant. Il fixait tout sauf son visage. Il a commencé par les pieds puis il est remonté lentement. Ensuite il a recommencé en sens inverse. Il ne s'en rendait même pas compte, ou alors cela lui était complètement égal. Il a passé la pointe de sa langue sur ses lèvres. Comme s'il salivait devant un poisson appétissant dans son assiette. Mais ensuite… ensuite, oh non, c'était vraiment épouvantable ! »

Caroline s'est caché le visage dans les mains et penchée en avant, jusqu'à la surface de la table.

« Quoi ? ai-je dit. Mais quoi ?

— Il tenait dans une main la bouteille et dans l'autre le verre. Mais quand il a reposé le verre à côté d'elle, il s'est retrouvé tout à coup avec une main libre. Il a commencé par se caresser le ventre. Près du nombril. Puis il est tout simplement descendu plus bas. Vers sa queue. Il l'a prise dans sa main, Marc. Il l'a serrée un peu. Tout cela de façon très décontractée, comme si c'était la chose la plus normale du monde. Si quelqu'un l'avait surpris, il aurait probablement fait comme si ça le démangeait. D'ailleurs c'était le cas ! Ça le démangeait ! À peine une minute plus tard, il a posé la bouteille par terre et plongé dans la piscine. On entendait presque l'eau siffler ! »

J'ai ri. Caroline n'a pas pu s'empêcher de rire elle aussi, mais elle a aussitôt repris son sérieux.

« Oui, tout cela est bien joli, a-t-elle dit. Mais quand j'y pense, cela me met mal à l'aise. Je trouve cela répugnant.

— Oh, Emmanuelle le fait aussi un peu exprès. Cela ne la dérange pas plus que ça, je pense. Il faut voir comment elle fait marcher ce vieux Stanley… Et puis, c'est tout simplement une très belle fille. Il ne faut pas l'oublier. »

Caroline a plissé les yeux. « Tu la trouves belle, Marc ? Tu trouves que c'est une belle fille ? Est-ce que toi aussi, comme Ralph, tu la regardes en cachette ?

— Oui, je trouve que c'est une belle fille. N'importe quel homme trouverait que c'est une belle fille. Et oui, il m'arrive aussi de la regarder. Je suis un homme, Caroline. Tu trouverais ça suspect si je ne la regardais pas.

— Bon, d'accord. Mais ce n'est pas ce que je veux dire quand je t'explique que cela me répugne, la façon dont Ralph la regarde. Tu l'as dit toi-même : une belle fille. Emmanuelle est encore une fille. Je ne tiens pas à savoir ce qui se passe entre elle et Stanley. C'est leur affaire. Mais il y a d'autres filles autour de la piscine. »

Je l'ai regardée fixement. Cela m'avait dégoûté : la verge de Ralph à proximité de Julia et de Lisa, quand elles jouaient dans la piscine, mais je n'avais pas encore vu la situation sous cet angle.

« Je l'ai surveillé, de temps à autre, a dit Caroline. Et je dois dire que je n'ai jamais surpris quoi que ce soit. Mais tout de même… Il n'est pas demeuré. Peut-être qu'il essaie de se contrôler tant que nous sommes dans les parages. Je ne sais pas ce qu'il fait quand il se retrouve seul avec elles. »

Je n'ai rien dit. La lumière vive du soleil qui se réverbérait sur le sable m'a fait cligner des yeux. J'ai vu des taches noires. Elles dansaient de gauche à droite devant mes yeux.

« Nos filles ne sont encore que des enfants, a dit Caroline. C'est du moins ce que nous pensons. Mais regarde Julia. Quelle est la différence d'âge entre Julia et Emmanuelle ? Deux ans ? Quatre ? À quelques centaines de kilomètres au sud d'ici, Julia pourrait déjà être donnée en mariage. »

Une scène m'est soudain revenue à l'esprit. Quelques jours plus tôt, Ralph avait joué au ping-pong avec Alex, Thomas, Julia et Lisa. Pas une vraie partie de ping-pong : ils avaient tous une raquette à la main et couraient autour de la table, renvoyant la balle l'un après l'autre. Celui qui n'y arrivait pas était éliminé. Je me souvenais surtout de Ralph. Pour changer, il avait enfilé un short, mais ce grand corps qui courait autour de la table de ping-pong en se faufilant entre tous ces corps plus petits, et surtout plus minces, offrait un curieux spectacle. Un spectacle *comique*, vu sous cet angle. Il était pieds nus, et il y avait une flaque d'eau. Il a glissé dessus et atterri de tout son poids sur les dalles. Je venais de me lever de mon transat et je m'étais approché, ma canette de bière à la main, de la table de ping-pong. J'ai senti la terre vibrer quand il est tombé sur le carrelage. Comme si un camion passait dans la rue. « Putain ! a-t-il rugi. Putain ! Saloperie ! Bordel ! Connerie ! Aïe ! Aïe ! Putain… » Assis dans la flaque d'eau, il se frottait le genou. Il avait une vilaine écorchure. Une écorchure avec des stries sanguinolentes, là où la surface rugueuse des dalles avait éraflé la peau. « Merde, merde, merde ! » s'est-il écrié.

Les enfants avaient aussitôt arrêté de courir autour de la table. Formant un cercle autour de lui à une certaine distance, ils regardaient le grand corps par terre. Avec déférence, mais aussi avec étonnement, comme on regarde une baleine qui a fait fausse route et s'est échouée sur la plage. Mais quand Ralph a crié « merde » pour la troisième fois, c'est Alex, je crois, qui s'est mis à rire le premier. Thomas a alors poussé un cri et commencé à s'esclaffer. Et Julia et Lisa, qui n'attendaient que ce signal, ont éclaté de rire à leur tour. Elles ont tout de même lancé un rapide coup d'œil à Ralph, avant de se laisser totalement aller à cette crise de rire libératrice. Elles riaient par longues rafales, en poussant des hurlements, comme seules les filles savent le faire. Le fou rire. Un rire qui semble ne jamais devoir s'arrêter. Un rire dévastateur. Dévastateur pour nous les garçons. Elles mettent la main devant la bouche et pouffent de rire : souvent derrière votre dos, parfois à votre nez. Comme maintenant.

Ce n'était pas seulement Ralph qui était tourné en ridicule, mais tous les hommes. La gent masculine. Normalement, un homme était grand et fort. Plus fort qu'une femme. Mais parfois il tombait. Sous l'effet d'une force encore plus puissante que lui. La pesanteur.

« Oh, je vais faire pipi dans ma culotte ! » a hurlé Lisa, tandis que des larmes ruisselaient sur ses joues.

J'ai regardé Ralph, son grand corps massif sur les dalles, son genou écorché. C'était – je ne sais pas comment l'exprimer autrement – une blessure d'enfant. La blessure d'un petit garçon tombé de son tricycle. Une écorchure que l'on va montrer à sa mère en pleurant : à la fois fier de saigner et inquiet à l'idée qu'elle veuille la désinfecter. C'est aussi ce que l'on entendait dans le rire de Julia et de Lisa – si l'on écoutait bien. Le rire de toutes les mères, qui s'amusent de l'éternelle maladresse des garçons. Ralph a examiné encore une fois, en grimaçant, la blessure sur son genou et il a secoué la tête. Puis il a fait la seule chose à faire en pareil cas : il s'est mis à rire. Il a ri avec ses fils. Avec mes filles. Il a ri de lui-même. Du moins donnait-il l'impression de rire de lui-même, d'avoir un sens de l'autodérision. En réalité, son rire cherchait surtout à sauver la face, limiter les dégâts. Un homme adulte qui tombe brutalement est risible. Un homme qui en rit lui-même l'est déjà nettement moins.

« Putain, s'est exclamé Ralph en riant toujours, tandis qu'il essayait de se relever. Bande de voyous ! Vous moquer d'un vieil homme, vous ne manquez pas de culot ! »

C'est là que cela s'est produit. Ce n'était qu'un détail, rien de plus. Un détail auquel, de prime abord, on ne prêtait pas attention et qui ne prendrait un sens que plus tard. Rétrospectivement.

Ralph Meier s'était à moitié redressé en s'appuyant sur son genou sain. Il faisait encore mine de s'amuser, mais le rire n'était plus authentique depuis longtemps – si tant est qu'il l'avait jamais été. « Et toi, tu as intérêt à faire attention ! » En disant cela, il a continué de se relever et il a pointé l'index en direction de ma fille aînée. Julia.

Julia a poussé un petit cri. « Non ! s'est-elle écriée. Non ! »

Et elle a agrippé des deux mains sa culotte rouge. La culotte de son maillot. Je l'ai vu très clairement. Ce geste ne pouvait s'expliquer que d'une seule manière : Ralph Meier menaçait ma fille. Il la menaçait de faire quelque chose. Une chose qu'il avait déjà faite. Le tout pour rire. Le tout avec un clin d'œil. Mais tout de même.

Ce n'était, comme je l'ai dit, qu'un détail. Vous assistez à une scène, mais vous la reléguez aussitôt à l'arrière-plan. Ou plutôt : quelque chose en vous la relègue à l'arrière-plan. Vous ne voulez pas avoir de telles pensées. Vous ne voulez pas chercher ce qui se cache derrière. Vous avez depuis des années le même voisin. Un gentil voisin. Mais surtout, un voisin normal. C'est d'ailleurs ce que vous dites à l'inspecteur de police qui vient vous demander des précisions sur votre voisin. « Tout ce qu'il y a de plus normal, dites-vous. Tellement gentil. Non, jamais rien remarqué de curieux. » Chez le voisin, on a entre-temps découvert des restes humains. Des restes humains qui appartiennent, selon toute probabilité, à quatorze femmes portées disparues. Dans son réfrigérateur. Dans son jardin. Puis un souvenir vous revient brusquement. Vous avez vu parfois votre voisin porter des sacs poubelle jusqu'à sa voiture. Des sacs poubelle qu'il mettait ensuite dans le coffre. Pas au coucher du soleil ou à une autre heure « suspecte », non, en plein jour. Il ne regardait même pas autour de lui en posant les sacs dans sa voiture. Il agissait au vu et au su de tout le monde. Puis il vous saluait d'un geste de la main, ou il engageait la conversation avec vous. Sur la météo. Sur les nouveaux occupants du logement en face. Un homme normal. « À mon avis, vous venez de vous souvenir d'un détail », dit l'inspecteur. Vous lui parlez alors des sacs poubelle.

La réaction de Julia ne pouvait signifier qu'une chose : Ralph avait déjà essayé de baisser sa culotte. À l'occasion d'un jeu, dans la piscine... Sur le moment, je ne m'étais pas attardé sur l'incident mais, à présent, ici sur la plage avec Caroline, je me demandais si je ne l'avais pas minimisé un peu trop vite.

« J'ai l'impression que tu penses à quelque chose de précis », a dit Caroline.

J'ai regardé ma femme droit dans les yeux.

« Oui, je réfléchissais à ce que tu as dit. À propos d'Emmanuelle et de Ralph. Et de Julia. »

Puis j'ai eu une autre pensée. Comment Emmanuelle aurait-elle réagi si Ralph avait baissé sa culotte ? Ou Stanley ? J'ai à nouveau cligné des yeux, mais les taches noires persistaient.

« Tu dois le savoir, toi, a dit Caroline. Tu es un homme. Quel est le regard que tu portes, Marc ? Est-ce qu'il t'arrive de regarder ta propre fille et de voir en elle une femme ? La femme qu'elle sera plus tard ? »

J'ai observé ma femme. Et j'ai réfléchi. Elle m'avait posé une question, que je ne trouvais pas étrange. Pas du tout même. Je trouvais que c'était la seule bonne question à poser.

« Oui, ai-je dit. Pas seulement Julia. Mais aussi Lisa. »

Un homme a deux filles. Depuis leur plus jeune âge, elles s'assoient sur ses genoux. Elles le serrent dans leurs bras et l'embrassent pour lui souhaiter bonne nuit. Le dimanche matin, elles se glissent à côté de lui dans son lit, contre lui, sous les couvertures. Ce sont des fillettes. Ses fillettes. Il est là pour les protéger. Il voit qu'elles deviendront des femmes plus tard. Qu'elles sont des femmes en puissance. Mais il ne les regarde jamais comme un homme regarde une femme. Jamais. Je suis médecin. Je sais ce qu'il faut faire de ceux qui commettent un inceste. Il n'y a qu'une solution. Une solution impensable dans un État de droit, mais qui est pourtant la seule.

« Ce n'est pas ce que je veux dire, a précisé Caroline. Peux-tu imaginer le regard que portent sur nos filles d'autres hommes que toi, d'autres hommes que leur père ? Nous allons nous cantonner à Julia, pour plus de facilité. Le regard que porte un homme adulte sur Julia.

— Tu le sais très bien. Tu viens de le dire toi-même. Il y a des cultures où elle pourrait déjà être mariée. Et regarde Alex. Ils sont complètement amoureux tous les deux. Va savoir ce qu'ils vont faire bientôt ! Ce qu'ils font déjà ensemble ! Je veux dire, est-ce que nous ne devrions pas en parler ? Cet Alex a quinze ans. J'espère qu'ils sont parfaitement au courant de ce qui peut arriver.

— Mon chéri, je ne te parle pas de garçons de quinze ans. Au contraire, je trouve beau de les voir se tourner autour tous les deux, Julia et Alex. Hier, ils se tenaient par la main. Sous la table, pendant le repas. Il est un peu apathique, cet Alex, mais c'est un beau garçon. Je comprends très bien. J'en ferais autant à la place de Julia.

— Et comment on appelle ça ? Les femmes d'un certain âge qui aiment regarder les beaux garçons de quinze ans ? De la pédophilie ? Ou est-ce qu'il existe un plus joli terme ? »

Je l'ai dit en riant, mais Caroline n'a pas ri.

« La pédophilie, c'est seulement quand on *fait* quelque chose, a-t-elle dit. Je ne suis pas aveugle. Quand des garçons de quinze ans sont beaux, je le vois. J'ai plaisir à les regarder. Mais cela s'arrête là. Je ne passe pas à l'étape suivante. Et c'est aussi le regard que portent les hommes sur les jeunes filles. La plupart des hommes. Ils ont peut-être des fantasmes, mais ils ne *font* rien. Pas vrai ? Je veux dire : les hommes *normaux* ne font rien. C'est la question que je te pose. À toi, en tant qu'homme. À ton avis, en tant qu'homme, dans quelle mesure Ralph est-il normal ?

— Je pense qu'il n'est ni plus ni moins normal que tous les hommes qui vont dans des pays où le tourisme se fonde sur les rapports sexuels avec des jeunes filles mineures. Je parle de… combien ? De dizaines de milliers, peut-être même de centaines de milliers d'hommes.

— Et Ralph fait partie de ces dizaines ou centaines de milliers d'hommes, d'après toi ? Si c'est ce que tu penses, je pars aujourd'hui. Je ne vais pas exposer ma fille – ou *mes filles*, qui sait à quel point il est malade cet homme-là – au regard lubrique d'un touriste sexuel. Au secours ! Rien que l'idée ! »

J'ai repensé aux mains de Julia agrippées à sa culotte. *Non !* avait-elle crié. *Non !* Puis j'ai pensé au regard prédateur avec lequel Ralph avait déshabillé ma femme dans le foyer du théâtre. Au mouvement de mastication de ses mâchoires. Au grincement de ses dents, comme s'il en savourait déjà le goût sur sa langue. Les hommes regardent les femmes. Les femmes regardent les hommes. Mais Ralph regardait les femmes comme s'il feuilletait *Playboy*. Il se tripotait la verge en regardant. Mentalement ou physiquement. Il baissait les culottes des jeunes filles de treize ans. Ou est-ce que je me trompais ? Je ne l'avais pas vu faire de mes propres yeux. Il était encore possible que ma fille ait seulement *pensé* qu'il allait le faire. Peut-être que tous les quatre, avec Lisa et les garçons, avaient déjà tiré sur leurs maillots de bain dans la piscine. Un jeu. Un jeu *innocent*. Innocent chez des enfants de neuf à quinze ans, coupable chez des hommes approchant de la quarantaine.

Peut-être avais-je accusé Ralph trop tôt en imaginant des choses, me disais-je à présent. Et aussi : Caroline venait de dire qu'elle partirait « aujourd'hui » si Ralph représentait une menace pour nos filles. Peut-être était-ce un peu précipité.

« Que penses-tu de Stanley, au juste ? ai-je demandé.

— Comment ça ?

— De Stanley avec Emmanuelle. Que devrions-nous en penser ? Quel âge peut-elle bien avoir ? Dix-neuf ans ? Dix-huit ? Dix-sept ? Je veux dire, techniquement, elle est peut-être majeure, mais est-ce normal ? Est-ce sain ?

— Mais est-ce que ce n'est pas le fantasme suprême pour tous les hommes de plus de quarante ans ? Une adolescente ? Enfin… Ce n'est pas celui de tous les hommes. À mon avis, tu n'as pas ce problème.

— Ce n'est pas un problème. Ce Stanley peut se le permettre. C'est une célébrité. Les adolescentes se bousculent pour le rencontrer. Il n'a qu'à les montrer du doigt pour qu'elles sortent de la file d'attente. Peut-être qu'elles reçoivent quelque chose en retour, un petit rôle dans un de ses films. Mais peut-être pas. Ce n'est même pas nécessaire. Souvent, il leur suffit de pouvoir marcher sur le tapis rouge dans l'ombre de la célébrité.

— Mais c'est tout ce qui te retient, Marc ? Le fait qu'un médecin ordinaire ne puisse pas avoir accès à des adolescentes ? Tu ne m'as jamais donné l'impression que tu pouvais en avoir envie.

— Non, tu as raison. Je me sentirais vite malheureux, je crois. Je serais peut-être tenté d'aller faire un tour avec la jeune fille dans un square, mais de là à fréquenter les discothèques, non, cela ne me dit plus rien. »

Caroline a ri. Puis elle m'a pris la main.

« Tu préfères les femmes de ton âge, pas vrai mon chéri ?

— Oui. » Je ne la regardais pas, j'avais les yeux fixés sur la plage et la mer. « Je trouve cela plus honnête. »

21

À l'agence de location, on nous a appris au bout d'une demi-heure d'attente que le réparateur essaierait de passer dans l'après-midi pour résoudre le problème d'eau. La jeune femme derrière le comptoir a consulté un calendrier.

« Aujourd'hui, nous sommes vendredi, a-t-elle dit. Nous allons faire de notre mieux. Mais le week-end, nous sommes fermés. Alors, il faudra peut-être attendre lundi. »

La jeune femme était très laide. Une trentaine de kilos en trop, et des dizaines de boutons et autres irrégularités sur son visage boursouflé. En fait d'irrégularités, il s'agissait plutôt de no man's land inertes, des zones qui restaient figées quand elle parlait, inexpressives quand le reste de son visage s'animait. Peut-être avait-elle eu un accident, me suis-je dit. Peut-être qu'enfant, elle s'était écrasée contre un pare-brise.

Je me suis penché davantage au-dessus du comptoir. Avant d'ouvrir la bouche, j'ai lancé ostensiblement, pour que la jeune femme le remarque, un rapide coup d'œil en direction de Caroline qui, près de la porte de la petite agence, examinait les photos des maisons de vacances à louer et à vendre.

« Vous sortez ce week-end ? ai-je demandé. Ce soir ? Demain ? »

La jeune femme a cligné des yeux. Elle avait de beaux yeux, en revanche. Des yeux doux. Elle a rougi. Du moins, les parties encore vivantes de son visage se sont colorées tandis que, dans les parties mortes, le sang se heurtait sans doute à trop de résistance pour parvenir jusqu'à la surface de la peau.

« J'ai un petit ami, monsieur », a-t-elle répondu à voix basse.

Je lui ai fait un clin d'œil. « Il peut s'estimer heureux. J'espère qu'il a conscience de la chance qu'il a. »

Elle a baissé les yeux. « Il… il est toujours très occupé. Mais je vais lui demander d'essayer de passer chez vous cet après-midi pour s'occuper de ce problème d'eau. »

Je l'ai regardée fixement. Le réparateur ! Le petit réparateur qui avait grimpé sur le toit en compagnie de Ralph nu. Manifestement, il avait toutes sortes de compétences et ne se contentait pas de déboucher des réservoirs d'eau. J'ai essayé de superposer les deux images, sans parvenir à aller plus loin que la vision du réparateur et de la jeune femme assis ensemble sur un canapé devant le poste de télévision : ils se tenaient la main et, de sa main libre, le réparateur portait une bouteille d'un demi-litre de Coca à sa bouche ; sa main libre à elle était plongée jusqu'au coude dans un paquet de chips de format familial.

« Marc, viens voir. »

J'ai lancé un autre clin d'œil à la jeune femme et j'ai rejoint mon épouse.

« Regarde, a dit Caroline. Ce ne serait pas notre maison ? »

Elle me montrait un carton sur lequel étaient collées trois photos : une de la maison, une d'une partie du jardin et une de la piscine.

À VENDRE

VILLA AVEC PISCINE

En dessous on ne lisait que quelques informations sommaires : le nombre de chambres et le nombre de mètres carrés qui correspondaient à la surface habitable et au jardin. Tout en bas étaient indiqués le prix, un numéro de portable et une adresse électronique.

« C'est plutôt abordable, a dit Caroline.

— Enfin, elle est entourée de maisons et à quatre kilomètres de la plage. Tant qu'à acheter quelque chose ici, je préférerais être au bord de la mer. »

Caroline a fait glisser son index sur d'autres annonces. « Tiens, là. Celle-ci est près la mer. »

C'était aussi une maison à vendre proposée sous l'intitulé « villa avec piscine ». Mais elle était située dans les hauteurs des collines surplombant une des baies. Depuis la piscine, on avait vue sur la mer en contrebas. Le prix demandé était cinq fois supérieur à celui de la maison où nous passions nos vacances.

« C'est bien ce que je disais », ai-je fait remarquer.

Le visage grave, Caroline m'a pris la main.

« Bon, qu'est-ce qu'on fait ? a-t-elle demandé.

— On va acheter cette maison. Et on verra bien.

— Non, je veux dire maintenant. Quand est-ce qu'on s'en va ? J'ai vraiment envie de partir, Marc. »

J'ai réfléchi. Ou plutôt, j'ai fait mine de réfléchir, parce que je savais déjà ce que j'allais répondre quand Caroline me poserait la question.

« On est vendredi aujourd'hui, ai-je dit. Demain et dimanche, les routes seront bondées. On aura sans doute beaucoup plus de mal à trouver un endroit où rester. Que ce soit dans un camping ou ailleurs. Donc je propose lundi.

— Mais dans ce cas, on part vraiment ce jour-là, d'accord ?

— On sera partis lundi. »

22

Le samedi matin, Lisa a trouvé un petit oiseau. Il gisait à côté de notre tente et il était sans doute tombé de l'olivier tout proche.

« Papa ! » Lisa tirait sur mon sac de couchage. « Papa, viens voir. Il y a un petit oiseau qui est tombé. »

L'oisillon était étendu sur le côté, il tremblait et essayait de temps en temps de se redresser.

« Je crois qu'il est tombé de son nid », ai-je dit en me frottant les yeux pour me sortir de mon sommeil. J'ai regardé attentivement les branches, sans y apercevoir de nid.

« Que c'est triste, a dit Lisa. Mais tu es médecin, papa. Tu vas le guérir. »

J'ai pris délicatement le petit oiseau et je l'ai soulevé. Il a tenté de me picoter la main, mais il était très affaibli. À première vue, il n'avait pas les pattes cassées et pas d'autres blessures. Au fond, je le regrettais. Un oisillon à la patte cassée aurait pu devenir un « projet ». J'avais déjà eu ce genre d'expérience pendant les vacances. Deux ans plus tôt dans une île grecque, le chat à la queue écrasée. Quand j'avais désinfecté le moignon ensanglanté, le chat m'avait mordu si fort l'avant-bras que j'avais dû me faire une injection contre le tétanos et toute une série de piqûres douloureuses contre la rage. Mais j'avais été récompensé de mes efforts. Le chat nous avait témoigné une gratitude sans borne. Trois jours plus tard, il venait manger dans nos mains des morceaux de viande d'agneau crue. Quand nous avions pu lui retirer son bandage, il avait mis un certain temps à s'adapter. La plaie était parfaitement guérie, mais le chat avait du mal à garder l'équilibre, avec les trois centimètres de queue qu'il lui restait. Il avait grimpé dans un amandier, puis n'avait pas pu en redescendre. Quand j'avais essayé d'aller le chercher en montant dans l'arbre, il avait déchiré d'un coup de griffe la paupière de mon œil gauche. Là-dessus, après une chute de cinq mètres, il avait atterri sur le béton de la terrasse. Mais il ne partait plus. Il nous suivait partout. Dans la maison, dans le jardin, au village, où il attendait patiemment sur le trottoir devant la boulangerie ou la boucherie que nous ayons terminé nos courses – et il faisait toujours avec nous les cinq cents mètres de trajet jusqu'à la plage.

Les adieux avaient été pénibles. Julia et Lisa étaient en larmes. Non, nous ne pouvions pas emmener le chat. On ne pouvait pas prendre dans l'avion un chat qui n'avait pas toutes les vaccinations nécessaires, il serait mis en quarantaine pendant des mois. Et même… Caroline et moi cherchions à convaincre nos filles. Le chat ne serait-il pas bien plus heureux ici, sur son île ? Où il avait sa famille et ses amis ? Où il pouvait chasser les souris et les lézards ? Où il faisait toujours beau ?

« Où elle est, cette famille ? pleurait Julia. Comment ça se fait qu'elle n'est jamais passée voir s'il allait bien ? »

Quand je repense au dernier jour, j'en ai encore les larmes aux yeux. Le chat pensait pouvoir monter avec nous dans la voiture, il se préparait déjà à sauter sur la banquette arrière. Il a suivi la voiture quand nous avons descendu en cahotant le chemin rocailleux. Finalement, je n'ai pas eu d'autre choix que de sortir de la voiture et de lui lancer des pierres. Nos filles ne voulaient plus regarder et pleuraient sur la banquette arrière. Caroline se tamponnait les yeux avec un mouchoir en papier. Et moi je pleurais aussi. Je pleurais comme un enfant quand j'ai ramassé la première pierre sur le chemin. Le chat a d'abord cru qu'il s'agissait d'un jeu, mais j'ai trop bien visé, la pierre lui a heurté la tête. En crachant, et avec son moignon de queue, il est retourné en trottinant vers la maison.

« Désolé Bert, ai-je dit en pleurant – c'était le nom que Lisa avait donné au chat le deuxième jour. Nous reviendrons un jour pour voir comment tu vas. »

À présent, je regardais l'oisillon dans ma main – en regrettant qu'il n'ait rien. Il était juste très jeune. Trop jeune et trop vulnérable pour survivre tout seul.

« Va voir doucement dans la maison, sans réveiller personne, si tu peux trouver quelque chose pour l'installer, ai-je dit à Lisa. Une boîte en carton, une boîte à chaussures par exemple. Et un peu de coton ou un gant de toilette dans la salle de bains. »

« Il y a ici une sorte de zoo, a dit Judith. Quand on arrive à la plage, il faut tourner à gauche, dans ce petit chemin qui monte. Nous sommes passés à côté en voiture l'autre jour. Il y a un mur avec une clôture et quelques drapeaux. Il y a marqué “zoo” au-dessus de la clôture et des animaux sont dessinés sur le mur. »

Nous prenions le petit déjeuner sur la terrasse. L'oisillon était étendu dans une boîte en carton qui avait contenu des bouteilles. Les parois étaient en fait trop hautes. Quand on regardait par-dessus et qu'on apercevait l'oisillon blotti contre un gant de toilette au fond de la boîte, on ne pouvait s'empêcher de penser à la cour d'une prison.

« Qu'est-ce qu'il faut faire, à ton avis ? ai-je demandé à Lisa. Il n'est pas malade ou blessé, seulement tout petit. Trop petit pour pouvoir se débrouiller. On pourrait le confier au zoo ? »

Lisa a pris un air grave. Elle avait posé la boîte contenant l'oisillon sur la chaise à côté d'elle. Toutes les vingt secondes, elle jetait un coup d'œil à l'intérieur. « Il boit », disait-elle alors. Ou : « Il recommence à trembler. »

Je pensais, non, j'espérais que Lisa allait rejeter l'idée du zoo, qu'elle dirait qu'elle allait elle-même s'occuper du petit oiseau. Jusqu'à ce qu'il puisse tenir debout tout seul. Puis nous pourrions le libérer. On ne s'attache pas à un oisillon comme à un chien ou à un chat. On s'attend à ce qu'il veuille s'envoler – à ce qu'il veuille partir un jour.

Ce serait un beau moment. Un moment que j'avais envie de partager avec ma fille cadette. On prend l'oisillon dans la main avec précaution. On ouvre la main. L'oisillon se met à voleter, d'abord hésitant, maladroit. Puis il reprend son équilibre sur une branche basse, où il reste posé un moment. Il secoue ses plumes et observe autour de lui. Il nous regarde, nous ses sauveurs. Il nous est reconnaissant, pensons-nous. Puis il tourne la tête d'un quart de tour, fixe un œil sur le ciel et s'élance.

Nous avions prévu de partir le lundi. Je doutais que l'oisillon ait déjà assez de forces. Mais nous pouvions toujours l'emmener, me suis-je dit, dans la boîte sur la banquette arrière.

C'était le scénario idéal. *Mon* scénario idéal. Mais Lisa m'a demandé : « Tu crois qu'au zoo, ils vont le trouver assez intéressant ?

— Comment ça, assez intéressant ? »

Lisa s'est mordu la lèvre et a poussé un grand soupir. « Dans un zoo, il y a surtout des tigres et des éléphants, non ? Et ce petit oiseau est très ordinaire. Peut-être qu'ils ne le trouveront pas assez intéressant. »

Et là, tout le monde a éclaté de rire. Judith, Ralph, tout le monde – même Emmanuelle riait derrière ses lunettes de soleil, même si elle ne s'était pas donné la peine de demander à qui que ce soit ce qui nous faisait tous rire.

Le gardien du zoo portait un pantalon kaki et un T-shirt blanc. Il a jeté un coup d'œil dans la boîte et un sourire attendri s'est dessiné sur son visage.

« C'est très bien de l'avoir amené ici, a-t-il dit à Lisa. Souvent, ces petits animaux ne survivent même pas une journée sans leur mère.

— Qu'est-ce qu'il a dit ? » a demandé Lisa.

J'ai traduit. Lisa a acquiescé d'un air sérieux. « Qu'est-ce qu'ils vont faire de lui ?

— Nous allons le garder plusieurs jours ici, a dit le gardien. Une semaine s'il le faut. Jusqu'à ce qu'il reprenne des forces. Mais parfois, on constate que ce genre de petits oiseaux ne veulent pas retourner dans la nature. Ils se sont trop habitués aux gens. Si c'est le cas, il pourra rester ici pour le restant de ses jours. »

Nous avons accompagné le gardien jusqu'à l'emplacement réservé aux oiseaux pour que Lisa puisse voir où l'oisillon serait gardé. J'ai aperçu peu d'animaux spectaculaires en chemin. Quelques cerfs, des moutons à grandes cornes, un très gros porc noir et quelques paons et cigognes. Dans une cage trop petite pour lui, un loup se frottait le pelage contre les barreaux.

« Vous avez des lamas ? » ai-je demandé au gardien.

Le gardien a secoué la tête. « Il n'y a ici que des animaux ordinaires, comme vous pouvez le voir. Nous avons aussi un chamois et quelques springboks, mais cela ne va pas plus loin.

— Et si quelqu'un ici dans le voisinage avait un lama, ai-je dit, et qu'il n'était plus en mesure de s'en occuper. Pas plus que de ses autres animaux. Est-ce que vous les accueilleriez ici ?

— Nous serions ravis d'accueillir un lama. Mais nous ne faisons aucune distinction. Tous les animaux sans abri sont les bienvenus ici. Temporairement, ou définitivement. Parfois, nous leur trouvons un nouveau propriétaire, mais nous faisons très attention. Nous commençons toujours par nous assurer que la personne aime vraiment les animaux.

— Cela fait plaisir à entendre, ai-je dit. Si vous voulez bien me donner un numéro de téléphone, je penserai à vous si j'entends quoi que ce soit. »

En rentrant, nous avons trouvé Alex, Julia et Thomas dans la piscine.

« Votre femme est partie en ville avec mon père, Stanley et Emmanuelle, a répondu Alex quand je lui ai demandé où étaient les autres. Il n'y a que ma mère et ma grand-mère qui sont restées ici. »

J'ai levé les yeux, vers le premier étage de la maison. J'ai vu la mère de Judith assise derrière la fenêtre de la cuisine. Elle me tournait le dos. Lisa s'était précipitée vers notre tente pour aller chercher ses affaires de baignade.

« Est-ce qu'ils ont dit quand ils rentraient ? ai-je demandé à Alex.

— Non, je ne sais pas. Mais ils viennent de partir. Cela fait à peine dix minutes. »

Judith et sa mère étaient assises à la petite table de la cuisine et Judith appliquait du vernis sur les ongles de sa mère. Pas un vernis voyant, du rose presque transparent – une couleur qui convenait à une vieille dame.

« Alors ? a demandé Judith. Vous avez trouvé le zoo ? »

Sur la cuisinière étaient posées une cafetière et une petite casserole qui contenait encore un fond de lait fouetté. J'ai regardé l'horloge suspendue au-dessus de la porte de la cuisine. Onze heures et demie. C'était possible. De toute façon, je n'avais pas envie d'un café.

« Ils ont été très gentils, ai-je répondu en ouvrant le réfrigérateur pour y prendre une canette de bière. Comme ça, Lisa a eu moins de mal à se séparer de son petit oiseau. »

Il y avait une chaise libre à la table de la cuisine mais, d'une certaine manière, je trouvais déplacé de m'asseoir avec ma bière à côté des deux femmes. Je suis donc resté debout. Je me suis appuyé contre le plan de travail et j'ai ouvert la canette. Dès les deux premières gorgées, elle m'a paru peser moins lourd dans ma main.

« Est-ce que vous êtes aussi le nouveau médecin de ma fille ? a demandé la vieille dame sans me regarder.

— Non, maman, a dit Judith. Je te l'ai pourtant déjà expliqué. C'est le nouveau médecin de Ralph. »

Cette fois, la mère de Judith a tourné la tête vers moi. « Mais quand vous avez appelé l'autre fois, vous avez dit le contraire. Vous avez dit...

— Je peux ? » l'ai-je interrompue. J'ai vite fait un pas en avant pour prendre le paquet de cigarettes et le briquet sur la table.

« Maman, il faut que tu restes tranquille, sinon je vais déborder, a dit Judith.

— Il a dit qu'il était ton médecin », a repris la mère.

J'ai allumé ma cigarette et jeté la canette de bière vide dans la poubelle à pédale. Puis j'ai ouvert le réfrigérateur et pris une autre canette. Judith m'a lancé un regard interrogateur. J'ai haussé les épaules.

« Vous avez sûrement bonne mémoire, ai-je dit en continuant de regarder Judith. J'ai dû me tromper, si je vous ai dit que j'étais le médecin de votre fille. »

Complimenter les personnes âgées sur leur mémoire infaillible produisait toujours son effet, comme j'avais pu le constater à mon cabinet.

« Tu vois », a d'ailleurs dit la mère de Judith. Celle-ci m'a fait un clin d'œil. Et moi aussi je lui en ai fait un. « Tu vois bien que je n'ai pas Alzheimer !

— Vous êtes encore bien trop jeune pour ça, Vera », ai-je dit.

Peut-être la bière me donnait-elle de l'audace. Je n'avais encore jamais appelé la mère de Judith par son prénom. Mais appeler les femmes par leur prénom avait aussi un effet garanti. Je le savais, pour en avoir fait l'expérience non seulement à mon cabinet, mais aussi ailleurs. Il fallait de préférence le répéter le plus souvent possible. Ou mieux : à chaque phrase.

La mère de Judith (Vera) a émis un petit rire.

« Il est sympathique », a-t-elle dit à sa fille. Ses ongles étaient prêts. Elle s'est levée et elle a agité les mains. « Oui, il est vraiment sympathique. Je l'ai vu s'occuper de ses filles. »

Cette fois, elle m'a vraiment regardé. J'ai constaté qu'elle avait le rose aux joues. Des joues à peine ridées. Les joues de quelqu'un qui, selon toute vraisemblance, avait mené une vie prudente, sans excès. Une vie à consommer du pain complet et du lait caillé. À faire de longues promenades à vélo dans des parcs naturels.

« Oui, oui, a-t-elle poursuivi en me regardant cette fois droit dans les yeux. J'ai des yeux pour voir. J'ai vu à quel point vous vous occupiez gentiment de vos filles. Tous les pères ne sont pas comme ça. Et vos filles vous aiment, elles le montrent clairement. Elles ne font pas semblant. Elles sont sincères. »

J'ai rougi à mon tour. Tout d'abord je ne me rappelais pas avoir entendu la mère de Judith prononcer autant de phrases d'une seule traite – en tout cas certainement pas en s'adressant à moi. Ensuite, j'avais cru déceler une critique, une intonation légèrement sarcastique quand elle avait dit : « Tous les pères ne sont pas comme ça. » Je me l'étais peut-être imaginé, mais j'avais eu l'impression qu'en prononçant cette petite phrase, elle avait lancé un rapide regard de côté à sa fille.

Je l'ai regardée droit dans les yeux. J'ai essayé de la mettre en garde contre moi. Peut-être était-elle déçue par le choix de sa fille. *Tous les pères ne sont pas comme ça*. Elle me trouvait « sympathique ». Plus sympathique que Ralph Meier apparemment. Mais je n'étais pas si sympathique que cela – pas comme elle se l'imaginait en tout cas.

Des rires ont retenti dans le jardin. Quelqu'un applaudissait. Quelqu'un d'autre sifflait dans ses doigts. La mère de Judith s'est tournée vers la fenêtre, et Judith aussi a regardé dehors.

« Oh, venez voir ! » a-t-elle dit.

J'étais à deux pas de la fenêtre. J'avais le choix entre passer à gauche de la table de la cuisine et rejoindre la mère de Judith, ou passer à droite et me retrouver à côté de Judith qui était encore assise.

J'ai choisi de me rapprocher de sa mère.

En bas, Julia et Lisa étaient debout sur le plongeoir. Alex et Thomas étaient assis au bord de la piscine, les jambes dans l'eau. Julia s'est avancée la première, jusqu'à l'extrémité du plongeoir. Elle s'est immobilisée, a poussé sur ses pieds pour prendre de l'élan et fait un bond, les bras en l'air comme une ballerine. Elle a ensuite ramené ses bras vers le bas, le long de son corps, pivoté deux fois sur elle-même, puis elle est retournée au début du plongeoir. Alex a applaudi, Thomas a sifflé trois fois de suite dans ses doigts.

C'était au tour de Lisa. Elle marchait bien plus vite que sa sœur aînée, en une seconde elle est arrivée à l'extrémité du plongeoir et là, elle a tourné si vite sur elle-même qu'elle a perdu l'équilibre et qu'elle est tombée à la renverse dans l'eau. Cette fois, les deux garçons ont applaudi. Alex a déroulé le tuyau d'arrosage à côté de la piscine, ouvert le robinet et dirigé le jet sur Julia. Je m'attendais à ce que ma fille parte en courant, mais elle n'a pas bougé. Elle s'est étirée et dressée sur la pointe des pieds tandis que l'eau éclaboussait son bikini et son ventre nu. Puis elle a posé les mains sur sa nuque, relevé ses cheveux mouillés comme si elle allait les attacher et les a relâchés en secouant la tête.

« Faites un peu attention ! » a crié Judith depuis la fenêtre ouverte. Un avertissement inutile car tout indiquait que l'arrosée l'était de son plein gré. Fasciné, je regardais ma fille aînée. Non, je ne me trompais pas : derrière le jet, ou plutôt derrière la zone où l'eau se divisait en un fin nuage de gouttelettes d'eau, dansaient les couleurs d'un minuscule arc-en-ciel.

« On joue à miss T-shirt mouillé, maman ! a crié Thomas vers le haut en mettant ses mains en portevoix. C'est Julia qui est en train de gagner !

— Pas du tout ! a protesté Lisa, qui venait de sortir de l'eau en empruntant la petite échelle sur le côté. Maintenant c'est moi que tu dois éclabousser, Alex ! C'est mon tour ! »

Judith a tourné la tête et m'a regardé. J'ai vu à son visage qu'elle avait du mal à se retenir de rire. J'ai haussé les épaules et lui ai souri.

« Elles sont vraiment gentilles ces jeunes filles, a dit la mère de Judith. Vous avez de la chance, Marc, d'avoir d'aussi jolies filles. J'espère que vous en êtes bien conscient. » Elle s'est écartée d'un pas de la fenêtre. « Mais maintenant je suis fatiguée. Je pense que je vais aller m'allonger un peu. »

23

Nous étions assis l'un en face de l'autre à la petite table de la cuisine. Judith s'était versé un verre de vin blanc dans lequel elle avait ajouté deux glaçons. J'étais allé chercher ma troisième bière dans le réfrigérateur. Judith avait posé une coupelle d'olives entre elle et moi. Nous avions allumé tous les deux une autre cigarette.

Nous n'avons rien dit pendant un moment. Nous regardions le jardin et la piscine. Le concours de miss T-shirt mouillé était terminé. Julia était allongée avec Alex sur un transat, la tête appuyée contre son bras, sa main posée, les doigts écartés, sur le ventre d'Alex, juste en dessous du nombril. Thomas et Lisa avaient disparu, mais on entendait des voix et des échanges de balles de ping-pong derrière la maison.

Pour la première fois depuis notre arrivée dans la maison de vacances, Judith et moi étions seuls dans une même pièce. Je l'ai regardée. J'ai glissé ma main sur la table, pris son majeur et son annulaire entre mon pouce et mon index et j'ai doucement attiré sa main vers moi.

« Marc… » Elle a posé sa cigarette dans le cendrier. Elle a poussé un profond soupir, jeté un rapide coup d'œil dehors et m'a regardé. « Je ne sais pas, Marc… Je ne sais pas si…

— Nous pourrions aller nous promener, ai-je dit. Ou aller à la plage. Avec ma voiture. »

Je lui tenais encore les doigts. Je lui ai caressé le dos de la main. Je pourrais prendre la voiture, me suis-je dit. Pas pour aller à la plage, mais dans les collines, en empruntant un des innombrables chemins de sable sinueux qui longeaient la côte. Je me souvenais d'un parking presque désert sur une clairière dans une forêt où nous étions allés. Depuis le parking, il avait fallu marcher une heure avant d'arriver à une des petites plages de Ralph. Mais nous n'avions pas besoin d'aller jusque-là. Le parking faisait parfaitement l'affaire.

« Je ne sais pas si ma mère…, a dit Judith. Je ne sais pas ce qu'elle va penser si nous ne sommes pas là à son réveil.

— Nous lui laisserons un petit mot. Pour dire que nous sommes partis faire des courses. » J'ai levé ma canette de bière en souriant. « On risque de manquer de bière tout à l'heure. »

Judith a lancé un rapide coup d'œil vers la porte entrebâillée de la cuisine. « Marc, cela me fait… une drôle d'impression. » Elle parlait tout doucement à présent, presque en chuchotant. « Je trouve cela étrange. Je me sens mal à l'aise. Ma mère. Les enfants. Ta femme… Je veux dire, ils peuvent revenir à tout moment. »

J'ai posé ma canette de bière sur la table et ma cigarette dans le cendrier. « Judith… » Je me suis penché au-dessus de la table et j'ai approché mon visage du sien. Elle a regardé dehors, en direction de la piscine. « Attends », a-t-elle dit. Elle a dégagé ses doigts de ma main, elle s'est levée et approchée de la porte de la cuisine sur la pointe des pieds. Puis elle s'est retournée et a posé un doigt sur ses lèvres. « Je vais juste jeter un coup d'œil », a-t-elle dit.

Elle a laissé la porte ouverte. Je l'ai suivie du regard, tandis qu'elle se dirigeait sans bruit vers le salon, puis à gauche dans le couloir sur lequel donnaient les chambres à coucher. J'ai repris ma cigarette et tiré une bouffée. La première cigarette, celle fumée à peine une semaine plus tôt au camping, avait eu un goût de première cigarette. J'avais senti un léger vertige, comme à onze ans dans la cour de l'école. À présent, les cigarettes avaient à nouveau le même goût que quinze ans auparavant, juste avant que j'arrête de fumer. Tout simplement celui de cigarettes. Quelques jours plus tôt, j'avais acheté mon propre paquet.

J'ai entendu des voix étouffées provenant des chambres à coucher. J'ai poussé un profond soupir et je me suis levé. Il restait une seule canette de bière dans le réfrigérateur. Il était effectivement grand temps que quelqu'un aille faire les courses.

J'ai ouvert la canette et l'ai portée à ma bouche. J'étais encore à côté du réfrigérateur quand Judith est revenue. Tout s'est passé très vite. J'ai passé le bras autour de sa taille et l'ai attirée vers moi. Je l'ai d'abord embrassée dans le cou. J'ai posé la canette sur le plan de travail. De ma main libre j'ai tiré ses cheveux en arrière et je l'ai embrassée à nouveau, plus près de son oreille cette fois. Elle a ri, elle a posé les deux mains sur ma poitrine et fait mine de vouloir me repousser. Mais elle n'exerçait presque aucune pression. J'ai fait glisser ma main jusqu'à ses fesses. Elle ne portait qu'un fin chemisier ouvert sur son bikini, mes doigts se sont faufilés par le bas sous l'élastique de la culotte.

« Marc, a-t-elle chuchoté. Ma mère… ma mère est réveillée. Elle…

— Judith, ai-je dit à son oreille. Ma belle, ma douce Judith. »

À présent je sentais sa main. Ses doigts. Elle faisait quelque chose sur la partie avant de mon corps, près de mon ventre. Je portais un short et une chemise qu'elle a relevée en défaisant deux boutons. De ses ongles, elle m'a chatouillé la peau en dessous du nombril, puis ses doigts sont descendus plus bas. Il y avait entre son oreille et ses lèvres une très petite distance. Une très petite distance que je mettais sciemment une éternité à parcourir. J'avais glissé entre-temps ma main dans sa culotte. J'ai écarté mes doigts sur ses fesses et je l'ai serrée contre moi, d'abord doucement, puis plus fort. Elle a renversé la tête en arrière et inséré la pointe de sa langue entre mes lèvres. Elle a léché le bout de ma langue puis s'est retirée aussitôt. Je l'ai vue fermer les yeux. Comme toutes les femmes. J'ai gardé les yeux ouverts. Comme tous les hommes. Et comme j'avais les yeux ouverts, je voyais aussi la porte de la cuisine. Derrière les cheveux de Judith. Derrière mon propre avant-bras et ma main (celle qui n'était pas plaquée contre ses fesses) qui était encore dans ses cheveux.

Le même phénomène se produit parfois avec un livre que l'on a posé sur une table. On sort un instant de la pièce et, quand on y revient, il est ailleurs. J'étais en l'occurrence certain que Judith, en revenant dans la cuisine, avait laissé la porte entrebâillée. Pas fermée, non : entrebâillée.

Je me rappelais en tout cas que la porte était entrebâillée au moment où j'avais attirée Judith vers moi pour la première fois et je constatais à présent qu'elle était légèrement plus ouverte. Encore entrebâillée, mais *un peu plus*.

Au même instant, j'ai vu quelque chose bouger derrière. Une ombre par terre, rien de plus. Il n'y a pas eu de bruit. Parfois, les secondes s'étirent pour constituer une nouvelle unité de temps. Une unité de temps qui correspond exactement à un battement de cœur. J'ai regardé la porte fixement. Peut-être avais-je imaginé ce mouvement. Mais l'ombre a bougé de nouveau. Il n'y avait pas de doute possible. Quelqu'un se tenait derrière la porte.

J'ai ôté ma main de la culotte de Judith pour la ramener vers le bas de son ventre. Je l'ai repoussée doucement, tout en retirant mon autre main de ses cheveux.

Manifestement, Judith a cru à une taquinerie, un petit jeu que j'introduisais dans nos préliminaires, une variante. Attirer. Repousser. Retarder. Elle a émis un son, entre le gémissement et le soupir, elle a ri puis resserré sa main sur la mienne, appuyée contre son ventre.

Elle a cependant ouvert les yeux et regardé ma bouche. Mes lèvres qui en silence articulaient ces mots :

La porte. Il y a quelqu'un derrière la porte.

Judith était restée sur la pointe des pieds, elle est redescendue lentement, perdant dix centimètres de hauteur. Elle a levé les yeux vers moi et j'ai vu ses pupilles se dilater puis aussitôt se resserrer. Elle a lâché ma main et m'a repoussé.

« Tu veux une autre bière, Marc ? a-t-elle demandé. Je vais voir. J'espère qu'il en reste. »

Le son de sa voix était normal. Trop normal. Le ton d'une voix qui s'efforce de rendre une sonorité normale. Des deux mains, elle a remis de l'ordre dans ses cheveux. J'ai rebaissé ma chemise par-dessus mon short et refermé les boutons.

Nous étions plantés là, comme deux adolescents pris sur le fait. J'ai remarqué que Judith avait le rouge aux joues. Mon visage avait dû aussi changer de couleur.

Judith a reculé de quelques pas, en direction de la porte. Elle m'a fait un signe en même temps : *ouvre le réfrigérateur*.

Mais je ne l'ai pas fait. J'ai fait autre chose. Plus tard, je me demanderais souvent pourquoi. Une prémonition, disent les gens, mais c'était plus fort qu'une prémonition. Un frisson. Un cœur qui bat à tout rompre. Ou plutôt un cœur qui manque un battement. Un passage dans un film d'horreur : les draps ensanglantés sont rabattus et quelqu'un est effectivement en dessous. Un cadavre. Au crâne défoncé, aux bras et aux jambes habilement sciés et répartis dans plusieurs sacs poubelle.

Je me suis approché de la fenêtre et j'ai regardé dehors. Il n'y avait plus personne au bord de la piscine. Le transat sur lequel Alex et Julia étaient encore allongés récemment était vide.

« Maman ? »

Je me suis retourné et j'ai vu Judith ouvrir grand la porte de la cuisine. « Maman ? »

Je me suis penché au-dessus de l'appui de fenêtre, si bas que j'ai failli perdre l'équilibre. Mon cœur battait de plus en plus fort. Panique. Adrénaline. Le cœur se prépare à la fuite, m'avait appris mon expérience de médecin. À la fuite ou à la bagarre. Il pompe à plein régime pour envoyer l'oxygène aussi vite que possible dans toutes les extrémités du corps. Les extrémités où l'oxygène est le plus nécessaire : les pieds pour courir, les mains pour envoyer le plus fort possible ses poings dans le visage de l'adversaire.

Je n'ai vu personne. J'ai écouté. J'ai dressé l'oreille, comme on dit, alors que seuls les animaux en sont capables. Je n'ai rien entendu. Il n'y avait pas un souffle de vent. Les feuilles, immobiles, pendaient mollement aux branches des arbres. Souvent, par des journées aussi chaudes, on entendait les grillons mais, manifestement, même pour eux il faisait trop chaud.

Il manquait quelque chose, même si j'étais incapable de dire quoi. Un bruit dans le silence. Un bruit encore audible à l'instant…

Les balles de ping-pong ! Les échanges de balles.

J'ai retenu ma respiration. Mais je ne me trompais pas. Derrière la maison, là où était installée la table de ping-pong, le silence régnait aussi.

« Maman ? » Judith avait à présent franchi la porte et se trouvait dans le salon. « Maman ? »

Je me suis à mon tour approché de la porte de la cuisine. Le plus calmement possible. Le plus normalement possible. Il ne s'était rien passé, me disais-je. Pas encore. J'ai essayé de sourire. D'afficher un sourire enjoué. Mais mes lèvres étaient si sèches qu'elles me faisaient mal.

Je me suis faufilé à côté de Judith et dirigé tout droit vers la porte d'entrée.

« Marc… »

Devant la porte de la salle de bains, elle a appuyé sur la poignée, mais la porte était verrouillée. « Maman ? Tu es là ?

— Je vais juste jeter un coup d'œil dehors », ai-je dit et je suis sorti. La porte d'entrée, l'escalier, l'allée dallée jusqu'à la piscine.

Un peu trop vite, ai-je constaté juste à temps. Il n'y avait aucun problème. Il ne s'était rien passé. Si mes filles étaient encore dans le jardin, je ne devais pas leur donner des raisons de s'inquiéter. Un père haletant, rouge comme une tomate, cela envoyait un mauvais signal. *Qu'est qu'il y a, papa ? Tu es tout rouge ! Tu as l'air essoufflé. On dirait que tu as vu un fantôme.*

J'ai ralenti le pas. Près de la piscine déserte, il n'y avait pas un bruit. Pendant une seconde, j'ai regardé l'eau. Sa surface reflétait les cimes des arbres et le ciel d'un bleu éclatant. Plissant les yeux, j'ai scruté le fond durant cette seconde. Mais je n'ai rien vu. Pas de corps immobile coiffé d'un éventail de cheveux dispersés. Que les petits carreaux bleus.

J'ai poursuivi mon chemin vers l'arrière de la maison. Personne non plus près de la table de ping-pong. Les raquettes étaient posées chacune sur leur moitié de la table. L'une d'elles retenait une balle.

La tente. La fermeture à glissière était fermée. Je ne voulais pas surprendre mes filles ou leur faire peur. J'ai donc toussé.

« Julia ? Lisa ? »

Je me suis agenouillé et j'ai ouvert la fermeture, mais la tente était vide. J'ai continué plus loin, contournant la maison, jusqu'à ce que je me retrouve à nouveau devant l'escalier extérieur. J'ai dû une fois encore m'obliger à ne pas me précipiter en grimpant deux marches à la fois.

« Ma mère prend une douche », a dit Judith qui était encore devant la porte de la salle de bains.

« Et les enfants ? Tu les as vus ? »

Sans attendre sa réponse, je me suis dirigé vers le couloir qui donnait accès aux chambres. J'ai frappé à la porte de la chambre d'Alex et de Thomas. Il n'y a pas eu de réponse, mais j'ai entendu du bruit : un vague murmure, comme celui d'une radio dont le son est très bas.

J'ai ouvert la porte. Alex, Thomas, Lisa et Julia étaient allongés tous les quatre sur les deux lits simples qu'ils avaient joints l'un à l'autre. Thomas, installé au milieu, avait un ordinateur portable sur les genoux.

« Hé, bonjour ! ai-je dit d'un ton enjoué – bien trop enjoué, ai-je constaté aussitôt, mais il était trop tard pour rectifier. C'est là que vous étiez ! » ai-je poursuivi. J'avais envie de me mettre un poing sur la figure. Comme on cogne sur un téléviseur quand soudain on ne voit plus que de la neige à l'écran. Je voulais me débarrasser de ce ton faussement enjoué.

Lisa m'a lancé un rapide coup d'œil, Julia a fait comme si personne n'était entré dans la pièce. Seul Alex s'est redressé sur les oreillers, pour que son bras serre un peu moins fort les épaules de ma fille aînée.

Thomas riait en regardant l'écran. Les trois autres ne riaient pas.

« Qu'est-ce que vous regardez ? » ai-je demandé.

J'ai dû répéter ma question avant d'obtenir une réponse. D'Alex. « *South Park*, monsieur. »

M'avait-il déjà appelé *monsieur* ? Je n'en savais rien. Je ne m'en souvenais pas. Il nous vouvoyait toujours, Caroline et moi, même si nous lui avions dit à plusieurs reprises que ce n'était pas la peine.

J'ai pris une profonde inspiration. Pas de ton enjoué cette fois ! « Vous avez envie de faire un ping-pong tout à l'heure ? Un tournoi ? Avec tout le monde ? »

Une fois de plus, la réponse n'est pas venue tout de suite.

« Éventuellement », a fini par dire Alex.

J'ai regardé mes filles. Peut-être était-ce mon imagination, mais j'avais l'impression que Julia, en particulier, ne s'intéressait pas vraiment à ce qu'elle voyait sur l'écran de l'ordinateur. Qu'elle se donnait du mal pour m'ignorer le plus possible.

« Julia ? » Mon cœur s'était remis à battre violemment. J'ai humidifié mes lèvres avec la pointe de ma langue. La pointe *coupable* de ma langue, me suis-je dit aussitôt. J'ai essayé d'effacer cette pensée, mais je n'y suis parvenu qu'à moitié. Je devais à tout prix éviter que quelque chose se mette à trembler. Ma voix. Ma lèvre inférieure. Mes bras et mes jambes. Tout mon corps.

« Julia ! »

Elle m'a enfin regardé. D'un air apathique. Le regard neutre.

« Julia, je te parle ! »

Elle a continué de me fixer. « Je t'entends, a-t-elle dit. Qu'est-ce que tu voulais dire ? »

Effectivement, qu'est-ce que je voulais dire ? Je n'en avais aucune idée. Quelque chose à propos du tournoi de ping-pong. Non, je l'avais déjà fait. J'ai regardé ma fille droit dans les yeux. Je ne voyais rien. Pas de reproche. Pas de tristesse. Peut-être trouvait-elle simplement agaçant que je reste planté là dans l'encadrement de la porte.

« Est-ce que tu bois suffisamment, Julia ? ai-je enchaîné. Je veux dire, il fait vraiment très chaud aujourd'hui. Tu dois faire attention à ne pas te déshydrater. Vous devez tous faire attention. Vous voulez que je vous prépare un grand pichet de limonade ? »

Je débitais n'importe quoi à la chaîne. Mon comportement était on ne peut plus transparent. Julia a reposé son regard sur l'écran de l'ordinateur.

« Fais comme tu veux, a-t-elle dit.

— Avec plaisir, monsieur, a dit Alex. Ou sinon, du Coca, ça ira très bien. »

Je suis resté encore quelques secondes. Je pouvais faire une remarque, hausser la voix. *On ne parle pas comme ça à son père !* Mais une petite voix à l'intérieur me chuchotait que ce n'était pas le bon moment. *Que je n'en avais pas le droit*... C'était mon autre voix qui me le chuchotait, la voix de la *langue coupable*.

En remontant le couloir, j'ai croisé la mère de Judith qui sortait tout juste de la salle de bains. Elle portait un peignoir blanc et une serviette enroulée autour de la tête.

« Bonjour, Marc », a-t-elle dit. Elle m'a regardé rapidement et elle a souri. Puis elle est passée à côté de moi pour aller dans sa chambre.

J'ai regardé Judith, qui a haussé les épaules et fait un geste des deux mains. Un geste qui devait signifier : *Je n'en sais pas plus que toi*. Au même moment, nous avons entendu claquer une portière de voiture dehors. Puis une autre. Quatre portières au total.

« Ben dis donc ! a dit Judith. Ils sont rentrés vite. »

Je me suis approché d'elle. Je l'ai attrapée par son bras nu.

« Du calme, ai-je dit. Nous allons nous comporter normalement. Il ne s'est rien passé. »

Je me suis dirigé vers la porte d'entrée et je l'ai ouverte. Caroline, Stanley et Emmanuelle étaient en bas à côté de la voiture de Ralph. Ralph était penché au-dessus du coffre ouvert.

« Bonjour ! » ai-je lancé. Là aussi d'un ton enjoué, qui paraissait au moins naturel. J'ai agité le bras. Seule Caroline a levé les yeux vers moi. « Bonjour », a-t-elle répondu.

« Marc ! a crié Ralph. Venez nous filer un coup de main, toi et Stanley. C'est vraiment trop lourd. »

Il a tiré sur quelque chose à l'intérieur du coffre. Je voyais dépasser la nageoire caudale d'un poisson. Un gigantesque poisson.

« Un espadon, Marc ! On ne pouvait vraiment pas passer à côté de ça. On va le faire griller ce soir. Ça va être un délice, mon gars ! »

24

Ce samedi soir, c'était la fête du solstice d'été. Sur la plage, on avait allumé des feux de joie et on tirait des feux d'artifice. On avait entendu des tirs toute la journée. Ce n'étaient pas les mêmes feux d'artifice que chez nous, des fusées qui explosent en des dizaines de couleurs, mais seulement des détonations puissantes et graves. On avait l'impression d'entendre un tir d'artillerie ou un bombardement. Les détonations vibraient au plus profond de la cage thoracique. Sous les côtes. Derrière le cœur.

Nous avions prévu d'aller tous à la plage. Mais d'abord il fallait bien entendu manger. Ralph a découpé l'espadon en morceaux. Avec une hache, sur les dalles de la terrasse. Au début, les enfants trouvaient le spectacle furieusement intéressant, mais à chaque coup de hache ils reculaient de quelques pas. Les entrailles sont sorties : le foie, des blocs d'œufs, la vessie natatoire et un organe marron foncé luisant de la taille d'un ballon de rugby dont personne ne connaissait le nom. Parfois, Ralph frappait si fort qu'il tranchait le poisson sur toute sa largeur et faisait voler en éclats des morceaux de dalles.

« Fais attention, mon chéri, disait Judith. Il faut tout de même que nous récupérions la caution qu'on a laissée à l'agence de location. »

Mais Ralph prenait manifestement un tel plaisir à ses travaux de découpage qu'il semblait ne rien entendre. Il était accroupi, il avait retiré d'un coup de pied ses sandales. J'ai regardé ses pieds nus, la hache qui s'abattait sur les dalles parfois redoutablement près de ses orteils. Je portais le regard du médecin. Je pensais déjà à l'ordre dans lequel il me faudrait agir. À l'hôpital, on pouvait faire recoudre des orteils, à condition qu'ils aient été conservés dans de la glace. Il fallait que quelqu'un sache rester calme si Ralph plantait la hache dans un ou plusieurs de ses orteils. Il y avait un médecin dans l'assistance. Le médecin étancherait le sang et envelopperait les orteils dans une serviette humide contenant des glaçons. Des femmes et des enfants s'évanouiraient peut-être, le médecin serait sans doute le seul à garder la tête froide. *Judith, des glaçons dans le réfrigérateur ! Et une serviette humide ! Caroline, aide-moi à lui garrotter la jambe, il perd trop de sang ! Stanley, démarre la voiture, et rabats la banquette arrière ! Julia, Lisa, Alex, Thomas, rentrez dans la maison, vous ne faites que vous mettre dans nos pattes. Laissez Emmanuelle étendue comme elle est, il faut lui glisser un oreiller sous la tête, elle va revenir à elle...* J'aurais pu briller dans un rôle de premier plan, un rôle sur mesure, mais la hache n'est tombée en tout et pour tout qu'une seule fois à un demi-centimètre du gros orteil de Ralph. Après, il a fait plus attention.

« Qu'est-ce que tu regardes, Marc ? a-t-il demandé. Oui, tu commences à avoir faim, c'est ça ? Ah, tu veux me faire plaisir ? Va me chercher une petite bière. »

Le soir tombait. Sous la grille du barbecue s'élevaient parfois de grandes flammes. Nous étions en train de boire de la bière et du vin blanc sur la terrasse. Judith avait disposé des coupelles d'olives, d'anchois et de petites saucisses épicées. Sur la grille grésillaient de gros morceaux d'espadon. Quand j'ai regardé Judith, son visage qui prenait la couleur dorée du feu, elle a baissé les yeux. Caroline regardait droit devant elle et sirotait son vin à petites gorgées. Elle aussi paraissait faire de son mieux pour éviter de me regarder. *Je suis ici*, exprimait son corps. *Je suis ici, mais je préférerais être ailleurs.*

Thomas et Lisa jouaient au ping-pong. Alex et Julia étaient à nouveau allongés l'un à côté de l'autre sur un transat au bord de la piscine. Ils avaient chacun un écouteur de l'iPod de Julia dans l'oreille. Ces dernières heures, j'avais encore essayé à plusieurs reprises d'établir un contact direct avec ma fille aînée, mais en vain. Quand je lui posais une question, elle haussait les épaules et poussait un profond soupir. « Tu as envie d'aller à la plage tout à l'heure ? » avais-je demandé, simplement pour lui poser une question. « D'aller voir le feu d'artifice ? » Elle avait haussé les épaules. Et soupiré. « Si cela ne vous dit rien, vous pouvez aussi rester ici », ai-je encore tenté, en sentant la chaleur me monter au visage. « Nous pouvons faire une partie de Risk, ou autre chose… un Monopoly… » Julia avait relevé ses cheveux puis les avait relâchés. « On verra bien », avait-elle dit. Là-dessus, elle avait tourné les talons et s'était éloignée. Sans même me juger digne d'un regard. J'avais l'impression que toutes les femmes s'appliquaient à m'ignorer.

Les seules exceptions étaient Lisa et la mère de Judith. À plusieurs reprises, pendant la préparation du repas, Vera m'avait souri. Et tandis que Ralph hachait l'espadon en morceaux, elle m'avait même souri en hochant la tête. Et Lisa ? Lisa me regardait encore comme toutes les filles de onze ans regardent leur père. L'homme idéal. L'homme avec lequel elle voudrait se marier plus tard.

Il fallait que je parvienne à croiser le regard de Julia, me disais-je. Ses yeux ne pourraient pas mentir. Un seul regard suffirait. Dans les yeux de ma fille, je pourrais lire l'horrible vérité. Ou pas. Il était encore possible que je me sois imaginé toute l'affaire. Peut-être s'était-il passé quelque chose entre elle et Alex. Peut-être était-elle devenue en peu de temps « adulte », comme on dit, et n'avait-elle plus besoin de la présence embarrassante d'un père assommant. Cela relevait de la biologie. Contre la biologie, on ne pouvait opposer aucune résistance.

« C'était vraiment intéressant, ce que tu nous as raconté cet après-midi, Stanley, a dit Ralph en répartissant dans nos assiettes les premiers morceaux d'espadon cuits. Dans la voiture. Je crois que Marc trouverait cela très intéressant, lui aussi. »

Plus par politesse que par intérêt, j'ai regardé Stanley. Si je détectais sur son visage un signe de mauvaise volonté, je n'insisterais pas. Il a planté sa fourchette dans sa portion d'espadon, une petite flaque d'eau se formant aussitôt dans son assiette, il a découpé un gros morceau du poisson et l'a engouffré.

« Ah oui », a-t-il dit.

À ce moment-là, une fusée tirée d'un jardin voisin est partie en flèche vers le ciel. Nous avions déjà vu des tirs de fusée, mais pas de si près. Tout le monde a retenu son souffle tandis que la fusée s'élevait dans un sifflement en laissant derrière elle une traînée d'étincelles. Puis il y a eu l'explosion. L'explosion et l'éclair. Enfin c'était plutôt l'inverse, puisque la lumière voyage plus vite que le son. La fusée a éclaté juste au-dessus de nos têtes, nos visages ont pâli à la lueur de l'explosion, tandis que la détonation se faisait encore attendre. C'était une détonation comme celles qui avaient précédé. Puissante et oppressante. La foudre. Une grenade d'artillerie qui atteint son but. Une voiture piégée. Mais si proche, cette fois, qu'elle semblait envahir tout le corps. De l'intérieur. Cela commençait sous l'estomac, remontait en ondulant à l'intérieur des côtes comme la propagation d'un coup de tonnerre, pour ensuite finir par quitter le corps à travers les mâchoires et les tympans. Les femmes et les enfants ont hurlé. Les hommes et les garçons ont juré. Une bouteille est tombée et s'est écrasée sur la terrasse. Quelque part dans la rue une alarme de voiture s'est déclenchée. « Saloperie ! » a dit Ralph qui avait laissé tomber tout un morceau d'espadon sur les dalles. L'écho de l'explosion a résonné encore plusieurs fois entre les collines. Puis un silence a suivi.

« Wouaouh ! » C'était Alex. Julia et lui avaient retiré leurs oreillettes blanches et s'étaient levés de leur transat. Julia regardait autour d'elle, affolée. Elle a regardé sa mère, Ralph, Judith, et même Stanley et Emmanuelle. À peu près tout le monde sauf moi.

« Papa, papa ! On peut avoir des fusées, nous aussi ? » Thomas est arrivé en courant de la table de ping-pong. « Papa ! Nous aussi, on va lancer des fusées, papa ?

— Là ça va vraiment trop loin, a dit Judith. Je ne vois pas ce que cela peut avoir de drôle !

— J'ai eu l'impression que je n'arrivais plus à respirer », a dit Caroline.

J'ai regardé le visage de Judith qui exprimait une sincère indignation. Caroline, qui avait posé sa main sur sa poitrine, a inspiré et expiré plusieurs fois à fond. J'ai pensé à ce moment-là aux différences qui existent entre les hommes et les femmes. À ces différences *infranchissables*. Des différences impossibles à expliquer.

Les hommes aiment les explosions bruyantes. Plus elles font du bruit, plus ils sont contents. Cela les rend encore plus puérils aux yeux des femmes. Encore plus gamins. Si puérils, si gamins, que les femmes en sourient. *Au fond, ils restent des enfants*, se disent-elles entre elles. Et elles ont raison. Je me souviens de la manière dont j'allumais les feux d'artifice à seize ans, faisant fi de toutes les consignes. Jamais avec une mèche. Toujours avec du feu. Une vraie flamme. La flamme d'une allumette ou d'un briquet. Je voulais voir du feu, pas une mèche fumante sans intérêt. Je ne glissais pas les fusées dans une bouteille vide posée à bonne distance. Je les allumais dans ma main. Je voulais sentir la puissance de la fusée entre mes doigts. C'était une façon de m'approprier un peu de cette force. Les premières fois, je serrais tellement la fusée que des échardes du bâton en bois se sont enfoncées dans mes doigts quand la fusée s'est brutalement dégagée pour filer dans le ciel. Plus tard, j'ai appris à les tenir convenablement. Avec souplesse. Il fallait freiner la fusée le moins possible. Elle obéissait à sa propre volonté. Elle voulait monter. Je ne pensais jamais à ce moment-là au caractère festif de la soirée. Sans parler de la nouvelle année qui s'annonçait[1]. Je pensais à la guerre. Aux missiles et à l'artillerie antiaérienne. Aux mouvements de libération qui cherchaient à abattre en vol, à l'aide de lance-missiles sol-air que les rebelles portaient à l'épaule, les hélicoptères et les avions de transport de l'ennemi, qui avait la supériorité militaire et technologique. Souvent, incapable de résister à la tentation, j'inclinais la fusée un peu trop par rapport à ce qu'on aurait pu encore considérer comme raisonnable. Elle explosait alors contre les fenêtres des voisins d'en face. Je leur criais « Désolé ! », quand une fenêtre s'ouvrait et qu'un voisin ou une voisine affolée se penchait au-dehors. « Désolé, elle est partie complètement de travers. » Je prenais mon air le plus hypocrite. L'air du footballeur qui, la jambe tendue, s'approche de son adversaire et le blesse pour le restant de ses jours. *Désolé, j'ai glissé*... Je dirigeais la fusée suivante sur un petit groupe de fêtards un peu plus loin dans la rue. C'était la guerre. Il vaut mieux gagner la guerre que la perdre. C'est ce que l'Histoire nous enseigne. Et la biologie. Il vaut mieux tuer quelqu'un que d'être tué soi-même. Depuis toujours, l'homme protège l'entrée de sa grotte et fait fuir les intrus, humains et animaux. Un intrus qui persévère malgré tout ne peut pas se plaindre par la suite de ne pas avoir été prévenu. « Un homme n'évite le combat que face à une force nettement supérieure, nous expliquait le professeur Herzl pendant notre cours de biologie médicale. Quand son adversaire est de force égale ou inférieure, il évalue ses chances de réussite. Il

1. Aux Pays-Bas, les feux d'artifice ont traditionnellement lieu le 31 décembre. (*N.d.T.*)

serre les poings. Il soupèse l'épée qu'il tient à la main. Le pistolet. Il fait tourner la tourelle de son tank un peu plus vite que l'ennemi. Il vise et il tire. Il survit. »

Thomas était arrivé devant son père. « Tu as des feux d'artifice, papa ? »

Ralph s'est penché, il a planté sa fourchette à barbecue dans le morceau d'espadon tombé par terre et reposé le poisson sur le feu. Un large sourire est apparu sur son visage.

« Va regarder dans la remise, mon garçon, a-t-il dit. La porte après la table de ping-pong. Toi aussi, Alex. »

Pendant que les deux garçons couraient derrière la maison, j'ai soudain ressenti un vide, quelque part derrière mon cœur. Ralph avait rapporté des feux d'artifice à la maison. Et moi je m'étais abstenu. Hier, j'étais passé devant un des stands qui en vendaient, un stand en tôle ondulée, à la sortie du village. J'avais hésité, ralenti. *Juste pour voir ce qu'ils ont.* Mais il n'y avait pas de place pour se garer et j'avais poursuivi ma route.

Si j'avais eu deux fils, comme Ralph, j'aurais garé la voiture au besoin à cinq kilomètres de là, me disais-je à présent. Mais j'avais deux filles. Je me suis souvenu d'un réveillon de la Saint-Sylvestre qui remontait à présent à quelques années. J'avais malgré tout acheté un paquet de fusées et de pétards. À minuit, j'avais glissé la première fusée dans une bouteille de vin vide que j'avais posée sur le trottoir devant notre porte. J'avais noué ensemble les mèches de trois pétards, que j'avais lancés en l'air. Mais Julia et Lisa étaient restées dans l'encadrement de la porte. À la première explosion, elles s'étaient recroquevillées et avaient reculé de quelques pas à l'intérieur de la maison. Caroline était alors elle aussi apparue dans l'encadrement de la porte. Elles me regardaient toutes les trois. J'avais allumé d'autres fusées, posé une boîte de conserve vide au-dessus d'un pétard pour amplifier le bruit de l'explosion. Caroline avait donné entre-temps à chacune des filles une petite étoile, mais elles ne sont plus vraiment ressorties. En retrait du cadre de la porte, elles tendaient les bras aussi loin que possible, pour que les étincelles des petites étoiles ne tombent pas sur le paillasson. C'est de là qu'elles regardaient leur père. Un père qui, pour le moins, se comportait de façon très singulière. *Comme un garçon de douze ans.* Les femmes pendant la guerre cousent les uniformes. Elles remplissent les grenades dans les usines de munitions. Elles contribuent à l'effort de guerre, comme on dit. Mais pour *lancer* la grenade, elles laissent faire les hommes.

« Papa, papa ! On peut en allumer une ? »

Alex et Thomas étaient revenus de la remise les bras chargés de fusées. Certaines étaient plus grandes qu'eux. Il y en avait tant qu'ils parvenaient à peine à les porter. Deux ou trois fusées sont tombées sur la terrasse.

« Et si on attendait encore un peu ? a dit Ralph. Dans une petite heure, on part tous à la plage.

— Mais les voisins en ont déjà allumé une, a dit Alex.

— Allez, papa, a dit Thomas. S'il te plaît. »

Ralph a secoué la tête. En riant, il a pris une bouteille vide sur la table. « Une seule alors », a-t-il dit.

J'ai regardé la pile de fusées que les garçons avaient posées en attendant sur la terrasse. Les plus petites faisaient tout de même bien un mètre. Alignées les unes à côté des autres, elles faisaient penser à des armes confisquées dans un arsenal. Le stock secret d'un mouvement de guérilla ou d'une cellule terroriste. L'ennemi doté de la supériorité technologique disposait de tanks et d'avions. L'occupant avait des hélicoptères d'où on pouvait lancer des missiles à guidage laser. Mais les Qassam, des roquettes artisanales qu'on tirait sur des cibles civiles aléatoires, provoquaient plus de dégâts psychologiques.

« Non, pas ici, a dit Ralph. Pas si près des autres. Une étincelle peut toujours s'échapper, et dans ce cas nous allons tous sauter, et la maison aussi. Il vaut mieux les allumer près de la piscine.

— Est-ce que c'est vraiment une bonne idée ? a demandé Judith.

— Il vaudrait mieux attendre d'être à la plage, a renchéri Caroline.

— Moi je vais à l'intérieur », a conclu la mère de Judith.

Mais Ralph s'est contenté de rire. « Vous pouvez tout de même comprendre que ces garçons n'ont pas la patience d'attendre. »

Mon regard est passé de la fusée, qu'Alex et Thomas glissaient à présent dans la bouteille au bord de la piscine, à mes deux filles. Quand la mèche a commencé à brûler, elles se sont bouché les oreilles. Julia a poussé un cri quand la fusée s'est dégagée en sifflant de la bouteille, qui est tombée et s'est brisée, quelques éclats de verre étant projetés dans la piscine.

La détonation est survenue avec une rapidité inattendue. Puissante et grave, plus puissante et plus grave que la fusée que venaient de tirer les voisins. On la sentait partir sous la plante des pieds et se déplacer en grondant vers le haut, se servir de la cage thoracique comme caisse de résonance, puis finir dans la tête. L'espace d'un instant, la respiration s'interrompait totalement. Cette fois, plusieurs alarmes de voiture se sont déclenchées. Les chiens aboyaient hystériquement. Julia et Lisa ont hurlé. « Merde ! » a crié une voix de femme, et quand nous nous sommes retournés, nous avons vu qu'Emmanuelle ne tenait plus que le pied et la tige cassée de son verre de vin dans la main. Le reste avait volé en éclats à ses pieds. Des taches rouges maculaient son chemisier blanc.

« Alors, vous avez eu ce que vous vouliez ? s'est exclamée Judith.

— Encore une ! Encore une ! a crié Thomas.

— Ça alors ! a dit Alex, et il a sifflé entre ses dents. Ben mon vieux ! C'était du lourd !

— Encore une alors, a décidé Ralph.

— Ça suffit comme ça ! a protesté Judith. Vous allez embarquer tout ça et aller vous défouler sur la plage ! Ralph, j'espère que tu m'as bien entendue ! »

Ralph a levé les deux mains en signe d'apaisement. « OK, OK, on va à la plage. »

Un sentiment de regret s'est à nouveau insinué en moi. Le regret de ne pas avoir acheté moi-même les fusées. Je ne me serais pas réfréné aussi vite que Ralph. J'ai cherché le regard de Caroline. Ma propre femme n'aimait peut-être pas les fortes détonations, mais il me semblait que jamais elle ne m'avait lancé au fil de toutes les années que nous avions passées ensemble : *J'espère que tu m'as bien entendue, Marc !*

Au même moment, nos regards se sont croisés. Caroline était debout à côté d'Emmanuelle, une main posée sur l'épaule de la jeune femme, l'autre main effleurant les taches de vin sur son chemisier. Puis elle a tourné la tête et m'a regardé.

Et j'ai bien vu : ma femme me faisait un clin d'œil. Je n'aurais pas vraiment su dire si le clin d'œil portait uniquement sur le chemisier taché de vin ou sur l'ensemble de la situation, cette histoire de fusée et la colère de Judith, mais peu importe. Caroline voyait surtout le côté comique. Elle était décidée à partir lundi, mais, de toute évidence, elle avait déjà pris congé mentalement des Meier et de leur maison de vacances. Non, pas congé : *ses distances*. Je lui ai adressé un clin d'œil, moi aussi, et j'ai pensé aux événements dans la cuisine, plus tôt dans la journée. À la pointe de ma langue sur les dents de Judith, à ma main sur ses fesses. J'ai pensé à ses doigts qui tiraient sur les boutons-pression de mon short. Les fusées ont été ramassées, quelques personnes sont allées chercher un pull ou une veste dans la maison au cas où la nuit se rafraîchirait plus tard sur la plage, puis nous nous sommes rassemblés près des voitures. Emmanuelle a fait savoir qu'elle n'irait pas, et Stanley n'a pas vraiment insisté pour la faire changer d'avis. La mère de Judith restait aussi à la maison.

Julia et Lisa voulaient monter avec Alex et Thomas à l'arrière de la voiture de Ralph. À un moment, juste avant de s'affaler sur le siège à côté de Ralph, Judith s'est appuyée contre la portière ouverte et m'a regardé. Je l'ai regardée moi aussi, j'ai soutenu son regard comme on le fait avec une femme qui nous inspire d'autres pensées. Des arrière-pensées. J'ai vu la lumière du lampadaire au-dessus de la porte du garage se refléter dans ses yeux. J'ai pensé aux possibilités sur la plage. Il y aurait beaucoup de monde. Nous allions nous perdre. Certaines personnes allaient se perdre. D'autres au contraire se retrouver.

« J'étais en train de me dire : peut-être que moi aussi je vais rester ici. » Caroline avait surgi à côté de moi et posait sa main sur mon avant-bras.

« Ah bon ? ai-je dit en tournant légèrement la tête de côté, pour que la lumière du lampadaire cesse d'éclairer mon visage. Il ne faut pas te sentir obligée de venir si tu n'en as pas envie. Cela ne me dérange pas du tout. Si tu te sens fatiguée, je peux y aller tout seul. »

25

Parfois, on rembobine sa vie, pour voir à quel moment elle aurait pu prendre une autre direction. Mais parfois il n'y a rien à rembobiner – on ne le sait pas encore soi-même, mais elle ne peut plus défiler que vers l'avant. On voudrait figer l'image… *Ici*, se dit-on. *Si à ce moment là, j'avais dit… j'avais fait autre chose.*

Ce soir-là, je suis allé à la plage. Et quand je suis rentré, j'étais quelqu'un d'autre. Pas pour un instant, ou pour quelques jours. Pour toujours.

On tache son pantalon. Son pantalon favori. On le lave dix fois de suite à quatre-vingt-dix degrés. On le lessive à grande eau, on le frotte, on le frictionne. On emploie les grands moyens. De l'eau de Javel. Une éponge à récurer. Mais la tache ne part pas. Quand on l'a trop longtemps lavée et frottée, elle se transforme tout au plus en autre chose. Un endroit où le tissu est plus fin et plus pâle. Cette tache pâle est le souvenir de la tache. On a alors deux options. On peut jeter le pantalon, ou continuer à le porter pendant le restant de sa vie en se souvenant de la tache. Mais la tache pâle ne vous rappelle pas que la tache. Elle vous rappelle aussi le temps où le pantalon était encore propre.

Quand on rembobine assez loin, on finit par revoir le pantalon propre. On sait entre-temps qu'il ne restera pas propre. Je sais que je passerai le reste de ma vie à rembobiner. *Était-ce à ce moment-là ?* me demanderais-je chaque fois. *Ou faut-il tout de même remonter plus loin ? Là ?* Je fige l'image.

Ici il est encore propre.

Et ici il ne l'est déjà plus.

Nous venions à peine de descendre le chemin cahoteux qui débouchait sur la rue quand Stanley Forbes a extrait un paquet de Marlboro de sa poche de poitrine et me l'a mis sous le nez. Reconnaissant, j'ai pris une cigarette.

« Attention, a-t-il dit.

— Quoi ?

— Tu roules trop à droite, on a presque arraché le rétroviseur extérieur du camion de livraison garé là. »

Je fais partie des gens qui supportent difficilement les critiques sur leur façon de conduire. Qui ne les supportent pas du tout, devrais-je dire. Mais honnêtement, je savais que Stanley avait sans doute raison. Je savais, en tout cas, que j'avais franchement trop bu pour conduire. Il y avait eu un moment d'hésitation. Stanley avait été sur le point de prendre sa propre voiture de location pour se rendre à la plage, il avait déjà les clés à la main, mais finalement il a haussé les épaules et il est monté à côté de moi, en tant que seul passager, dans ma voiture.

« Merci, ai-je dit. Tu vas vérifier ce qui se passe à droite et moi je vais m'occuper surtout de la gauche. »

J'ai rétrogradé et ralenti. À une trentaine de mètres devant nous, j'ai vu les feux arrière rouges de la Volvo de Ralph disparaître dans un tournant. J'ai fait bien attention en immobilisant ma voiture sur le bord de la route. Pourtant, j'ai entendu les jantes frotter contre le trottoir, avec un bruit rappelant un grincement de dents.

« Qu'est-ce que tu fais ? a demandé Stanley.

— Je viens de penser que c'était un jour de fête. Sur la route de la plage, il y aura peut-être des contrôles. J'ai vraiment trop bu, ils vont me retirer mon permis.

— Bon.

— Mais il y a un autre chemin pour aller à la plage. Un chemin de sable. Si j'arrive à retrouver le camping où nous étions installés en arrivant, tu sais, nous pourrons le prendre. »

Cela ne s'est pas passé si facilement. Nous nous sommes à plusieurs reprises engagés dans des impasses, mais nous avons fini par trouver un chemin de sable dont j'étais presque certain qu'il nous mènerait au camping. Il était bordé d'arbres à gauche et à droite, j'ai baissé les vitres et mis les pleins phares.

« À droite il y a des arbres, Marc, a dit Stanley. À gauche aussi d'ailleurs. »

Nous avons ri tous les deux, et pour montrer que je maîtrisais bel et bien la situation, j'ai donné un coup d'accélérateur. Les roues ont dérapé dans le sable et la voiture a bondi en avant en zigzaguant.

« *Yeah !* a dit Stanley, *Zebra One, we're on our way !* »

Il s'agissait sans doute d'une citation de film que j'aurais dû connaître, mais je n'avais aucune idée de ce que c'était. Je n'avais d'ailleurs pas envie de le demander à Stanley. J'aurais eu éventuellement d'autres questions à poser au cinéaste, en revanche. *Quel âge a Emmanuelle, au juste ? Quand elle baise, est-ce qu'elle est aussi lente qu'elle en a l'air ou bien, comme c'est si souvent le cas, les apparences sont-elles trompeuses et est-ce que tu as du mal à suivre, vieux chnoque ? Est-ce qu'elle garde ses lunettes de soleil au lit aussi ?* Mais je me suis abstenu.

« De quoi était-il question, au juste ? me suis-je contenté de demander. Ralph a parlé de quelque chose, juste avant le repas. Tu leur avais raconté quelque chose qui allait sûrement m'intéresser.

— Ah oui, a dit Stanley.

— Si tu n'as pas envie de me le raconter, tu n'es pas obligé, tu sais. Ce sera pour une autre fois. »

À présent, le chemin de sable descendait à pic, parfois on apercevait en contrebas des petites lumières entre les arbres, selon toutes probabilités celles des bars et des restaurants qui donnaient sur la plage. Nous étions sur la bonne voie.

Stanley aussi avait baissé sa vitre. Il a jeté sa cigarette dehors et en a allumé une autre. « Quelques mois après le 11 septembre, le gouvernement Bush a invité un certain nombre de cinéastes à la Maison-Blanche, a-t-il dit. Surtout des metteurs en scène de films de science-fiction. Steven Spielberg, George Lucas, James Cameron. Et moi. Je n'ai tourné que deux films de science-fiction. L'un d'eux n'est sorti qu'en DVD en Europe, mais l'autre a eu vraiment du succès. *Tremor*. Je ne sais pas si tu l'as vu. »

Le titre me disait quelque chose, mais le dernier film dans ce genre que j'avais vu était, je crois, *The Day After Tomorrow*. « Non, je crains que non.

— Pas grave. L'important, c'était l'idée derrière cette invitation. Nous étions tout un petit groupe dans le Bureau ovale. Il y avait George Bush bien sûr, et Dick Cheney et Donald Rumsfeld. George Tenet de la CIA était là, et encore quelques personnes : le conseiller pour la sécurité nationale et quelques généraux. Et nous, les cinéastes. On nous a servi des cacahuètes et des petits fours. Et du café et du thé. Mais aussi de la bière, du whisky et du gin. On était là en définitive pour parler d'imagination. De *notre* imagination. »

Le chemin de sable s'est rétréci. Il est devenu plus sinueux. Avec des virages en épingles à cheveux qui n'en finissaient pas. J'utilisais le frein moteur, en seconde, j'entendais par la vitre ouverte les cailloux heurter le dessous de la voiture. Je sentais l'odeur des aiguilles de pin chaudes. Et aussi de la mer. J'ai pensé à Caroline restée dans la maison de vacances. Au moment où, pour me dire au revoir, elle avait posé un rapide baiser sur ma joue. *Tu n'as pas trop bu ? Tu es encore en état de conduire ?*

« Si on nous avait invités, c'était pour que nous donnions libre cours à notre imagination, a poursuivi Stanley. À nos fantasmes. Je ne sais plus qui en avait eu l'idée. George Bush lui-même, ou un de ses conseillers. *Whatever*. Nous avons commencé à boire du thé et du café, puis nous avons vite enchaîné sur la bière et le whisky. Le président aussi. Il descendait un double whisky après l'autre. Dick Cheney et Donald Rumsfeld buvaient du gin. Quelqu'un avait mis de la musique. D'abord Bob Dylan, puis Jimi Hendrix et les Dixie Chicks. D'une manière ou d'une autre, c'était *fucking unbelievable* quand j'y repense. Mais nous avons fait ce pour quoi on nous avait demandé de venir : fantasmer. Jusque-là, personne n'avait imaginé que les terroristes pourraient utiliser comme armes des avions de transport de passagers. Tout avait été axé sur la sécurité des avions eux-mêmes, pour éviter un attentat à la bombe ou une prise d'otage. Il était tout simplement *inconcevable* que des avions foncent droit sur des tours. Voilà ce qu'ils nous demandaient : si nous voulions bien imaginer l'inconcevable. Avec notre imagination, avec la même inspiration qui nous incitait à faire que des extraterrestres atterrissent sur terre et que des esprits vengeurs venus du futur règlent des comptes dans le présent, nous devions nous débrouiller pour imaginer ce que pourraient concevoir les terroristes du futur. Mais il faut d'abord que je te donne une précision. *Tremor* est tiré d'un livre. Un livre d'un écrivain américain. Samuel Demmer. Tu as entendu parler de lui ?

— Je ne crois pas, non.

— OK, pas grave. L'important, c'est que j'avais lu ce livre. *Tremor*, de Samuel Demmer. Et cela m'a tout de suite fait penser à un film. J'ai commencé à le lire à minuit et je l'avais terminé à six heures du matin. À huit heures j'ai appelé Demmer. Lui-même. Pour ce genre de choses, j'appelle généralement mon agent, mais j'étais tellement enthousiaste que je me suis dit : je veux lui communiquer personnellement mon enthousiasme. Demmer était connu pour son caractère difficile. Il n'apparaissait jamais à la télévision, n'accordait aucune interview. Le genre d'écrivain que je trouve le plus sympathique. Quoi qu'il en soit, il s'est d'abord montré un peu réservé au téléphone, il semblait vraiment n'en avoir rien à foutre que quelqu'un veuille porter son livre à l'écran. Mais j'ai entendu autre chose à l'autre bout du fil. Quelque chose que l'on entend parfois chez les gens renfermés. Au fond, cela leur fait plaisir quand quelqu'un appelle. De pouvoir parler un peu avec quelqu'un, même quelqu'un qu'ils ne connaissent pas personnellement. Je veux dire, souvent ce genre de personnes doivent lutter contre leur propre réputation. *To live up to one's reputation*, on dit aux États-Unis. Par exemple, cela ne l'a pas dérangé le moins du monde que je l'appelle si tôt. Mais je vais faire court : on a bien accroché ensemble. On a un peu bavardé sur son livre et les possibilités d'en faire un film et, à un moment donné, il m'a posé une question qui m'a totalement surpris. Une question qui m'a laissé bouche bée, mais dont je me suis toujours souvenu. Mieux encore, c'est devenu la devise de ma vie. Il m'a demandé : "Pourquoi est-ce que vous n'inventez pas vous-même une histoire ?" Je dois avouer qu'il m'a mis hors jeu. Pendant un moment, je n'ai pas trop su quoi répliquer. J'ai fini par lui répondre : "Mais que voulez-vous dire ?" À l'autre bout du fil, j'ai entendu un profond soupir. "Exactement ce que je viens de dire, m'a dit Samuel Demmer. Vous me donnez l'impression d'être quelqu'un qui a des idées. Assez d'idées qui vous sont propres, je veux dire. Pourquoi voulez-vous tourner un film qui s'inspire des idées d'un autre ? Pourquoi n'inventez-vous pas un film vous-même ?" Nous avons ensuite continué de discuter pendant une bonne demi-heure au moins. De tout et de rien. De livres que nous avions tous les deux appréciés. De films. Plus tard, nous nous sommes rencontrés. Notre collaboration est devenue extraordinairement agréable et inspirante. Mais la question de Demmer a définitivement changé ma vie. J'ai fait *Tremor*. Qui s'est inspiré seulement de loin, avec son accord, de son roman. *Based on the novel by Samuel Demmer*, a-t-on finalement mis dans le générique. Et après *Tremor*, je n'ai plus jamais porté un livre à l'écran. Plus jamais. J'ai pris à cœur ce que Demmer m'avait dit et je me suis mis à inventer des histoires. »

La lumière des phares a éclairé un panneau au bord du chemin. Une tente y était dessinée, avec le nom du camping où nous étions restés les deux premières nuits. Plus que huit cents mètres. Puis la route allait descendre encore plus à pic, d'après mes souvenirs du premier soir – mais après trois ou quatre virages serrés, on arrivait à la plage. Là, il y avait enfin un bout de chemin qui était droit. J'ai accéléré un peu.

« Et qu'est-ce que vous avez fini par inventer à la Maison-Blanche ? ai-je demandé. C'est quand, le prochain clap ?

— Mais voilà, justement, a dit Stanley. Ce n'est peut-être pas du tout un clap. Enfin, je veux dire, on peut parler d'un clap, mais nous avons été beaucoup plus loin cette après-midi-là. L'embêtant, c'est que tout cela est top secret. Nous avons dû tous jurer de ne rien ébruiter des propos que nous avions échangés. Il n'y a que Spielberg qui en a parlé plus tard. Je ne sais même plus ce qu'il a dit, quelque chose d'inoffensif d'après moi. Parce que c'est la principale conclusion de cet après-midi d'ivresse : tout allait devenir bien pire que ce qu'on pouvait oser espérer dans ses rêves les plus fous. Ou plutôt ne pas espérer, je devrais dire. C'était en tout cas totalement horrible. *A fucking nightmare*. Nous sommes à la veille d'une nouvelle époque. Bientôt, on ne pourra plus se fier à rien. Mais littéralement. *Rien*. La Renaissance a démarré avec l'invention d'un nouveau type de canon, capable de transpercer les murs d'un château. C'est ce canon qui a mis fin au monde tel que les gens le connaissaient. Le pouvoir s'est déplacé de manière spectaculaire. En quelques dizaines d'années, le statu quo en place depuis un millier d'années a disparu. C'est aussi ce qui est en train de se passer en ce moment. Nous, le monde moderne, l'Europe occidentale, les États-Unis, des parties de l'Asie, nous sommes le château. Nous faisons la pluie et le beau temps depuis très longtemps déjà. Mais dans un proche avenir, quelque chose va arriver qui pourra anéantir tout cela.

— Et ce sera quoi ?

— Je l'ai déjà dit : je n'ai malheureusement pas le droit d'en parler. Mais ce n'est pas comme autrefois, avec ce canon. Ce n'est pas une seule chose. Il y en a plusieurs à la fois. »

Je ne pouvais pas résister. Au début, l'histoire de Stanley m'avait moyennement intéressé, mais maintenant elle éveillait ma curiosité.

« Tu peux tout de même raconter un détail… Je te jure, vraiment, que je tiendrai ma langue. »

Comme pour donner plus de poids à mes propos, j'ai levé une main du volant et j'ai dit : « Juré, craché.

— Attention ! »

Soudain une voiture a débouché de la droite sur le chemin de sable. Venant de nulle part. J'ai écrasé le frein tout en braquant le volant à gauche. Peut-être trop lentement, comment savoir. On se dit qu'on peut encore conduire. Mais la distance de freinage est plus longue. Les deux voitures ont produit un raclement en se touchant. Il aurait été exagéré de parler de collision. Il y a eu un contact. Métal contre métal. Puis nous nous sommes immobilisés en travers du chemin de sable. Du moins : notre voiture s'est immobilisée. L'autre a tout simplement poursuivi sa route. En un clin d'œil, les feux arrière avaient disparu derrière le virage suivant.

« *Motherfucker !* a crié Stanley. Tu as vu ça ? *Jesus Christ ! Fuck him ! Fuck this motherfucker !* »

J'ai ôté une main du volant pour m'essuyer le front. Ma main et mon front étaient trempés de sueur. « Putain ! ai-je dit. Putain.

— Ce salopard n'avait pas allumé ses phares. Tu as vu ? Il a débouché à toute allure sur le chemin tous feux éteints.

— Mais j'ai vu ses feux arrière. Juste là, quand il a freiné.

— Exactement ! Il a freiné. Mais il n'avait pas ses phares. C'est vrai ! »

J'ai constaté seulement à ce moment-là que le moteur avait calé. Un profond silence s'est soudain installé. Sous le capot ont retenti deux cliquètements. En contrebas, on entendait à présent clairement rouler les vagues sur la plage. En dehors des aiguilles de pin et du sel, je sentais aussi une odeur de caoutchouc brûlé.

« Allez viens, Marc. On va leur donner une leçon, à ces connards. *We're gonna teach the motherfucker a lesson ! Yes !* » Stanley a serré le poing et donné un grand coup sur la boîte à gants. J'ai expiré à fond, serré les deux mains sur le volant. Le volant aussi était trempé. « Mais qu'est-ce que tu attends ? a-t-il dit. *Come on, start the engines !*

— Stanley. Ce n'est pas une bonne idée. J'ai beaucoup trop bu. Nous pouvons nous estimer heureux que ce con ne se soit pas arrêté. De toute façon, j'aurais été en tort, avec tout l'alcool que j'ai dans le sang. »

Stanley n'a rien dit. Il a ouvert sa portière et il est sorti. « Qu'est-ce que tu fais ? » lui ai-je demandé, mais avant que j'aie eu le temps de comprendre, il avait déjà fait le tour de la voiture et ouvert la portière de mon côté.

« Pousse-toi, s'il te plaît.

— Stanley, ce n'est vraiment pas une bonne idée. Je veux dire, toi aussi tu as bu. Peut-être même encore plus que moi. En tout cas pas moins.

— Trois verres. Je donne peut-être l'impression de boire autant que les autres, mais je mets beaucoup de temps à finir un verre.

— Stanley…

— Allez, Marc. Pousse-toi. Nous sommes un peu pressés. Si ce con arrive à la plage avant nous, nous ne pourrons plus rien faire. »

Tandis que je passais tant bien que mal au-dessus du levier de vitesse et m'affalais sur le siège passager, je me suis aperçu pour la première fois que j'avais la tête lourde. Le poids qui vous tire vers le bas quand l'effet de l'alcool commence à se dissiper. Je connaissais le mécanisme. Le corps a besoin de liquide. D'eau. Mais, au moment où on le sent, il est déjà trop tard. On ne peut alors que continuer. En avant. J'ai pensé à un verre de bière. Un grand verre. Avec la bière, le poids vous attaque dans le dos, à un endroit où vous ne vous y attendez pas.

Stanley a démarré le moteur et accéléré. Des nuages de sable se sont élevés sous les pneus. « *Yes !* s'est-il écrié quand nous avons fini par partir. Accroche-toi, Marc. »

Au premier tournant, j'ai entendu le dessous de la voiture racler des rochers éparpillés ici et là sur le côté de la route, au deuxième il a évité un arbre de justesse. « Stanley, ai-je dit. Stanley !

— Le voilà ! »

À trente mètres à peine devant nous, j'ai vu les feux arrière s'allumer à l'approche du virage suivant. Stanley a fait des appels de phares. « Nous allons l'aveugler, a-t-il dit. On va le coincer, Marc. On va le coincer. »

Il a rétrogradé et donné un coup d'accélérateur. Le moteur a mugi. « Tu as vu *Speed Demons* ? a-t-il demandé, mais il n'a pas attendu ma réponse. C'était mon premier modeste succès aux États-Unis. Une histoire idiote, pour sûr, mais je n'avais pas vraiment le choix des scripts à l'époque. C'était une histoire de rallyes de la NASCAR, de coureur automobile atteint d'un cancer qui veut briller encore une dernière fois. Mais il est poussé à l'extérieur du circuit et il meurt dans les flammes.

— Stanley, s'il te plaît…

— J'ai joué un petit rôle dedans, celui du frère du coureur malade. C'était le seul bon côté du tournage, je pouvais foncer tout le temps dans une de ces stock-cars. À deux cent cinquante, trois cents kilomètres heure. On donne juste un petit coup et la voiture part à toute blinde. »

Nous étions à présent juste derrière l'autre voiture, une vieille 4L, ai-je constaté. Stanley a appuyé sur le klaxon et maintenu la main dessus. « Il faut qu'il continue d'avancer, sinon ça ne va pas marcher. Allez, *motherfucker*. Accélère ! »

Il a donné un grand coup de volant et visé le pare-chocs arrière droit. Le choc métallique a résonné plus fort que la première fois. Et j'ai entendu du verre voler en éclats. « *Got him !* » La Renault a glissé sur le sable et pivoté sur elle-même. Elle semblait sur le point de basculer, sur un côté elle a décollé d'au moins un mètre du sol, elle est restée suspendue en l'air pendant une seconde, mais elle a fini par retomber sur ses quatre roues. Je pensais que Stanley allait poursuivre sa route à toute vitesse, mais il a enclenché la marche arrière pour se rapprocher de la Renault.

« Connard ! a-t-il crié au conducteur qui nous regardait affolé, les yeux écarquillés par la vitre de sa portière ouverte. Et je te souhaite d'attraper le cancer aujourd'hui, salaud ! »

Puis il est parti. En hurlant de rire, il a manœuvré la voiture dans les derniers virages jusqu'à la plage. « Putain, Marc ! Tu as vu sa tête ? Quel bonheur ! C'était le but du jeu d'ailleurs. Et en plus, il a eu droit à une leçon gratuite de néerlandais. »

Je n'ai rien dit. Quand le conducteur de la Renault nous avait regardés fixement, j'avais eu un mouvement de recul, cherchant à dissimuler ma tête le mieux possible derrière celle de Stanley. L'homme avait les cheveux totalement en pagaille. Encore plus que lorsque je l'avais vu la première fois en tout cas. En revanche, je l'avais aussitôt reconnu. C'était le gardien du camping écolo, qui refusait de s'occuper correctement de ses animaux de la ferme.

Stanley était toujours secoué de rire. Il s'est tourné vers moi et a levé le bras. J'ai mis un moment avant de comprendre qu'il voulait faire un *high five*.

« Deux bouteilles, a-t-il dit.

— Pardon ?

— J'ai bu deux bouteilles de vin. Et je ne compte pas les quelques bières avant le repas et les trois cognacs pour accompagner le café. Tu dois tout de même reconnaître que je conduis encore plutôt bien, vu les circonstances. »

26

Il y avait du monde sur la plage. Tant de monde que nous n'avons pas trouvé les autres tout de suite. Nous avons d'abord cherché sur les terrasses aux lampions, puis nous avons marché plus loin, le long des feux de joie en direction de la mer. À gauche et à droite, on tirait des fusées. Pendant les moments de silence entre les explosions, un rythme disco lancinant nous arrivait par vagues.

« Là-bas », a dit Stanley.

Ralph et Judith étaient au bord de l'eau, et presque aussitôt après j'ai vu Lisa que Thomas pourchassait. Elle a crié et s'est laissée tomber sur le sable, puis Thomas s'est jeté sur elle.

« Vous arrivez juste à temps », a dit Ralph.

Il avait enterré dans le sable une fusée de la taille d'un bâton de dynamite et la recouvrait à présent d'une marmite qu'il avait visiblement apportée de la maison de vacances. C'était une lourde marmite en cuivre à fond rond – une marmite ancienne pour faire la soupe, de celles que l'on suspend à une crémaillère.

« Reculez », a dit Ralph.

Il y a eu un instant de silence. Une demi-seconde plus tard, l'explosion a retenti et la marmite a disparu.

Nous ne l'avons pas vue s'envoler dans le ciel, non, elle a disparu d'un coup en laissant un cratère béant d'une trentaine de centimètres de diamètre d'où s'échappaient des volutes de fumée.

« Regarde ! s'est écrié Ralph. Là-bas ! »

Il a pointé un doigt en l'air. Dans le ciel nocturne éclairé par les explosions des fusées, nous avons vu la marmite. Il était difficile d'évaluer son altitude. Cent mètres ? Deux cents mètres ? Elle tournoyait, une pastille tournoyant comme une toupie, et continuait de monter. Juste avant que nous risquions de la reperdre de vue, elle a amorcé sa chute. Mais elle n'était plus au-dessus de la plage. La marmite, qui avait décrit une trajectoire courbe, tombait à présent au-dessus de la mer. Nous l'avons encore totalement perdue, puis elle a réapparu une dernière fois à une dizaine de mètres au-dessus des vagues.

« On peut dire au revoir à notre caution », a déclaré Judith au moment où la marmite disparaissait définitivement de notre champ de vision.

« Bon sang ! s'est exclamé Ralph. Tu as vu ça ? Vous avez vu ça ? Quelle détonation ! Et là, regardez, ce cratère. Putain, mon vieux. J'ai senti des projections de morceaux de coquillage dans mes yeux.

— Et comment allons-nous expliquer tout cela à l'agence de location ? a dit Judith.

— Oh, écoute, arrête de râler ! La marmite était dans la remise, ils ne vont même pas s'apercevoir de sa disparition. »

J'ai lancé rapidement un regard de côté à Judith. Une ride lui creusait le front, juste au-dessus du nez. Sur ses joues et dans ses yeux vacillait la lueur dorée des flammes des feux de joie.

C'est possible, me suis-je dit. *C'est tout simplement possible. Cette femme. Ce soir même.*

L'instant suivant, j'ai pensé aux événements dans la cuisine plus tôt dans la journée. J'ai senti un lancement dans ma poitrine. Et le poids dans ma tête, qui avait disparu quand Stanley avait réussi à chasser de la route le gardien du camping, avait ressurgi. J'ai pensé à ma fille aînée, à Julia qui avait dû nous voir. Qui d'autre que Julia ? La mère de Judith ? Peut-être. C'était possible. Thomas ou Alex ? Lisa ? J'ai aussitôt rayé Lisa de ma liste. Elle se comportait normalement avec moi. C'était d'ailleurs presque la seule. J'essayais à présent de me représenter ce que la personne derrière la porte de la cuisine avait bien pu voir. Ou entendre. Peut-être pratiquement rien, ai-je tenté de me convaincre un court instant. Peut-être tout, me suis-je dit l'instant suivant.

J'ai réfléchi à ce que je pouvais faire. Julia. Il valait mieux que je sois franc. Enfin, pas tout à fait franc : direct. *Je ne sais pas ce que tu as vu exactement, mais la mère d'Alex était très triste. Et j'ai essayé de la consoler. Elle était triste parce qu'elle... À propos de quelque chose qui peut parfois faire de la peine à des femmes adultes, je te l'expliquerai plus tard.*

« Judith ? a crié Ralph. Judith, où vas-tu ? »

Elle avait tourné les talons et se dirigeait à grands pas vers les terrasses. Elle n'a pas regardé en arrière. Ralph m'a souri et a haussé les épaules.

« Ne fais pas attention, Marc, a-t-il dit. Quand elle est de cette humeur, on ne sait vraiment pas par quel bout la prendre. »

J'ai envisagé un instant de la suivre, mais j'ai aussitôt renoncé à l'idée. Cela crèverait les yeux. Ce serait un signal trop évident. Plus tard. Plus tard, une bonne occasion se présenterait. Je pouvais me montrer plus sensible que Ralph. Mais qu'est-ce que je racontais ? J'étais tout simplement plus sensible.

J'ai donc répondu au sourire de Ralph par un geste qui voulait signifier : *les femmes, elles restent des êtres énigmatiques*.

« C'est quoi toutes ces lamentations à propos d'une vieille marmite ? a dit Ralph. Tu y comprends quelque chose, toi, je le comprends, moi ?

— Ah, ai-je dit. Cela lui arrive aussi, à Caroline, d'avoir ce genre d'humeur. Et après, c'est *nous* qui nous sentons coupables et devons essayer de deviner ce que nous avons encore fait de travers. »

Ralph s'est rapproché d'un pas et a passé un bras autour de mes épaules. « Je constate que tu t'y connais, Marc. En femmes. Enfin, c'est vrai que tu en reçois tous les jours en consultation. »

De près, j'ai senti l'haleine de Ralph. L'espadon… À la moitié du repas, j'avais recouvert de ma serviette ma propre portion et je m'étais contenté de manger un peu de baguette. À présent j'avais un creux dans l'estomac. Il fallait que je commence par manger quelque chose. D'abord manger, puis boire une petite bière, pour chasser cette sensation de tête lourde.

« Reculez, tout le monde ! » C'était Stanley. Il avait retiré ses chaussures et s'était enfoncé dans l'eau jusqu'aux genoux. Dans chaque main, il tenait une fusée qu'il dirigeait à présent sur nous en riant. J'ai vu les étincelles jaillir des deux mèches.

« Va-t'en ! a crié Ralph. Lâche-les, idiot ! »

Au tout dernier moment, Stanley a pivoté de cent quatre-vingt degrés et dirigé les fusées vers la mer. Pas à l'oblique vers le ciel, non, horizontalement. Presque en même temps, elles ont quitté ses mains. L'une a disparu dans des rouleaux à cinq mètres à peine de la plage. L'autre a frôlé l'eau. Il y avait des nageurs, ai-je constaté seulement à ce moment-là. Pas beaucoup, cinq environ, mais tout de même. La fusée s'est enfoncée parmi les têtes qui flottaient dans les vagues. Pendant quelques secondes, il ne s'est rien passé. Puis on a entendu une explosion sourde et une fontaine d'eau a jailli. Les nageurs ont poussé des cris et levé les bras en l'air, mais Stanley s'est contenté de leur faire des grands gestes en riant.

« *Apocalypse Now ! Apocalypse Now !* criait-il en mettant ses mains en porte-voix. Ralph, Ralph ! Tu m'en donnes une autre ? On va les faire dégager de l'eau à coups de fusée ! »

On ne peut pas dire que nous avions oublié la première fusée. Nous n'y avons tout simplement plus pensé. Il y a eu un claquement. Un profond grondement. Le bruit d'une ancre que l'on jette par-dessus bord et qui s'écrase contre un rocher sous l'eau. De l'eau, du stable, de la roche sont remontés. J'ai senti une projection dans mon œil gauche. Stanley, qui était le plus près du lieu de l'explosion, a perdu l'équilibre et il est tombé la tête la première dans une vague. Pendant un instant, sa tête a disparu sous l'eau, puis il est remonté en toussant et en s'ébrouant. « *Fuck !* a-t-il crié, en retirant de sa langue un morceau d'algue imaginaire. *Friendly fire ! Friendly fire !* » Il riait – la seule option dans une situation pareille – tout comme Ralph s'était moqué de lui-même, quand il s'était cassé la figure à côté de la table de ping-pong. Nous avons ri aussi, Ralph et moi, pendant que Stanley remontait tant bien que mal sur la plage dans son short et son T-shirt dégoulinants.

Quelqu'un m'a pris par le poignet. « Papa ? a dit Lisa. Papa, est-ce que Thomas et moi on peut aller chercher une glace ?

— Oui, pas de problème », ai-je dit. Avec les doigts de ma main libre, j'ai frotté mon œil gauche et cligné plusieurs fois de la paupière. Mon œil s'est mis aussitôt à pleurer et j'ai ressenti une vive douleur. Il y avait quelque chose à l'intérieur. Un morceau de coquillage ou un grain de sable. « Où est Julia ? » ai-je demandé à Lisa.

Thomas est arrivé à toute allure derrière elle, il l'a poussée et elle est tombée en avant dans le sable. « Thomas ! Putain !

— Lisa ! ai-je dit. Tu n'as pas le droit… tu ne dois pas… » Thomas a frappé sa poitrine nue de ses deux poings et poussé une sorte de cri de Tarzan. « Où est Julia ? » ai-je demandé encore une fois.

« Je n'en sais rien », a dit Lisa. Elle s'est redressée en chancelant et a donné à Thomas une gifle avec le plat de la main – bien trop forte : en tout cas plus forte qu'elle en avait sans doute eu l'intention. « Saleté ! s'est écrié Thomas. Sale peste ! » Il a essayé de l'attraper, mais elle a détalé sur le sable.

« Si on commençait par se prendre une bière ? » a dit Stanley. Il était trempé de la tête aux pieds, ses cheveux gris mouillés étaient plaqués sur sa tête et, à plusieurs endroits, son crâne blanc apparaissait à travers les mèches.

Ralph hoquetait encore de rire. « Tu aurais dû le filmer, Stanley ! Tu aurais dû le filmer !

— Où est Julia ? » ai-je demandé à Ralph.

Stanley a tâté les poches de son short. « *Fuck !* À mon avis, tout mon argent… Ah non, ça va… » Il a sorti quelques billets de banque. « Un séchoir à cheveux ! a-t-il crié. Mon royaume pour un séchoir à cheveux !

— Où sont Julia et Alex ? ai-je demandé.

— Ils sont allés à l'autre troquet sur la plage, a répondu Ralph. Là-bas… » Il a pointé le doigt. « Tu vois, les lumières là-bas, après la courbe de la baie.

— Toute seule ? ai-je demandé. Tous les deux ? »

Je voyais les petites lumières dont Ralph parlait. La distance était difficile à évaluer. Cela faisait plus d'un kilomètre, me suis-je dit. Peut-être même plus de deux. Entre cette partie de la plage, éclairée par les terrasses et les feux de joie, et le troquet de l'autre côté de la baie, il n'y avait rien qu'une longue étendue de sable déserte, plongée dans l'obscurité.

« Marc, on ne peut pas retenir la jeunesse. Ces deux-là ne trépignent pas d'impatience à l'idée de passer du temps ici avec leurs parents.

— Non, je me demandais seulement si… Julia aurait pu attendre que j'arrive. »

J'ai essayé de ne pas montrer à quel point j'étais exaspéré que Ralph ait donné à ma fille son autorisation d'aller à l'autre café sur la plage. Sans se demander si j'aurais été d'accord. Était-ce puéril ? me suis-je interrogé. Ou était-il plus logique qu'il dise à ma fille : « Moi je suis d'accord, mais on va tout de même attendre ton père pour savoir si lui aussi est d'accord » ?

« Qu'est-ce que tu as à l'œil ? a demandé Ralph.

— Rien. Enfin si, il y a quelque chose à l'intérieur. Un grain de sable, enfin, un truc comme ça.

— Tout le monde a envie d'une bière ? » a lancé Stanley en brandissant les billets de banque mouillés.

27

Comme toutes les tables aux terrasses étaient occupées, nous avons bu accoudés à un bar sans doute spécialement installé en plein milieu de la plage pour les festivités de la soirée. Plus la moindre trace de Judith. Ralph ne semblait pas particulièrement inquiet d'avoir perdu sa femme. Il ne s'est, en tout cas, pas donné la peine de la chercher.

« Putain, regardez moi ça », a-t-il dit en reposant bruyamment sa chope de bière sur le bar. J'ai suivi la direction de son regard et vu trois jeunes femmes en bikini, debout entre les tables, à environ cinq mètres de nous. Elles nous tournaient le dos et regardaient autour d'elles en quête d'une table libre. Ralph a secoué la tête. « Oui Marc, loin des yeux, loin du cœur. Je me damnerais pour pouvoir poser mes mains sur elles. Juste un tout petit peu. » Il s'est léché la lèvre supérieure. Il a gémi et tripoté la fermeture de son short, ses doigts ont glissé le long de sa braguette vers le bas. Soudain, j'ai reconnu son regard de rapace : le même avec lequel il avait déshabillé Caroline au foyer du théâtre. Et comme ce soir-là, un voile s'est glissé devant ses yeux tandis qu'il détaillait les jeunes femmes, ses yeux finissant par s'arrêter sur leurs fesses.

« Hé ho ! » a crié Stanley.

Nous nous sommes tournés vers lui et nous l'avons vu en train d'agiter le bras en direction des jeunes femmes. « *Hey ! Come ! Come here !* »

Ralph a hoché la tête, plongé un instant le regard dans sa bière, puis il m'a souri. « Nous, nous y pensons, lui, il le fait », a-t-il dit.

Les jeunes femmes semblaient en pleine délibération. Elles penchaient la tête pour mieux s'entendre. Elles pouffaient de rire. J'ai essayé de me représenter ce qu'elles voyaient : trois hommes d'âge moyen en short avec des chopes de bière à la main – dont le plus âgé avait pris l'initiative. À leur place, j'aurais aussitôt décampé.

J'ai donc été stupéfait de les voir s'approcher, un peu hésitantes. On peut parfois se faire une fausse idée de certaines femmes en les observant de dos. On voit de longs cheveux tomber sur des épaules nues, mais quand elles tournent la tête vers vous, elles prennent soudain quinze ans. En l'occurrence, ce n'était pas le cas : elles auraient pu toutes les trois faire la une de *Vogue* ou de *Glamour*. J'ai essayé d'évaluer leur âge. Dix-neuf ? Vingt ans ? Pas plus de vingt-cinq en tout cas, plutôt des jeunes filles que des jeunes femmes. J'ai regardé Ralph du coin de l'œil. Il s'est empressé de prendre une gorgée de bière, a fait claquer ses lèvres et s'est frotté le ventre avec la main. Comme s'il avait faim. C'était le regard qu'il portait sur les trois filles : celui d'un invité à une fête où les serveurs passaient en présentant des plateaux couverts de canapés croustillants, de petits fours pimentés et d'assortiments de charcuterie. Un bon morceau venait de son côté, il commençait déjà à se lécher les babines.

« Dis donc, elles se posent là ! a-t-il dit. Mon Dieu quelles beautés. »

— *Good evening, ladies. Drinks ? What will you have ? White wine ? Margaritas ? Cocktails ?* » En prononçant le dernier mot, Stanley nous a lancé un regard espiègle. Il était rapide. Tandis qu'il proposait les boissons, il avait déjà posé négligemment la main sur l'épaule nue de la jeune femme la plus proche. Elles ont à nouveau pouffé de rire, mais elles ne sont pas parties. Elles ont tendu une à une la main pour se présenter. Elles ont précisé leur nom et Stanley leur a demandé d'où elles venaient. Deux vivaient en Norvège, avons-nous compris, et la troisième en Lettonie. Puis Stanley leur a demandé si elles étaient ici pour le travail ou les vacances. Enfin, il n'a pas dit « vacances ». *Pleasure*, voilà le mot qu'il a employé. *Work or pleasure ?* Il l'a demandé d'un ton équivoque, comme si la différence entre *work* et *pleasure* était accessoire. Les filles auraient pu, à mon avis, saisir cette dernière chance de prendre congé. Mais elles sont restées là à rire. Les deux Norvégiennes suçotaient la paille de leur margarita. La Lettonne a avalé d'un trait sa double vodka avec glaçons.

« Tu sais, Marc, a dit Ralph, tu as de la chance que ta femme soit en sécurité à la maison. Lui aussi d'ailleurs. » Il a désigné Stanley. « Mais moi il faut que je fasse attention. Judith ne s'en remettrait pas. » Il a cherché du regard autour de lui, et j'ai regardé aussi. « La petite, elle est totalement bourrée, a-t-il dit. Tu peux te la faire comme tu veux, Marc. »

Il a fait un signe de la tête en direction de l'amatrice de vodka, qui venait de Lettonie. Il a tout de même parcouru du regard les jambes des Norvégiennes, en faisant de nouveau claquer ses lèvres. Stanley avait entre-temps passé son bras autour des épaules de la jeune femme la plus proche de lui. Il a fait mine de prendre entre ses lèvres la paille de la margarita, puis il a brusquement plongé en avant et enfoui son nez dans l'oreille de la jeune femme. Elle l'a repoussé en riant et dit quelque chose en norvégien à son amie, qui a pris Ralph par le poignet et l'a attiré vers elle.

« Ho, ho ! a dit Ralph. Du calme… *Wait !* Bon Dieu, elles sont chaudes comme des cailles, Marc. Qu'est-ce qui nous vaut ce plaisir ? »

Je l'ai vu lancer rapidement un dernier regard circulaire, puis enlacer la taille de la jeune femme et l'attirer vers lui. Ou plutôt non, pas la taille : son bras était plus bas, juste au-dessus de l'élastique de son bikini. À peine une seconde plus tard, ses doigts avaient glissé sous l'élastique. J'ai regardé sa main. Son poignet. Tout était totalement disproportionné. Le poignet de Ralph paraissait plus large que la taille de la fille. Je l'ai vu glisser ses gros doigts entre ses fesses et j'ai pensé à d'autres parties du corps. Des parties du corps qui devaient être elles aussi disproportionnées. Je n'ai cependant pas eu le temps de fantasmer plus longtemps. La fille essayait de repousser Ralph, pas pour rire comme venait de le faire son amie avec Stanley, mais très sérieusement. Ralph ne voyait pas son visage. Moi si. Sa bouche s'est crispée, comme si elle goûtait un aliment qu'elle n'aimait pas ou ressentait une soudaine douleur, mais comme Ralph ne le voyait pas, il l'a au contraire serrée plus fort contre lui, tout en essayant d'appuyer ses lèvres dans son cou.

Un cri a retenti, un juron ou une insulte selon toutes probabilités. Une insulte en norvégien qui ressemblait à *Stikoktédeg* ! Puis elle a crié autre chose, en anglais avec un fort accent, « *Fok of !* », tout en décochant un violent coup de genou dans l'entre-jambes de Ralph.

Ralph a ouvert la bouche. Il cherchait à reprendre son souffle, sa main (celle qui un instant plus tôt était encore glissée sous l'élastique du bikini) plaquée contre son short, à l'emplacement de ses parties génitales.

« Put… ! » C'est tout ce qu'il a réussi à dire.

La fille lui a jeté à la figure le reste de sa margarita, avec les glaçons. Rien ne permettait de savoir si elle en avait vraiment eu l'intention ou si elle était simplement trop ivre et par conséquent manquait d'équilibre, en tout cas le bord de son verre a heurté la lèvre supérieure de Ralph. Sa dent. J'ai entendu un bruit, comme si quelque chose se cassait. Un morceau de dent ou un bout de verre, c'était encore difficile à dire. Ralph a porté la main à sa bouche. Il a léché ses dents du haut et regardé ses doigts couverts de sang.

« Non mais ça va pas, espèce de salope ! » a-t-il hurlé.

Avant que Stanley ou moi ayons pu le retenir, il s'est rué sur elle. Il a essayé d'abattre son poing sur le visage de la jeune femme, mais le coup de genou qu'il avait reçu entre les jambes l'avait déstabilisé et il l'a manquée de peu.

« Ralph ! a crié Stanley. Calme-toi ! »

— Sales pétasses ! a hurlé Ralph. Vous allumez tout le monde, puis vous jouez les mères Teresa. Vous me dégoûtez, je chie sur les filles comme vous ! »

Il tenait à présent la fille par le poignet. Il a tiré violemment son bras vers le bas, la faisant tomber dans le sable. Elle a poussé un cri. J'ai vu Ralph lever le pied et plier sa jambe vers l'arrière, comme s'il s'apprêtait à tirer un coup franc. Juste à temps, j'ai compris qu'il avait l'intention de lui donner un coup de pied dans le ventre.

« Ralph ! » ai-je crié. J'ai appuyé mon épaule contre la sienne et lui ai envoyé un coup dans le genou. De toutes mes forces. Comme il ne s'appuyait que sur une jambe, j'ai eu l'avantage. S'il avait eu les deux jambes posées par terre, je ne serais jamais parvenu à le déséquilibrer, mais là il a chancelé, pendant une seconde entière, dans un silence total. Puis il s'est effondré par terre très lentement, comme un bâtiment que l'on fait exploser par en dessous. Sa nuque a violemment heurté le bar. J'ai entendu un craquement, sans pouvoir distinguer s'il venait de son crâne ou du bois du bar.

De tous côtés, des gens étaient accourus. Des hommes surtout. Des hommes qui criaient. Des hommes qui nous ont empoignés, Stanley et moi. Des hommes qui se sont occupés de la jeune Norvégienne en train de se relever. « Du calme ! Du calme ! » ai-je entendu Stanley crier, mais je ne le voyais plus, il n'était plus près du bar où nous étions un instant plus tôt.

« Stanley ! » ai-je crié. Deux hommes m'avaient renversé en arrière sur le sable. Un troisième s'est assis sur ma poitrine. Il appuyait de tout son poids sur mes côtes. Je sentais l'air s'échapper de mes poumons. « Du calme, ai-je couiné à mon tour. Du calme, s'il vous plaît… » Mais je n'avais pas assez d'air pour augmenter le volume de ma voix.

Du coin de l'œil, j'ai vu la jeune Norvégienne s'asseoir sur Ralph. Elle lui a frappé plusieurs fois le visage avec ses poings, jusqu'à ce que deux solides gaillards l'éloignent de lui.

28

Dans les toilettes du restaurant où nous avions mangé le premier soir, je me suis examiné dans le miroir suspendu au-dessus du petit lave-mains. J'ai essayé de maintenir l'œil gauche ouvert pour regarder à l'intérieur. Je n'ai regardé qu'un instant, mais j'ai bien vu : plus d'un tiers de mon œil était injecté de sang. Un hématome. Un corps étranger – un grain de sable, un fragment de coquillage, un minuscule caillou – était entré dans mon œil. Contre la rétine. Ou, qui sait, me suis-je dit en sentant ma respiration s'accélérer et mon cœur battre plus lentement et plus fort, qui sait, le grain de sable ou le caillou l'avait peut-être *perforée* et avait pénétré dans l'humeur vitrée à l'intérieur même du globe oculaire.

J'ai un problème particulier avec les yeux. Je peux tout regarder – les plaies ouvertes et les fractures, une scie circulaire qui pénètre dans une hanche usée, un giclement de sang sur le plafond de la salle d'opération, un trou carré dans un crâne, un cerveau mis à nu, un cœur qui bat sur un plateau argenté, des rouleaux ensanglantés de compresses de gaze dans une cage thoracique ouverte de la gorge jusqu'au nombril – mais pas ce qui a un rapport avec les yeux. En particulier les choses qui n'ont pas leur place dans des yeux : les éclats de verre, le sable, la poussière, des lentilles de contact qui se sont à moitié faufilées derrière le globe oculaire… Fidèle à mon serment d'Hippocrate, j'adresse le moins souvent possible mes patients à un spécialiste, mais ceux qui clignent des yeux dans ma salle d'attente n'ont aucune chance de pénétrer dans mon cabinet de consultation. Je dis à mon assistante : l'homme là-bas qui tient une serviette pleine de sang contre son œil ? Débrouillez-vous pour qu'il disparaisse. Sur-le-champ. Aux urgences. Ou préparez-lui une lettre pour un ophtalmologue. Je n'ai pas encore pris mon petit déjeuner, je n'ai vraiment pas envie d'un tel spectacle en même temps.

Je ne sais pas comment l'expliquer, sans doute est-ce dû à des événements issus d'un lointain passé. Des événements enfouis. La plupart des phobies prennent leur origine dans les quatre premières années de la vie : la peur des araignées, de l'eau, des femmes, des hommes, des grandes plaines ouvertes ou au contraire des hautes chaînes de montagnes qui oblitèrent la lumière du jour, des crapauds et des sauterelles, des têtes de poisson avec leurs yeux dans votre assiette, des toboggans aquatiques, des grands magasins de meubles, des passages piétons souterrains – on peut toujours en retrouver la cause. Une expérience traumatisante, disent les gens, et ils prennent un rendez-vous auprès d'un psychanalyste pour qu'il puisse les orienter. Au bout de plusieurs années de fouille et d'excavation, quelque chose finit par refaire surface : une mère perdue dans un supermarché, une bougie dégoulinante, une limace dans une chaussure de tennis, un oncle « sympathique » qui savait faire des ronds de fumée à travers un journal enroulé, mais qui le soir voulait s'amuser avec votre quéquette, une tante avec des verrues et une moustache drue qui vous embrassait pour vous souhaiter bonne nuit, un professeur sous la douche dans un camp d'été, la transition entre le bas du dos et les fesses n'est pas nette, en dessous du coccyx la peau disparaît dans une fente obscure et étroite, il lave son sexe mince et pâle à l'aide d'un gant de toilette rose – après le camp d'été, il faut pouvoir de nouveau se concentrer sur le triangle équilatéral qu'il dessine au tableau.

Un œil grand ouvert baigné de larmes me fait penser à un œuf au plat. Un œuf au plat loin d'être cuit, le jaune et le blanc encore essentiellement liquides frémissant dans la poêle comme une méduse sur la plage.

Quelqu'un a secoué la porte des toilettes.

« Dégage, ai-je dit en néerlandais. Tu vois bien que c'est occupé. »

Je parvenais à maintenir mon œil ouvert tout au plus quelques secondes d'affilée. Non seulement parce que le spectacle était répugnant, mais aussi parce que la douleur était intense. Comme si on écrasait une cigarette brûlante dans le blanc de mon œil – *dans l'œuf au plat*, n'ai-je pu m'empêcher de penser.

Quelqu'un a recommencé à secouer la porte. Mais pas seulement : la personne a donné trois coups dedans. Elle a fait entendre sa voix. Une voix d'homme qui grommelait dans une langue que je n'ai pas tout de suite identifiée.

« Nom de Dieu », ai-je dit.

J'ai cligné plusieurs fois de l'œil, celui qui était en larmes, mais en vain. Je ne parvenais plus à l'ouvrir sans ressentir une douleur insupportable. J'ai lâché un juron. J'ai tiré sur le rouleau de papier toilette pour en récupérer une bonne longueur, je l'ai chiffonnée en boule et maintenue sous le robinet. L'espace d'un instant, j'ai éprouvé une sensation de fraîcheur et un certain soulagement en appliquant la boule contre mon œil.

« Maintenant tu vas pouvoir enfin y aller », ai-je dit à l'homme qui attendait dans le petit couloir sombre. Il portait un short et un débardeur. Ses joues, son menton et sa lèvre supérieure, en sueur, étaient couverts de poils courts. Je m'apprêtais à poursuivre mon chemin, quand je l'ai regardé une nouvelle fois. Son visage m'était vaguement familier, sans que je puisse tout de suite le resituer. Au même instant, j'ai remarqué autre chose. L'homme aussi me regardait, comme s'il semblait me reconnaître : j'ai aperçu une petite lueur dans ses yeux, tandis qu'il s'efforçait sans doute lui aussi de me resituer.

« *I sorry*, a-t-il dit avec un fort accent. *I hurry.* »

Il souriait. Mon regard est descendu vers ses épaules et ses bras nus. Sur un bras, il avait un petit tatouage : un oiseau, un aigle visiblement, qui serrait entre ses griffes un cœur rouge dégoulinant. Sur l'autre bras apparaissaient des traces rouges. Comme s'il avait gratté une petite blessure. Une blessure ou une piqûre de moustique.

Il a suivi mon regard et touché sa blessure du bout des doigts. Il l'a frottée, son bras était en sueur et quand il a retiré ses doigts, on ne distinguait plus que quelques fins traits rouges. Nous nous sommes salués d'un signe de tête, comme de lointaines connaissances, puis il a disparu dans les toilettes.

Devant la porte d'entrée du restaurant, j'ai bien regardé autour de moi avant de regagner la terrasse. En particulier en direction du bar sur la plage où, à peine un quart d'heure plus tôt, plusieurs hommes m'avaient renversé sur le sable et plaqué au sol. Il était désert. Pas la moindre trace de Ralph, de Stanley ou des trois filles. La boule de papier toilette humide encore plaquée contre mon œil larmoyant, je me suis faufilé entre les tables. Peut-être était-ce mon imagination, mais j'avais l'impression que mon œil s'était mis à battre – pas l'œil lui-même, plutôt l'espace derrière l'œil là où les muscles et les tendons maintiennent l'œil en place dans son orbite, d'après ce que j'avais appris pendant mes cours. Mes cours d'ophtalmologie durant lesquels je *faisais semblant* d'écouter. À chaque nouvelle diapositive que le professeur projetait sur l'écran, je me ratatinais sur mon banc. Sur une des diapos figurait un œil totalement sorti de son orbite, seulement rattaché au crâne par des veinules gorgées de sang. J'avais poussé un tel gémissement que le professeur s'était interrompu pour demander si quelqu'un ne se sentait pas bien.

Je sentais maintenant des battements derrière mon œil, des battements correspondant parfaitement au rythme de la basse que diffusaient les baffles disséminés sur la terrasse – si parfaitement que les deux rythmes devenaient indissociables.

Peut-être n'avais-je pas fait attention ou mon œil fermé m'avait-il ôté toute notion de profondeur. Toujours est-il qu'une jeune fille assise à l'une des dernières tables de la terrasse s'est levée brusquement, que son épaule gauche m'a heurté juste en dessous du nez, que j'ai reculé en titubant et suis tout juste parvenu à reprendre mon équilibre avant d'atterrir sur les genoux d'un homme pratiquement nu.

« Désolé », ai-je dit à l'homme. Je me suis tâté le nez et j'ai regardé mes doigts. Pas de sang.

« Désolée », a dit la jeune fille aussi. Elle a jeté un regard inquiet à ma main qui tenait la boule de papier toilette appuyée contre mon œil, mais avant qu'elle n'ait pu tirer de fausses conclusions, je lui ai assuré : « C'est bon, c'est OK. Il n'y a pas de problème. »

La jeune fille n'était pas grande, mais elle était grosse. J'ai pu alors l'observer, et pour la deuxième fois en cinq minutes, j'ai vu un visage vaguement familier. Mais cette fois, il ne m'a fallu que quelques secondes pour la reconnaître : la jeune femme de l'agence de location... Celle qui nous avait promis de nous envoyer le réparateur le plus vite possible pour résoudre le problème d'eau.

Soudain, j'ai su qui était l'homme qui venait de secouer la porte des toilettes. Le réparateur ! Le réparateur qui avait grimpé sur le toit pour déboucher le réservoir d'eau. Ces deux-là étaient pourtant bien en couple ? J'ai regardé ses yeux et je me suis aperçu qu'ils étaient pleins de larmes. Et cerclés de rouge. Elle a cligné des yeux et bégayé encore quelques excuses.

J'ai levé la main pour lui signifier : *Ce n'est pas grave*. Peut-être le réparateur venait-il de mettre un terme à leur relation ? Elle avait des taches rouges sur les joues. Elle avait pleuré quand il avait rompu. Elle avait pleuré et s'était frotté fort les yeux et les joues. Une idée m'a traversé l'esprit : est-il injuste que des jeunes femmes avec un tel physique se fassent en plus larguer ? Ou est-ce qu'elles se tiennent toujours prêtes ? Est-ce qu'elles n'attendent rien d'autre et s'estiment déjà heureuses quand, pendant quelques semaines (ou quelques heures), un réparateur en sueur pose ses lèvres dans leur cou et leur chuchote des mots doux à l'oreille ?

« Je... je dois y aller, ai-je dit. Ça va ? »

Elle a acquiescé d'un signe de tête. Les taches sur son visage m'empêchaient de bien m'en rendre compte, mais il m'a semblé qu'elle rougissait de nouveau. Elle m'a vite contourné et elle est partie en direction du restaurant.

Personne n'a fait particulièrement attention à moi quand je suis passé devant le bar sur la plage. Manifestement, les hommes qui nous avaient plaqués au sol, Ralph et moi, étaient allés se distraire ailleurs. Une centaine de mètres plus loin, Lisa et Thomas couraient encore derrière un ballon de football, avec tout un groupe d'enfants de leur âge. Ils n'avaient heureusement rien remarqué du tumulte près du bar. Juste avant de m'enfermer dans les toilettes pour examiner mon œil, j'avais croisé Lisa.

« Tu veux bien rester dans les parages ? lui avais-je demandé. Je suis là-bas aux toilettes s'il y a un problème. » Je lui avais désigné le restaurant, mais j'avais l'impression qu'elle ne m'avait pas écouté. « D'accord », m'a-t-elle répondu sans me regarder et elle est repartie en courant sur le sable, derrière Thomas et trois autres garçons qui faisaient avancer la balle en dribblant du pied.

Ralph était parvenu seul à se dégager des hommes qui le maintenaient au sol. En jurant et en protestant, il avait ramassé le sac en plastique contenant les feux d'artifice et s'était dirigé à grands pas vers la mer. On m'avait pour ma part déjà relâché. « Viens, Marc ! m'avait-il crié. Laisse ces connards protéger des putes si ça peut leur faire plaisir ! » Mais il ne s'était pas retourné pour vérifier si je le suivais.

Quant à savoir où était Stanley, cela restait un mystère. Je m'étais levé, j'avais tapoté ma chemise et mon short pour en retirer le sable et regardé (avec un seul œil) autour de moi.

C'est à ce moment-là que la jeune amatrice de vodka originaire de Lettonie a perdu connaissance.

Elle était restée parmi nous, son verre vide à la main, et soudain elle s'est effondrée. En silence. Une feuille qui tombe d'un arbre, rien de plus. Les hommes se sont penchés au-dessus d'elle. On lui a tapé les joues avec le plat de la main. Une personne lui a tenu une poivrière sous le nez. Une autre a pris un torchon humide au bar et lui a tamponné le front. Quelqu'un lui a soulevé la paupière, mais on ne voyait que le blanc de l'œil. J'ai vite détourné le regard puis tâté mon œil malgré moi.

« Un médecin, a dit quelqu'un. Il faut aller chercher un médecin. »

Cela aurait été possible. J'aurais pu m'en aller. Personne ne faisait plus attention à moi. J'ai pris une profonde inspiration et regardé la mer. À présent, les fusées se faisaient rares, la mer était noire, obscure, sous un ciel parsemé d'étoiles. Dans le silence qui régnait entre les pulsations de la basse, on entendait le murmure du ressac.

« Je suis médecin », ai-je dit.

29

Plus tard, je me suis souvent demandé la tournure qu'auraient prise les choses si la jeune Lettone était restée debout sur ses jambes. Si j'aurais pu arriver à temps. J'ai fait calculs sur calculs, sans jamais réussir à le savoir. C'est un peu comme lorsqu'on dit une chose à quelqu'un, une chose terrible. Du moins, on pense que c'est une chose terrible. On n'en dort pas la nuit et on reconstitue la conversation. Mais au bout d'un certain temps, les mots deviennent de plus en plus vagues. Le lendemain, on rassemble son courage. Est-ce que je t'ai dit quelque chose ? demande-t-on. Mais de quoi parles-tu ? obtient-on comme réponse.

Toujours est-il qu'il m'a fallu un quart d'heure pour ramener à elle l'amatrice de vodka. Je lui ai tâté le pouls, j'ai posé mon oreille contre ses seins pour écouter si elle avait du liquide (de la vodka !) dans les poumons. *Entre* ses seins, devrais-je dire. C'était une question de vie ou de mort, je le savais par expérience. Les filles de ce gabarit – elle ne pesait même pas quarante kilos, comme j'ai pu m'en assurer quand je l'ai soulevée dans mes bras – peuvent mourir brutalement d'un excédent d'alcool. Le corps ne sait pas ce qu'il doit faire de toute cette boisson. Il n'y a pas la place. Le cœur fait des heures supplémentaires, il pompe partout le surplus, mais le sang, au désespoir, ne fait que parcourir les veines à toute allure, sans nulle part où aller. Au bout d'un certain temps, le cœur flanche. La pompe s'affaiblit peu à peu, jusqu'à s'immobiliser. Je n'avais pas le temps de me demander ce que les hommes penchés au-dessus de nous pouvaient penser : j'ai posé mon oreille entre ses seins. Ils étaient petits, ils atténuaient à peine le bruit des violents battements. Le cœur battait lentement et fort. Le dernier stade. Il allait s'arrêter d'ici cinq minutes. J'ai glissé mon avant-bras gauche sous la tête de la jeune femme et je l'ai légèrement soulevée. En même temps, j'ai appuyé ma main droite à plat sur son ventre. J'ai senti un relent de vodka quand j'ai posé ma bouche sur la sienne. Un bouche-à-bouche. J'ai rarement eu l'occasion de le pratiquer. Une fois, je l'avais fait dans un camping à un noyé, père de trois enfants. Il avait glissé du toboggan aquatique, sa tête avait heurté le bord de la piscine et il avait coulé directement au fond. Une autre fois, j'avais sauvé un écrivain âgé dans mon cabinet. Il avait perdu connaissance tandis que je lui débouchais les oreilles avec une poire. Je m'en souviens encore très bien : j'avais regardé fixement la cuvette argentée que je tenais à la main, la boule noire de cérumen qui flottait dans l'eau. Puis j'avais regardé l'écrivain. Il était tombé de côté sur la table de soin. J'avais, comme il m'arrive assez souvent de le faire, réfléchi aux choix qui se présentaient à moi en tant que médecin. Quelle est la priorité ? Tous les médecins sont tôt ou tard confrontés à cette question. Même si nous le nions tous. En fait, cela relève de considérations très simples. Des considérations que l'on n'a jamais le droit d'exprimer à haute voix. Un père de trois enfants a droit à un bouche-à-bouche plus qu'un écrivain dont l'œuvre est à peu près achevée. Quand on a « connu son apogée », comme on dit, il y a peu de chances qu'on produise encore quoi que ce soit de nouveau. En cas de naufrage, les femmes et les enfants sont les premiers évacués. Dans un monde idéal, le vieillard étiolé cède sa place dans le canot de sauvetage à la jeune mère et son enfant. Le vieillard est biologiquement épuisé. Mais une belle jeune femme venue d'aussi loin que la Lettonie qui meurt sur une plage d'une intoxication par l'alcool, c'est une perte. J'avais conscience du spectacle que nous offrions aux personnes présentes. Celles qui venaient de se joindre à l'assistance et n'étaient encore au courant de rien. Ce qu'ils voyaient, ce n'était pas un médecin occupé à sauver une vie, mais un homme penché sur une jeune femme et lui plaquant les lèvres sur la bouche. La main d'un homme posée sur le nombril d'une jeune femme…

Je lui ai pincé le nez et j'ai soufflé de l'air dans ses poumons. En même temps, j'ai appuyé énergiquement sur son ventre. Cela a suffi. Tout est remonté. Je n'ai même pas eu le temps d'éloigner mes lèvres des siennes. Une vague de vodka est entrée dans ma bouche. Et pas seulement de la vodka. Un mélange toxique d'alcool, de restes de nourriture à moitié digérés et de sucs gastriques. Je l'ai redressée brutalement, pour qu'elle ne s'étouffe pas dans son propre vomi. Je me suis léché les lèvres et j'ai craché plusieurs fois dans le sable. Le reste a dégouliné sur son ventre et ses jambes. Mais elle a ouvert les yeux. Elle a produit un son. Un son d'abord indéterminé, un gargarisme qui venait de très loin, comme celui d'un évier bouché dont l'eau soudain recommence à s'évacuer. Puis d'autres sons et des mots sont venus. Dans sa propre langue, manifestement.

Le letton. Je me suis levé et j'ai maintenu ses bras au-dessus de sa tête. De l'air. De l'oxygène. Il était à présent indispensable qu'elle inspire de l'oxygène. Parmi les hommes qui nous avaient tenus en respect, Ralph, Stanley et moi, certains ont applaudi. C'est généralement le moment le plus beau. Le médecin. Le médecin qui vient de sauver une vie. Pendant quelques minutes, il est sous le feu des projecteurs. Le père des trois enfants était venu, le lendemain du sauvetage, apporter une bouteille de vin. Cela aurait pu tourner beaucoup plus mal, se disent-ils tout d'un coup. Puis ils oublient.

La foule s'est écartée quand, l'œil gauche fermé, je me suis dirigé vers le restaurant. Ici et là, on m'a tapoté l'épaule. Quelqu'un a levé le pouce et m'a fait un clin d'œil. J'ai entendu dans plusieurs langues des propos élogieux. Mais je me suis soudain senti terriblement inquiet. Peut-être avais-je pris trop à la légère, me suis-je dit tout d'un coup, le simple fait que ma fille de treize ans soit partie avec un garçon de quinze ans pour se rendre dans un café sur la plage un kilomètre et demi plus loin. Je n'avais pas voulu faire l'enfant. J'avais certes été agacé que Ralph ait donné son autorisation à Alex et Julia sans m'attendre, mais j'avais aussitôt oublié. J'avais – j'ai du mal à le reconnaître – *d'autres choses* en tête. Ces autres choses avaient relégué au second plan le fait qu'une jeune fille de treize ans ait traversé une étendue de plage sombre en direction d'un café plus éloigné. J'ai essayé de ne pas trop laisser mon imagination s'emballer. J'ai fait tous les efforts possibles pour la brider. D'abord cet œil, me suis-je dit. Avec un œil fermé, douloureux et palpitant, j'étais pour ainsi dire invalide. Mais quand je suis entré dans les toilettes et que j'ai tenté une première fois de regarder dans le miroir, je ne suis plus parvenu à me maîtriser. Des idées qui tôt ou tard traversent l'esprit de tous les pères m'ont assailli. Tous les pères des filles, devrais-je dire. L'étendue sombre de la plage. La partie du parc entre l'école et la maison, mal éclairée, qu'il faut traverser pour rentrer de la fête de l'école. Ce soir, les ivrognes étaient nombreux. J'ai pensé à Alex. De ce côté-là, ma fille n'avait probablement rien à craindre. C'était un gentil garçon, un peu apathique, qui aimait la tenir par la main – et qui sait : peut-être aussi aller plus loin. En tout cas, bien trop gentil et trop apathique pour défendre ma fille contre de dangereux ivrognes, le cas échéant. Quelque part dans l'étendue sombre de la plage ou dans l'autre café. Je n'ai pas envisagé d'autres possibilités. Il me paraissait improbable que Julia se laisse aller à la façon de la jeune Lettone amatrice de vodka. Pendant les vacances, au restaurant, elle avait le droit de prendre une gorgée de notre vin ou de notre bière, pour goûter. Mais cela ne lui faisait pas vraiment envie. Elle portait le verre à ses lèvres et grimaçait, elle semblait presque le faire pour nous plutôt que pour elle-même. Non, je pensais surtout aux dangereux ivrognes qui verraient dans une jeune fille de treize ans une proie facile. Des hommes répugnants. Des hommes comme Ralph, me suis-je dit soudain.

Et j'ai aussi pensé à autre chose. J'ai pensé à Caroline. J'ai déjà dit que j'ai souvent joué le rôle du père accommodant, qui autorise tout – enfin, peut-être pas tout, mais certainement plus qu'une mère toujours bien trop inquiète. Ce rôle me va parfaitement tant que Caroline et moi sommes ensemble, mais dès que je suis seul, je panique. Sur une terrasse ou dans un grand magasin, *sur une plage !* – dans tous les endroits bondés ou au contraire déserts, les endroits mal éclairés, je regarde plus souvent autour de moi pour m'assurer que je ne les ai pas perdues. Cela m'arrive moins souvent maintenant que lorsque Julia et Lisa étaient petites, mais tout de même… Ma panique prenait deux visages. D'un côté l'idée effrayante que n'importe quoi pouvait arriver n'importe quand : un ballon qui roule dans une rue très passante, un kidnappeur d'enfant, une grosse vague qui les entraîne vers la haute mer. De l'autre, le visage de Caroline. Ou plutôt : sa voix. *Tu n'aurais pas pu faire plus attention ?* disait la voix. *Comment as-tu pu la laisser seule avec toute cette circulation ?* Il m'est arrivé de me demander si j'aurais paniqué autant en étant seul. Vraiment seul, je veux dire. Un père seul. Un *veuf*. Mais ce mot figeait net toute extrapolation. Mon imagination s'enrayait. Je me disais : il ne faut vraiment pas penser à ce genre de choses – et mon imagination mourait de sa belle mort.

À présent aussi j'entendais la voix de Caroline. *Comment as-tu pu la laisser partir seule avec ce garçon vers ce café sur la plage ?* J'ai regardé dans le miroir des toilettes. Mon œil injecté de sang. Je préparais ma réponse mentalement : *Je n'ai rien pu faire. Ils étaient déjà partis. Ralph et Judith leur avaient donné la permission…*

Ma réponse ne tenait pas la route, je le savais. C'était une réponse de rien du tout.

Et avant que la voix de Caroline ait pu prononcer la phrase suivante – *Si je vous avais accompagnés, ça ne serait jamais arrivé* – j'ai pris ma décision.

30

Bien sûr, j'ai d'abord essayé son portable. Il y a un an, quand Julia avait quitté l'école primaire pour le collège, nous lui avions donné un téléphone portable. Pour plus de sécurité, nous disions-nous. Comme cela, elle pourra toujours nous appeler, et nous aussi – pensions-nous. Mais Julia est très vite passée maître dans l'art d'allumer son portable quand bon lui semblait. « Il était dans mon sac, je ne l'ai pas entendu », disait-elle alors. Ou : « Je n'avais plus de batterie. »

Je n'ai donc pas été étonné quand, au bout de trois sonneries, son téléphone a basculé sur le répondeur. Laisser un message n'avait aucun sens, je le savais. Elle n'écoutait strictement jamais son répondeur. Je n'étais pas surpris, mais d'un autre côté pas inquiet non plus. Il était fort possible qu'elle n'ait pas son portable sur elle, qu'elle l'ait laissé dans la maison de vacances. Et si elle l'avait, c'était par excellence la soirée où il ne fallait pas le laisser allumé : à la plage sous un ciel étoilé en compagnie d'un garçon sympathique, quelle jeune fille de treize ans voudrait que des parents geignards l'appellent ?

« Tu as vu Judith ? » ai-je demandé à Lisa, quand j'ai fini tant bien que mal par attirer son attention et qu'elle s'est approchée de moi en soupirant.

« Qui ? » Elle n'écoutait pas vraiment, son regard restait fixé sur les garçons qui jouaient au football.

« Judith. La mère de Thomas. »

Elle n'a pas répondu. Elle avait le visage en sueur, elle a balayé une mèche devant ses yeux.

« Lisa…

— Oui ?

— Je t'ai posé une question.

— Pardon, qu'est-ce que tu m'as demandé ? » Elle m'a regardé pour la première fois. « Tu as quoi à l'œil, papa ? »

J'ai fermé mon œil aussi fort que j'ai pu puis j'ai essayé de le rouvrir. En vain. Il s'est mis aussitôt à pleurer.

« Rien. J'ai un… j'ai reçu une… quelque chose est entré à l'intérieur, un insecte je crois…

— La mère de Thomas est là-bas », m'a dit Lisa en pointant le doigt vers la plage, au-delà du terrain de football improvisé. La plage montait légèrement à cet endroit, puis l'eau s'étendait juste derrière. Judith était assise dans le sable, les jambes relevées. D'abord elle ne m'a pas vu agiter le bras, puis si. Elle a repondu par un geste.

Tu peux retourner jouer, étais-je sur le point de dire à Lisa, mais elle avait déjà filé. J'ai traversé le terrain des footballeurs.

« Alors, a dit Judith quand je me suis arrêté devant elle. Tu as encore allumé beaucoup de fusées ? »

Elle avait une cigarette entre les doigts. J'ai tâté la poche de mon pantalon et j'en ai sorti mon propre paquet. Je me suis penché vers elle pour qu'elle me donne du feu.

« Je vais aller jusqu'à l'autre café de la plage, ai-je dit. Celui où sont Alex et Julia. »

J'avais essayé de paraître aussi détendu que possible, mais peut-être avait-elle tout de même décelé une certaine inquiétude dans ma voix.

« Tu veux que je t'accompagne ? » a-t-elle demandé.

J'ai tiré sur ma cigarette. À moins de cinq mètres de nous, les vagues déferlaient sur le sable. Des embruns m'éclaboussaient le visage. « Je ne sais pas… » J'ai fait un geste en arrière, vers l'endroit où nos cadets jouaient au football.

« Ah, ils ne font pas vraiment attention à nous. Il y a beaucoup de monde. Tant qu'ils restent ici… » Elle s'est levée. « Je vais juste prévenir Thomas que nous allons revenir tout de suite. Qu'est-ce que tu as à l'œil ? »

L'étendue sombre de la plage s'avérait moins obscure que je me l'étais imaginé. Ici et là, en retrait sur les dunes, se dressaient des maisons de vacances aux terrasses éclairées. Au bout d'une dizaine de minutes, les pulsations de la musique se sont atténuées tandis que le bruit en provenance de l'autre café s'amplifiait. Une autre musique manifestement : de la salsa, ou en tout cas quelque chose de sud-américain. Judith avait retiré ses claquettes et les portait à la main.

L'inquiétude que je venais de ressentir s'est aussitôt dissipée. Comme cela m'arrivait souvent, je m'étais inquiété pour rien, c'est ce que je me disais. Qu'aurait-il pu se passer ici ? De temps en temps, nous croisions des groupes, essentiellement des garçons, des adolescents en bermuda, des adolescentes en bikini, quelques couples enlacés qui se promenaient et s'arrêtaient tous les cinq mètres pour s'embrasser.

« Je suis désolée d'être partie brusquement, a dit Judith. Mais je ne peux vraiment pas supporter Ralph quand il est comme ça. On dirait un gamin. Il oublie parfois qu'il a lui-même des enfants. Cela m'exaspère totalement qu'il se comporte de cette manière en leur présence. »

Je n'ai rien dit. Je suis venu marcher plus près d'elle, nos bras se sont effleurés. Je percevais une odeur imprécise : l'air marin mêlé aux effluves d'un parfum ou d'un déodorant. Ce n'était qu'une question de temps, je le savais. Ou plutôt : de *timing*. Il était trop tôt pour l'agripper dès maintenant par la taille. J'évaluais la distance jusqu'aux lumières de l'autre café. Dix minutes. Dans dix minutes, elle serait entièrement à moi. Mais il fallait que je manœuvre habilement. Pas vraiment habilement bien sûr, mais habilement à ses yeux.

« Moi cela me fait plutôt rire, ai-je dit. De voir Ralph s'absorber entièrement dans ce genre de choses. Qu'il soit en train de nager avec un tuba ou de découper un espadon en morceaux, il met le même enthousiasme dans tout ce qu'il fait. La même énergie. Parfois j'en suis presque jaloux. Je n'ai pas cette énergie. »

Les femmes critiquent leur mari. Toutes les femmes. Elles ont parfois tout simplement besoin de s'épancher. Mais il ne faut jamais aller dans leur sens. Jamais. Il ne faut pas leur donner l'impression qu'elles ont fait le mauvais choix. Au contraire. Il faut justement défendre le mari critiqué. En le défendant, on fait indirectement aux femmes un compliment sur leur bon goût.

« Tu trouves ? a dit Judith. Parfois, cela me fatigue. Toute cette énergie. »

Un peu plus tôt sur la plage, au moment du lancer de marmite, Ralph avait qualifié sa femme de râleuse.

Il avait à mon avis parfaitement raison. Judith était une râleuse. Depuis qu'on avait allumé les fusées dans le jardin, elle n'avait cessé de se plaindre et de bêler *pour rien*. Mais elle était belle et elle sentait bon. Ce n'était pas une bonne idée d'épouser une femme comme Judith. Cela obligeait à toujours retirer ses pieds de la table quand elle entrait dans la pièce. Tondre le gazon à temps et ne pas boire de bière au lit. Subir son expression grave au moindre rot ou pet, la même que plus tôt dans la soirée, lors du lancer de marmite. Mais je n'étais pas marié avec elle. Heureusement. Je l'avais juste pour la soirée. Ou tout au plus pour quelques occasions, plus tard, quand nous serions tous rentrés de vacances.

Je trouvais difficile de le reconnaître ouvertement, il était même fort possible que je n'en sois pas tout à fait conscient, mais ses lamentations suscitaient justement en moi une certaine excitation. Une femme qui ne sait pas rire quand des hommes pètent. Qui, si elle en avait la possibilité, demanderait à ces hommes de *sortir de la salle de classe*, les obligeant à attendre dans le couloir qu'elle les appelle et les autorise à rentrer. Dans mon short, j'ai senti que mon sexe cherchait à se faire de la place à cette pensée. J'ai réprimé la tentation d'agripper Judith sur-le-champ et de la plaquer sur le sable sans plus de détours. De prendre l'initiative. Un semi-viol, les femmes adorent ça. Toutes les femmes.

« Je peux imaginer que cela te fatigue, ai-je dit. D'un autre côté, tu dois rarement t'ennuyer avec un homme comme Ralph. Je veux dire, il a toujours une nouvelle idée. »

Pour ma part, je m'ennuierais à mourir, j'en étais certain. Il suffirait d'une journée. Mais je n'étais pas une femme. Je n'étais pas une femme comme Judith.

Je n'étais pas une râleuse. Une mijaurée. Une mijaurée lubrique, certes, mais dont le charme réveillait tous les fantasmes masculins sur les femmes occupant un poste à responsabilité (les hôtesses de l'air, les maîtresses d'école, les prostituées). L'essence de ce charme était surtout terriblement *transparente*. Et c'était cette transparence qui m'excitait le plus, je le savais. Les femmes qui se plaignent de tout. Des feux d'artifice, du bruit exagéré que font les voisins et des marmites projetées à des centaines de mètres dans l'air, de leurs propres maris qui se comportent comme des petits garçons, mais en attendant, ces femmes… En attendant ces femmes sortent votre machin d'un seul coup de votre pantalon et veulent qu'on le leur enfonce bien profond – jusqu'à ce qu'il ne puisse plus aller plus loin.

« C'est juste qu'il me manque souvent de respect, a dit Judith. En présence des autres, pour moi c'est ça le pire. Il arrive toujours à me présenter comme quelqu'un qui se plaint de tout. Et comme je n'ai pas envie de me disputer devant les autres, je m'en vais.

— OK », ai-je dit.

OK, c'était une nouvelle expression à la mode. Au début, j'avais tenté de m'y opposer parce que mes filles l'utilisaient à tort et à travers mais, comme cela arrive souvent avec les expressions à la mode, elle était contagieuse. Et pratique car elle avait deux significations : non seulement on acquiesçait, mais aussi on comprenait ce que voulait dire notre interlocuteur.

« J'ai examiné attentivement la question, a poursuivi Judith. Il n'a pas cette attitude qu'avec moi. Il l'a avec toutes les femmes. Je veux dire, d'un côté il est tout à fait charmant, mais d'un autre il considère les femmes tout simplement comme moins intelligentes que les hommes. Je ne sais pas, c'est quelque chose dans son ton, dans sa façon de les regarder…

— OK, ai-je répété.

— Soyons clairs : Ralph est vraiment un homme à femmes. C'est aussi précisément ce qui m'a séduit chez lui au départ. Cette façon qu'il a de vous regarder, *de me regarder moi*, on se sent belle en tant que femme. Désirable. C'est très agréable pour une femme, de voir un homme vous regarder de cette manière. Mais vous ne tardez pas à vous apercevoir qu'un homme à femmes ne regarde pas que vous de cette manière, mais toutes les femmes. »

Cette fois, j'ai préféré ne rien dire. J'ai pensé à l'homme à femmes Ralph. Aux regards concupiscents qu'il avait portés sur Caroline.

« Est-ce que Caroline t'en a déjà parlé ? a demandé Judith. Je veux dire : tu as une très belle femme, Marc. Cela ne m'étonnerait pas.

— Non, pas vraiment. Je crois que non. En tout cas, elle ne m'a rien dit. »

J'ai regardé, droit devant moi, les petites lumières de l'autre café sur la plage qui se rapprochaient. Je devais agir vite, bientôt il serait trop tard – mais c'était le mauvais moment. La mauvaise conversation surtout.

« Et puis il y a autre chose », a dit Judith. Elle s'était arrêtée. C'était un bon point. Tant que nous n'étions pas en mouvement, le temps s'arrêtait lui aussi. « Tu dois me promettre que tu ne le diras à personne d'autre. À personne. Même pas à ta femme. »

Je l'ai regardée. Je ne voyais pas bien son visage, seulement le contour de ses cheveux avec en toile de fond la mer dont s'entendait le murmure dans l'obscurité. Cela, et quelque chose qui se réfléchissait dans ses yeux : une petite lumière, un scintillement, rien de plus que la lueur de la flamme d'une bougie.

« Je te le promets », ai-je dit. La plage était déserte. Je n'avais qu'à avancer d'un pas. Un pas et j'enfouirais mes mains dans ces cheveux, j'appuierais mes lèvres sur les siennes, puis plus bas – nous commencerions par nous agenouiller dans le sable, le reste irait de soi.

« Parfois, à de rares occasions, il me fait peur, a dit Judith doucement. Nous nous disputons, par exemple, et je le vois soudain dans ses yeux. Je pense : maintenant il va me frapper. Attention : il n'a jamais levé ne serait-ce que le petit doigt sur moi. Il lui est arrivé de casser des services entiers en les lançant contre le mur, mais il ne m'a jamais frappée. Je ne l'ai vu que dans son regard. Je me suis dit, là maintenant, mentalement, il est en train de me frapper. Mentalement, il m'envoie dinguer aux quatre coins de la pièce.

— OK, ai-je dit, mais cela m'a paru soudain insuffisant. Mais tant qu'il ne le fait que mentalement, ce n'est pas très grave », ai-je ajouté.

Judith a poussé un profond soupir. Elle m'a pris par le poignet. J'ai réprimé la tentation de l'attirer vers moi d'un seul geste.

« Non, mais je finis par devenir méfiante. J'ai toujours gardé le sentiment que cela pourrait vraiment arriver un jour. Qu'il perde le contrôle de lui-même et se mette soudain à me frapper au visage. Parfois, je me dis qu'il le sait, d'ailleurs. Que c'est ce que je pense, je veux dire. Et que c'est pour cette raison que ce n'est pas encore arrivé.

— Et vous en avez déjà parlé ? Je veux dire : est-ce qu'il ne vaudrait pas mieux parler de ce genre de chose ? Avant que cela ne se produise vraiment, je veux dire. »

Je lâchais ce qui me passait par la tête. Je n'en avais que trop conscience. Tout bien considéré, je me foutais pas mal de ces histoires. Mais je ne devais surtout rien en laisser paraître, bien sûr. Je devais continuer à jouer l'homme à l'écoute, compréhensif. Feindre un intérêt sincère. Seul l'homme compréhensif obtiendrait bientôt ce à quoi il avait droit.

« Qu'est-ce que tu en penses ? a demandé Judith. Tu crois que Ralph pourrait soudain devenir violent ? »

J'ai pensé à la jeune Norvégienne qu'il avait fait tomber sur le sable en la serrant par le poignet à peine une heure plus tôt et à qui il avait essayé de donner des coups de pieds dans le ventre. Mentalement, je l'entendais hurler à nouveau *espèce de salopes !*

« Non, cela me paraît très peu probable, ai-je répondu tandis qu'à mon tour je saisissais le poignet de Judith. Je pense, en fait, que Ralph a un trop-plein d'énergie. Ce genre de personnes peut s'emporter. Il faut qu'elles libèrent cette énergie. Mais, d'après moi, il se débrouille pour s'en débarrasser à temps. Avec tout ce qu'il fait, je veux dire. Sa façon de s'investir dans tout. Recourir à la violence contre des femmes, contre sa propre femme, ne fait pas partie du tableau, à mon avis. » Je lui ai caressé le poignet avec mon pouce. « Il est bien trop gentil, ai-je surenchéri.

— Maman. »

Nous n'avions pas vu ni entendu Alex arriver. Il était à présent à quelques mètres de nous.

Judith et moi avons lâché en même temps nos poignets. Trop vite, me suis-je aussitôt aperçu : pris au dépourvu.

« Hé, Alex ! a dit Judith.

— Maman… »

Il s'est encore approché de deux pas. Quelques boucles blondes pendaient devant ses yeux. On ne le distinguait pas très bien dans la pénombre, mais son visage luisait. Comme s'il était humide. De la transpiration ? Des larmes ?

« Où est Julia ? a demandé Judith.

— Maman… », a-t-il répété. Je l'entendais à présent à sa voix : il pleurait. Il a fait un dernier pas en direction de sa mère et lui a entouré les épaules de ses bras. Il était presque aussi grand qu'elle. Judith a posé une main sur sa nuque et l'a serré contre elle. « Alex, qu'est-ce qu'il y a ? Où est Julia ? »

31

Où est Julia ? Quand je rembobine ma vie, je commence la plupart du temps par ces mots. Il n'y a aucune raison d'aller plus en amont. On voit une plage et une maison de vacances, une piscine et des feux d'artifice, des morceaux d'espadon qui grésillent sur la grille d'un barbecue. Des images de vacances ordinaires. Des images neutres. Sans signification particulière. À partir de *Où est Julia ?*, ma vie n'a fait que défiler en marche avant. Ce n'était pas tant que les photos de vacances avaient soudain acquis une connotation ou une signification rétroactive. Non, c'est autre chose : on a tout simplement voulu ne plus jamais les voir.

« Que s'est-il passé, Alex ? » a demandé Judith en continuant de serrer son fils contre elle. Il n'a pas répondu, continuant de sangloter doucement contre la poitrine de sa mère.

Je ne cherche pas à me justifier rétrospectivement. J'ai fait ce que j'ai fait. Si c'était à refaire, je m'y prendrais exactement de la même manière, disent les gens pour justifier leurs propres gestes précipités. Moi pas. Je ferais tout autrement. Tout.

« Où est ma fille, nom de Dieu ? ai-je hurlé en agrippant le bras d'Alex et en l'arrachant brutalement à l'étreinte de sa mère. Qu'est-ce que tu lui as fait, salaud ?

— Marc ! »

Judith a pris son fils par le poignet et essayé de le ramener à elle.

« Et toi, ai-je dit calmement. Ta gueule. »

Elle m'a regardé fixement, puis elle a lâché Alex.

« Désolé, ai-je dit et je me suis dirigé vers le garçon. Julia. Où est Julia ?

— Je… je ne sais pas », a-t-il balbutié.

Puis il s'est mis à raconter, par bribes et sans chronologie précise. J'ai réprimé la tentation de l'interrompre sans arrêt. Concentration, me disais-je. Se concentrer et essayer de ne rien manquer. Être à l'écoute. Être à l'écoute comme le médecin que je suis. J'en étais capable si je le voulais. Établir un diagnostic en une minute. Tirer une conclusion. En une minute, pour avoir les dix-neuf autres pour moi.

Alex et Julia avaient marché jusqu'à l'autre café sur la plage. Là-bas, ils avaient pris une boisson au bar. « Du Coca, maman, je te jure ! Et Julia du Fanta. » Ils avaient regardé les gens danser pendant un moment. Julia avait eu envie de danser, mais pas lui. Elle l'avait un peu tiré vers elle, il ne fallait pas qu'il soit si rabat-joie, allez viens, allez, on va danser. Il avait tenu bon. Il y avait aussi des adolescents, mais surtout des adultes. Et même les adolescents étaient plus âgés qu'eux. Ils étaient vraiment les plus jeunes. Il s'était senti mal à l'aise. Allez, on rentre, avait-il dit. Ils vont se demander où nous sommes depuis tout ce temps. Elle l'avait traité de dégonflé, de trouillard – puis elle était allée seule sur la piste de danse. Il était resté là à la regarder un certain temps, tout seul au bar, elle s'était faufilée dans la foule puis elle s'était mise à danser. Elle ne s'était pas retournée pour le regarder. Elle dansait. D'abord avec un petit groupe de filles toutes plus âgées qu'elle, mais des garçons aussi étaient venus danser autour d'elle. Alex s'était retrouvé confronté à un dilemme. Il était encore possible d'aller la voir, d'aller danser, et tout serait redevenu comme avant – mais il avait peur qu'elle ne se moque de lui, qu'elle ne trouve dans ce cas qu'il était vraiment un dégonflé. C'est l'histoire me semblait familière. C'est l'histoire de tous les hommes, et crédible ne fût-ce que pour cette raison. Il avait aussi ressenti de la colère, disait-il. Elle n'aurait pas dû le planter là comme ça. À un moment donné, il s'était éloigné en direction de la plage. Il allait lui rendre la monnaie de sa pièce, s'était-il dit. Bientôt, elle se mettrait à le chercher et elle ne pourrait pas le trouver. Il avait marché jusqu'au bord de l'eau. Il y était resté un instant, il ne savait plus combien de temps, tout au plus quelques minutes. Sa colère s'était apaisée. Lentement, il était retourné vers le café de la plage, la piste. Il allait la surprendre. Il allait danser avec elle. Mais elle n'était plus là. Elle avait disparu. Il avait sillonné toute la piste, d'avant en arrière et de gauche à droite. À plusieurs occasions, il avait cru la voir, s'était senti soulagé, mais chaque fois c'était une autre fille. Une fille qui lui ressemblait. D'abord il avait fait le tour du bar, puis il était allé voir dans les toilettes des femmes. Il avait essayé d'imaginer ce qui avait pu se passer. Elle s'était lassée de danser et s'était mise à le chercher. Comme elle ne l'avait pas trouvé, elle avait décidé de rentrer. De rentrer vers la plage où étaient ses parents à lui. Ses parents à lui et son père à elle. « Et tu n'avais pas ton portable sur toi ? » l'a interrompu Judith à ce stade de son récit. Et même dans ce cas ? me suis-je dit. Est-ce qu'il aurait dû appeler Julia ? Elle n'avait de toute façon pas son portable sur elle… Mais la question n'était pas si bête, ai-je pensé l'instant suivant. Il aurait pu nous appeler *nous*. Sa mère. Demander si nous avions vu Julia. « Non, a dit Alex. Je l'ai laissé à la maison, il n'était pas chargé. » Il avait refait le tour du café sur la plage. À l'arrière, la plage s'arrêtait et la côte rocheuse commençait. Il avait crié plusieurs fois son nom. Pour finir, il avait décidé que le mieux était de rentrer lui aussi. Il avait commencé à marcher mais le doute l'avait vite repris. Julia aurait-elle fait une chose pareille ? s'était-il demandé. Aurait-elle traversé toute seule cette partie sombre de la plage ? Non, s'était-il dit. Elle ne l'aurait jamais fait. Même si elle avait voulu l'inquiéter en disparaissant purement et simplement. Il était revenu sur ses pas, s'était renseigné auprès des barmans. Une jeune fille de treize ans ? Avec de longs cheveux blonds ? On avait sûrement dû la remarquer… Il avait dû crier pour couvrir la musique. Les barmans parlaient mal l'anglais, mais effectivement, l'un d'eux se souvenait de Julia. Il avait du moins donné une description qui lui correspondait parfaitement. Mais ensuite il avait secoué la tête. Il l'avait vue, disait-il. Sur la piste de danse. Mais pas depuis un certain temps. Est-ce qu'il l'avait vue partir avec quelqu'un ? a demandé Alex. Est-ce qu'elle était partie seule ? Le barman avait haussé les épaules. Désolé, avait-il dit. Je ne l'ai pas vue partir. J'ai seulement remarqué qu'à un moment donné, elle n'était plus là. Alex a recommencé à avoir des doutes. Devait-il interroger d'autres personnes ? Devait-il se remettre à la chercher ? Ou valait-il mieux qu'il retraverse la plage pour nous retrouver ?

J'ai réfléchi rapidement. Je trouvais que le récit d'Alex avait déjà duré bien trop longtemps. Je ne ressentais pas de panique, plutôt une sorte de calme glacial. Mon cœur ne battait pas plus vite, mais plus lentement. Agir. C'était mon fort, agir. Intervenir.

« Mais vous ne l'avez pas croisée ? » a soudain demandé Alex.

C'est là que quelque chose m'a frappé chez lui, quelque chose que je ne parvenais pas à bien définir. Peut-être le ton de sa question : il ne l'avait pas posée pas comme si la réponse l'intéressait vraiment, mais comme s'il était logique de la poser.

Il ne m'a pas regardé en la posant. Il regardait uniquement sa mère. Il *n'osait pas* me regarder, me suis-je dit. Il se sent coupable parce qu'il a perdu ce qui m'appartient. *Ma fille.* Il aurait dû faire plus attention. Je n'aurais jamais dû lui confier ma fille. Je ne l'avais pas fait d'ailleurs ! me suis-je rappelé aussitôt.

J'ai dû me retenir pour ne pas l'agripper et le secouer encore une fois. Nous n'avions pas croisé Julia. Il était possible, du moins pas totalement exclu, théoriquement, qu'elle soit rentrée seule en direction des terrasses et que nous ne nous en soyons pas aperçus. Mais seulement théoriquement. Judith s'était assise bien en évidence sur la partie surélevée de la plage, d'où elle avait regardé Lisa et Thomas jouer au football. J'avais pour ma part passé tout au plus dix minutes dans les toilettes du restaurant. Elle aurait dû nous voir. Nous aurions dû la voir.

Julia était encore quelque part par ici, ai-je décidé. Ici, près du café sur la plage ou dans un rayon d'une centaine de mètres aux alentours. Mon cœur battait lentement, mais fort. Agir maintenant. Il n'y avait pas de temps à perdre, chaque seconde comptait, me suis-je dit brusquement, et j'ai failli rire de cette phrase qui paraissait sortie d'une série policière plutôt que de la vraie vie – la vie qui se déroulait en ce moment (*ma vie !*).

Sans plus prêter attention à Judith et Alex, j'ai commencé à courir vers le bar de la plage.

« Marc ! a crié Judith. Attends ! »

Sans me retourner, j'ai continué de courir. Plus qu'une dizaine de mètres. Puis je me suis dit que ce n'était pas malin. À trois, nous serions plus efficaces. Nous devions chercher Julia tous les trois.

« Venez ! leur ai-je fait comprendre par signes, en m'arrêtant un instant. Dépêchez-vous ! »

Tandis que Judith inspectait les toilettes des femmes, Alex m'a désigné le barman qui lui avait parlé de Julia. J'ai fait signe au barman de s'approcher et je lui ai crié dans l'oreille. Il m'a répondu en criant quelque chose que je n'ai pas compris. Puis il m'a montré les gens qui se bousculaient au bar pour passer commande. « Je suis son père », ai-je crié. Il m'a regardé encore une fois. Peut-être qu'il faisait de son mieux pour partager mon inquiétude, mais il n'y parvenait qu'à moitié. *Les filles grandissent*, pouvais-je lire dans son regard. *Elles font des choses que leur papa n'a pas besoin de savoir.* Je me suis frayé un chemin à travers la foule des danseurs. Demander au hasard à des gens s'ils avaient aperçu une jeune fille de treize ne me semblait pas une bonne idée. Juste en dehors de la piste de danse étaient installés sur le sable quelques tabourets de bar en aluminium et des petites tables hautes. Judith se tenait devant l'une d'elles.

« Où est Alex ? ai-je demandé.

— Je lui ai dit de s'en aller. »

Je l'ai regardée fixement.

« Je lui ai dit de retourner là-bas le plus vite possible, a-t-elle poursuivi. De chercher Ralph, en tout cas. Mais qui sait, peut-être que Julia est là-bas aussi. »

J'ai observé son visage éclairé par les lampes disco clignotantes rouge et jaune. C'était toujours le même visage que j'avais voulu prendre quelques instants plus tôt dans mes mains pour appuyer mes lèvres contre les siennes, mais j'y voyais à présent avant tout la mère inquiète. Pas inquiète pour ma fille, mais pour son propre fils. Je ne sais plus si je le pensais déjà à ce moment-là ou si cela ne m'est venu que beaucoup plus tard, mais quelque chose clochait dans l'histoire d'Alex. En particulier le déroulement chronologique. Combien de temps était-il resté à traîner avant de décider de donner l'alarme ? Il avait pleuré quand il était tombé sur nous à la plage. Mais pleurait-il déjà avant, ou avait-il commencé quand il avait aperçu sa mère ?

« Il aurait pu nous aider, ai-je dit. Il aurait pu nous indiquer quelqu'un ici. Quelqu'un qu'il a vu danser avec Julia par exemple. Peut-être qu'il s'en serait soudain souvenu.

— Sa place est auprès de son père en ce moment. Il ne sait plus où il en est, Marc. Tu as vu à quel point il se sent coupable. Vis-à-vis de toi. »

Auprès de son père, me suis-je dit, et j'ai presque éclaté de rire. Peut-être est-il effectivement entre de meilleures mains avec son père. Peut-être que Ralph peut lui apprendre comment on fait tomber par terre des jeunes filles récalcitrantes.

« Est-ce qu'il a des raisons de se sentir coupable, Judith ? » ai-je demandé – et j'ai aussitôt regretté de l'avoir fait aussi directement. Mais surtout, j'ai regretté le ton que j'ai employé : *accusateur*. Je n'étais pas parvenu à camoufler mes doutes sur la version qu'Alex avait donnée des événements. Et ce n'était pas une bonne idée. Maintenant, sa mère était prévenue. Il serait nettement plus difficile de le surprendre à raconter un mensonge.

« Marc, s'il te plaît..., a dit Judith en clignant des yeux. Alex n'est qu'un enfant. Il a perdu Julia. Mais tu as entendu ce qui s'est passé. Peut-être que ç'aurait été différent si nous avions été là. Mais c'est Julia qui est partie la première, pas lui. »

Je l'ai regardée. Mentalement, j'ai compté jusqu'à dix. J'ai regardé les lumières des lampes disco danser sur son front, ses joues et sa bouche. Cette femme était-elle tout simplement idiote ? Ou au contraire bien plus maline que je ne l'avais pensé jusque-là ? Je ne devais plus rien dire. J'ai eu toutes les peines du monde à me retenir. Tu es toi-même une femme, pauvre conne ! avais-je eu envie de crier. Tu devrais savoir ce qui se peut se passer avec les femmes. Un homme doit protéger une femme. *Même si ce n'est qu'un enfant !*

J'ai pris une profonde inspiration. « Tu as raison, ai-je dit. Il faut éviter de tirer des conclusions hâtives. »

Heureusement, il y a toujours les clichés. Les clichés qui nous jettent une bouée de sauvetage quand nous menaçons de nous noyer en eaux troubles. J'ai vu le visage de Judith se détendre. Elle a pris son téléphone portable et a relevé le clapet.

« Si j'appelais Ralph ? a-t-elle dit. Pour vérifier si Alex l'a déjà rejoint ? Pour que Ralph sache en tout cas qu'il arrive. »

Oui, fais ça, me suis-je dit. Appelle Ralph. Il peut te dire de sa propre expérience que toutes les femmes sont des putes. Comme cela, personne n'aura plus à se sentir coupable. J'ai regardé derrière le visage de Judith l'écume blanche des vagues qui roulaient et se brisaient sur la plage. J'aurais aimé la planter là. Partir sans rien dire. Mais ce n'était pas judicieux, me suis-je dit aussitôt. Pour toutes sortes de raisons, ce n'était pas judicieux.

« Appelle-le, ai-je dit. Pendant ce temps, je vais regarder par là-bas. » J'ai montré la mer, l'endroit où le sable s'arrêtait pour laisser place aux rochers. D'abord les rochers n'étaient pas très haut et s'étalaient sur quelques dizaines de mètres jusqu'à la mer, puis ils s'élevaient assez vite. Derrière un de ces grands rochers, un croissant de lune venait d'apparaître.

C'est dans cette lumière pâle de la lune que j'ai aperçu à ce moment-là un attroupement. À quelques centaines de mètres de nous, à moitié dissimulé derrière un des massifs rocheux qui aboutissaient à la mer. Cinq ou six personnes. Elles regardaient quelque chose. Quelque chose par terre. Elles formaient un cercle autour de quelque chose.

« Ralph ? a dit Judith. Où es-tu ? »

Quelqu'un s'est détaché du petit groupe et s'est mis à courir en direction du café de la plage.

« Qu'est-ce que tu dis ? Où ? » Judith avait enfoncé un doigt dans son oreille et s'était détournée de moi. « Comment ça ? Pourquoi n'es-tu pas… »

Je n'ai pas entendu le reste. J'ai fait plusieurs grands pas, puis j'ai commencé à courir, moi aussi : en direction de l'attroupement, tout en essayant de croiser l'homme parti en courant dans le sens inverse. Il était à présent si proche de moi que j'ai constaté qu'il s'agissait effectivement d'un homme, un homme qui portait un bermuda blanc et un T-shirt blanc, et des chaussures de sport. Blanches elles aussi. C'est le genre de détails dont on se souvient plus tard. On le sait déjà, que l'attroupement et l'homme habillé en blanc ont quelque chose à voir avec soi – ont *tout* à voir avec soi.

« Qu'est-ce qu'il y a ? ai-je crié en anglais. Que s'est-il passé ?

— Une ambulance ! a crié l'homme à bout de souffle. Il faut appeler une ambulance.

— Je suis médecin », ai-je crié. Pour la deuxième fois ce soir-là.

Julia était allongée sur le sable mouillé entre les rochers. Les gens se sont écartés quand je me suis accroupi à côté d'elle et que j'ai tâté son pouls. J'ai posé mon oreille contre sa poitrine et j'ai prononcé doucement son nom. Elle était totalement immobile, la peau de son visage était froide, mais je percevais un léger battement de cœur. Léger mais régulier.

J'ai placé mon avant-bras sous sa nuque et légèrement relevé sa tête. Ce n'est qu'à ce moment-là que mon regard a glissé vers le bas le long de son corps. Je suis son père, mais j'ai regardé comme un médecin. Comme un médecin, j'ai vu en quelques secondes ce qui s'était passé. Les marques qu'elle portait ne laissaient planer aucun doute. En tant que père, je ne rentrerai pas non plus dans les détails sur la nature précise de ces traces. Je n'invoquerai même pas, en l'occurrence, le secret professionnel que doit respecter un médecin, mais tout simplement le droit au respect de la vie privée. La vie privée de ma fille bien entendu.

Je me limiterai par conséquent à rendre compte des pensées qui à ce moment-là m'ont traversé l'esprit.

Celui qui est responsable de cet acte n'est encore vivant que sur le plan biologique, me suis-je dit. Il se promène encore ici en ce moment, parce que c'est tout simplement ce que font des organismes humains : se promener. Le cœur pompe. Le cœur est une force brute. Tant que le cœur continue de faire circuler le sang, nous bougeons. Mais un jour il s'arrêterait. Mieux valait aujourd'hui que demain. J'allais, en tant que médecin, m'en occuper personnellement.

« Papa… »

Julia a cligné des yeux, puis elle les a refermés.

« Julia. »

J'ai secoué sa tête, posé mon autre main à l'arrière pour la soutenir. J'ai enfoui mes doigts dans ses cheveux et j'ai serré ma fille contre ma poitrine.

« Julia », ai-je répété.

32

Caroline n'a rien dit. Elle n'a pas prononcé en tout cas les mots que je redoutais. *Mais au nom du ciel, comment as-tu pu la laisser aller seule à ce café sur la plage ? Pourquoi n'es-tu pas parti tout de suite à sa recherche ? Si tu étais allé la chercher tout de suite, cela ne se serait jamais produit !*

Non, elle n'a strictement rien dit quand j'ai soulevé dans mes bras Julia pour la porter de la banquette arrière de la voiture à l'intérieur de la maison de vacances. Elle a juste mis – très brièvement, deux secondes tout au plus – ses mains devant son visage. Puis elle s'est ressaisie et elle est redevenue la mère de sa fille. Elle a caressé la tête de Julia et elle a murmuré des mots doux.

Mais même plus tard, elle n'a pas dit ces autres choses. On dit parfois que les premières minutes, les premières heures, sont cruciales au sein d'une famille frappée par une tragédie. C'est durant ces premières minutes, ces premières heures, que se décide si le lien est suffisamment solide pour survivre à la tragédie. Quiconque commence à exprimer des reproches peut provoquer des dégâts irréparables. Je connaissais les statistiques. Le divorce est la règle plutôt que l'exception. On pourrait croire qu'une tragédie a un effet unificateur, que le chagrin partagé renforce les liens. Mais ce n'est pas le cas. Beaucoup de gens préfèrent au contraire oublier leur chagrin. Or l'autre leur rappelle continuellement ce chagrin.

Je ne peux pas donner tort à ceux qui choisissent d'oublier. Je ne cherche absolument pas à nous situer moralement au-dessus du lot, parce que nous nous sommes rapprochés. Je n'oserais même pas affirmer que c'est ce que nous avons *choisi* de faire. Cela s'est tout simplement passé ainsi.

Nous étions debout sous l'escalier de la maison de vacances. Moi tenant encore Julia dans mes bras. Il n'y a pas eu un seul moment d'hésitation. Avais-je envie de transporter ma fille là-haut ? De l'allonger sur un canapé dans le salon et que tout le monde puisse la voir ? La chambre de Ralph et de Judith, celles de sa mère ou encore des garçons ne me paraissaient pas non plus une bonne solution. Plutôt notre tente, alors. Je savais ce que je voulais par-dessus tout : mettre notre fille à l'abri des regards des autres. Je voulais être seul avec elle. Avec nous. Je voulais qu'elle ne soit qu'avec nous.

À ce moment-là, Emmanuelle est sortie. Elle est apparue dans l'ouverture de la porte de l'appartement du rez-de-chaussée et nous a fait signe.

« *Come*, a-t-elle dit. *Come here*. »

J'avais d'abord porté Julia dans mes bras jusqu'au café de la plage. Là-bas, j'ai hésité un instant sur la meilleure conduite à tenir. Judith a proposé d'appeler une ambulance, mais j'ai aussitôt coupé court. « Pas d'ambulance », ai-je dit d'un ton décidé. J'ai pensé au gyrophare, aux badauds se rassemblant autour du brancard quand il serait glissé dans l'ambulance. À la sirène. À la destination finale inévitable : un hôpital.

Dans cet hôpital, d'autres personnes prendraient soin de ma fille. Des infirmières secourables. Des médecins. J'étais moi-même médecin. J'avais été le premier à évaluer la situation. J'avais fait le seul bon diagnostic possible. Il était inutile que d'autres le confirment.

Judith a ensuite proposé d'aller chercher la voiture tandis que je resterais auprès de Julia. Je dois avouer qu'elle a réagi efficacement. Elle a gardé la tête froide, comme on dit. Je m'attendais plutôt à ce qu'elle perde le contrôle. Mais elle est restée extrêmement calme. Elle ne s'est pas mise à discuter avec moi. « OK, a-t-elle dit, si c'est ce que tu veux, c'est ce que nous allons faire. » Elle a essayé de poser une main sur le front de Julia mais, quand je me suis détourné d'elle, elle n'a pas réessayé. Je voulais partir le plus vite possible. Un cercle avait déjà commencé à se former autour de nous. J'étais furieux des regards qu'on jetait sur ma fille. Beaucoup trop de gens l'avaient déjà regardée. « Je suis médecin, ai-je dit. Vous pouvez tous partir tranquilles. Tout est sous contrôle. »

« Non, ai-je dit à Judith. Nous allons partir d'ici. Je vais la porter. »

Et c'est ce que nous avons fait. Pendant le trajet, Julia a de nouveau perdu connaissance. Je l'ai secouée pour la réveiller. Elle devait rester éveillée. Sur l'autre plage, nous avons trouvé Alex, Thomas et Lisa. Pas de trace de Ralph ou de Stanley. Compte tenu des circonstances, j'ai gardé l'esprit clair. J'ai d'abord guetté la réaction d'Alex. Il a juste jeté un coup d'œil, puis aussitôt détourné le regard. Il ne s'est pas rapproché non plus. Rétrospectivement, je pense que son attitude en disait long. J'étais comme un animal qui grogne quand un intrus essaie d'approcher de son petit. Non, me suis-je corrigé : pas *comme* un animal. Tout simplement un animal.

Le plus important à présent, c'était Lisa. J'ai regardé son visage quand elle nous a rejoints en courant. « Julia ne se sent pas très bien, ai-je dit rapidement, avant qu'elle n'ait pu demander quoi que ce soit. Viens, on va vite rentrer à la maison. »

Thomas a fait plusieurs tours autour de nous en dansant et en criant « On veut jouer au football ! On veut jouer au football ! », jusqu'à ce que Judith l'agrippe brutalement par le bras et le tire si fort qu'il est tombé dans le sable. J'ai vu les larmes lui monter aux yeux mais Judith l'avait à nouveau relevé en le tirant tout aussi brutalement par les deux poignets. « Tu peux te conduire normalement, Thomas ? a-t-elle dit. Dépêche-toi ! »

Nous avons marché ainsi jusqu'à l'endroit où j'étais garé. Moi toujours avec Julia dans les bras, Judith en diagonale derrière moi, tenant la main de Lisa, et un peu plus loin derrière, Alex et un Thomas boudeur. Ralph était déjà rentré, m'avait dit Judith tandis que nous revenions du café de la plage, il avait pris leur voiture. On n'avait toujours aucune nouvelle de Stanley.

« Qu'est-il arrivé à ta voiture ? » Judith a indiqué le pare-chocs avant gauche qui pendait. Le cerclage chromé du phare gauche était cabossé, même brisé à un endroit, le verre avait éclaté. « Il faut que tu ailles au garage dès demain matin pour la faire réparer, m'avait dit Stanley quelques heures plus tôt au même emplacement. Je paierai tout, j'en ai eu plus que pour mon argent de toute façon. »

« Nous avons pris le chemin qui n'est pas éclairé là-haut, ai-je dit. À mon avis, nous avons dû érafler un arbre. »

Judith n'a pas posé plus de questions. Elle a tenu la portière arrière ouverte, pour que je puisse allonger Julia sur la banquette. Elle s'est ensuite glissée à côté d'elle et a doucement posé sa tête sur ses genoux. Elle s'est poussée un peu plus vers le milieu et a fait signe à Alex. Elle a dit à Thomas et à Lisa de s'asseoir l'un à côté de l'autre à l'avant.

« C'est complètement interdit ! a répliqué Thomas. On n'a pas le droit.

— Thomas… », a dit Judith – et cela a suffi. Les bras croisés, il est allé s'asseoir à côté de Lisa sur la place à côté du conducteur.

Avant de démarrer, j'ai appelé Caroline.

« Tu ne dois pas avoir peur, ai-je dit doucement. Ce n'est pas très grave. » Ça l'était, mais je ne voulais pas déclencher de panique tant que nous n'étions pas encore là. En même temps, je faisais de mon mieux pour parler le plus bas possible afin d'éviter que Julia ne m'entende. « Personne n'est blessé. » Ça aussi, c'était un mensonge.

« Je vais bientôt arriver », ai-je dit et j'ai coupé la communication.

Emmanuelle a rajusté la couette du lit double et arrangé les oreillers. Tandis que j'allongeais Julia avec précaution, Emmanuelle a disparu dans la salle de bains pour revenir un instant plus tard avec une cuvette en porcelaine et une serviette. Elle s'est assise de l'autre côté du lit, près des oreillers, elle a mouillé une pointe de la serviette et l'a appuyée doucement sur le front de Julia.

« Voilà », a-t-elle dit. Puis elle m'a regardé. « *You know what happened... ? You know who...* » J'ai secoué la tête. Maintenant que je la regardais en face, je me suis aperçu qu'elle ne portait pas de lunettes de soleil. Pour la première fois depuis notre arrivée. Pour la première fois, je la regardais dans les yeux.

« Maman… »

J'ai pris le pouls de Julia. « Maman va venir tout de suite », ai-je dit.

Judith et Caroline étaient montées à l'étage avec Lisa et Thomas. Judith avait proposé de rester avec eux et de les mettre au lit, mais après un bref échange de regards avec moi, Caroline avait pris la main de Lisa puis monté l'escalier avec elle. J'ai vu le dilemme dans ses yeux. Elle voulait naturellement avant tout être auprès de Julia, mais d'un autre côté elle ne voulait pas laisser sa fille cadette avec une inconnue dans de telles circonstances. Les parents oublient souvent un enfant au profit de l'autre. Dès le début, elle a suivi son intuition. C'était aussi ce que j'essayais de faire, mais j'avoue que j'avais plus de mal que Caroline.

À ce moment-là, j'ai entendu un bruit derrière moi. Je me suis retourné et j'ai vu Ralph dans l'encadrement de la porte. Il semblait tout juste sorti de la douche. Ses cheveux encore mouillés étaient plaqués sur sa tête. Il s'était changé : short blanc propre et T-shirt rouge.

« J'ai entendu… » a-t-il commencé. Il s'appuyait d'une main au chambranle de la porte, au-dessus de sa tête, et s'apprêtait à entrer dans la pièce. « Judith vient de me dire… »

Je sais encore très bien ce que j'ai fait. Je n'avais aucune envie de voir Ralph ici en présence de ma fille. Si je m'étais écouté, je lui aurais demandé de ficher le camp le plus vite possible et de nous laisser tranquilles. Mais j'ai aussi pensé à l'avenir. À tous les coupables possibles. J'avais vu comment Ralph s'était comporté sur la plage. J'avais assisté à la scène où Julia agrippait la culotte de son bikini près de la table de ping-pong. Pourtant, je trouvais qu'il y avait là, d'une manière ou d'une autre, un trop grand pas à franchir. Le pas entre le Ralph qui bandait pour des petites filles, le Ralph violent – et *ça*. D'un point de vue logistique, il y avait aussi des obstacles. Ralph aurait-il pu marcher, après les événements sur la plage, jusqu'à l'autre bar, puis revenir à sa voiture et rentrer à la maison ? J'essayais de faire tenir ce scénario dans un laps de temps crédible. Près de l'autre café sur la plage, Judith avait appelé à la maison et c'était Ralph qui lui avait répondu. Non, me suis-je aussitôt corrigé : elle avait eu Ralph au téléphone qui lui avait *dit* qu'il était à la maison. Je devais rester attentif à tous les détails, comme un peu plus tôt avec Alex. Il ne fallait rien exclure par avance, ni personne.

Je me suis concentré. J'ai fait glisser mon regard du visage de Ralph à celui de ma fille. Julia avait les yeux ouverts. J'ai vu ce qu'elle regardait. Elle avait les yeux fixés sur Ralph. Elle a cligné des yeux.

« Bonjour…, a-t-elle dit doucement.

— Bonjour petite… », ai-je entendu Ralph lui répondre.

Je me suis à nouveau tourné vers lui. J'ai étudié son visage. Je l'ai regardé comme je regarde celui de mes patients. Avec le regard du médecin. Instantanément, ce regard détecte un penchant pour l'alcool, une dépression latente, un état de misère sexuelle. Je passe rarement à côté. Je sais quand les gens mentent. « Une demi-bouteille de vin par jour pendant le repas, docteur, pas plus… » Je ne me satisfais jamais de ce genre de réponses. Je passe à la question suivante : *Et juste après le travail ? Vous n'êtes pas d'abord passé au café pour boire un verre ?* « Une ou deux petites bières, tout au plus. Mais ça c'était hier seulement, je ne le fais pas tous les jours. » À une femme qui a de grands cernes bleus sous les yeux, je demande : *Est-ce que votre mari n'atteint pas trop vite l'orgasme ? Y a-t-il certaines choses que vous aimeriez qu'il vous fasse, mais que vous n'osez pas lui demander ?* J'entends quelqu'un siffloter dans la salle d'attente : il entre aussi en sifflotant dans mon cabinet. *Le suicide est une possibilité réelle,* dis-je au bout d'une minute. *Il apporte à certaines personnes un réconfort, l'idée qu'ils ont la fin de leur vie entre les mains. Mais ils ont peur de mettre leur projet à exécution. Du moyen à employer. Le train, c'est si violent. Se taillader les poignets dans le bain, c'est si sanglant. La pendaison, c'est douloureux, la mort se fait attendre longtemps. Les somnifères, on risque de les vomir. Mais il existe des médicaments qui garantissent une mort sans douleur et facile. Je pourrais vous aider à vous procurer ces médicaments...*

Ralph Meier a pincé l'arête de son nez entre son pouce et son index. Il a appuyé les extrémités de ses doigts dans les coins de ses yeux. « Oh, bon sang... », a-t-il marmonné. À aucun moment, il n'oubliait qu'il était acteur. Un de ces rares bons acteurs. « Tu veux boire quelque chose, Marc ? Tu veux que j'aille te chercher un verre ? Une petite bière ? Ou peut-être un whisky ? »

J'ai hoché la tête et regardé à nouveau ma fille. Je me suis senti soulagé quand j'ai vu son visage. Un peu. Pas complètement. D'une toute petite partie du poids qui pesait sur moi depuis une heure ou deux. Et qui continuerait pendant tout le restant de ma vie à peser sur moi, avais-je compris à ce moment-là déjà.

Sur le visage de Julia était apparu un faible sourire tandis qu'elle continuait de regarder Ralph.

« J'aimerais bien boire un peu, a-t-elle dit. J'ai tellement soif. Un verre de lait, ce serait formidable.

— Un verre de lait, a dit Ralph. Je reviens tout de suite. »

33

Ce soir-là a commencé le reste de notre vie. Je tiens à préciser tout de suite que je n'ai pas le goût du mélodrame. J'ai aussi par nature horreur des phrases emphatiques. *Le reste de notre vie*... J'avais souvent entendu des gens le dire. Des gens qui avaient perdu quelque chose ou quelqu'un. À qui il était arrivé une chose que l'on ne souhaite à personne – une chose dont on ne se remet jamais. Pourtant, j'avais toujours trouvé que cela sonnait faux. Ce n'est que quand ça vous arrive que vous savez que cela n'a rien de factice. Il n'y a pas de meilleure description que « le reste de sa vie ». Tout pèse plus lourd. Le temps surtout. Le temps subit une transformation. Il ne s'arrête pas vraiment, mais il s'écoule sans conteste plus lentement. Comme dans une salle d'attente où une horloge est accrochée au mur. Vous êtes dans la salle d'attente et, au bout de cinq minutes, vous jetez un coup d'œil à l'horloge. Or seulement trois minutes se sont écoulées. Le temps est subjectif. Une journée remplie d'une multitude de choses à faire « file en un éclair », dit-on. Une journée faite d'attente se traîne. A fortiori quand vous ne savez pas ce que vous attendez. Vous êtes assis dans la salle d'attente. Vous essayez de regarder l'horloge le moins possible. Vous ne savez pas ce que vous attendez. Le cabinet dont fait partie la salle d'attente est sans doute fermé depuis longtemps. Mais personne n'est là pour vous sortir de votre rêve. Personne ne vient vous dire que vous feriez mieux de rentrer chez vous.

À un moment donné, vous êtes encore une famille avec deux charmantes fillettes, l'instant suivant vous êtes dans la salle d'attente. Vous n'attendez rien. En réalité, vous attendez seulement que le temps s'écoule. Tous vos espoirs sont concentrés sur ce temps qui s'écoule. Enfin, pas tous vos espoirs. Plutôt votre seul espoir. Plus le temps s'écoule, plus vous vous éloignez du moment où le reste de votre vie a commencé. Mais vous ne savez pas quand elle se termine. Le reste de notre vie s'écoule jusqu'au jour d'aujourd'hui.

Je n'allais jamais cesser de reconstituer ce premier soir dans ses moindres détails. Ralph apportant le verre de lait puis repartant. Caroline descendant l'escalier. Elle est venue s'installer à la place d'Emmanuelle à la tête du lit. Elle a tenu la main de Julia. Parfois, elle lui caressait la tête.

Il y a un moment dont je préfère ne pas trop parler. Pour respecter l'intimité de ma fille. J'ai demandé avec précaution à Julia si elle ne voyait pas d'inconvénient à ce que je vérifie si rien n'était… J'étais médecin. Mais j'étais aussi son père. « Si tu ne veux pas, il faut le dire, ai-je insisté. Nous pouvons aussi appeler un médecin ici en ville. Ou aller à l'hôpital. » En entendant le mot « hôpital », Julia s'est mordu la lèvre inférieure. « Non, ce n'est pas si grave, me suis-je repris aussitôt. Nous n'avons pas besoin d'aller à l'hôpital. Mais je dois juste vérifier ce qu'il faut faire. *Quelqu'un* doit vérifier… »

Elle a acquiescé et fermé les yeux. J'ai alors rabattu précautionneusement la couette et regardé. Des années auparavant, Lisa avait glissé dans la cabine de douche et avait violemment heurté le bord métallique. Elle saignait un peu. Là… aussi. Ce n'était pas très grave, elle avait surtout eu peur. Je l'avais calmée à l'époque. Comme un père. Et en même temps, j'avais fait ce qu'il fallait. Comme un médecin.

C'est aussi ce que j'essayais de faire à présent. Mais la situation était différente. Julia pleurait les yeux fermés. Caroline essuyait ses larmes avec la pointe de la serviette et lui chuchotait des mots doux. J'ai essayé de poser le moins de questions possible. J'ai fait ce qu'il fallait faire, puis je l'ai recouverte avec la couette.

Peu après, Caroline et moi nous sommes regardés. Nous nous regardions tous les deux : sans un mot, nous nous sommes demandé si le moment était bien choisi ou si Julia devait d'abord se reposer. Dormir. D'un côté, nous ne voulions pas lui rappeler le pire, de l'autre, agir vite était la seule bonne option.

En retournant vers ma voiture depuis le café de la plage, je lui avais déjà posé la question. Je lui avais chuchoté à l'oreille pour que Judith n'entende pas. « Qui ? ai-je chuchoté. C'était qui ? Quelqu'un que tu connais ? »

Dans un premier temps, Julia n'avait pas répondu. Je commençais à me dire qu'elle ne m'avait peut-être pas entendu, quand elle a murmuré : « Je ne sais pas, papa… »

Je n'avais plus posé de questions. État de choc, ai-je constaté. Un choc bloque ce que nous refusons de voir. Ce dont nous ne voulons pas nous souvenir.

Je faisais maintenant signe de la tête à Caroline. Elle allait s'en occuper, nous nous étions mis d'accord sans prononcer un mot. C'était une question qu'une mère pouvait poser.

« Julia ? a dit doucement Caroline en se penchant au-dessus du visage de sa fille et en lui posant la paume de la main sur la joue. Tu peux nous raconter ce qui s'est passé ? Tu peux nous dire avec qui… qui t'a accompagnée au café de la plage ? Ou avec qui tu es allée ? »

Julia a secoué la tête.

« Je ne sais pas. »

Caroline lui a caressé la joue.

« D'abord tu étais avec Alex. Et ensuite ? Après ? Qu'est-ce qui s'est passé ? »

Julia a cligné des yeux. Des larmes sont réapparues aux coins de ses yeux. « J'étais avec Alex ? Où est-ce que j'étais avec Alex ? »

Caroline et moi, nous nous sommes regardés.

Julia s'était remise à pleurer.

« Je ne sais pas…, a-t-elle dit dans un sanglot. Je ne sais vraiment pas… »

Plus tard, cette nuit-là, Stanley est rentré lui aussi. Il avait fait tout le chemin à pied, a-t-il expliqué. Ne voyant plus de voitures connues sur l'aire de stationnement, il en avait conclu que nous l'avions oublié.

Il était juste venu nous saluer. Emmanuelle l'avait mis au courant et ils avaient décidé de nous laisser cette nuit-là leur appartement et de dormir sous notre tente. Dans des circonstances normales, quand on me fait ce genre de proposition, je commence toujours par dire plusieurs fois, « ce n'est vraiment pas nécessaire », mais nous n'étions pas dans circonstances normales. Rien n'était normal. Sans chercher à discuter ou à faire des manières, nous avons accepté la proposition.

Un peu plus tard cette nuit-là, j'ai accompagné Stanley à notre tente pour chercher quelques affaires afin de leur faire un peu de place. Stanley m'a passé le bras autour des épaules. Il a dit encore une fois à quel point il trouvait épouvantable ce qui s'était passé. Pour nous. Pour Julia. Il a lâché un juron. En américain. Et il a aussi ajouté, en américain, ce qui devrait arriver aux hommes qui font ce genre de choses. J'étais d'accord avec lui.

Puis il m'a pris la main. Il a sorti un paquet de cigarettes et m'en a proposé une.

« Il y a autre chose… », a-t-il dit.

Nous étions en train de fumer devant notre tente. Stanley m'a expliqué qu'il avait emprunté à pied la même route que nous avions descendue à l'aller. Il était donc repassé par l'endroit où nous avions chassé de la route le gardien du camping écolo.

« Sa voiture était encore là. Exactement au même endroit. C'était vraiment curieux. Je veux dire, on aurait dit qu'après nous, personne n'était plus repassé par là. Mais le plus curieux, c'est que… » Il a jeté un regard en direction de la maison. « J'ai essayé d'ouvrir la portière », a-t-il ajouté, presque en chuchotant. « Elle était ouverte. Et la vitre de la portière était totalement baissée. C'est étrange, non ? Je veux dire, qui laisse sa voiture comme ça ? J'ai pris le temps de bien vérifier, mais je n'avais vraiment pas l'impression qu'elle était bloquée. Il aurait pu repartir sans problème…

— Peut-être qu'il n'a pas réussi à la faire démarrer ? »

Stanley a secoué la tête. « Non, ce n'est pas ça. Écoute, j'ai fait quelque chose que je n'aurais peut-être pas dû faire. Je me suis penché au-dessus de la vitre baissée et j'ai vu que la clé était tout simplement dans le contact. »

Pour la première fois, j'ai senti un léger frisson me parcourir la nuque. Le genre de frisson que l'on ressent au cinéma quand un film prend une tournure inattendue.

« C'est dingue ! ai-je dit.

— Je suis monté dans la voiture et j'ai tourné la clé. Elle a démarré, tout simplement… »

Je n'ai rien dit. J'ai tiré si fort sur ma cigarette que j'ai eu une quinte de toux.

« Je suis redescendu. J'ai même fait ce qu'on voit dans les films. Comme je n'avais pas de mouchoir ou ce genre de chose sur moi, j'ai retiré mon T-shirt et je m'en suis servi pour tout essuyer : la clé de contact, le volant, la portière. Puis j'ai fait le tour de la voiture. De l'autre côté, cela descend à pic là-bas. J'ai commencé à m'engager un peu dans la pente, mais j'ai failli glisser. J'ai dû m'agripper à un buisson. En plus, il faisait nuit noire. J'ai appelé. Une seule fois. Puis je suis revenu à pied jusqu'ici.

— Mais tu penses qu'il…

— Je n'en sais rien, Marc. Je trouve juste bizarre qu'il n'ait pas poursuivi sa route. Et si, pour une raison ou une autre, il n'est pas parti de là et s'est mis à marcher, c'est tout de même curieux, là aussi, qu'il ait laissé sa portière ouverte, sa vitre baissée et la clé dans le contact. Il y a tout bonnement quelque chose qui ne colle pas. »

J'ai senti un deuxième frisson me parcourir la nuque. J'ai pensé au gardien du camping qui, pour une raison ou une autre, avait fait le tour de sa voiture puis avait glissé.

« Il était peut-être perturbé, a dit Stanley, comme s'il devinait mes pensées. Peut-être que nous lui avons vraiment flanqué la trouille, plus que nous le croyons. Qu'est-ce que j'en sais, moi, ce qu'on fait quand on vient d'être chassé de la route… Je voulais seulement que tu sois au courant le plus tôt possible. Notamment en raison des circonstances. Justement en raison des circonstances. »

Cette fois, c'est moi qui ai deviné le cours de ses pensées. Mais je n'ai rien dit. Je l'ai laissé le dire lui-même.

« Tôt ou tard, ils vont retrouver cette voiture, Marc. Peut-être pas ce soir, mais en tout cas demain quand il fera jour. Ils vont commencer par chercher le conducteur. Qui sait, peut-être qu'il est tout simplement chez lui. Mais peut-être pas… Ils vont constater les dégâts à l'arrière de la voiture. La tienne aussi a été abîmée, Marc. Pour l'instant, personne n'a fait le rapprochement. Le gars n'a d'ailleurs pas la moindre idée de qui nous sommes. En tout cas, si j'étais toi, je ne donnerais pas ma voiture à réparer à un garage du coin. Je m'arrangerais pour déguerpir. Peut-être pas ce soir. Mais en tout cas demain matin. »

34

Julia dormait. Caroline et moi avions sorti deux chaises et nous étions assis devant l'appartement, en laissant la porte entrebâillée. Nous fumions. Caroline a regardé sa montre.

« Il faut que nous allions voir la police, Marc, a-t-elle chuchoté. Nous devons signaler ce qui s'est passé le plus vite possible. Peut-être même tout de suite. Ou penses-tu qu'il vaut mieux attendre demain matin ?

— Non. »

Ma femme m'a regardé. « Comment non ?

— Je ne veux pas. Je ne veux pas emmener Julia au commissariat. Ils vont lui poser un tas de questions… Je veux dire, il s'est passé quelque chose. Nous savons ce qui s'est passé. Toi et moi, nous le *savons*. Et elle le sait aussi, même si pour l'instant elle ne se souvient de rien. Peut-être que cela vaut mieux, que pour l'instant elle n'en sache rien.

— Mais enfin, Marc, on ne peut pas faire une chose pareille ! Si ça se trouve, ce gars se promène dans les parages. C'est toujours ce qu'on dit quand un crime a été commis. Il faut faire vite. Ce sont les premières vingt-quatre heures qui comptent. Plus tôt on ira, moins ce salaud aura le temps de filer. Plus on aura de chances qu'ils mettent la main sur lui.

— Bien sûr. Tu as raison, Caroline. Tout à fait raison. Mais nous ne pouvons pas emmener Julia maintenant au commissariat. Tu ne veux pas lui imposer ça. Et moi non plus.

— Mais *nous*, nous pouvons y aller ? Au moins l'un de nous. Un de nous peut aller au commissariat et l'autre rester auprès de Julia.

— Bon, d'accord, ai-je dit. Moi je vais rester avec Julia.

— Non, c'est moi. »

Nous nous sommes regardés. Caroline avait essuyé ses larmes. Je lisais à présent sur son visage surtout de la détermination.

« Marc, je n'ai pas envie d'engager une discussion pénible à propos de qui elle a le plus besoin en ce moment, son père ou sa mère. À mon avis sa mère. Toi, tu peux aller voir la police. »

J'aurais pu rétorquer que notre fille avait par-dessus tout besoin d'*un médecin* en ce moment. Peut-être pas tant de son père que du médecin qu'il était aussi. Un médecin qui serait à ses côtés quand elle s'éveillerait de son premier choc et commencerait à se souvenir des événements. Mais au fond, je savais que Caroline avait raison. Julia devait pouvoir tenir la main de sa *mère*. Sa mère qui était aussi une femme. Une femme. Pas d'homme maintenant. Même si cet homme était son père.

« Je ne sais pas, Caroline, ai-je dit. Je veux dire, imagine que j'y aille, ils vont tout de même demander s'ils peuvent interroger Julia plus tard. Demain. Est-ce que c'est ce que nous voulons ?

— Mais cela n'a pas de sens de l'interroger ! Elle ne se souvient de rien !

— Tu crois que si nous leur disons que notre fille ne se souvient plus de rien, ils vont s'en tenir là ? Caroline, je t'en prie ! Ils vont débarquer ici avec toute l'équipe des *Experts*. Des psychologues et des spécialistes. Des policières compréhensives qui ont de l'expérience dans ce domaine. Qui soi-disant savent précisément comment faire en sorte que les victimes d'un viol qui ont perdu la mémoire puissent se souvenir et raconter.

— Mais c'est pourtant bien ce que nous voulons !

— Qu'est-ce que nous voulons ?

— Qu'elle se souvienne de quelque chose. Qu'elle se souvienne de ce qui s'est passé. De l'apparence de ce salaud. »

J'ai essayé de me rappeler ce que je savais sur les pertes de mémoire. Ce que j'avais appris, il y avait longtemps de cela, pendant mes cours. Ces pertes étaient sélectives, je m'en souvenais encore. Le cerveau faisait barrage à une expérience traumatique. Parfois, l'expérience vécue ne revenait même jamais à la surface. Elle était stockée quelque part et seules des drogues ou des séances d'hypnose pouvaient la faire ressurgir.

Oui, voilà ce qu'il fallait comprendre, je m'en souvenais à présent : le vécu peut rarement s'effacer. Mais le cerveau ne fonctionne pas de façon très précise. Souvent il bloque aussi des événements autour de l'expérience traumatique. Sur la plage, Julia m'avait aussitôt reconnu, de même que, plus tard, elle avait reconnu Judith, sa petite sœur, Thomas, Alex, sa mère, Emmanuelle et Ralph. Quand on perdait totalement la mémoire, on ne savait même plus qui on était soi-même : on ne reconnaissait plus son propre visage dans le miroir, donc les autres visages non plus.

Vu les circonstances, j'avais préféré éviter de poser la question à Julia, mais tout semblait indiquer que sa mémoire s'était bloquée plus tôt. *J'étais avec Alex ?*

avait-elle demandé. *Où est-ce que j'étais avec Alex ?* Elle savait encore qui était Alex, mais elle ne se rappelait plus qu'elle avait marché avec lui jusqu'à l'autre café sur la plage.

Il y avait aussi autre chose. Durant l'après-midi et la soirée, ma fille avait fait tout son possible pour m'ignorer. Elle me répondait à peine quand je lui posais une question. Je crois même qu'elle ne m'avait pas regardé une seule fois dans les yeux.

Depuis qu'elle m'avait vu dans la cuisine. Avec Judith.

Mais quand je l'avais trouvée sur la plage, et tandis que je la portais dans mes bras jusqu'à la voiture, puis ici, dans l'appartement de Stanley et d'Emmanuelle, pendant que je l'examinais, elle m'avait toujours regardé gentiment. Tristement, certes, mais gentiment.

Était-ce possible ? me demandais-je à présent. Était-il possible que la perte de mémoire de Julia remonte à l'après-midi, ou peut-être même à une période antérieure, et qu'elle ne se rappelle plus m'avoir vu avec Judith dans la cuisine ?

Je ne devais pas lui poser la question directement, mais incidemment. En évoquant un autre événement survenu ce même samedi. J'ai reconstitué la journée à partir de la matinée. L'oisillon. Lisa avait trouvé l'oisillon tombé de l'olivier. Le petit déjeuner. Ensuite j'étais allé au zoo avec Lisa. Puis j'étais revenu… Quand j'étais revenu, Caroline était déjà partie. Et Ralph, Emmanuelle et Stanley aussi. J'étais monté. Dans la cuisine. Avec Judith et sa mère, nous avions regardé ensemble par la fenêtre de la cuisine… Oui, voilà ! Miss T-shirt mouillé… Julia et Lisa avaient marché tour à tour sur le plongeoir comme sur un podium. Elles s'étaient laissé éclabousser par Alex… J'ai pensé à ma fille aînée, à la pose coquette qu'elle avait prise, à la manière dont elle avait relevé ses cheveux en une queue-de-cheval puis les avait relâchés…

C'était là-dessus que je devais interroger Julia quand elle se réveillerait. J'ai essayé de préparer mentalement une question désinvolte (*Tu te souviens de cet après-midi d'hier, quand tu t'es fait éclabousser à la piscine ? Vous vous en êtes donné à cœur joie !*), mais je ne m'en sortais pas vraiment. L'expression « à cœur joie », surtout, paraissait déplacée.

« J'étais en train de penser, a dit Caroline. Peut-être que tu as raison. Peut-être qu'il vaut mieux protéger Julia d'une avalanche de questions en ce moment. Je n'y avais pas encore réfléchi sous cet angle : le fait qu'ils vont vouloir lui poser toutes sortes de questions. Cela va sans doute la perturber encore plus. La police et tout ça. Mais qu'est-ce qu'on va faire ? Je veux dire, on ne peut tout de même pas laisser un salopard se balader en liberté !

— On pourrait appeler. Passer un coup de fil anonyme pour prévenir qu'un violeur rôde dans les parages. »

Caroline a poussé un soupir, et au même moment j'ai pris conscience moi aussi de l'inutilité de ce genre d'appel. J'ai repensé à Alex. À son comportement sur la plage. Je ne le considérais pas comme un coupable potentiel, mais je gardais le sentiment désagréable qu'il ne nous avait pas tout dit.

« Marc, a dit Caroline, en posant la main sur mon avant-bras. Tu es médecin. Toi tu es capable de t'en rendre compte. Dans quel état est Julia ? Est-ce que nous devons l'emmener à l'hôpital ? Ou est-ce qu'il vaut mieux que nous la laissions en paix le plus possible ? Qu'elle commence par se reposer quelques jours, puis que nous rentrions à la maison.

— Elle n'a pas besoin d'aller à l'hôpital. Elle ne sait pas ce qui s'est passé. Je veux dire, elle sait qu'il s'est passé *quelque chose*. Elle sait d'ailleurs sans doute quoi. Elle a treize ans. Je lui ai donné quelque chose pour qu'elle ne souffre pas. Mais elle est en revanche… elle sent… »

J'ai senti ma voix se briser, ma gorge a émis un couinement aigu et j'ai été pris d'une quinte de toux. Caroline m'a serré le bras.

« OK, a-t-elle dit. Voilà ce que nous allons faire. Nous allons laisser passer une journée. Demain. Puis nous partirons lundi, si tu penses qu'elle peut voyager en voiture. Sur la banquette arrière. Nous pouvons lui faire un lit sur la banquette arrière…

— Nous ferions mieux de partir demain… » J'ai regardé ma montre. Il était deux heures et demie du matin. « Nous ferions mieux de partir aujourd'hui. Tout à l'heure, quand le jour va se lever.

— Est-ce que ce n'est pas un peu précipité ? Nous n'avons même pas dormi. Et pour Julia…

— Cela vaut mieux comme ça, l'ai-je interrompue. Pour elle. Nous devons partir d'ici le plus tôt possible. Rentrer chez nous. »

35

Plusieurs heures s'étaient écoulées – j'étais encore assis sur ma chaise en train de fumer devant l'appartement, Caroline s'était glissée dans le lit à côté de Julia – quand Ralph a descendu l'escalier extérieur.

« Je me suis dit que cela te ferait peut-être du bien », a-t-il dit. Il avait une bouteille de whisky sous le bras et deux verres remplis de glaçons dans les mains.

Nous sommes restés assis l'un à côté de l'autre en silence pendant un certain temps. Quelque part dans les buissons desséchés de l'autre côté de la piscine, un grillon frottait obstinément ses pattes arrière l'une contre l'autre. Ce chant, et le tintement des glaçons dans nos verres, étaient les seuls bruits dans le jardin par ailleurs totalement silencieux. Dans le ciel à l'est sont apparus les premiers rais de la lumière du jour. J'ai regardé fixement l'eau immobile de la piscine éclairée de l'intérieur. Puis le plongeoir. C'était le même plongeoir que la veille, et pourtant c'était un autre plongeoir. Le jardin et la maison de vacances étaient aussi un autre jardin et une autre maison de vacances. Et ce n'était pas tout. Je ne voulais pour l'heure plus voir de jardin, de maison de vacances ni de piscine. Peut-être même plus jamais. Je voulais rentrer chez moi.

Ralph s'est frotté le genou droit. « Il était efficace, ce coup de pied, Marc. Où as-tu appris ça ? À l'armée ? Pendant tes études ? »

J'ai regardé son genou. De l'extérieur, on ne remarquait rien, c'était un genou d'homme poilu normal, mais à l'intérieur tous les muscles et les tendons étaient distendus à l'extrême, je le savais. Je n'avais pas fait attention quand il avait descendu l'escalier et était venu s'asseoir à côté de moi mais, selon toutes probabilités, il allait continuer de boiter pendant quelques jours.

« Qu'est-ce que tu as fait après ? ai-je demandé. Tu es rentré tout de suite ?

— Je suis resté me promener encore un peu sur la plage. Le long de la mer. Enfin, me promener… J'ai clopiné. Au début, je n'ai pas ressenti grand-chose, mais après cela a commencé à palpiter et à battre fort, là-dedans. » Il a donné une petite tape sur son genou. « Je me suis dit, mais qu'est-ce que je fais encore ici ? Je vais rentrer. »

Je dois avouer que je n'avais pas pris en compte le genou de Ralph dans mes précédents calculs horaires. J'avais essayé d'estimer s'il avait pu faire l'aller-retour entre les deux bars. Puis s'il avait pu se trouver dans la maison de vacances au moment où Judith l'avait appelé. Mais je n'avais plus du tout pensé à ce genou.

Pourquoi Ralph Meier aurait-il marché jusqu'à l'autre café de la plage, à plus d'un kilomètre de distance, avec un genou qui lui faisait mal et le lançait ? Et serait-il ensuite revenu ? Non seulement cela paraissait peu vraisemblable mais, physiquement, c'était presque impossible.

« L'important, c'est qu'il reste en mouvement, ai-je dit. Si tu le maintiens immobile, il va s'ankyloser. »

Ralph a étendu sa jambe droite devant lui. Il a bougé son gros orteil dans sa claquette en plastique. Il a poussé un gémissement. Il se mordait la lèvre, ai-je remarqué en lançant un regard de côté. S'il faisait semblant, il s'y prenait bien. Je tenais compte de toutes les éventualités. Je me disais que ces histoires de genou n'étaient peut-être qu'une *feinte*. Qu'il se servait de son genou comme alibi.

« J'en ai parlé à Emmanuelle et Stanley, a-t-il dit. Vous pouvez rester dans cet appartement le temps que vous voulez. Nous trouverons bien une solution. »

Je m'apprêtais à lui répondre que ce n'était vraiment pas la peine, que nous allions partir dans quelques heures, mais je me suis retenu juste à temps. Qui sait, peut-être serait-il soulagé d'apprendre que nous partions. Je ne voulais pas qu'il soit soulagé. Pas encore.

« Où est Alex ? » ai-je demandé.

Tout en continuant de regarder droit devant moi, l'eau bleue éclairée de la piscine, je suis resté aux aguets pour tenter de déceler la moindre réaction physique chez Ralph. Et il a effectivement changé de position. Il s'est penché en avant, frotté le visage d'une main puis de nouveau adossé à sa chaise.

« En haut, a-t-il dit ; il a croisé sa jambe droite sur sa jambe gauche, sans gémir cette fois-ci. Il dort. Tu en veux encore ? » Il avait pris la bouteille de whisky qui était posée par terre et la tenait au-dessus de mon verre.

« OK. Est-ce qu'il t'a un peu parlé ? »

Ralph s'est servi avant de répondre. « Il est complètement bouleversé. Il se sent coupable. Je lui ai dit qu'il n'avait pas à se sentir coupable. »

J'ai pris une profonde inspiration. J'ai porté mon verre à mes lèvres. Les glaçons avaient fondu. J'ai goûté au whisky tiède mêlé à l'eau.

Pourquoi ne devait-il pas se sentir coupable ? Peut-être avait-il toutes les raisons de se sentir coupable !

Voilà ce que j'aurais pu dire. Mais je ne l'ai pas dit. J'ai senti la chaleur me monter au visage, mais ce n'était pas bon. Il fallait au contraire que je garde la tête froide. Au sens littéral.

« Non, il n'a pas à se sentir coupable, ai-je donc dit. Je pense simplement qu'il a vu quelque chose. Quelque chose qu'il n'ose pas dire. Justement à cause de ce sentiment de culpabilité.

— Et qu'est-ce qu'il aurait pu voir ? » Ralph a de nouveau changé de position. Il a avalé rapidement plusieurs gorgées de whisky. Le langage du corps. À en juger par le langage de son corps, lui non plus ne m'avait pas dit tout ce qu'il aurait dû. Ou peut-être essayait-il tout simplement de protéger son fils.

Il m'est venu une autre idée. Curieusement, je n'y avais pas songé plus tôt. Julia ne se souvenait plus de rien. Mais je n'en avais rien dit à Ralph. Ni à Alex, ou à qui que ce soit d'autre. Tout bien considéré, personne en dehors de Caroline et moi n'était au courant de la perte de mémoire de Julia. Ou bien si ? J'ai essayé de me souvenir dans les moindres détails des heures qui venaient de s'écouler. Des personnes qui étaient descendues ou non dans l'appartement, et du moment où elles étaient passées.

Tout le monde avait veillé à nous déranger le moins possible et à ne pas nous poser trop de questions. Judith… Après avoir couché Thomas et Lisa, Judith était descendue et avait posé une question. Julia avait-elle une idée de qui avait fait quoi ? Elle est encore en état de choc, avions-nous répondu. Elle ne sait pas. Peut-être sa mémoire s'est-elle bloquée, avais-je dit, cela arrive quand une chose pareille se produit. Nous avions chuchoté. Et quand Julia avait entrouvert les yeux, nous nous étions tus. Emmanuelle n'avait pas posé d'autres questions et, plus tard, Stanley non plus. Il était fort possible que Judith ait confié à Ralph ce que nous lui avions dit en bas. Mais même… Était-il vraisemblable que Ralph soit venu s'asseoir à côté de moi avec une bouteille de whisky en sachant que tôt ou tard, Julia serait capable d'identifier son agresseur ?

À moins que… J'ai senti de violents battements à la hauteur de mes tempes. À moins que Julia n'ait été déjà sans connaissance… On lisait ce genre de choses. Des gens glissent un comprimé dans votre verre à votre insu. Une substance qui enivre les jeunes filles plus rapidement. Qui les rend plus joyeuses. Plus *accommodantes*. Ou qui leur fait même perdre totalement les pédales. Elles ne se contrôlent plus et suivent le mauvais homme. Parfois, le mélange d'alcool et de comprimés est trop fort et elles perdent connaissance.

J'ai essayé de ne pas y penser, mais je n'ai pas pu m'en empêcher. Un homme – un adulte selon toutes probabilités – qui se penche au-dessus d'une jeune fille sans connaissance de treize ans. C'étaient des malades, ces gens-là. Ce genre de personnes était malade. Mais non. Ce n'est pas une maladie. On peut guérir les maladies, on peut en tout cas les traiter. En l'occurrence, c'est autre chose. Un défaut. Un vice de fabrication. Une bouteille de boisson fraîche a éclaté et on la retire du marché. Voilà ce qu'il fallait faire de ces hommes. Pas les traiter, mais les retirer du marché. Détruire tout le lot. Pas d'enterrement. Pas d'incinération. Il n'est pas question que leurs cendres se mélangent à l'air que nous respirons.

J'ai cligné des yeux. De l'*œil droit* uniquement, ai-je constaté aussitôt : je n'y avais plus prêté attention, mais depuis mon retour de la plage, je n'avais plus ouvert mon œil gauche. Il n'était pas douloureux, mais refusait tout simplement de s'ouvrir. J'ai essayé d'abord de soulever naturellement ma paupière, en vain. J'ai alors tiré avec précaution sur mes cils. J'ai frotté ma paupière fermée, pressé les articulations de mes doigts dessus, mais mon œil est resté clos. Ce n'était pas bon signe, je le savais. Avant de monter en voiture tout à l'heure, une sale corvée m'attendait. *Qu'est-ce que tu as à l'œil ?* m'avait demandé à peu près tout le monde. Caroline avait été la seule à proposer : *Tu veux que je regarde ton œil ?* J'avais refusé sèchement.

J'ai lancé un regard en biais au grand corps de l'acteur à côté de moi. Il s'était penché en avant, les coudes posés sur ses cuisses, la tête appuyée sur ses mains. Dans quelques heures, nous serions partis. *Ce sont les premières vingt-quatre heures qui comptent*, avait dit Caroline. Il fallait que je fasse quelque chose. Quelque chose que je ne pourrais plus faire plus tard. Plus tard, il aurait eu assez de temps pour réfléchir. Pour choisir soigneusement ses réponses. À présent il était cinq heures du matin et il avait bu une demi-bouteille de whisky.

« Qu'est-ce qui t'est passé par la tête, au juste, quand tu as flanqué cette fille par terre ? » ai-je demandé d'un ton calme.

Quelques secondes de silence ont suivi.

« Comment ? Qu'est-ce que tu as dit ?

— Je t'ai demandé ce que tu avais en tête quand tu as voulu donner un coup de pied à la Norvégienne. »

Il a reniflé bruyamment. Il m'a lancé un regard de côté. Je l'ai regardé à mon tour. J'ai soutenu son regard, comme on dit. Avec un seul œil, cela dit, mais j'ai soutenu tant bien que mal son regard. J'ai essayé de ne pas cligner de l'œil.

« Tu es en train de me chambrer, ou… ? » Il a ricané, mais je suis resté impassible.

« Est-ce que c'est ta façon habituelle de réagir quand une femme, une jeune fille, repousse tes avances ? Tu essaies de la tabasser ? De l'envoyer à l'hôpital en la rouant de coups de pied ?

— Marc ! Il ne faut pas exagérer ! C'est qui, en l'occurrence, qui donne des coups de pied ? Je veux dire, qui est en train de donner des leçons ? Envoyer à l'hôpital à coups de pied… » Il a recommencé à se frotter le genou en grimaçant presque de douleur. Je voyais ce qu'il était en train de faire, il essayait de renverser la situation tout en éludant la question au moyen d'une plaisanterie, mais il n'y parvenait pas vraiment. Je l'ai vu dans son regard, dans ses yeux humides – on aurait dit un étang gelé recouvert d'une fine pellicule d'eau : là-dessous, la glace était dure comme de la pierre. Soudain j'ai su quand j'avais déjà vu ce regard : au ping-pong, quand il tentait un smash. Et aussi lorsqu'il avait dérapé, durant les premières secondes qui avaient suivi sa chute, quand personne n'osait encore rire : en proie à la douleur, il n'avait pas encore décidé de sa réaction.

« Julia m'a tout raconté, ai-je dit. Elle m'a dit ce que tu as fait. »

Je lui avais parlé en le regardant droit dans les yeux. À travers l'eau, je voyais la glace. J'en ai testé l'épaisseur.

« Qu'est-ce que tu dis ?

— Tu sais très bien de quoi je parle, Ralph. J'ai vu ta façon de regarder les femmes. Toutes les femmes, quel que soit leur âge. Ce soir, j'ai vu aussi ta réaction quand ces femmes ne font pas exactement ce que tu veux. »

Il n'y avait plus de langage du corps cette fois. Sauf si l'on peut encore parler de langage du corps en l'absence de tout langage du corps. Imperturbable, il m'a regardé fixement.

« Qu'est-ce qu'elle t'a raconté, Julia ? a-t-il demandé.

— Que tu lui as baissé sa culotte. Et qu'elle n'a pas apprécié du tout.

— Comment ? Est-ce que c'est ce qu'elle t'a dit ? Mais bon sang… » Il a frappé du poing sur son genou. « Ce n'était qu'un jeu, Marc ! Un jeu ! Nous nous sommes tous baissé nos maillots de bain. Il y avait Alex, Thomas, Lisa et elle. Moi aussi, elle m'a baissé mon maillot de bain. Nous nous sommes amusés comme des fous. Quand on perdait son maillot de bain, il fallait aller chercher une pièce de monnaie dans le fond de la piscine. Mais où on va là ! C'était un jeu. Et maintenant qu'est-ce qu'elle va raconter… Elle raconte que… ? Mais c'est dingue ça, on n'a pas idée d'aller inventer des choses pareilles ! »

Dans ma poitrine, mon cœur s'était mis à battre fort. Fort et vite. Mais je ne devais rien en laisser paraître. Je devais continuer.

« Et tu trouves cela normal, Ralph ? Un adulte qui baisse les petites culottes des filles ? Je veux dire, peut-être que j'aurais encore trouvé tout cela normal il y a quelques jours, mais plus après ce qui s'est passé hier soir sur la plage. »

Le regard de Ralph s'est modifié. On aurait dit que le liquide dans ses yeux avait séché d'un coup.

Dans le blanc de l'œil, je ne voyais plus que les ramifications rouges des veinules qui avaient éclaté.

« Qu'est-ce que tu veux dire exactement, Marc ? Tu veux transformer une chose normale en quelque chose de dégoûtant, simplement parce que chez ta fille les hormones commencent à s'emballer et que brusquement elle regrette un petit jeu auquel elle a participé sans que rien dans son attitude n'indique qu'il ne lui plaisait pas ? Je te jure que j'aurais tout de suite arrêté si j'avais remarqué que cela la dérangeait. Je te le jure. »

J'ai dégluti. Mais il n'y avait rien à déglutir. J'avais la bouche sèche.

« Qu'est-ce que tu as dit ? Qu'est-ce que c'était que cette histoire d'hormones ?

— Mais tout le monde peut le voir ! Bon sang, Marc ! Alex en a été la première victime. D'abord elle l'aguiche puis elle l'envoie balader. Et elle trouve encore le moyen se plaindre auprès de son papa à propos d'un petit jeu innocent. Par pitié, tu es son père. Tu as tout de même des yeux pour voir. »

Je me suis contenté d'enregistrer cette nouvelle information : Julia avait rejeté Alex. Mais quand ? Hier soir ils étaient encore amoureux. Manifestement, il s'était passé dans l'autre café sur la plage quelque chose que j'ignorais encore. Mais je devais rester concentré sur Ralph.

« Tu parles tout le temps de petits jeux innocents, ai-je dit. Mais sont-ils vraiment innocents si Julia est en fait déjà une femme ? Ou en tout cas une jeune fille chez qui les hormones commencent à s'emballer, comme tu l'as dit toi-même. Je veux dire, formulons les choses autrement : Emmanuelle. Est-ce qu'Emmanuelle a participé à votre petit jeu ? Est-ce que tu aurais aussi baissé sa culotte ? Est-ce qu'elle aurait dû elle aussi aller chercher une pièce de monnaie parce que tu aurais réussi à attraper sa culotte ? »

Ralph s'est levé brutalement. Sa chaise a basculé en arrière. Il a avancé d'un pas chancelant et s'est retourné. Il était à présent debout devant moi, à peine à cinquante centimètres. Il a pointé son gros doigt vers moi. L'extrémité de son doigt me touchait presque le nez.

D'un côté j'avais peur. J'avais peur qu'il s'en prenne à moi. D'un autre côté, cela m'était complètement égal. Plus rien ne m'importait. Ralph était ivre. Il m'assommerait d'un seul coup, je ne remarquerais pas grand-chose du reste.

« Tu sais quoi ? a-t-il dit, et j'ai senti des postillons atteindre mon visage. Tu devrais te demander qui est au juste le saligaud ici. C'est toi qui vois des choses pas nettes dans ce genre de petit jeu. Pas moi. Ce que je constate, c'est que ta fille joue les petites innocentes quand ça lui chante. Quand elle vient pleurnicher auprès de son papa. Mais avec les hommes, elle sait très bien ce qu'elle fait, Marc. Je l'ai vue de mes propres yeux. À faire ses minauderies et à exciter la galerie avec ses petits pas enjôleurs sur le plongeoir. Et ses petits rires. Il faut voir sa démarche ! Je veux dire, qui sait ce qui s'est passé précisément là-bas dans ce café sur la plage ? Qui sait qui elle a cherché à séduire là-bas avec ses astuces de mannequin. Peut-être que le papa ne voit pas ce genre de choses, mais il n'y a pas un homme qui ne se retourne pas sur ta charmante fillette quand elle passe. Peut-être que tu ne veux pas le voir. Peut-être que tu as envie qu'elle reste pour toujours ta petite fille. Mais ta petite fille est déjà grande, Marc. Et elle est tout aussi roublarde que les autres ! »

Je me suis levé à mon tour. Dans le plus grand calme. Tranquillement, sans que ma chaise ne se renverse. À l'intérieur, j'étais prêt à tout. Ralph était plus grand et plus fort que moi. J'allais mordre la poussière. Mais je pouvais causer chez lui quelques dégâts. Définitifs. Je n'avais pas l'habitude de me battre, mais je connaissais comme aucun autre les points faibles du corps humain. Je savais comment démolir un corps avec quelques gestes simples.

« Qu'est-ce que tu as dit ? » J'ai essayé aussi de faire en sorte que ma voix paraisse calme, mais elle tremblait. « Qu'est-ce que tu as dit à propos de la démarche de Julia ? Tu veux peut-être dire que c'est sa faute, ce qui lui est arrivé ? Comme en fin de compte pour toutes les femmes à qui cela arrive ? Parce qu'elles ont une certaine *démarche* ? »

Au-dessus de nous, quelqu'un a fait coulisser une fenêtre pour l'ouvrir. La fenêtre de la cuisine, avons-nous remarqué en levant les yeux.

« Vous pourriez parler un peu moins fort ? a demandé Judith. On vous entend à un kilomètre à la ronde. »

36

Nous avons roulé en direction du nord. D'abord sur des petites routes le long de la côte, puis sur l'autoroute. Sur le siège du passager à l'avant, Lisa s'était endormie, son corps détendu sous la ceinture de sécurité, sa tête formant un angle inconfortable avec la vitre de la portière. Caroline et Julia dormaient aussi, ai-je constaté dans le rétroviseur. Nous avions installé Julia sous un sac de couchage sur la banquette arrière, la tête sur les genoux de Caroline. Quand nous l'avions soulevée pour la porter jusque dans la voiture, elle s'était réveillée un instant, mais ces deux dernières heures elle avait dormi sans discontinuer.

Il y avait peu de circulation ce dimanche matin, mais conduire avec un œil fermé me rendait nerveux. Je voyais les autres voitures, mais j'avais du mal à évaluer la distance qui me séparait d'elles. J'étais parfaitement au courant du phénomène, j'avais lu des informations à ce sujet et je l'avais entendu dire pendant mes cours : avec un seul œil, on perd la notion de profondeur. Je n'avais jamais pu me faire une idée de l'effet que cela produisait, mais maintenant si. On ne peut pas créer la même impression en maintenant un œil fermé pendant un certain temps. L'autre œil se *souvient* de la profondeur pendant encore un petit moment, le monde ne devient plat qu'au bout d'une demi-journée. Aussi plat qu'une photo – on a la perspective, mais pas le mouvement. On ne peut plus se fier qu'à son expérience. On connaît les dimensions d'une voiture. On sait par expérience que, selon toutes probabilités, si une voiture paraît grossir, c'est qu'elle se rapproche.

Le jour s'était complètement levé à présent. Le soleil brillait sur les plaques de béton blanches qui formaient le revêtement de la chaussée. J'avais envie de mettre mes lunettes de soleil, mais je craignais de voir encore plus mal. J'ai bifurqué vers une station-service : je n'avais pas besoin de carburant, mais je ne voulais pas rester l'estomac vide. Une tasse de café. Et un sandwich ou une barre de Mars.

Caroline a dodeliné de la tête quand j'ai arrêté la voiture puis elle a ouvert les yeux. Je lui ai fait signe de sortir. Avec précaution, elle a retiré le sac de couchage étalé sur Julia, l'a enroulé pour en faire un oreiller et l'a glissé sous sa tête.

« Il faut que j'aille pisser, ai-je dit. Et je vais en profiter pour chercher quelque chose à manger et à boire. Tu as envie de quelque chose ? »

Caroline a frotté ses yeux ensommeillés. Elle a secoué la tête.

« J'étais en train penser, ai-je chuchoté. Nous pourrions rentrer d'une traite à la maison maintenant, mais peut-être que ce n'est pas une bonne idée. Je veux dire, nous devrons nous arrêter quelque part de toute façon, je ne vais pas tenir le coup toute une journée. Mais j'ai pensé aussi : est-ce que nous n'allons pas aggraver la situation en rentrant tout de suite à la maison ? Nous pourrions nous arrêter dans un petit hôtel quelque part. Au bord de la mer. Ou à la montagne. Pour faire quelque chose d'*agréable* avant de rentrer. Pour plus tard. Pour qu'elle n'ait pas que des mauvais souvenirs. »

J'avais passé les deux dernières heures à réfléchir. Je m'étais demandé si j'étais encore en état de conduire, si c'était raisonnable, vu la quantité d'alcool que j'avais dans le sang, et le bruissement que j'entendais dans ma tête tant je manquais de sommeil. Je devais veiller sur ma famille, ne pas envoyer tout le monde dans le fossé. Je risquais à tout moment de m'endormir au volant. Je connaissais les symptômes. On cligne des yeux et l'instant suivant, quelque chose a disparu : un panneau publicitaire sur une colline, une propriété entourée de cyprès, un âne décharné derrière un fil barbelé. On s'est endormi. Peut-être trois secondes tout au plus, mais on a dormi. Brutalement, le panneau publicitaire et l'âne ont disparu. Une brève serait publiée dans le journal. En page deux. *Une famille néerlandaise [...] a traversé le rail de sécurité et s'est retrouvée à contresens...*

Je m'étais aussi rappelé un incident qui avait eu lieu dans ma jeunesse. Quand j'avais environ treize ans, mon père m'avait donné mes premières leçons de conduite. D'abord sur un parking, puis assez vite sur la route. Il y a des gens qui n'aiment pas conduire. En ce qui me concerne, dans des circonstances normales, j'y prends toujours un réel plaisir. Je reste persuadé que mon goût pour la conduite remonte à mes treize ans.

Un après-midi, nous roulions sur une petite route étroite et sinueuse dans la région de la Veluwe. J'étais au volant, mon père assis à côté de moi et ma mère à l'arrière. Nous approchions d'un virage à gauche, en épingle à cheveux. J'en étais arrivé au stade où la conduite était devenue un automatisme.

Le stade dangereux parce qu'on relâche son attention. En sens inverse est arrivée une voiture que j'ai vue trop tard. J'ai tourné brusquement le volant pour l'esquiver par la droite. Nous avons quitté la route, qui descendait en pente assez raide. Je suis tout juste parvenu à éviter les arbres mais j'ai fini par m'arrêter en heurtant une table de pique-nique en bois. Mon père est sorti inspecter les dégâts. Ensuite, il a pris ma place derrière le volant et il est retourné sur la route.

J'ai cru que nous en resterions là, qu'il allait continuer à conduire, mais il s'est arrêté et il est sorti à nouveau.

« Allez, c'est ton tour maintenant, a-t-il dit.

— Je ne sais pas… », ai-je émis en couinant. J'avais les mains moites et le front en sueur. Je n'étais sûr que d'une chose : je ne voulais plus jamais conduire une voiture.

« Il faut justement t'y remettre, a dit mon père. Sinon, bientôt, tu n'oseras plus. »

C'est à cela que j'ai pensé durant les premières heures qui ont suivi notre départ de la maison de vacances. À Julia et aux inconvénients pour elle d'interrompre nos vacances à la moitié. Nous avions entre-temps parcouru plus d'une centaine de kilomètres – mais le trajet jusqu'à la maison était encore long. À la maison il y avait des gens. Des amis et des membres de la famille qui poseraient des questions. Répondre à ces questions, tout comme les éviter, ferait des dégâts certains. Ici, nous étions encore tous les quatre. Peut-être valait-il mieux rester encore un certain temps tous les quatre.

« Je ne sais pas », a dit Caroline. Nous étions devant la portière arrière entrouverte, nous regardions notre fille endormie sur la banquette. J'ai posé une main sur l'épaule de ma femme. Je lui ai caressé les cheveux.

« Je ne sais pas non plus, ai-je dit. C'était une idée comme ça. Un sentiment. Mais à vrai dire, je ne sais vraiment pas. C'est pour cela que je te le demande. Dis-moi ce que tu veux faire. »

Deux heures plus tôt, j'avais réveillé doucement Caroline. « On doit partir. Je t'expliquerai plus tard. » Caroline avait sorti Lisa du lit à l'étage. Nous avions laissé Stanley et Emmanuelle dormir. « La tente finira par revenir un jour, ai-je dit. Nous n'en n'avons plus besoin de toute façon. » Sinon, nous n'avions vu personne. Tout le monde dormait. Ralph était peut-être encore réveillé, mais il n'était pas sorti quand nous avions démarré la voiture et descendu le chemin pour rejoindre la rue.

Je m'apprêtais à tourner dans la rue quand j'ai perçu un mouvement dans mon rétroviseur. J'ai freiné pour mieux regarder. La mère de Judith était en haut de l'escalier extérieur. Elle faisait un grand geste. Ou plutôt : elle nous faisait signe de nous arrêter. L'instant d'après, je l'ai vue, toujours dans mon rétroviseur, descendre l'escalier. J'ai cru l'entendre crier quelque chose. Puis j'ai donné un coup d'accélérateur pour me dépêcher d'atteindre le bout de la rue.

37

Le petit hôtel était situé au bord d'un torrent qui alimentait une roue hydraulique. Plus bas dans la vallée, des vaches paissaient entre les arbres. Les cloches autour de leur cou tintaient doucement, de gros bourdons vrombissaient d'une fleur à l'autre, l'eau du torrent roulait sur les pierres. Aux sommets des montagnes à l'horizon, on apercevait ici et là des plaques de neige.

Le premier jour, Julia est restée dans sa chambre. Parfois, elle se réveillait et réclamait à boire, mais elle n'avait pas faim. Caroline et moi la veillions tour à tour. Le premier soir, alors que j'étais assis avec Lisa dans la salle à manger, elle m'a demandé ce qu'avait sa sœur exactement, et je lui ai répondu que je lui expliquerais plus tard, que c'était une chose qui arrivait aux jeunes filles, parfois, quand elles grandissaient.

« Elle va avoir ses règles ? » a demandé Lisa.

Le lendemain, je me suis réveillé avec une douleur lancinante dans l'œil. Je suis allé m'examiner dans le miroir de la salle de bains. J'avais sous la paupière une grosseur de la taille d'un œuf. La peau de la paupière, tendue au maximum, avait pris la couleur d'une piqûre de moustique, avec ici et là quelques taches sombres. Du pus jaune avait séché sur mes cils. Tout palpitait et battait fort – comme un panaris. Il s'agissait d'ailleurs bien de cela, je le savais : un abcès. Quand un panaris n'est pas soigné à temps, il peut entraîner une septicémie et une amputation. Si la rétine subit une trop forte pression, elle se déchire. Le pus et le sang, soumis à une intense pression à l'intérieur du globe oculaire, cherchent une issue. On peut considérer à ce stade que l'œil est perdu.

« Il faudrait que tu emmènes Julia avec toi en bas tout à l'heure, ai-je chuchoté à Caroline. Je ne veux pas qu'elle reste ici. »

Je tenais un gant de toilette devant mon œil pour éviter que ma femme ne le voie.

« Tu veux que je t'aide ? »

J'ai secoué la tête. « Le mieux que tu puisses faire pour m'aider, c'est de rester auprès de Julia. »

Bien plus tard seulement, plusieurs jours après, j'ai trouvé inquiétant que Julia n'ait pas protesté du tout quand Caroline avait gentiment insisté pour qu'elle se lève et s'habille. « Viens, nous allons prendre le petit déjeuner en bas, ce sera sympa, a-t-elle dit d'un ton enjoué à ses deux filles en ouvrant les rideaux. C'est vraiment une belle journée. »

J'étais allongé sur le lit, le gant de toilette toujours devant mon œil. J'ai vu Julia entrer dans la salle de bains avec la petite pile de vêtements que sa mère lui avait tendue. Un instant plus tard, nous avons entendu l'écoulement de la douche. Un quart d'heure après, elle coulait encore.

« Julia ? » Caroline a frappé à la porte. « Est-ce que tout va bien ? Tu as besoin d'aide ? »

Nous nous sommes regardés. La panique dans les yeux de Caroline était sans aucun doute la copie conforme de celle qu'elle pouvait lire au même moment dans mon unique œil. Lisa, qui était entre-temps sortie de son lit, était venue se glisser contre moi. Je l'ai serrée contre moi, j'ai posé ma main sur sa tête et articulé en silence les mots : « La porte… essaie la porte. »

« Julia ? » Caroline a frappé à la porte encore une fois et appuyé sur la poignée. Elle s'est retournée vers moi et a secoué la tête. Dans le même temps, sa lèvre inférieure s'est mise à trembler, ses yeux se sont brutalement remplis de larmes. « Arrête… ! Arrête ! » disaient mes lèvres toujours sans un bruit.

« Papa ? a dit Lisa.

— Oui ?

— Papa, est-ce que je pourrai appeler Thomas tout à l'heure ? »

À ce moment-là, le bruissement de la douche s'est interrompu.

« Julia ? » Caroline a vite essuyé ses larmes et frappé de nouveau à la porte.

« Maman ? » La porte s'est entrebâillée. De là où j'étais, je ne pouvais apercevoir le visage de ma fille aînée. « Je suis presque prête, maman », a-t-elle annoncé.

Dans la trousse à maquillage de Caroline, j'ai trouvé une aiguille que j'ai chauffée à la flamme de mon briquet. Sur le rebord du lavabo, j'avais rassemblé tout ce dont je pourrais avoir besoin : du coton, de la gaze, de la teinture d'iode, et aussi une seringue contenant un antalgique – celle-ci ne devant servir qu'en dernière extrémité. Je ne voulais pas anesthésier mon œil, dans la mesure du possible. La douleur était en l'occurrence la seule bonne conseillère. Elle me dirait jusqu'où je pourrais aller. Il faut considérer une inflammation comme une forteresse bardée de défenses. Une tête de pont hostile dans un corps par ailleurs sain. Ou peut-être plutôt comme une cellule terroriste. Des combattants armés en nombre relativement restreint retiennent de nombreux otages. Des femmes et des enfants. Les terroristes se sont munis de grenades et de bâtons de dynamite prêts à exploser en cas d'assaut. Avec le majeur de la main gauche, j'ai légèrement soulevé ma paupière. J'ai enfoncé avec précaution l'aiguille chaude. Si j'allais trop loin, je risquais de provoquer une lésion irréparable. L'abcès se viderait, mais l'œil aussi. On peut considérer qu'une action de libération qui fait des dizaines de morts parmi les otages est un échec. Pour l'instant l'aiguille ne rencontrait pratiquement aucune résistance. Je ne ressentais pas de douleur. À l'aide de mon œil ouvert, j'essayais d'évaluer dans le miroir jusqu'où l'aiguille était déjà enfoncée quand, soudain, j'ai entendu des bruits. Des voix. J'ai regardé de côté. Les voix me parvenaient depuis la lucarne au-dessus des toilettes. La lucarne en verre dépoli laissée ouverte. J'ai reconnu la voix de Lisa, même si je ne parvenais pas à comprendre ce qu'elle disait. Sans doute était-elle assise sur la terrasse juste en dessous de la chambre. Avec précaution, sans retirer l'aiguille de mon œil, j'ai avancé de deux pas et j'ai fermé doucement la fenêtre. Au même moment, j'ai senti quelque chose de collant sur mes doigts. En un pas, j'étais près du lavabo et j'ai vu le sang. Il coulait sur mon visage et tombait sur la porcelaine blanche en formant de grosses éclaboussures. J'ai retiré l'aiguille et appuyé sur ma paupière. Le sang a continué de coulé. Il a éclaboussé mon T-shirt. Et mes pieds et le carrelage entre mes pieds. Mais j'ai aussi vu autre chose. Une substance couleur moutarde. De la moutarde qui aurait dépassé depuis longtemps la date de péremption. À présent je sentais aussi une odeur nauséabonde. Entre l'eau croupie d'un vase et la viande avariée. J'ai eu un haut-le-cœur, et juste après est remontée une vague de bile que j'ai crachée dans le lavabo parmi le sang et le pus. Pourtant j'exultais intérieurement. En silence. J'ai augmenté la pression que j'exerçais sur ma paupière. Et enfin, j'ai eu mal. Il y a deux sortes de douleur. Une qui vous avertit qu'il ne faut pas aller plus loin et une qui vous libère. Cette douleur-là était libératrice. J'ai ouvert le robinet. J'ai appuyé sur mon œil pour le vider entièrement. J'ai déroulé un mètre de papier toilette. Je n'ai osé regarder qu'après avoir tout nettoyé autour de mon œil. Ce n'était rien de moins qu'un miracle. Sous les traces de pus et les filets de sang, mon œil est apparu, indemne et vif, luisant comme une perle dans une huître. Il me regardait. Avec reconnaissance, me suis-je imaginé. Il était manifestement heureux de me revoir.

Dix minutes plus tard, j'ai rejoint ma famille sur la terrasse. Sur la table étaient posés une cafetière et un pot de lait chaud. Une petite corbeille contenait des croissants et des tranches de baguette. Il y avait des petits paquets de beurre et de la marmelade. Les cloches des vaches tintaient. Un bourdon a disparu dans une fleur qui s'est inclinée sous son poids. Le soleil m'a réchauffé le visage. J'ai souri. J'ai souri en direction des montagnes au loin.

« Et si nous commencions par aller nous promener aujourd'hui ? ai-je dit. Si nous remontions le cours du torrent pour voir où cela nous mène ? »

Nous avons encore fait cette promenade ce jour-là. Julia faisait de son mieux. Plus haut sur le versant de la montagne, le torrent disparaissait dans un bois de grands sapins. À un endroit peu profond, nous l'avons traversé en sautant d'une pierre à l'autre. Plus tard, nous sommes arrivés à une cascade. Lisa a eu envie de nager. Caroline et moi avons tous les deux regardé Julia.

« Non, cela ne me dit rien, a-t-elle dit en souriant. Je suis bien là où je suis. »

Elle était assise, les jambes relevées, sur un large rocher plat, les bras croisés autour de ses genoux. Il y avait dans son sourire quelque chose d'équivoque. Tout comme dans les efforts qu'elle faisait – *pour nous* aurait-on dit. Elle faisait de son mieux pour ne pas gâcher encore plus les vacances.

« Tu préfères rentrer à l'hôtel ? » a demandé Caroline, juste au moment où je m'apprêtais à poser la même question. Enfin non : je voulais en fait demander à Julia si elle ne préférait pas plutôt rentrer à la maison.

« Non, ce n'est pas la peine », a-t-elle répondu.

Caroline a poussé un profond soupir et m'a regardé. « Peut-être que tu es fatiguée. Peut-être que tu as envie de te reposer.

— Non, je suis bien là où je suis, a répété Julia. Regardez comme c'est beau, cette lumière entre les arbres. »

Elle a pointé le doigt en l'air, vers les cimes des sapins, plissant les yeux pour se protéger des larges rayons de soleil qui perçaient à travers les branches. Lisa, qui s'était déshabillée, s'est jetée à l'eau. « Aaah, elle est froide ! a-t-elle crié. Tu viens aussi, papa ? Tu viens aussi ?

— Julia ? » ai-je dit.

Elle m'a regardé. Elle a souri à nouveau. J'ai ressenti alors une soudaine faiblesse, qui partait de mes genoux pour remonter jusqu'en haut, dans ma poitrine et dans ma tête. J'ai reculé d'un pas et me suis affalé sur une pierre.

« Tu veux rentrer à la maison, ma chérie ? ai-je demandé. Il ne faut pas hésiter à le dire, tu sais. On peut partir demain. »

J'avais employé un ton normal, du moins je le pensais. Tout au plus avais-je parlé un peu trop bas, mais à mon avis sans que cela se remarque.

Julia a cligné des yeux. Son sourire avait disparu. Elle s'est mordu la lèvre inférieure.

« Ah bon ? a-t-elle dit. C'est possible ? »

38

Et c'est ce que nous avons fait. Nous sommes partis au petit matin et nous sommes arrivés à la maison vers minuit. Lisa a joué un petit moment dans sa chambre. Julia a pris une douche – là encore pendant plus d'un quart d'heure – et s'est endormie presque aussitôt.

Caroline avait ouvert une bouteille de vin. Avec deux verres et les petits fromages que nous avions achetés en route dans une station essence, elle est venue s'allonger à côté de moi ; c'était la première fois depuis notre départ de la maison de vacances que nous nous retrouvions tous les deux.

« Qu'est-ce qu'on fait maintenant ? » a-t-elle demandé.

Dans la voiture, nous n'avions pratiquement pas parlé. Julia avait surtout dormi, Lisa écouté de la musique sur l'i-Pod de sa sœur. J'avais eu assez de temps pour réfléchir.

« Rien pour l'instant, ai-je dit. C'est ce qui me semble le mieux.

— Mais est-ce qu'il ne faudrait pas l'emmener quand même à l'hôpital ? Ou au moins chez un spécialiste ? »

Caroline a prononcé ce dernier mot sans la moindre insistance et le plus incidemment possible. Elle connaissait mon avis sur les « spécialistes ». Elle savait à quel point j'étais susceptible quand mes connaissances médicales limitées étaient mises en doute, qui plus est par ma propre femme.

« Tu sais ce que je pense ? ai-je dit. J'ai l'impression que, pour le moment, cela ne sert à rien de la faire encore examiner. J'ai regardé, tu dois me faire confiance : il y a des lésions, mais provisoires. En ce qui concerne l'aspect psychologique, il est encore trop tôt pour se prononcer. Elle ne se souvient de rien. À l'hôpital, ils vont poser des questions. Un spécialiste voudra tout savoir. Ici elle est avec nous. Avec toi et avec moi. Avec sa petite sœur. Je pense vraiment que, pour l'instant, il ne lui faut rien d'autre qu'un repos total. Laisser tout simplement le temps agir.

— Mais est-ce que c'est normal, qu'elle ne se souvienne plus de rien ? Je veux dire, peut-être que ce sera douloureux pour elle de tout se remémorer mais est-ce qu'en fin de compte ce n'est pas préférable ? Quand un événement reste éternellement enfoui dans son subconscient, est-ce que cela ne peut pas provoquer beaucoup de dégâts ?

— On ne peut pas le savoir. Personne ne peut le savoir. On connaît des cas de personnes qui ont vécu des expériences épouvantables et les ont si bien refoulées qu'elles ont pu vivre une vie normale. D'autres ont fait ressurgir sous hypnose toutes sortes de choses auxquelles elles ont été ensuite incapables de faire face.

— Mais nous voulons tout de même savoir, non ? Peut-être pas tout de suite, mais nous voulons bien finir par savoir ?

— Savoir quoi ? » Je lui ai tendu mon verre vide et elle l'a rempli.

« Qui a fait ça. Évidemment, je préfère ne pas y penser mais, quand j'y pense, cela me met hors de moi ! Le genre de salaud qui fait une chose pareille ! Il faudrait l'arrêter. Il faudrait l'empêcher de circuler dans les rues pendant le restant de ses jours. Il faudrait le… le…

— Bien sûr que nous voulons savoir. Je le souhaite tout autant que toi. Je veux simplement dire que nous devons faire attention à ne pas aggraver son état. Si nous faisons pression pour que tout remonte, nous risquons de lui faire encore plus de tort que si nous laissons les choses en l'état pour l'instant. Provisoirement. »

Pendant notre promenade le long du torrent, j'avais marché un instant seul à côté de Julia. J'avais évoqué le plus incidemment possible l'après-midi au bord de la piscine. Le défilé sur le plongeoir et Alex et Thomas qui les avaient aspergées : l'élection de miss T-shirt mouillé. « Je te regardais depuis la fenêtre de la cuisine, lui avais-je dit. Je vous ai vus. Cela m'a vraiment fait rire. » Et Julia avait plissé le front d'un air songeur. Comme si elle entendait cette histoire pour la première fois. « C'était quand ? » avait-elle demandé.

« Marc… » Caroline, qui avait posé son verre sur la table de nuit, m'a pris le poignet.

« Oui ?

— Est-ce que tu penses… ? Est-ce que tu penses que… ? Je veux dire, nous en avons déjà parlé, sur la plage. Penses-tu que Ralph aurait pu faire une chose pareille ? »

Je ne lui ai pas répondu tout de suite. J'ai fait mine de réfléchir. J'ai poussé un profond soupir et je me suis frotté l'œil gauche avec les articulations de ma main. Je n'avais plus de douleur, mais cet œil me démangeait.

« J'y ai pensé aussi, ai-je dit. Mais ça ne colle pas. Je suis resté une bonne partie du temps avec lui. Et quand je l'ai perdu de vu, il est rentré presque tout de suite. D'après mes calculs, Ralph n'aurait jamais pu faire un aller-retour vers cette autre plage en aussi peu de temps. En plus il boitait.

— Oui, j'ai remarqué. Qu'est-ce qu'il avait ?

— Nous étions là à lancer ces fusées. Il y en a une qui est partie dans les vagues. Tout près. Il a eu une peur bleue et il est tombé. Il a fait une vilaine chute. »

J'ai fermé les deux yeux en serrant les paupières. J'ai entendu le petit choc du verre de vin sur les dents de Caroline.

« En fait, je te demandais s'il aurait pu, a-t-elle dit. S'il en serait capable. »

Je n'ai rien répondu.

« Marc ?

— Oui ?

— Je t'ai posé une question.

— Pardon. Qu'est-ce que tu m'as demandé ?

— Je t'ai demandé s'il en serait capable. Ralph. De faire une chose pareille. »

Cette fois, je n'ai pas laissé le silence s'installer.

« Absolument », ai-je dit.

Quelques jours plus tard, Judith a appelé. Sur mon portable. Elle m'a demandé comment nous allions. Comment allait Julia surtout. J'étais assis sur le canapé dans le salon. Julia lisait un magazine par terre. Lisa était chez une amie. Caroline était partie faire des courses. Je me suis levé pour aller dans la cuisine. J'ai dit que, vu les circonstances, tout se passait raisonnablement bien.

« Je n'arrête pas de penser à vous, a dit Judith. Oh Marc, je trouve tellement affreux ce qui vous est arrivé. Et à Julia. Et que cela se soit passé ici. Ralph est lui aussi complètement effondré. Il vous transmet tout son soutien. Ainsi que Stanley et Emmanuelle. Ils repartent demain aux États-Unis. »

Dans le silence qui a suivi, j'ai entendu quelque chose : un bruit familier.

« Où es-tu ? ai-je demandé.

— Je suis assise au bord de la piscine, avec les pieds dans l'eau. »

J'ai fermé les yeux un instant. Puis je me suis approché de la porte de la cuisine et j'ai regardé derrière, sur le côté. Julia était encore allongée par terre sur le ventre à lire son magazine. J'ai rabattu vers moi la porte en la laissant entrebâillée.

« Thomas demande tout le temps des nouvelles de Lisa, a dit Judith. Elle lui manque beaucoup.

— Oui.

— Moi aussi, je ressens la même chose. Un sentiment d'absence. »

Je n'ai rien dit. J'ai ouvert le robinet, j'ai pris un verre sur le plan de travail et je l'ai tenu sous le jet.

« Tu me manques aussi, Marc. »

39

Une semaine avant la fin des vacances scolaires, j'ai rouvert mon cabinet. Mais le cœur n'y était plus. Peut-être qu'il n'y avait jamais vraiment été, mais à présent il n'y était vraiment plus du tout. Malgré mon dégoût du corps humain, j'avais toujours bien fait mon travail. Presque personne ne se plaignait. Je savais toujours adresser à temps les cas les plus graves à des spécialistes. Quant aux cas moins graves, je leur prescrivais le bon traitement. Pour la grande majorité de ma clientèle, les personnes qui n'avaient aucun problème, il en allait tout autrement. Avant le début des vacances, je les écoutais encore patiemment. Pendant vingt minutes, j'affichais mon expression la plus compréhensive. À présent, je n'arrivais plus à tenir ces vingt minutes. Au bout de cinq à peu près, le masque de compréhension devait se fissurer car les patients arrêtaient soudain de parler – parfois même au beau milieu d'une phrase. « Qu'y a-t-il, docteur ? – Rien, comment cela ? – Je ne sais pas, vous me regardez comme si vous ne me croyiez pas. »

Avant, je laissais les patients dire ce qu'ils avaient à dire pendant toute la durée des vingt minutes. Ensuite ils repartaient chez eux soulagés. Le médecin leur avait remis leur petite ordonnance et demandé instamment de prendre la vie plus calmement. Je leur disais : « Vous passerez voir mon assistante pour prendre un rendez-vous de suivi. Cela nous permettra de vérifier dans trois semaines s'il y a une amélioration. »

Je n'y arrivais plus. Je perdais patience. À un patient qui venait se plaindre pour la troisième fois de ses étourdissements, je rétorquais : « Vous n'avez rien. Absolument rien. Vous pouvez vous estimer heureux d'être en aussi bonne santé.

— Mais docteur, quand je me lève brusquement de ma chaise…

— Est-ce que vous avez bien écouté ce que je viens de vous dire ? Non, de toute évidence. Sinon vous m'auriez entendu dire que vous n'avez rien. Rien du tout ! Faites-moi le plaisir de rentrer chez vous. »

Plusieurs patients n'ont jamais remis les pieds dans mon cabinet. Parfois, certains avertissaient par lettre ou par mail qu'ils avaient trouvé un autre médecin « plus près » de chez eux. Je connaissais leurs adresses. Je savais qu'ils mentaient. Mais j'en restais là. Les rendez-vous s'espaçaient. Il arrivait plus fréquemment qu'un intervalle de vingt ou trente minutes sépare deux consultations. J'aurais pu sortir pendant ces périodes creuses, faire le tour du pâté de maisons, prendre un expresso ou un sandwich crudités au café du coin. Mais je restais toujours à l'intérieur, seul dans mon cabinet avec la porte fermée. Je m'adossais à mon fauteuil et fermais les yeux. J'essayais de calculer combien il faudrait encore de mois avant que tous mes patients aient disparu. Cette idée aurait dû m'inquiéter, mais non. Je pensais au déroulement naturel des choses. Les gens naissaient. Les gens mouraient. Ils quittaient la campagne pour aller à la grande ville. Les villages se dépeuplaient. D'abord le boucher laissait tout en plan, puis le boulanger fermait boutique. Des chiens égarés prenaient possession des rues abandonnées sans éclairage. Puis les derniers habitants mouraient. Le vent avait le champ libre. Les portes mal fixées des remises couinaient sur leurs gonds. Le soleil se levait et se couchait, mais ses rayons n'éclairaient et ne réchauffaient plus rien du tout.

À de rares occasions, pendant un moment de lucidité, je réfléchissais aux conséquences financières. Pas trop longtemps, parce que la solution était évidente. Un cabinet médical florissant dans un bon quartier rapporterait une belle somme. Des médecins jeunes, en début de carrière, étaient prêts à tout pour un cabinet comme le mien. Ils payaient des montants astronomiques, la plupart du temps en sous-main, comme on dit, pour une reprise. Officiellement, c'était interdit, mais tout le monde savait que cela se passait ainsi. Je passerais une annonce. Un jeune débutant fraîchement diplômé prendrait un air hésitant, seulement pour la forme, quand je lui annoncerais la somme astronomique. Mais ses yeux ne mentiraient pas. Son regard avide en dirait long. « Il faut vous décider vite, dirais-je. Tout le monde trépigne d'impatience à l'idée de se lancer ici. »

Il ne faut pas que j'attende trop longtemps, me disais-je pendant ces moments de lucidité. Un cabinet avec peu de patients était une mine d'or. Un cabinet sans aucun patient ne l'était pas. Je faisais des calculs. Après la vente, notre famille aurait sûrement de quoi tenir trois, quatre ans. Ensuite, nous verrions bien. Une planque peut-être. Médecin d'entreprise. Ou tout autre chose. Un changement radical. Médecin pour un hôtel sur une des îles Canaries. Des touristes aux pieds piqués par des oursins. Des brûlures provoquées par le soleil. Des intestins chamboulés par une huile d'olive trop souvent réchauffée. Peut-être que ce changement radical profiterait aussi à Julia. Loin de son environnement habituel. Un nouveau départ. Voilà ce que je pensais pendant mes moments de lucidité. Parfois, ces moments étaient interrompus par l'arrivée d'un patient.

« Qu'est-ce qui vous fait croire cela ? » ai-je demandé au comique homosexuel, animateur d'une émission à la télévision, qui pensait avoir été contaminé par le sida. Ont suivi les histoires, les descriptions des fêtes que je ne voulais pas entendre. J'ai essayé de penser à une plage. Une plage jaune doré au bord d'une mer d'un bleu intense. Après ma consultation à l'hôtel, je marcherais sur cette plage jusqu'à la mer. « Vous a-t-il éjaculé dans la bouche ? demandais-je pendant ce temps-là au comique. Et êtes-vous récemment allé chez le dentiste pour un détartrage ? » En cas d'inflammation des gencives, la contamination par le sperme peut se produire dans un vaisseau. Je m'étais entre-temps enfoncé jusqu'à la taille dans la mer bleue. Le moment juste avant le plongeon. La moitié inférieure de mon corps déjà froide, la moitié supérieure encore chaude. J'ai regardé la bouche du comique et essayé d'imaginer une verge entre ses lèvres. Pour une raison ou une autre, c'était une verge blanchâtre, une verge comme un morceau de poireau, et elle était entièrement dedans : dans cette bouche. Le comique suçotait le poireau, il le taquinait en le mordillant. « Putain, je vais jouir ! » gémissait le propriétaire de la verge. Les écluses s'ouvraient. La première vague de sperme giclait contre le palais du comique. La suivante atterrissait contre les gencives qui saignaient. C'était plus efficace qu'une injection mortelle. L'espace d'un instant, vous sentez le froid quand votre tête disparaît dans une vague. La tête sous l'eau. Puis vous remontez à la surface. Vos cheveux trempés pendouillent tout autour de votre tête. Le sel vous pique les yeux. Vous léchez la morve sur votre lèvre supérieure : un goût d'algues et d'huîtres. Vous jetez un regard en arrière, vers la plage où vous étiez encore un instant plus tôt. Purification, c'est le premier mot qui vous vient à l'esprit. Le comique avait de l'embonpoint mais, dans un mois environ, personne ne le reconnaîtrait. Décharné. Il n'y a pas de mot plus adapté. Le sida consume un corps de l'intérieur. Il enfonce un marteau-piqueur dans un mur de soutènement. Le type de marteau-piqueur qu'utilisent les ouvriers sur la voie publique pour dégager les rails de tramway de l'asphalte. La construction commence à craquer. Trois étages plus haut des fissures se forment dans le stuc. Des morceaux de peinture et de plâtre se détachent du plafond. C'est comme lors d'un séisme. Les grands immeubles s'effondrent parfois avant les huttes en argile. Le comique n'avait pas l'ombre d'une chance. Il aurait dû mieux se brosser les dents. Il aurait dû aller à temps chez le dentiste. Maintenant la vague de sperme dans sa gencive avait signé son arrêt de mort.

J'ai encore fait mine de l'écouter, feint de prendre des notes dans mon carnet, mais pendant tout ce temps je regardais la pendule accrochée au mur derrière la tête du comique. La pendule que j'avais placée là pour ne jamais avoir à consulter ma montre en présence d'un patient. Combien de temps encore ? Il n'était là que depuis quatre minutes et je n'avais déjà plus envie d'entendre quoi que ce soit. Plus aucun autre détail. Je voulais que le comique quitte mon cabinet. Qu'il meure vite. De préférence sans jamais revenir frapper à ma porte. Les animaux cherchent un endroit tranquille pour mourir, par exemple un chat ira se cacher derrière les flacons de produits d'entretien sous l'évier. Dans huit mois environ, je lirais le faire-part de décès dans le journal. *Une page entière* d'hommages, c'était plus probable dans son cas. Un enterrement auquel assisteraient plus de mille personnes dans le cimetière situé dans le coude du fleuve. Des discours. De la musique. Une nécrologie à la télévision. Une rediffusion de sa meilleure prestation insérée dans la grille des programmes. Encore quelques souvenirs insignifiants dans un talk-show – puis le silence inévitable s'installerait.

J'ai souri. Un sourire apaisant. « Ah, cela ne devrait pas aller jusque-là, ai-je dit. Le risque de contamination est relativement faible. Et quand bien même : de nos jours, les inhibiteurs du sida sont de plus en plus perfectionnés et efficaces. Y a-t-il eu aussi pénétration anale ? »

J'ai posé la question de la façon la plus *anodine* possible. Comme un médecin sans préjugés. Un médecin doit être au-dessus des préjugés. Je suis d'ailleurs au-dessus des préjugés. Ma main au feu. Mais être au-dessus ne veut pas dire que l'on peut totalement les bannir. En cas de pénétration anale, le tissu est étiré à l'extrême. Les saignements sont la règle plutôt que l'exception. Ce n'est pas un préjugé. Ce sont les faits. En biologie, tout a un but et une fonction. Aucune femme ne s'est jamais retrouvée enceinte à la suite d'une pénétration anale. Si le but avait été que nous enfoncions notre verge dans le trou de balle de quelqu'un d'autre, l'ouverture aurait été prévue plus grande. Autrement dit : l'accès est suffisamment étroit pour nous prévenir de ne *pas* l'introduire là. Comme la chaleur d'une flamme nous avertit qu'il ne faut pas laisser la main trop longtemps au-dessus. J'ai regardé le comique condamné à mort. Je pouvais l'examiner, inventer une histoire de ganglions gonflés. Vos ganglions dans l'aine sont effectivement un peu gonflés, mais cela ne veut rien dire. D'un côté, j'avais envie de le renvoyer chez lui avec un avis passablement rassurant, un sentiment de panique, de l'autre, je voulais en voir le moins possible aujourd'hui. Pas de peau nue. Pas de fesses poilues, ou – qui sait – peut-être même un pubis rasé. Comme je l'ai dit, je n'ai pas de préjugés, mais il y a des cas où l'empathie est trop sollicitée. J'ai pris un formulaire pour une analyse de sang dans un tiroir de mon bureau et j'ai coché au hasard. Cholestérol. Glycémie. Fonction hépatique. J'ai regardé ma montre. J'avais lu l'heure au-dessus de la tête de mon patient mais, avec ce geste, j'envoyais un signal. L'entretien touchait à sa fin. « Si vous passez maintenant au laboratoire, nous en saurons davantage dans quelques jours. » Je me suis levé. J'ai tendu la main. Je lui ai remis le formulaire. Trois minutes plus tard, le patient était dans la rue. Je me suis affalé sur ma chaise et j'ai fermé les yeux. J'ai essayé de retrouver la plage. La mer bleue, purificatrice. Mais on a frappé à la porte de mon cabinet. Mon assistante a passé sa tête dans l'entrebâillement. « Qu'est-ce que vous avez dit ? a-t-elle demandé.

— Comment cela ?

— Au patient qui vient de vous voir. Il est parti d'ici en larmes. Il a dit qu'il ne reviendrait plus jamais. Il a dit que vous pouviez aller vous faire… enfin, désolée… je ne fais que répéter ce qu'il a dit. »

J'ai regardé fixement mon assistante, j'ai soutenu son regard. « Qu'a-t-il dit précisément, Liesbeth ? »

Mon assistante a rougi. « Il a dit… il a dit que vous pouviez aller… enfin… que vous pouviez aller vous faire foutre. J'ai trouvé ça grossier ! J'en suis restée sans voix. »

J'ai pris une profonde inspiration. « Liesbeth. Cet homme a très probablement le sida. Il l'a contracté parce que quelqu'un a éjaculé contre ses gencives qui saignaient. Si quelqu'un qui ne porte pas de casque rentre dans un arbre avec sa moto, on le juge responsable. Une personne qui prend la verge de quelqu'un d'autre dans sa bouche sans mesures de précaution ne peut compter sur plus de compréhension de ma part que le conducteur de moto sans casque. En ce qui me concerne, c'est lui qui peut aller se faire enculer. Mais qu'est-ce que je raconte ? Il le fait déjà ! »

40

Je n'ai pas rappelé Judith. C'est elle qui a appelé.

« Nous avons encore votre tente ici », a-t-elle dit.

J'avais envie de lui répondre qu'elle pouvait la brûler dans le jardin, que nous n'irions plus jamais camper.

« Je viendrai la chercher à l'occasion, quand j'aurai un moment. »

Il y a eu un silence à l'autre bout du fil. Puis elle m'a demandé comment allait Julia. Je ne sais pas à quoi cela tenait, mais j'ai cru déceler une absence d'intérêt dans sa voix – une intonation routinière, comme si elle était *bien obligée* de demander. Je lui ai répondu sur le même ton : aussi brièvement que possible. Et elle n'a effectivement pas posé d'autres questions. Il y a eu un nouveau silence. Je m'attendais à ce qu'elle me dise que je lui manquais. Qu'elle voulait me voir. Mais elle ne l'a pas fait.

« Ralph a été plutôt apathique les dernières semaines que nous avons passées dans la maison de vacances, a-t-elle dit. Et encore maintenant. Je lui demande ce qu'il a, mais il élude toujours la question. Je me fais un peu de souci, Marc. J'ai pensé que, peut-être, tu pourrais l'examiner un de ces jours. Il ne s'en rend pas peut-être pas compte. De toute façon, il ne veut jamais aller consulter. »

J'avais l'impression que nous avions quitté la maison de vacances depuis une éternité. Julia continuait d'être plus calme que d'habitude. Elle se douchait deux à trois fois par jour – rarement moins d'un quart d'heure. Physiquement, elle s'était bien rétablie, j'avais pu le constater par moi-même, en lui demandant expressément si cela ne la dérangeait pas. Si elle ne préférait pas être examinée par un autre médecin que son père, un médecin « neutre ». Mais elle avait dit qu'au contraire, elle ne voulait pas d'autre médecin.

Caroline et moi étions convenus d'attendre encore quelques mois. En l'absence d'une amélioration visible, nous ferions appel à une aide extérieure. Nous avions aussi décidé de ne pas informer l'établissement scolaire pour le moment.

« Oui, il n'a qu'à passer me voir », ai-je dit, même si la perspective ne m'enchantait pas. J'ai essayé de me représenter un Ralph apathique. J'ai envisagé un instant de poser une question sur Alex, de demander si lui aussi était apathique, mais j'y ai renoncé presque aussitôt.

« Je me suis dit que ce serait peut-être une bonne idée que tu viennes chercher la tente et que tu lui demandes en passant si tout va bien, a suggéré Judith.

— Oui, ça peut se faire. »

Je l'ai entendue prendre une profonde inspiration.

« Ce serait bien qu'on se revoie, a-t-elle dit. *Moi* cela me ferait plaisir de te revoir. »

Il allait de soi que je réponde « moi aussi ». Mais j'aurais eu toutes les peines du monde à le dire de façon convaincante.

J'ai fermé les yeux. Je me suis représenté Judith sur la plage puis, comme cela ne produisait aucun effet, sous la douche extérieure près de la piscine :

quand elle tirait ses cheveux en arrière et fermait les yeux pour se protéger du soleil.

« Moi aussi », ai-je dit.

Quelques semaines plus tard, sa mère a appelé. Je ne l'avais plus croisée et je ne lui avais plus parlé depuis que je l'avais vue descendre l'escalier de la maison de vacances le matin de notre départ. Je ne lui avais pas accordé une seule pensée, j'en étais quasi certain.

Elle m'a demandé comment nous allions. Julia surtout. Je lui ai raconté. Je ne lui ai pas tout dit. Je n'ai par exemple pas précisé que Julia ne se souvenait toujours pas du soir en question. De toute façon, elle n'a rien demandé à ce sujet. J'ai essayé d'écourter la conversation par des réponses concises.

« Voilà, c'est à peu près tout, ai-je dit, tentant de conclure. Nous essayons de vivre avec, dans la mesure du possible. Julia doit essayer de vivre avec. »

Je m'entendais parler. Des phrases sortaient de ma bouche, mais ce n'était pas les miennes. Elles étaient détachées de moi. Je me contentais de les prononcer les unes après les autres. J'ai cru qu'elle allait prendre congé, quand elle a dit : « Il y a autre chose, Marc. »

Elle avait appelé pendant un de mes intervalles creux, le patient précédent était parti, le suivant n'était pas encore arrivé. Était-ce le ton de sa voix ou le fait qu'elle m'appelle par mon prénom pour la première fois dans la conversation qui m'a alerté ? Toujours est-il que je me suis levé de mon bureau et approché de la porte entrouverte de mon cabinet. J'ai regardé dans l'entrebâillement et vu mon assistante assise devant sa petite table, en train de remplir une fiche. J'ai fermé doucement la porte.

« Oui ?

— C'est que… je ne sais pas comment le dire, ou même si je dois le dire, a répondu la mère de Judith. Mais cela me trotte dans la tête depuis un certain temps. Depuis ce soir-là en fait. »

J'ai simplement émis un petit bruit. Le genre de bruit destiné à faire savoir à l'autre au bout du fil qu'on l'écoute encore.

« J'ai hésité jusqu'à présent parce que je ne veux pas que l'on tire les mauvaises conclusions, a-t-elle poursuivi. Et j'espère que ce n'est pas ce que tu vas faire. D'un autre côté, j'ai trouvé irresponsable de continuer à garder cela pour moi. »

J'ai acquiescé d'un signe de tête, et comme au même moment je me suis rendu compte qu'elle ne pouvait pas me voir, j'ai émis à nouveau le petit bruit.

« Le soir du feu d'artifice, quand vous êtes allés à la plage, je me suis couchée tôt. J'ai d'abord lu un peu, puis j'ai éteint la lumière. Je ne me suis réveillée que bien plus tard. Je ne sais pas précisément à quelle heure, mais il fallait que je me lève. Cela m'arrive en pleine nuit. » Elle a laissé un silence s'installer un instant, puis elle a repris : « Toutes les lumières étaient éteintes, donc j'ai supposé que ta femme était dans votre tente et Emmanuelle dans l'appartement en dessous. Je suis allée aux toilettes dans la salle de bains. J'y étais encore quand j'ai entendu une voiture en bas. Une voiture qui a remonté le chemin et qui s'est arrêtée. J'ai entendu la portière claquer et quelqu'un monter. Je ne sais pas vraiment pourquoi, mais j'ai vite tiré la chasse, j'ai fermé la lumière et je suis retournée dans ma chambre. Quelqu'un est entré. Quelqu'un qui est allé directement dans la salle de bains. Ma chambre est juste à côté. J'ai entendu qu'on ouvrait le hublot de la machine à laver et qu'on le refermait tout de suite. Juste après, la machine à laver s'est mise en marche. Et un peu plus tard, j'ai entendu la douche. »

Ralph. Ralph avait été le premier à rentrer. Seul. Dans sa voiture. En laissant sur place sa famille. Jusqu'à présent, l'histoire de la mère de Judith correspondait aux faits.

« Au bout d'un certain temps, j'ai entendu des bruits dans la cuisine. J'ai attendu encore un peu puis je me suis levée. Il y avait Ralph dans la cuisine. Il buvait une bière près du plan de travail. Ses cheveux étaient encore mouillés. Il a visiblement eu peur quand il m'a vue. Je lui ai dit qu'il fallait que j'aille aux toilettes, alors que je venais d'y aller. Mais il ne pouvait pas le savoir. »

Sur la plage, Ralph avait été coupé par le verre de margarita. Du sang avait coulé. La Norvégienne l'avait ensuite frappé plusieurs fois au visage. Peut-être du sang avait-il taché ses vêtements.

« Dans la salle de bains, la machine à laver était en marche, a continué la mère de Judith. J'ai essayé de regarder ce qu'il y avait à l'intérieur à travers le hublot, mais il y avait trop de mousse. Je n'arrivais pas à voir distinctement. Je sais que j'ai trouvé cela curieux, déjà à ce moment-là. Je veux dire, on rentre chez soi et on a peut-être envie d'enfiler des vêtements propres, mais dans ce cas on met ceux qu'on a portés tout simplement dans le bac à linge sale. On n'a pas besoin de les laver tout de suite. En pleine nuit. »

41

Ce devait être la mi-octobre quand Ralph Meier est soudain apparu un matin dans mon cabinet. Comme toujours, sans prévenir. Il n'a pas demandé si le moment était peut-être mal choisi. Il n'a pas demandé s'il pouvait s'asseoir. Il s'est affalé dans un fauteuil devant mon bureau et s'est passé une main dans les cheveux.

« Je… je voulais te parler », a-t-il dit.

J'ai retenu mon souffle. J'ai entendu mon cœur tambouriner. Était-ce possible ? Allait-il, au bout de deux mois d'incertitudes, finalement passer aux aveux ? Je ne savais pas comment j'allais réagir. Si j'allais l'attraper par le col et le tirer au-dessus de mon bureau. Ou me mettre à crier, à lui cracher au visage. Mon assistante arriverait en courant. Ou appellerait-elle aussitôt la police ? Je pouvais aussi rester impassible. De glace, comme on dit. Je pouvais lui jeter de la poudre aux yeux. Faire comme si l'aveu ne me touchait pas. Puis lui administrer une injection mortelle.

« Comment allez-vous tous ? » a-t-il demandé.

Ce n'était pas la question directe que l'on attend de quelqu'un qui s'apprête à confesser le viol d'une jeune fille de treize ans. Mais je suis resté sur mes gardes. Peut-être essayait-il lui-même de me jeter de la poudre aux yeux.

« Ça va.

— Tant mieux. » Il a de nouveau passé sa main dans ses cheveux. Je me suis demandé s'il m'avait bien entendu. Puis il a dit : « J'ai une immense admiration pour la façon dont vous faites face. Judith m'en a parlé. Elle m'a dit à quel point vous êtes solides. »

Je l'ai regardé fixement, à mon corps défendant car je ne voulais pas qu'il puisse lire la stupéfaction sur mon visage.

« J'ai un problème très embêtant qui doit être traité en toute confidentialité, a-t-il dit. C'est pour cela que je suis venu te voir. »

Je me suis contraint à cesser de le fixer. J'ai essayé, dans toute la mesure du possible, de lui témoigner mon intérêt.

« Tout ce dont il est question ici reste entre ces quatre murs », ai-je dit en montrant les murs de mon cabinet. J'ai souri. Mon cœur continuait de battre violemment : en souriant, on aide les battements à s'apaiser, je le savais.

« Surtout, il ne faut pas que Judith soit au courant. Je veux dire, elle a insisté pour que je vienne te voir, mais si c'est grave, je ne veux pas qu'elle le sache. »

J'ai acquiescé.

« J'ai quelque chose. Je crains d'avoir quelque chose. Peut-être que tout cela est ridicule, Judith panique toujours à l'idée d'horribles maladies. Je ne veux pas qu'elle s'inquiète. Pour rien. »

Apathique, avait dit Judith. *Ralph a été plutôt apathique les dernières semaines que nous avons passées dans la maison de vacances*.

« Tu as bien fait de venir, ai-je dit. La plupart du temps, c'est une fausse alerte, mais il vaut mieux s'en assurer plutôt que de rester dans l'incertitude. Quels sont les symptômes exactement ? Qu'est-ce que tu ressens ?

— Pour commencer, je suis tout le temps fatigué. Depuis cet été déjà. Et je n'ai pas d'entrain. Envie de rien. Cela ne m'était encore jamais arrivé. Mais bon, je me suis dit que j'avais peut-être accepté trop de travail ces derniers temps. Et depuis une ou deux semaines, j'ai ça… » Il s'est levé de son fauteuil et, sans autre forme d'avertissement, il a défait sa ceinture et baissé son pantalon jusqu'aux genoux. « Ça… » Il m'a montré ce qu'il avait, mais je n'aurais de toute façon pas pu passer à côté. « Il y a trois jours, c'était encore deux fois moins gros. C'est très dur et cela me fait mal quand j'appuie dessus. »

J'ai regardé. Je connais mon métier. Un seul regard m'a suffi pour établir un diagnostic sûr.

Il fallait que Ralph Meier entre dès cette semaine à l'hôpital. Dès cet après-midi, de préférence. Peut-être était-il même déjà trop tard, mais on augmentait toujours les chances avec une prise en charge rapide.

Je me suis levé de mon fauteuil.

« Si nous passions à côté…

— C'est quoi, Marc ? Est-ce que c'est ce que je pense ?

— Viens. Je voudrais d'abord t'examiner convenablement. »

Il a remonté son pantalon jusqu'en dessous des fesses, et clopiné jusqu'à la petite pièce à côté de mon bureau. Je l'ai invité à s'installer sur la table de soin.

Avec précaution, j'ai posé l'extrémité d'un doigt sur la grosseur et appuyé légèrement. La boule n'a pas cédé, elle était effectivement telle qu'il l'avait décrite : très dure.

« Est-ce que c'est sensible ? ai-je demandé.

— Pas quand tu appuies doucement, mais si tu pinces, je vois trente-six chandelles.

— Je vais éviter, alors. Ce n'est d'ailleurs pas nécessaire. Dans quatre-vingt-dix-neuf pour cent des cas, ce ne sont que des boules de graisse. Juste une sorte de prolifération sous la peau. Les cellules s'emballent. C'est embêtant, mais il n'y a pas de quoi s'inquiéter.

— Alors ce n'est pas… pas ce que je pensais ?

— Écoute, Ralph. On ne peut jamais être sûr à cent pour cent, alors ce qu'on veut, c'est aussi éliminer ce un pour cent.

— Qu'est-ce que tu vas faire ? »

Il ne me regardait plus. Il regardait mes mains qui enfilaient des gants en caoutchouc. Le scalpel que je disposais sur un morceau d'ouate, à côté de ses cuisses nues sur la table de soin.

« Je vais en retirer un tout petit morceau, ai-je dit. Je vais l'envoyer au laboratoire pour qu'on le mette en culture. Nous en saurons davantage dans une quinzaine de jours. »

J'ai désinfecté la zone et quelques centimètres autour. Puis j'ai enfoncé le scalpel. J'ai découpé. D'abord en surface, puis un peu plus profond. Ralph a émis un son, il cherchait à reprendre son souffle.

« C'est un peu désagréable, ai-je dit. Ce sera bientôt fini. »

Il n'y a pratiquement pas eu de saignement. Ce qui confirmait mon premier diagnostic. J'ai continué à percer jusqu'à atteindre le tissu sain. En entaillant le tissu sain, j'établissais un contact. Les cellules provenant du renflement pénétreraient dans un vaisseau et se propageraient dans le corps. *Ensemencement*… J'ai toujours trouvé que c'était un joli mot. Un mot qui veut bien dire ce qu'il veut dire, selon l'expression consacrée. En ce moment, j'ensemençais. Je plantais. Dans un proche avenir, les graines germeraient. Dans d'autres parties du corps. Des parties où elles ne pourraient être observées directement à l'œil nu.

Pour la forme, j'ai raclé un échantillon de tissu sur le bord d'un petit pot en verre et je l'ai poussé au fond avec la pointe du scalpel. Pour la forme, j'ai noté des indications sur une étiquette que j'ai ensuite collée sur le pot. J'ai posé sur la plaie une compresse que j'ai fixée à l'aide de deux sparadraps.

« Tu peux remettre ton pantalon, ai-je dit. Je vais te faire une ordonnance. Pour ces comprimés que tu prenais déjà. On peut tous avoir du mal à reprendre le fil après de longues vacances. »

Devant la porte du cabinet, je lui ai tendu la main.

« Ah oui, a ajouté Ralph. J'ai failli oublier. Votre tente. Judith m'a donné votre tente. Elle est dans ma voiture. Tu m'accompagnes ? »

Nous étions devant le coffre ouvert. Je tenais notre tente dans les bras.

« J'ai un tournage bientôt, a dit Ralph. Tu sais, cette série dont nous avons parlé avec Stanley ? *Auguste*. On va commencer.

— Comment va Stanley ? »

Il n'a pas paru entendre ma question. Une ride est apparue juste au-dessus de son nez, entre ses sourcils. Brusquement, il a secoué la tête.

« Est-ce que je peux y aller sans me faire de souci ? a-t-il demandé. Cela représente deux mois de tournage. Si je dois m'arrêter à la moitié, ce sera une catastrophe pour tout le monde.

— Bien sûr, ai-je dit. Ne te fais pas de souci. La plupart du temps, ce n'est rien. Nous allons tout simplement attendre les résultats. Ensuite, on aura largement le temps d'aviser. »

J'ai attendu que sa voiture ait disparu au coin de la rue. Un peu plus loin, il y avait un conteneur à ordures. J'y ai jeté notre tente et je suis retourné à mon cabinet.

La salle d'attente était vide. Dans la salle de soin, j'ai tenu le pot en verre à la lumière. J'ai plissé les yeux pour en examiner pendant quelques secondes le contenu, puis j'ai jeté le pot dans la poubelle à pédale à côté de la table de soin.

42

Je pensais que cela irait vite, mais les événements m'ont donné tort. Ralph est parti tourner *Auguste* en Italie et il est rentré deux mois plus tard. Ce n'est qu'à ce moment-là qu'il m'a appelé pour connaître les résultats de l'examen.

« Je n'ai reçu aucune nouvelle de l'hôpital, ai-je dit. Donc je suppose qu'ils n'ont rien trouvé.

— Mais ils l'auraient tout de même fait savoir, non ?

— La plupart du temps, c'est ce qu'ils font. Je vais téléphoner demain par sécurité. Comment te sens-tu à part ça ?

— Bien. Je suis encore souvent fatigué, mais je prends ces comprimés miracle que tu m'as prescrits. Ça marche très bien.

— Je t'appelle demain, Ralph. »

J'étais rassuré qu'il se sente encore fatigué. Je lui avais prescrit de la benzédrine pour effacer les symptômes de fatigue et permettre à la maladie de se propager tranquillement dans son corps. Mais cela prenait plus de temps que d'habitude. J'ai commencé à douter de moi. De mes compétences en tant que médecin. Peut-être que je m'étais trompé.

Je l'ai rappelé le lendemain, mais j'ai eu Judith au bout du fil.

« C'est pour les résultats ? » m'a-t-elle aussitôt demandé.

Je ne savais pas quoi répondre. « Je pensais…, ai-je commencé.

— Oui, Ralph t'a demandé de ne rien me dire si c'était grave. Mais tu l'as tellement rassuré qu'il m'en a tout de suite parlé. Tu avais dit que ce n'était rien. C'est bien le cas, Marc ?

— Je lui ai dit qu'il n'avait *sans doute* rien. Mais pour en être vraiment certain, j'ai aussi envoyé un prélèvement à l'hôpital.

— Alors ? »

J'ai plissé les yeux. « J'ai appelé aujourd'hui pour avoir les résultats. Il n'y a pas de quoi s'inquiéter.

— Vraiment ? Je veux dire, s'il y a quelque chose, je tiens à le savoir, Marc.

— Non, il n'y a rien. Est-ce que quelque chose pourrait t'inciter à penser qu'il y a un problème ?

— Il est encore souvent fatigué. Et il a aussi perdu du poids alors qu'il mange et boit toujours autant qu'avant.

— J'ai fait un prélèvement sur sa cuisse. Est-ce qu'on remarque encore quoi que ce soit ? À cet endroit ?

— Non. Le renflement est encore là, mais il ne grossit pas. Évidemment, je n'ai pas le nez dessus tous les jours. Mais parfois, je passe la main dessus. Comme ça, mine de rien. Pour qu'il ne s'en aperçoive pas. J'espère en tout cas qu'il ne s'en aperçoit pas. »

La perte de poids était une bonne nouvelle. Le fait que le renflement n'ait pas grossi correspondait aussi au syndrome. L'armée ennemie avait établi une tête de pont. De là, elle coordonnait les attaques. Au début, par quelques actions commando encore limitées. Des opérations secrètes derrière les lignes. Des escarmouches. Elle explorait le terrain. Le *préparait*. Bientôt, le gros des troupes ne rencontrerait plus grande résistance.

« Ce n'est probablement qu'une boule de graisse, ai-je dit. Elle ne peut pas faire de dégâts, l'important c'est qu'elle ne le gêne pas. Mais s'il le souhaite, je peux la retirer.

— Ce ne serait pas mieux qu'on la lui retire à l'hôpital ?

— Pour l'hôpital, il y a une liste d'attente. C'est une intervention minime. Si je m'en occupe, il peut passer quand il veut. Il n'a même pas besoin de prendre de rendez-vous, en ce qui me concerne. »

Lisa demandait parfois des nouvelles de Thomas. Julia ne demandait jamais de nouvelles d'Alex.

« Bien sûr que tu peux appeler Thomas, avions-nous dit à Lisa. Tu peux l'inviter à venir jouer ici. »

Mais à mesure que l'année scolaire avançait, elle en parlait de moins en moins souvent. Ses camarades à l'école, les filles comme les garçons, reléguaient à l'arrière-plan son ami des vacances.

Pour Julia, c'était une autre histoire. Nous étions convaincus qu'elle voulait pour l'instant ne rien avoir à faire avec les garçons. Et surtout pas avec celui qui lui rappellerait les dernières vacances d'été. Le mot « rappeler » n'était en l'occurrence pas vraiment pertinent. Julia se rappelait certaines choses de l'été, mais pas tout. Elle se souvenait probablement aussi d'Alex. Mais dans quelle mesure ? Jusqu'à quel moment ? Nous ne lui posions pas de questions. Nous pensions qu'il valait mieux en rester là.

Ralph n'est plus revenu. Manifestement, il était suffisamment rassuré et avait reporté indéfiniment l'ablation de la « boule de graisse ». C'était en soi une bonne chose. Peut-être la maladie avait-elle tout simplement besoin de plus de temps.

Au début de la nouvelle année, nous avons reçu une autre invitation à une première. *La Mouette* de Tchekhov cette fois. Nous n'y sommes pas allés. Nous appliquions une stratégie passive de découragement en établissant la plus grande distance possible entre la famille Meier et nous. Je dis sciemment « nous » – Caroline était sur ce plan exactement du même avis que moi.

Nous dînions en ville. C'était quelques jours après avoir reçu l'invitation à la première de *La Mouette*, glissée dans notre boîte à lettres. Nous étions sortis dîner ensemble pour la première fois depuis longtemps. À la deuxième bouteille de vin, j'ai flairé ma chance.

« Tu sais pourquoi je ne veux pas aller à cette première ? ai-je demandé à Caroline.

— Parce que le théâtre te donne des crises d'angoisse, a dit ma femme en riant, et elle a choqué son verre contre le mien.

— Non, c'est pour une autre raison. Au début, je ne voulais pas t'en parler. Je pensais que cela finirait par passer. Mais non. Cela continue. »

C'était vrai. Judith avait encore essayé de me joindre plusieurs fois mais, chaque fois que je voyais son nom s'afficher sur l'écran de mon portable, je refusais l'appel. Quand elle laissait un message vocal, je ne la rappelais pas. J'avais donné des instructions à mon assistante pour qu'elle ne me la passe pas si elle m'appelait à mon cabinet. Elle avait effectivement essayé à plusieurs reprises. Mon assistante répondait que j'étais occupé avec un patient. Que je rappellerais plus tard. Ce que je ne faisais pas.

Elle avait tenté plusieurs fois notre numéro privé. À deux reprises, elle était tombée sur Caroline. J'avais compris aux réponses de ma femme que c'était à Judith qu'elle parlait. Non, ça va... ces derniers temps un peu mieux... Je signifiais par gestes à Caroline : *Je ne suis pas là !*, et faisais le moins de bruit possible jusqu'à ce que la conversation soit terminée.

« Si je ne veux pas aller à cette première, c'est parce que je n'ai pas envie de croiser Judith, ai-je dit. Je ne sais pas si tu as remarqué quoi que ce soit, mais cette femme attend quelque chose de moi. Déjà cet été, dans la maison de vacances, elle a essayé... Elle me trouvait manifestement à son goût. Plus à son goût que juste à son goût, je veux dire. »

J'ai observé ma femme. Elle ne paraissait pas choquée par cette révélation. Au contraire. Cela avait plutôt l'air de l'amuser. Un sourire hésitant s'est dessiné sur ses lèvres.

« Qu'est-ce qui te fait sourire ? Tu ne l'as pas remarqué ? Cette Judith me court après, je te jure.

— Marc... Cela me fait rire. C'est toi qui me fais rire. Il ne faut pas m'en vouloir, je ne veux pas me moquer de toi mais je trouve que tu te mets facilement ce genre d'idées en tête : tu es persuadé qu'une femme te trouve à son goût dès qu'elle fait des manières ou se plie en quatre. Je l'avais effectivement remarqué dans la maison de vacances mais, à mon avis, Judith est le genre de femme qui a ce comportement envers tous les hommes. Elle manque d'assurance, elle essaie de leur plaire à tous. »

J'étais bien obligé de reconnaître qu'au fond, la réaction de Caroline me décevait. Elle avait vu dans notre flirt un jeu innocent. Elle n'avait vraiment rien perçu. C'était donc aussi simple que cela, me suis-je dit.

« Elle m'appelle régulièrement sur mon téléphone portable, Caroline. Elle me dit que je lui manque. Qu'elle a envie de me revoir. »

Caroline a secoué la tête en riant et bu une grande gorgée de vin.

« Ah Marc, c'est juste une femme qui a besoin d'un peu d'attention. Moi aussi, j'en aurais besoin, avec ce dogue, ce balourd de Ralph à mes côtés. C'est ça. Un peu d'attention. L'attention du médecin. Peut-être que c'est ce qu'elle veut. Peut-être qu'elle aimerait que tu l'*examines*.

— Caroline…

— Je suis désolée de devoir t'ôter tes illusions, mais c'est toi qui l'as voulu. Cette Judith fait la même chose avec tous les hommes. Je l'ai vue faire avec Stanley. Elle pouffe de rire, elle passe sa main dans ses cheveux, elle s'assoit sur le plongeoir, soi-disant absorbée dans ses pensées, balançant ses pieds dans l'eau ; ce sont des stratagèmes féminins archiconnus. Honnêtement, je suis étonnée que tu tombes aussi facilement dans le panneau. D'ailleurs, avec lui, elle a eu plus de succès qu'avec toi. »

Je l'ai regardée fixement.

« Eh bien, tu en fais une tête ! Oh Marc, tu es parfois tellement naïf ! Tu crois que toutes les femmes te tournent autour, mais cette Judith sait très bien ce qu'elle fait. J'avais l'intention de te le dire, puis j'ai tout simplement oublié. Ça ne me revient que parce que tu as abordé le sujet. En tout cas, c'était un après-midi au bord de la piscine. Vous étiez partis au village, Ralph, toi, les enfants. Emmanuelle ne se sentait pas bien et elle s'était couchée, les rideaux tirés. Cela se voyait déjà depuis un certain temps, qu'il y avait une sorte de tension électrique entre ces deux-là. À un moment donné, je suis montée chercher à boire. Et quand j'ai regardé par la fenêtre de la cuisine, je les ai vus. Judith était allongée sur son transat et Stanley se penchait au-dessus d'elle. Il a commencé par son visage, puis il l'a entièrement couverte de baisers, Marc. Et quand je dis entièrement, je pèse mes mots. J'ai volontairement fait du bruit avec les verres en descendant l'escalier extérieur. Et je les ai trouvés de nouveau allongés bien sagement, chacun sur son transat. Mais j'ai bien vu. J'ai bien vu le maillot de bain de Stanley. Pas besoin de te faire un dessin. D'ailleurs, juste après, il a plongé dans l'eau. »

Environ un mois après la première de *La Mouette*, j'ai lu un encart dans la rubrique arts du journal :

Représentation de *La Mouette* annulée,
le premier rôle est souffrant

L'encart ne faisait pas plus de dix lignes. « Ralph Meier [...] a annulé ses représentations jusqu'à nouvel ordre. » Il n'était pas précisé de quelle maladie il souffrait. J'avais déjà le téléphone à la main quand j'ai décidé qu'il valait mieux attendre.

Judith a appelé le lendemain.

« Il est entré à l'hôpital la semaine dernière », a-t-elle dit. Elle a donné le nom de l'établissement.

C'était là que j'avais envoyé le prélèvement pour une culture – là où je ne l'avais *pas* envoyé.

J'ai plaqué mon portable contre mon oreille. J'étais assis à mon bureau dans mon cabinet. Le patient suivant – le dernier de la journée – n'arrivait que dans une heure. Cette fois, j'avais répondu aussitôt quand j'avais vu son nom s'afficher à l'écran.

J'ai posé plusieurs questions d'ordre général. À propos des symptômes. Du traitement prévu. Ses réponses confirmaient mon diagnostic antérieur. Le corps de Ralph avait résisté longtemps – plus longtemps que la normale – mais à présent il était terrassé. La maladie avait sauté plusieurs stades. Les stades au cours desquels un traitement aurait eu encore une chance de réussir. Je n'ai pu m'empêcher de penser à des tranchées. Des lignes entières de soldats foulées aux pieds l'une après l'autre dans un réseau de tranchées. Comme Judith n'a rien demandé à propos du prélèvement, j'ai soulevé moi-même le problème.

« C'est curieux, ai-je dit. Ils n'ont rien trouvé à l'époque.

— Marc ?

— Oui ?

— Comment vas-tu ? »

J'ai jeté un coup d'œil à la pendule en face de mon bureau. Quarante-neuf minutes me séparaient de mon prochain patient. « Ça va », ai-je dit.

Je l'ai entendue soupirer à l'autre bout du fil. « Tu ne m'appelles plus. Tu ne rappelles pas quand je laisse un message. »

J'ai laissé un bref silence s'installer. Pendant ce temps, j'ai pensé au prélèvement, au petit pot en verre contenant le petit morceau de chair ensanglantée provenant de la cuisse de Ralph que j'avais jeté dans la poubelle à pédale.

« J'étais débordé, ai-je dit. Et puis toute cette histoire avec Julia, bien sûr. Nous essayons tant bien que mal de remettre notre vie sur les rails, mais ce n'est pas si simple. »

Était-ce vraiment moi qui alignais tous ces mots pour en faire des phrases ? J'étais seul dans mon cabinet et Judith ne pouvait pas voir mon visage, ce qui me facilitait la tâche – pour me concentrer, j'ai fermé les yeux en serrant les paupières.

« Cela me ferait très plaisir de te revoir », ai-je dit.

C'est ainsi que nous avons repris contact. À Caroline, je disais tout simplement la vérité. J'annonçais : je vais boire un café avec Judith Meier, elle est assez bouleversée par la maladie de Ralph. Au début, nous nous donnions rendez-vous à des terrasses, puis nous nous sommes retrouvés de plus en plus souvent chez elle. Il ne me restait plus que quelques patients, je pouvais facilement m'éclipser une heure ou davantage. Ou bien j'attendais tout simplement la fin de mes consultations. Alex et Thomas étaient à l'école à ce moment-là. Je ne cherche pas à me justifier, cela se passait souvent très vite, la plupart du temps nous n'arrivions pas jusqu'à la chambre à coucher. Ensuite, nous allions parfois voir Ralph à l'hôpital. Une première opération n'avait pas donné le résultat escompté, une deuxième « offrait peu de perspectives d'amélioration », d'après les spécialistes. Des traitements alternatifs ont été proposés. Des traitements plus lourds. Ralph pouvait choisir de rester à l'hôpital le temps du traitement ou d'y venir tous les jours.

« Peut-être que tu préfères être à la maison, a dit Judith. Je peux t'amener en voiture tous les jours. »

Elle ne m'a pas regardé en le disant, elle était assise dans un fauteuil près du lit, sa main posée sur la couverture, juste à côté de celle de son mari.

« D'un côté, on se sent toujours mieux chez soi, c'est sûr, ai-je dit. Mais d'un autre côté, cela peut être très pénible. Surtout la nuit. Ici, à l'hôpital, ils ont tout à portée de main. »

Une décision intermédiaire a été prise. Ralph rentrerait chez lui le week-end et passerait les nuits de semaine à l'hôpital. Et j'ai continué à venir prendre un café chez Judith une à deux fois par semaine.

Était-ce dû à l'hébétude générale de Ralph, à l'opération, aux médicaments et aux traitements souvent particulièrement désagréables ? Le fait est qu'il n'a jamais évoqué mon premier examen, réalisé en octobre l'année précédente. Pendant une de nos visites, alors que Caroline venait de quitter la pièce pour aller lui chercher quelques magazines au kiosque de l'hôpital, j'ai sauté sur l'occasion.

« C'est curieux l'évolution que peut suivre ce genre de maladie, ai-je dit. À un moment donné, on fait examiner une petite boule de graisse et on n'a strictement rien, et pourtant, quelques mois plus tard, ça tourne mal. »

J'avais rapproché mon fauteuil du lit de Ralph, mais je n'ai pas eu l'impression qu'il comprenait de quoi je parlais.

« Un jour, un de mes patients a cru avoir une crise cardiaque, ai-je poursuivi. Il est arrivé paniqué à ma consultation. Avec tous les symptômes. Une douleur dans la poitrine, la bouche sèche, les paumes des mains en sueur. J'ai pris son pouls, il était à plus de deux cents. Je l'ai ausculté avec mon stéthoscope. Je lui ai demandé : "Est-ce que, par hasard, vous n'auriez pas mangé de la fondue au fromage hier ?" Le patient m'a regardé avec de grands yeux ronds. "Mais comment le savez-vous, docteur ?" J'ai continué à l'interroger : "Et vous avez sans doute bu pas mal de vin blanc par là-dessus ?" Ensuite je lui ai expliqué. Le fromage fondu est chaud, le vin blanc est glacé. Dans l'estomac, cela forme une grosse masse impossible à évacuer. La plupart du temps, ils arrivent en pleine nuit aux urgences, mais lui, il est venu frapper dès neuf heures du matin à ma porte. »

Ralph, qui avait fermé les yeux, les a rouverts.

« Mais c'est pas fini. Je renvoie le patient chez lui. Totalement rassuré bien sûr. Et deux semaines plus tard, il meurt d'une crise cardiaque. Un hasard incroyable ! Si on s'inspirait de cette histoire dans un livre ou un film, personne n'y croirait. Pourtant, ça s'est vraiment passé. La fondue au fromage et la crise cardiaque n'avaient aucun rapport entre elles.

— C'est ce qu'on appelle un manque de bol », a dit Ralph en souriant faiblement.

J'ai regardé la forme de son corps sous les couvertures. C'était encore le même corps, mais on aurait dit qu'ici et là, quelque chose s'était affaissé – ou plutôt, il ressemblait à un ballon un lendemain de fête, le lendemain d'un anniversaire : un ballon déjà à moitié dégonflé.

« Effectivement. C'est vraiment pas de bol. »

De son côté, Julia allait un peu mieux. C'était du moins notre impression. Elle ramenait de plus en plus souvent des amies à la maison, elle racontait parfois à table des choses qui s'étaient passées au collège sans que nous ayons à lui poser des questions et elle recommençait à rire. Un rire encore hésitant, mais tout de même : un rire. D'autres jours, au contraire, elle restait encore très longtemps dans sa chambre.

« Ce doit être l'âge aussi, ai-je dit.

— Pour moi, c'est ça le pire, a fait remarquer Caroline. Le fait que nous ne saurons jamais ce qui est dû à son âge et ce qui est dû à… à cette autre chose. »

Parfois, j'étudiais le visage de Julia, quand je pensais qu'elle ne me voyait pas. Ses yeux. Son regard. Il était *différent* de celui de l'an passé. Pas vraiment plus triste, mais plus grave. Plus intérieur, comme on dit. Caroline avait raison. Moi non plus je ne savais pas si je devais l'attribuer à son passage à l'âge adulte ou aux événements – oubliés – sur la plage.

43

Pour les vacances cet été-là, nous sommes allés aux États-Unis. *Autre chose*, voilà ce que nous souhaitions. Autre chose que des vacances à la plage (ou au bord d'une piscine). Plutôt un voyage que des vacances. Un voyage avec beaucoup de distractions, de nouvelles impressions et peu de temps pour réfléchir – pour se tourmenter, pour rester éveillé la nuit.

Un voyage n'allait peut-être pas « guérir » Julia, mais il aurait un effet curatif. Tel était notre raisonnement. Purificateur. Epurateur. Peut-être ce voyage permettrait-il de tourner la page.

Nous avons commencé par Chicago. Nous avons pris l'ascenseur jusqu'en haut de la Sears Tower et admiré le panorama sur toute la ville et le lac Michigan. Nous avons fait un tour dans un bus ouvert à deux étages. Nous petit-déjeunions dans un Starbucks. Le soir nous dînions dans des restaurants où l'on servait les plats préférés de Julia. Des italiens. Des pâtes. Mais même à table, elle gardait dans ses oreilles les petits écouteurs blancs de son iPod. On ne pouvait pas dire qu'elle s'isolait totalement : elle souriait, reconnaissante, quand on posait devant elle une assiette de raviolis et que le serveur les saupoudrait de fromage râpé. Elle posait la tête sur l'épaule de Caroline et caressait son avant-bras. Elle parlait à peine. Parfois elle fredonnait une chanson qui passait sur son iPod. En temps normal, nous aurions protesté. « Nous sommes à table, Julia. Tu écouteras ta musique tout à l'heure. » Mais nous nous taisions. Il faut la laisser faire ce qu'elle veut, nous disions-nous. Il est manifestement encore trop tôt pour tourner la page.

Nous roulions vers l'ouest dans notre voiture de location, une Chevrolet Malibu blanche. Le paysage s'est peu à peu dépouillé, vidé. Sur la banquette arrière, Lisa a poussé des cris enthousiastes à la vue du premier cow-boy et des premiers bisons. Mais Julia gardait ses écouteurs dans les oreilles. Pour entrer en contact avec elle, il fallait crier. « Regarde là-bas, Julia. Au-dessus de ce rocher pelé. Un vautour. » Elle retirait alors un écouteur de son oreille. « Qu'est-ce que tu dis ? — Un vautour. Là. Non, il s'est envolé. » Dans le Badlands National Park, nous avons vu des pancartes qui avertissaient de la présence de serpents à sonnette. À Mount Rushmore, nous avons photographié les têtes sculptées des quatre présidents américains. Ou plutôt : Lisa a fait les photos, nous lui avions donné l'appareil. Moi je n'ai jamais eu la patience de prendre des photos. Caroline en avait fait de temps en temps quand les filles étaient encore petites, puis avait arrêté. Lisa y prenait plaisir, elle avait commencé vers l'âge de neuf ans. Au début, pendant les vacances, elle avait surtout photographié des papillons et des fleurs, mais plus tard notre famille était devenue un de ses thèmes favoris.

Julia faisait de son mieux. À chaque photo, elle se débrouillait pour afficher un sourire. Mais on avait l'impression qu'elle se donnait surtout du mal pour nous. Qu'elle se sentait coupable de sa mélancolie.

Dans le Custer State Park, où nous avions loué une cabane en rondins pour quelques jours, elle s'est même littéralement excusée. « Désolée, a-t-elle dit. Je ne suis sans doute pas de très bonne compagnie. » Nous étions assis à l'extérieur de la cabane, à une table de pique-nique près du barbecue sur lequel grésillaient des steaks et des hamburgers. « Ne dis pas de bêtises, Julia, a dit Caroline. Tu es la fille la plus adorable et la plus sympathique qui soit. Tu dois faire ce qui te fait le plus plaisir. Les vacances, c'est fait pour ça. »

Lisa, debout près du barbecue, était en train de retourner la viande. « Et moi alors ? s'est-elle écriée. Est-ce que je suis aussi la plus adorable et la plus sympathique ?

— Bien sûr, a dit Caroline. Toi aussi. Toutes les deux. Vous êtes, l'une comme l'autre, ce que nous avons de plus beau. »

J'ai regardé ma femme. Elle s'est mordu la lèvre inférieure et frotté les yeux. Un peu plus tard, elle s'est levée. « Je vais voir s'il reste encore du vin à l'intérieur, a-t-elle dit.

— Mais maman, il y en a encore ici, du vin ! a crié Lisa. Il est sur la table, sous ton nez ! »

À Deadwood, nous avons dîné chez Jakes, le restaurant de Kevin Costner. Un pianiste frappait à toute force sur un piano à queue pendant le repas, ce qui rendait impossible une conversation normale. Julia a gardé ses écouteurs, elle a mangé deux bouchées puis repoussé son assiette. À Cody, nous sommes allés assister à un rodéo. Dans le parc national de Yellowstone, nous avons vu d'autres bisons, ainsi que des élans et plusieurs sortes de cerfs. Nous avons arrêté la voiture derrière une quantité d'autres voitures le long d'un chemin étroit. Des gens équipés de jumelles montraient du doigt une colline de l'autre côté d'un torrent. « Un ours, a dit un homme. Mais il vient de disparaître derrière les arbres. » Nous nous sommes garés près de l'Old Faithful, le geyser qui crache toutes les cinquante minutes son jet blanc écumant. « Ooooooh ! » s'est exclamée Lisa à ce moment-là. Julia a souri en remuant la tête au son de la musique de son iPod.

Nous avons obliqué en direction du sud. Nous avons croisé nos premiers Indiens. Nous avons traversé Monument Valley et nous nous sommes arrêtés sur une aire de stationnement déserte où était hissé un drapeau américain et où on pouvait acheter de la bimbeloterie indienne dans une caravane argentée. « Tu ne veux pas venir jeter un coup d'œil dehors ? » avait demandé Caroline à Julia assise sur la banquette arrière. Mais Julia avait secoué la tête et s'était frotté les yeux. « Tu veux que je viennes m'asseoir à côté de toi ? » avait proposé Caroline.

À Kayenta, nous avons appris que l'alcool était prohibé dans toute la réserve indienne des Navajos. On n'en trouvait pas la moindre goutte nulle part, ni dans les restaurants, ni dans les supermarchés. « On se croirait en Iran, a dit Caroline avant de boire une gorgée de son Coca. Dire qu'on est aux États-Unis… »

Sur la première aire d'observation offrant une vue sur le Grand Canyon, Julia s'est mise à pleurer. J'étais seul avec elle, Caroline et Lisa venaient de disparaître dans un bâtiment en brique qui abritait des toilettes. Nous étions debout au bord d'un promontoire en saillie sans grillage, un peu à l'écart des hordes de touristes. « Regarde, là », ai-je dit en montrant un rapace, un aigle sans doute, qui fendait l'air en silence, les ailes immobiles, à peine à cinq mètres de nous. « Tu veux retourner à la voiture ? » ai-je demandé. J'ai regardé de côté et je me suis aperçu seulement à ce moment-là que Julia avait retiré ses écouteurs. Elle ne faisait aucun bruit, des larmes coulaient sur ses joues.

« Je ne vois plus à quel point c'est beau », a-t-elle dit.

J'ai senti un frisson glacial me parcourir le dos. J'ai fait un pas vers elle et lui ai tendu la main. Très prudemment, j'ai essayé de lui prendre le poignet. Depuis que je l'avais examinée la dernière fois, il y avait huit mois de cela, elle avait évité autant que possible tout contact avec moi. Je pensais que cela finirait par passer, mais non. Quand je tendais la main vers elle, elle se détournait aussitôt – pendant le voyage, nous ne nous étions pas touchés une seule fois. « Ce n'est pas une obligation, ai-je dit. Tu n'es pas obligée de trouver ça beau. »

Je lui ai pris la main. Nous sommes restés ainsi un petit instant, puis elle a baissé les yeux, elle a regardé la main de son père qui tenait la sienne, et elle a retiré sa main en la secouant. Elle a tourné les talons et pris le chemin qui menait au petit bâtiment des toilettes, d'où sortaient juste Caroline et Lisa. Quand elle a vu sa mère, Julia a pressé le pas. Elle a même couru sur les derniers mètres. Puis elle s'est jetée dans ses bras.

Ce soir-là, nous avons passé la nuit à Williams, une des petites villes en bordure de la célèbre Route 66. Nous avons dîné dehors sur la terrasse d'un restaurant mexicain. Caroline et moi, nous buvions des margaritas. Pendant que nous mangions nos entrées, un cow-boy avec une guitare est arrivé sur la terrasse. À quelques mètres de notre table, il a posé une caisse sur laquelle il est monté. J'ai regardé Julia pendant que le cow-boy entamait son premier morceau. Elle n'avait pas touché à l'enchilada dans son assiette. Elle avait retiré ses écouteurs et regardait le cow-boy. Dans ses yeux, j'ai reconnu le regard qu'elle avait eu devant le Grand Canyon.

Une voie ferrée longeait notre hôtel. Dans l'obscurité, ne parvenant pas à dormir, j'ai écouté les trains de marchandises qui passaient toutes les demi-heures. On les entendait venir de loin, d'abord ils sifflaient : un son plaintif comme le cri d'une chouette, ou d'un animal égaré dans la nuit. Ces trains de marchandises étaient interminables. J'essayais d'en compter les wagons puis, à chaque nouveau train, quand j'arrivais à la moitié, j'oubliais de poursuivre. J'ai pensé au Grand Canyon et au cow-boy qui chantait. À la crise de larmes de Julia et à son regard, juste avant, au restaurant mexicain.

« Marc ? » J'ai senti la main de Caroline sur ma nuque. « Qu'est-ce qu'il y a ?

— Tu es encore réveillée ? Essaie de dormir. »

La main de Caroline effleurait à présent mon visage, ses doigts caressaient mes joues. « C'est rien. J'écoute les trains de marchandises. Tiens, en voilà un autre qui arrive… »

Caroline s'est serrée contre mon dos. Elle a glissé un bras sous ma tête et m'a serré la poitrine avec son autre bras. « Il ne faut pas être triste. Enfin, je veux dire, bien sûr, tu as le droit d'être triste. Moi aussi je suis triste. Mais tu as vu qu'elle a arrêté d'écouter tout le temps son iPod ? Elle recommence à regarder autour d'elle. Tout à l'heure, au restaurant. Quelque chose est vraiment en train de changer, Marc. »

Je n'en crois pas un mot, avais-je envie de dire. Mais je me suis tu. Je suis resté allongé, parfaitement immobile, et j'ai compté les wagons. « Je crois que je vais réussir à dormir, maintenant », ai-je dit.

À Las Vegas, nous passions la plupart de nos journées allongés sur des transats au bord des nombreuses piscines de l'hôtel Tropicana. Caroline et moi buvions encore plus de margaritas. Pendant ce qu'on appelle la *happy hour*, nous en commandions parfois quatre à la suite. Nous jetions quelques pièces de un dollar dans les machines à sous. Le soir, nous nous promenions dans les rues illuminées qui longeaient les casinos. Nous regardions le ballet nautique sur fond de musique des fontaines de l'hôtel Bellagio. Les margaritas ne faisaient déjà plus d'effet à ce moment-là, j'écoutais le martèlement dans ma tête sans oser lancer un regard de côté à ma fille aînée. Caroline tenait la main de Julia. Lisa poussait des « Oh ! » et des « Ah ! » à chaque nouveau jet d'eau et prenait des photos. Je nous achetais des glaces et du Coca à un stand, mais malgré le Coca, j'avais toujours la bouche sèche.

« Peut-être que nous devrions faire autre chose », a dit Caroline un soir au lit. Les filles avaient leur propre chambre à côté de la nôtre. Je fixais l'écran de télévision où se déroulait un tournoi de poker.

« Oui ? ai-je répondu en vidant d'un seul trait la cannette de Budweiser que j'étais allé prendre dans le minibar.

— Quelque chose de calme, a dit Caroline. Peut-être que nous avons fait une erreur de jugement, avec ce voyage. Elle doit affronter trop de nouvelles impressions d'un coup. »

J'ai senti soudain mes yeux me piquer. « Et merde ! ai-je dit.

— Marc ! Tu ne peux pas trouver autre chose que de boire comme un trou toute la journée ? L'important, c'est notre fille. Son chagrin. Pas le nôtre.

— Quoi ? » me suis-je exclamé bien plus fort que je n'en avais l'intention. J'ai essuyé les larmes sur mon visage. « Qui est-ce qui boit comme un trou ici ? Tu ne dis pas non à ces margaritas, toi non plus. Alors que tu ne tiens pas l'alcool. Mais vraiment pas ! Tu devrais te regarder. Et t'écouter ! Ce petit ton faussement enthousiaste. Cet après-midi, Lisa m'a fait un clin d'œil pendant tu étais en train de pouffer sur ton transat et que tu as renversé tout le pop-corn. Je veux dire, Julia ne dit rien, mais est-ce que tu crois que c'est un joli spectacle pour elle de voir sa mère ivre morte tous les jours ?

— Moi ? Ivre morte ? Marc, tu ne sais vraiment pas ce que tu dis. Julia est assez grande, elle sait très bien que sa mère est parfois un peu gaie quand elle a bu quelques verres. Sinon, elle ne marcherait pas tout le temps à côté de moi en me tenant la main. Toi, c'est différent. Tu changes de personnalité quand tu es saoul. Et là, tu lui fais vraiment peur. »

J'ai senti l'air disparaître de mes poumons, comme si on aspirait d'un seul coup l'intérieur de ma cage thoracique pour y créer le vide. « Si elle a peur de moi, c'est ta faute ! » Je m'étais levé et j'ai lancé la canette de bière contre le mur. « Parce que tu ne trouves rien de mieux à faire que de jouer la gentille mère pour elle. La gentille mère pleine de compréhension pour sa fille qui a été violée. Tu sais aussi bien que moi qu'avant l'été dernier, elle ne pouvait pas supporter tes éternelles jérémiades à propos de l'heure où elle devait rentrer à la maison. Qu'elle me trouvait toujours bien plus sympathique que toi. Bon sang, ça me donne envie de gerber, ce comportement. Parfois je me dis qu'au fond de toi, tu es contente de pouvoir recommencer à jouer la vraie petite maman qui s'occupe de sa pauvre petite fille violée si malheureuse. Mais ce n'est plus une petite fille, Caroline. Tu ne lui rends vraiment pas service en jouant la petite maman. Tu ne fais que l'enfoncer encore plus loin dans sa propre bouillasse ! »

Quelqu'un a tapé sur le mur. Nous avons tous les deux en même temps plaqué une main sur nos bouches et nous nous sommes regardés, affolés.

« Du calme ! a crié Lisa. Vous nous empêchez de dormir. »

La dernière semaine, nous avons loué un appartement à La Goleta, une banlieue de Santa Barbara au bord de l'océan Pacifique. Nous avons mangé du crabe sur la jetée, Lisa a pris des photos des gigantesques mouettes et des albatros qui n'hésitaient pas à se poser sur les tables en bois pour attraper les restes de nourriture. Nous nous sommes promenés dans les rues commerçantes. Julia a acheté un chemisier. Puis une paire de Nike. Parfois, je restais attendre dehors pendant qu'elle entraînait sa mère dans une énième boutique en la prenant par la main.

Il lui arrivait aussi parfois de rire. De plus en plus souvent. C'était un vrai rire. Dans l'appartement, elle s'était admirée dans le miroir et nous avait fait un défilé pour montrer ses nouveaux achats. « C'est vrai, ça me va bien ? nous a-t-elle demandé. Ce n'est pas trop serré au niveau des épaules ? »

Lisa a photographié sa sœur en train de poser dans ses nouvelles tenues sur la terrasse de l'appartement. Julia relevait une jambe et appuyait son talon contre un des barreaux horizontaux de la balustrade. Elle ajustait ses nouvelles lunettes de soleil puis les relevait en arrière dans ses cheveux. Lisa était accroupie, l'appareil photo plaqué contre son œil gauche. « Regarde vers le soleil, disait-elle. Et regarde-moi maintenant… Oui, comme ça… ce regard… Continue de regarder comme ça. »

Une des dernières journées, nous avons encore mangé mexicain, dans un patio planté de palmiers et de cactus non loin de la plage.

« Une margarita ? ai-je demandé à Caroline.

— Une seule, cela devrait être possible », a répondu ma femme en me faisant un clin d'œil.

Plus tard, il y a eu un défilé dans la rue principale de la ville. Nos filles se faufilaient à travers la foule pour mieux voir, tandis que nous restions un peu en retrait sur le trottoir – sans les perdre de vue une seule seconde.

« C'était effectivement une erreur de jugement », ai-je dit.

Ma femme a penché la tête de côté pour l'appuyer contre mon épaule. J'ai senti la chaleur de ses cheveux contre ma joue.

« Oui », a-t-elle répondu.

44

C'était un dimanche, quelques semaines après notre retour. Je regardais les photos que Lisa avait prises aux États-Unis. J'avais transféré tout le contenu de l'appareil photo sur le disque dur de mon ordinateur portable. J'ai cliqué d'avant en arrière, en commençant par la dernière photo, puis en remontant le temps jusqu'au début de notre voyage.

À vrai dire, ce n'était pas par hasard que je les faisais défiler dans un ordre inversé. J'avais peur de quelque chose. Je n'osais pas vraiment me l'avouer, mais j'avais peur des photos du début. Ou plutôt : des photos prises vers le moment où Julia avait eu sa crise de larmes devant le Grand Canyon.

J'ai fait défiler plus vite celles des casinos éclairés sur le Strip à Las Vegas. Il y en avait une du chanteur sur la terrasse du restaurant mexicain à Williams, d'autres de Caroline et moi sirotant nos margaritas à la paille et agitant joyeusement la main en direction de la photographe. Puis une sur laquelle Julia regardait fixement l'appareil. Dans l'assiette posée devant elle, l'enchilada à laquelle elle n'avait pas touché. Je me suis forcé à regarder ma fille aînée droit dans les yeux. J'y ai vu ce que je craignais. Mais j'y ai vu aussi autre chose. Avant les événements lors de notre séjour dans la maison de vacances, Julia avait un autre regard. Naïf. *Intact*, me suis-je corrigé l'instant d'après. J'ai observé le regard abîmé de ma fille tout en essayant de ne penser à rien d'autre. Je savais que je serais perdu dès que je penserais à quelque chose.

J'ai fermé les yeux et appuyé fortement les extrémités de mes doigts sur mes paupières. Trente secondes, peut-être plus longtemps. Puis j'ai rouvert les yeux et regardé à nouveau. Et là, je m'en suis aperçu. Il était impossible de passer à côté.

Julia avait toujours été une jolie fille. Une jolie fille naïve, effectivement, une jolie fille sur laquelle certains hommes adultes se retournaient pour la suivre des yeux. Mais sur la terrasse du restaurant mexicain, son regard ne laissait plus paraître aucune naïveté. On n'y lisait pas tant de la tristesse que de la gravité. Julia avait à présent quatorze ans. Elle ne fixait plus l'appareil photo comme une petite fille, mais comme une jeune femme. Une jeune femme dont les yeux avaient vu ces choses-là. Elle connaissait ces choses-là. Cela la rendait plus belle. La fillette simplement jolie s'était transformée en une beauté éblouissante.

J'ai continué à cliquer pour revenir en arrière. Des paysages déserts, desséchés, avec des cactus. Des stations-essence et des Burger King. Des trains de marchandises sans fin. Il y avait une photo de Caroline, Julia et moi à la table de pique-nique en bois sur l'aire panoramique devant le Grand Canyon. La photo avait dû être prise juste avant la crise de larmes de Julia. *Je ne vois plus à quel point c'est beau*, avait-elle dit. Mais sur son visage, je décelais déjà les premiers signes de la transformation qui avait pris forme définitivement sur une terrasse à Williams. Un peu plus en amont, posant devant les présidents taillés dans la roche à Mount Rushmore, elle regardait l'objectif d'un air interrogateur semblait-il. Vraiment interrogateur, comme si elle cherchait quelque chose. Peut-être se cherchait-elle elle-même, me suis-je dit.

La série se terminait par les gratte-ciel de Chicago, la vue sur le lac Michigan depuis la Sears Tower. C'est du moins ce que je croyais. Mais il y en avait d'autres. Après une photo de l'écran affichant les horaires des départs à l'aéroport de Schiphol, avec un zoom sur notre destination (KL0611 – CHICAGO – 11.35 – C14), est soudain apparue une petite fleur. Une petite fleur indéfinie, pas une fleur dont j'aurais su aussitôt le nom, prise en très gros plan. En bas de l'écran de mon ordinateur, j'ai vu qu'il s'agissait de la soixante-neuvième photo. Encore soixante-huit avant d'atteindre le tout début… J'ai cliqué : la photo d'un papillon sur un mur blanc, puis le portrait d'une vache. Une vache marron, avec un grand anneau de cuivre dans les naseaux.

J'ai su avant de continuer à revenir en arrière. Je l'ai senti à ma respiration. L'appareil possédait suffisamment de mémoire pour plus d'un millier de photos. Lisa en avait pris au moins trois cents aux États-Unis. Et soixante-neuf autres lors de nos précédentes vacances. Dans la maison de location. Et manifestement, pas une seule photo pendant toute l'année qui s'était écoulée entre les deux vacances d'été.

Quelques photos en amont, j'ai vu ma propre tête au-dessus d'une table de petit déjeuner. La table du petit déjeuner de l'hôtel dans les montagnes. Mon œil à moitié ouvert, injecté de sang, le matin où je m'étais moi-même opéré devant le miroir. J'ai hésité un court instant, me demandant si je devais continuer à cliquer pour remonter en arrière. Ces photos, je n'avais jamais voulu les voir. Ou plus précisément, *j'en avais nié l'existence.* Je n'avais jamais voulu regarder ces photos de vacances anodines qui ne seraient jamais plus anodines parce qu'on savait ce qui s'était passé par la suite. Des photos de vacances insouciantes, tout va encore pour le mieux, pour ainsi dire. Votre fille de treize ans sur un crocodile gonflable vert dans une piscine. Votre fille *qui rit* – encore à l'époque.

À présent tout était différent, compte tenu de ce que j'avais vu sur les photos prises aux États-Unis. Je voulais vérifier de mes propres yeux si c'était vrai : si Julia était encore une fillette il y a un an et plus maintenant.

J'ai donc cliqué pour remonter plus loin en arrière. J'ai vu Julia et Alex allongés ensemble sur un transat, avec chacun dans l'oreille un écouteur blanc de l'iPod de Julia. J'ai vu Ralph découper un poisson. Ralph et Alex et Thomas devant la table de ping-pong. Julia et Alex dans l'eau jusqu'à la taille sur une des petites plages isolées, Julia faisant un grand geste vers l'appareil, un bras d'Alex passé autour de sa taille. Caroline dormait à plat ventre sur une serviette, Judith posait en tenant un plateau avec des verres et un pichet de limonade rouge. Je me suis vu aussi, à genoux, en train de creuser un canal dans le sable, ne regardant même pas la photographe, tant j'étais absorbé par la tâche. Puis sont apparues les photos qui montraient les enfants en train de s'asperger au bord de la piscine : l'après-midi des élections de miss T-shirt mouillé. J'ai regardé plus longuement une photo de Julia sur le plongeoir. Elle avait pris la pose du mannequin accompli et regardait, les yeux plissés, en direction de l'objectif tandis que l'eau du tuyau d'arrosage l'éclaboussait. Effectivement, « accompli » était le bon terme. Professionnel. Mais un professionnalisme feint. Il y a un an, elle était simplement capable de très bien imiter les mannequins des magazines. Aujourd'hui elle n'avait plus besoin de prendre des poses, plus besoin d'en rajouter.

Mon cœur s'est mis soudain à battre violemment devant la photo suivante. J'étais à la fenêtre de la cuisine, à côté de Judith. Nous ne regardions pas la photographe, nous nous regardions. À l'arrière-plan apparaissait vaguement une troisième personne. Sa mère. Pendant environ cinq secondes, mon index est resté suspendu au-dessus du bouton Effacer. Puis j'ai décidé que c'était une mauvaise idée. Comment savoir qui avait déjà vu la photo ? Lisa en tout cas, qui les avait peut-être déjà toutes transférées sur l'ordinateur qu'elle partageait avec Julia. Une photo manquante risquait d'attirer l'attention, surtout une photo qui paraissait insignifiante. J'ai regardé encore une fois attentivement. Nous étions trop loin pour qu'on puisse distinguer *de quelle manière* Judith et moi nous regardions.

Il y avait une seule photo de l'oisillon tombé de son arbre et gisant dans sa boîte en carton. Il était totalement recroquevillé dans un coin, contre le récipient d'eau et le gant de toilette. L'image était figée, mais j'avais l'impression de le *voir* trembler. À présent apparaissaient des photos manifestement prises la nuit dans la tente, quand Caroline et moi dormions déjà. Sans doute dans le faisceau lumineux d'une lampe de poche, Julia faisait des ombres chinoises sur la toile de tente avec ses doigts. Un lapin. Un serpent. J'avais réussi jusqu'à présent à me retenir, mais j'ai senti soudain des larmes me monter aux yeux. J'ai cliqué rapidement pour passer à d'autres images.

Encore d'autres photos près de la piscine. Julia les jambes relevées sur un transat. Julia au bord de la piscine. Une fois en bikini, une autre avec une serviette drapée sur l'épaule comme s'il s'agissait d'un vêtement (une veste, un châle). Il y en avait un certain nombre de ce genre. Il m'a fallu un certain temps pour comprendre ce que je regardais.

Julia *posait.* Elle posait avec différents vêtements, du moins elle faisait mine de poser avec différents vêtements. Mais sur aucune photo, elle ne regardait l'objectif. La photographe. Lisa.

Julia regardait ailleurs. Quelqu'un qui n'était pas dans le cadre de la photo.

Je suis revenu en arrière. Sur les trois dernières photos, la personne pour laquelle elle posait était aussi dans le champ. Il était accroupi devant elle, tandis qu'elle se douchait à côté de la piscine. Elle était debout, une jambe relevée, adoptant une pose sans équivoque, elle avait relevé ses lunettes de soleil dans ses cheveux mouillés et regardait d'un air provocant le photographe accroupi devant elle. Il tenait son appareil appuyé contre son visage, tout comme sur les deux photos suivantes.

Stanley Forbes affichait un large sourire tandis qu'il photographiait ma fille sous la douche. Sur les deux photos suivantes, il avait simplement l'air très concentré. Sur l'une d'elles, Julia avait baissé le haut de son bikini et, feignant la gêne, mettait les mains devant sa poitrine. Sur l'autre, elle fumait une cigarette, soufflant la fumée de près dans le visage du photographe.

« Lisa, tu peux venir un instant ? »

Ma fille cadette était allongée sur le lit dans notre chambre à coucher en train de regarder un DVD de South Park. Elle m'a fait signe de me taire, puis elle a vu mon visage. Elle a mis sur pause avec la télécommande et s'est levée.

« Qu'est-ce que vous étiez en train de faire ? » ai-je demandé en faisant défiler une à une les photos au bord de la piscine. Je faisais de mon mieux pour ne pas lui donner l'impression d'être alarmé, mais j'entendais presque les battements de mon cœur.

« C'est Stanley, a dit Lisa.

— Oui, c'est ce que je vois. Mais qu'étiez-vous en train de faire ? Qu'est-ce qu'il était, *lui*, en train de faire ?

— Il prenait des photos de Julia. Il a dit qu'elle pouvait facilement devenir mannequin. Il allait faire toute une série de photos d'elle et les proposer aux États-Unis, il a dit. À *Vogue*, il a dit, je crois. Il a aussi fait des photos de moi. »

J'ai pris une profonde inspiration.

« Qu'est-ce que tu as dit, Lisa ?

— Papa, qu'est-ce qu'il y a ? Pourquoi tu fais cette tête ? Il a aussi fait toute une série de photos de moi. Il a dit que les magazines de mode recherchent de plus en plus souvent de belles jeunes filles. Il a dit que cela avait aussi commencé comme ça pour Emmanuelle. Il a d'abord pris beaucoup de photos d'elle, puis elle est devenue célèbre.

— Lisa, regarde-moi. Maintenant il ne faut pas me mentir. Quel genre de photos a-t-il fait de toi ? Quel genre de photos ?

— Papa, tu en fais des histoires. Julia et moi, nous avons toutes les deux Stanley en ami sur Facebook. Nous lui avons aussi envoyé ces dernières photos. Il nous l'a demandé.

— Attends un peu. Les dernières photos ? Quelles dernières photos ?

— Celles des États-Unis, papa. Il nous demande toujours de nouvelles photos de nous, c'est pour ça que nous lui avons aussi envoyé les photos des vacances. Les photos de nous, bien sûr. Enfin, c'est surtout Julia qui est dessus, parce que, le plus souvent, c'est moi qui les ai prises. Stanley est très célèbre, papa. Il dit que nous devons être encore un peu patientes, mais que nous deviendrons peut-être bientôt toutes les deux mannequins. Aux États-Unis, papa. Aux *États-Unis* ! »

45

J'ai attendu. Mais pas longtemps. Je savais qu'il y avait neuf heures de décalage avec la Californie. Stanley m'avait donné son numéro de téléphone, dans la maison de vacances. Si jamais je passais par Santa Barbara, il fallait que je l'appelle, avait-il dit. Quelques mois plus tôt, j'étais effectivement passé dans les parages. Mais compte tenu de ce qui était arrivé entre-temps, pour Julia, comme pour nous tous, il m'avait semblé qu'il valait mieux ne pas reprendre contact avec le metteur en scène.

À cinq heures de l'après-midi heure néerlandaise, j'ai composé son numéro. Il était à ce moment-là huit heures du matin à Santa Barbara. Pour ménager un effet de surprise, le mieux était que je sorte Stanley Forbes du lit.

« Stanley… » Il avait répondu presque aussitôt, il n'avait pas l'air endormi du tout, ai-je constaté à regret.

« C'est Marc, ai-je dit. Marc Schlosser.

— Marc ! Où es-tu ? Ça fait longtemps ! Tu es dans le coin ? Tu veux passer ?

— Je suis au courant pour les photos, Stanley. Les photos que tu as faites de mes filles. »

Il y a eu un silence de quelques secondes. Un peu plus long que les pauses habituelles dans une conversation téléphonique d'un continent à l'autre.

« Oh, quel dommage, a-t-il dit. Elles voulaient vous faire une surprise. Surtout Julia. »

Cette fois, c'est moi qui ai gardé le silence une seconde de plus.

« Marc ? Tu es encore là ? Écoute, puisque tu es au courant maintenant, il faut que tu ailles sur mon site Internet, j'y ai mis une sélection de photos. Une sélection de la série que j'ai faite au bord de la piscine.

— À vrai dire, je t'appelle pour autre chose, Stanley. Je t'appelle parce que j'aimerais bien savoir où tu étais, la nuit du solstice d'été. Après que Ralph a voulu tabasser cette fille. Je ne t'ai plus revu jusqu'à ce que tu rentres, très tard, à la maison. Est-ce que tu as erré pendant longtemps sur la plage, Stanley ? Est-ce que tu te cherchais un modèle ? »

J'allais trop vite, je m'en suis rendu compte trop tard. Je n'aurais pas dû l'accuser aussi directement. J'aurais dû le provoquer. Stanley Forbes était un homme adulte – un vieil adulte dégoûtant, je m'entendais le dire mentalement – qui faisait des photos de jeunes filles avec de vagues promesses de carrière de mannequin. Rien que pour cette raison, on pouvait l'arrêter dès aujourd'hui et le mettre pendant des années derrière les barreaux.

« Marc, je t'en prie ! a-t-il dit. Je n'arrive pas à croire que tu puisses penser de moi une chose pareille ! »

Il y a eu un silence. J'attendais qu'il se trahisse. J'aurais peut-être dû enregistrer la conversation, me suis-je dit.

« Écoute, Marc. Je comprends que tu sois perturbé par ce qui est arrivé à Julia. Mais tout prend une tournure positive maintenant. Julia et Lisa m'ont envoyé des photos des États-Unis. Je les ai déjà inscrites toutes les deux dans une agence. Ils étaient déjà intéressés, mais maintenant, avec ces nouvelles photos, surtout de Julia, ils sont complètement déchaînés. Il y en a quelques-unes dans le lot… Je suppose que tu les as vues. Julia est assise à la terrasse d'un restaurant. Elle a ce regard… Sur les photos au bord de la piscine, il manque encore quelque chose. Mais là, sa façon de regarder… Et puis celle devant le Grand Canyon. Elle a un regard… comment dire… elle a le regard qu'elle a, Marc. Je lui ai envoyé un mail il y a quelques jours. Il faudrait qu'elle vienne ici, pour une séance de photos. Je pourrais aussi l'organiser aux Pays-Bas, mais c'est une question de lumière. Ici la lumière est différente, je ne pourrai jamais la reproduire en studio. À mon avis, elle n'ose pas vous le demander. Elle a peur que vous ne soyez pas d'accord. Mais avec moi, elle est entre de bonnes mains, Marc. Si tu en doutes, tu n'as qu'à l'accompagner. Toi ou Caroline. Ou tous les deux. Il y a largement la place, chez moi. Ma maison n'est pas au bord du Pacifique, mais on l'entend. Et j'ai une piscine. D'ailleurs, pourquoi n'êtes-vous pas passés cet été ? Vous étiez tout près, je l'ai remarqué d'après les photos que tes filles m'ont envoyées. Ce défilé dans Santa Barbara, nous y étions aussi, Emmanuelle et moi. »

J'ai voulu redemander à Stanley où il était précisément allé entre minuit et deux heures du matin cette nuit-là – mais mes soupçons s'étaient déjà évanouis. Stanley avait parlé des photos devant le Grand Canyon et sur la terrasse du restaurant mexicain à Williams. Il avait vu la même chose que moi.

« Et Lisa ? me suis-je entendu demander.

— Ah oui, bien sûr. Lisa. Venez aussi avec Lisa. Mais entre nous, il faudrait qu'elle attende encore un an à peu près. C'est différent pour elle. Elle est encore très jeune. C'est une autre affaire, si je peux me permettre. »

46

J'ai examiné une à une les photos sur le site Internet de Stanley. Les photos de ma fille aînée. Il y en avait dix au total. De belles photos. Surtout celle de Julia sous la douche avec ses lunettes de soleil relevées : à travers les gouttes dispersées au-dessus de ses cheveux mouillés apparaissait un minuscule arc-en-ciel.

Il y avait aussi d'autres photos. Pas seulement de Julia, mais d'autres jeunes filles. Stanley avait intitulé cette série *Teen Models*. On y trouvait la photo d'une jeune fille dans un jacuzzi, à l'extérieur dans un jardin, avec à l'arrière-plan des palmiers et des cactus. Au bord du jacuzzi étaient posés une bouteille de champagne et deux coupes. Sur l'eau flottaient des flocons d'écume, qui ne couvraient qu'en partie le buste de la jeune fille. Elle regardait droit dans l'objectif. L'angle de prise de vue impliquait que le photographe soit lui aussi dans le jacuzzi.

Je n'ai reconnu Emmanuelle que dans un second temps. Une Emmanuelle plus jeune. Plus jeune que maintenant en tout cas. Tout au plus quinze ans, ai-je estimé.

Il y avait d'autres séries sur le site Internet. Des séries intitulées *Deserts*, *Sunsets*, *Water* et *Travels*.

J'ai cliqué pour faire défiler quelques photos de chameaux et de pyramides, puis à travers toute une série de couchers de soleil. La série *Travels* était organisée par lieu et par année. Il y avait aussi une série du nom de la région côtière où nous avions passé nos vacances dans la maison de location. J'ai cliqué sur quelques photos que j'avais déjà vues : des monastères et des châteaux des environs, que Stanley m'avait montrés à l'époque sur l'écran de son appareil. Emmanuelle qui posait sur un muret ou devant une statue. Plusieurs photos étaient nouvelles : des langoustines, des raies et des crevettes sur l'étal d'un marché aux poissons ; des coquillages et des méduses dans le sable ; une nappe blanche avec des miettes de pain – et soudain je me suis vu moi-même. Pas seulement moi : nous étions tous là, devant une table copieusement garnie, dans le jardin de la maison de vacances, Ralph, Judith, Caroline, Emmanuelle, Alex, Thomas, la mère de Judith, Julia, Lisa et moi : nous regardions le photographe et levions nos verres.

D'autres photos avaient été prises à l'intérieur et autour de la maison de vacances. Ralph qui hachait l'espadon en morceaux sur la terrasse ; Lisa qui se penchait au-dessus de la boîte en carton contenant le petit oiseau ; Judith sur un transat au bord de la piscine ; et dans le jardin, un homme que je ne connaissais pas, un homme portant un short et un T-shirt sans manches : les bras croisés, il regardait l'appareil en souriant ; sur la photo suivante, l'inconnu brandissait un tuyau d'où jaillissait un jet d'eau ; puis venait une photo du même homme debout entre mes deux filles : il avait passé ses bras autour de leurs épaules et souriait d'une oreille à l'autre en regardant l'appareil. Là, on remarquait sa petite taille, quelques centimètres de moins que Julia.

Je suis revenu à la première photo. Pour la deuxième fois ce dimanche après-midi-là, j'ai appelé Lisa.

« C'est l'homme qui est venu s'occuper de l'eau », a dit Lisa.

Nous avons regardé les photos ensemble. Sur toutes les trois, on voyait clairement le tatouage sur son bras : un aigle tenant dans ses griffes un cœur ensanglanté.

« Il était très gentil, a dit Lisa. Il a plaisanté avec nous en disant qu'il était très petit. Il se mettait toujours à côté de Julia et il secouait la tête en riant. Nous ne comprenions pas bien ce qu'il disait, mais il a parlé des filles en Hollande, il les trouvait beaucoup plus grandes que les hommes là-bas. »

J'ai fait un rapide calcul. Le vendredi matin, Caroline et moi nous étions rendus à l'agence de location. La jeune femme derrière le comptoir avait dit que le réparateur essaierait de passer dans l'après-midi. La jeune femme laide, qui était aussi sa petite amie. Ensuite Caroline et moi étions allés faire les courses. Nous avions pris notre temps, car nous n'avions aucune envie de rentrer tout de suite à la maison de vacances. Nous nous étions promenés dans le marché et nous avions déjeuné quelque part. Je ne parvenais plus à me rappeler s'il y avait à nouveau de l'eau quand nous sommes rentrés, mais le lendemain, le samedi, les enfants s'étaient aspergés sur le plongeoir, donc tout fonctionnait en tout cas à ce moment-là.

J'ai pensé au samedi soir. À la nuit sur la plage. Devant les toilettes du restaurant, j'étais tombé sur le réparateur. Je me souvenais du tatouage sur son bras en sueur. Son autre bras était griffé de trois traits rouges… Sur la terrasse, son amie laide pleurait. Peut-être s'étaient-ils disputés. Peut-être avait-il essayé d'inventer une histoire pour expliquer son retard. Qui sait, peut-être avait-elle deviné ce qui s'était passé. Peut-être avait-elle, elle aussi, remarqué la blessure sur son bras. Alors elle avait tout de suite compris, parce que tout compte fait elle était une femme elle aussi, qu'elle n'avait pu être faite que par les ongles d'une femme.

D'une jeune fille, me suis-je corrigé.

47

Le lundi matin suivant, le comique de la télévision patientait dans la salle d'attente. Le même qui, un an plus tôt, avait crié que je pouvais aller me faire foutre et qu'il ne remettrait jamais les pieds ici. Je n'avais pas bien examiné la liste sur laquelle mon assistante inscrivait les noms des patients de la journée – ou plutôt : cela faisait des mois que je ne regardais plus la liste à l'avance ; je « me laissais surprendre », comme on dit.

« Je suis allé voir un autre médecin pendant un certain temps, a-t-il dit une fois assis en face de moi dans mon cabinet. Mais je le trouvais, comment dire, un peu trop jovial. Plus jovial que vous en tout cas. »

J'ai regardé son visage rond, pas dépourvu de charme. Il avait l'air en bonne santé. Manifestement, le sida n'avait pas décidé de se propager.

« Eh bien, je suis content que…

— Il y avait aussi autre chose, m'a-t-il interrompu. Quelque chose dans son comportement qui a déclenché chez moi toutes les alarmes. Je ne sais pas si vous en avez fait l'expérience, sûrement je pense, mais il y a des gens qui se donnent toutes les peines du monde pour montrer à quel point ils sont tolérants vis-à-vis des homosexuels. À quel point ils les trouvent tout à fait *normaux*. Alors que ce n'est pas le cas. Je veux dire, si c'était si normal, il ne m'aurait pas fallu cinq ans avant d'oser en parler à mes parents, non ? C'est cela qui m'agaçait chez mon nouveau médecin. Un jour, il s'est mis à parler de la Gay Pride sans que j'aie rien demandé, à dire que c'était fantastique que ce soit possible dans cette ville. Alors que s'il y a une chose que je trouve vraiment répugnante en tant qu'homosexuel, c'est bien ces corps d'hommes bodybuildés qui sont là à danser sur un bateau avec pour tout vêtement un lacet dans le cul. Cela n'effleure pas l'esprit de certaines personnes, des personnes *tolérantes*, qu'en tant qu'homosexuel, on puisse préférer ne pas en entendre parler. »

Je n'ai rien dit, je me suis contenté d'acquiescer et j'ai esquissé un sourire. La pendule au-dessus de mon bureau indiquait que cinq minutes s'étaient déjà écoulées, mais cela n'avait pas d'importance : j'avais tout mon temps.

« Écoutez, a poursuivi le comique. C'est évidemment une très bonne chose que nous ayons acquis les mêmes droits. Sur le papier. Mais ce n'est pas pour autant qu'il faut trouver ça *sympa*. Les gens font souvent cette erreur. Ils ont peur de discriminer. C'est pour cela qu'ils rient encore plus fort quand un handicapé en chaise roulante fait une plaisanterie. La plaisanterie n'est pas drôle, en plus elle est à peine compréhensible. Le handicapé a une maladie incurable, évolutive. Quand il ne rit pas à sa propre plaisanterie, il a de la bave qui lui dégouline sur le menton. Mais nous rions avec lui. C'était quoi déjà, Marc ? Vous avez un garçon et une fille ?

— Deux filles.

— Et ça vous plairait qu'une de vos deux filles, ou toutes les deux, s'avèrent être lesbiennes ?

— J'espérerais qu'elles soient heureuses.

— Marc, par pitié ! Il ne faut pas me sortir de tels clichés. C'est justement la raison pour laquelle je suis revenu vous voir. Le fait que vous n'ayez jamais tourné autour du pot. Votre *aversion*. Ou peut-être qu'"aversion" est trop fort, comme terme. Mais vous comprenez ce que je veux dire. J'ai raison ou pas ? »

J'ai de nouveau souri ; un vrai sourire cette fois.

« Vous voyez bien ! a dit le comique. Je le savais. Mais comment se fait-il que je me sente avec vous tellement plus à mon aise qu'avec des gens qui font de leur mieux pour trouver les homos *sympas* ?

— Peut-être que vous-même, vous ne les trouvez pas sympas », ai-je dit.

Le comique a éclaté d'un rire bruyant, puis il est redevenu sérieux.

« Sympa, c'est effectivement le mot clé. Mes parents se sont donné tout le mal nécessaire pour accepter mon homosexualité. Pour accepter mon ami. En espérant avant tout, comme vous l'avez dit, que je sois heureux. Mais ils ne trouvent vraiment pas ça *sympa*. Pas un parent ne trouve ça *sympa*. Vous est-il déjà arrivé d'entendre un père ou une mère dire qu'ils ont trouvé ça vraiment *sympa* quand ils l'ont appris ? Qu'ils ont été très heureux et soulagés d'apprendre que, Dieu merci, leur fils ou leur fille n'était pas devenu *hétérosexuel* ? Je veux dire, je suis un comique, j'ai toujours essayé de tenir compte de cet aspect aussi dans mes émissions. Sinon, je ne me prendrais pas au sérieux… Vous comprenez ce que je veux dire ?

— Oui, ai-je dit. Je comprends parfaitement. Qu'est-ce que je peux faire pour vous ? »

Il a poussé un profond soupir. « La prostate, a-t-il dit. Ça sort goutte à goutte ces derniers temps, il n'y a plus de jet puissant. Je me suis dit… Enfin, vous savez bien ce que je me suis dit. »

J'ai regardé les fesses poilues du comique sur ma table de soin. Je n'ai pas pu m'empêcher de penser aux propos de mon professeur de biologie médicale. « Je ne le dirai qu'une seule fois, avait annoncé Aaron Herzl. Si Dieu avait voulu qu'un homme insère son membre dans l'ouverture anale, il aurait fait une ouverture plus grande. Je dis en l'occurrence volontairement "Dieu", mais j'aurais pu aussi bien dire "la biologie". Il y a une idée derrière tout. Un plan. Les choses que nous ne devons pas manger empestent ou ont mauvais goût. Et puis il y a la douleur. La douleur nous indique qu'il n'est pas astucieux de nous enfoncer un stylo dans le globe oculaire. Le corps se fatigue et signale que nous devons nous reposer. Le cœur ne peut plus faire face. Le cœur peut seulement pomper une quantité d'oxygène limitée vers tous les recoins de ce corps. » Là-dessus, le professeur Herzl avait retiré ses lunettes, pendant une minute il avait balayé du regard en silence les bancs de l'amphithéâtre. « Je ne veux pas porter de jugement moral, a-t-il poursuivi. Tout le monde doit faire en toute liberté ce qu'il veut, mais une verge gonflée en érection qui pénètre dans l'ouverture anale, cela fait mal. *Ne pas toucher*, dit la douleur. *Sors-la de là maintenant avant qu'il ne soit trop tard*. Le corps a tendance à écouter la douleur. C'est biologique. Nous ne sautons pas du septième étage, *à moins que* nous ne souhaitions détruire ce corps. »

Cela m'est revenu assez brutalement. Je l'avais manifestement refoulé, ou tout simplement oublié, mais soudain je me suis rappelé ce qu'Aaron Herzl avait dit après. J'ai d'abord senti les larmes me monter aux yeux, puis sans que je puisse me maîtriser, ma lèvre s'est mise à trembler.

« Chez un petit enfant, tout est plus petit. Tout. Cela aussi, c'est biologique. Les fillettes ne peuvent pas être enceintes. À cet égard, elles sont semblables, mais inversement, aux femmes de plus de quarante ans. *Ne pas toucher*, dit la biologie. Il n'y a biologiquement aucun intérêt à avoir des rapports sexuels avec une fillette prépubère. Là aussi l'ouverture est trop petite. Il y a l'hymen. Une des plus belles trouvailles que la biologie nous a offertes. On en viendrait presque à croire à l'existence de Dieu. » Il y a eu des ricanements dans la salle de cours ; la majorité ricanait, une petite minorité se taisait.

« Je voudrais à nouveau évoquer l'image de la grande verge gonflée. L'organe sexuel masculin en érection. Quand cette verge essaie de pénétrer dans l'ouverture, trop petite, d'une fillette pas encore formée, c'est avant tout douloureux. *Ne pas toucher*, dit la douleur. *Ne pas toucher*, dit sans doute aussi la fillette elle-même. Dans notre société, tout est organisé pour que les hommes qui essaient de pénétrer des fillettes, ou des garçons, soient enfermés. Notre code moral dans ce domaine est si puissant que les violeurs d'enfants ne peuvent être sûrs de rester en vie même dans l'enceinte d'une prison. Les voleurs et les assassins se sentent *supérieurs* aux violeurs d'enfants. Et à raison. Ils réagissent de façon élémentaire. En fait, ils réagissent comme nous devrions tous le faire. Comme nous avons tous réagi autrefois, il y a longtemps, à l'époque où la biologie était encore au-dessus du code pénal. *À dégager ! Débarrassons-nous de cette engeance ! Liquidons-les, ces salopards !* »

Un silence de mort régnait à présent dans la salle de cours. L'aiguille proverbiale. La respiration que l'on retient plus longtemps que cela ne peut faire de bien.

« Mon propos, en l'occurrence, n'est pas d'apporter une solution à ce dilemme moral, a dit Herzl. Je veux seulement faire en sorte que vous réfléchissiez d'abord par vous-mêmes avant d'accepter arbitrairement les codes moraux de votre époque, en étant persuadés qu'ils sont les seuls convenables. Je vous donnerai donc pour conclure un simple exemple auquel vous pourrez réfléchir pour la semaine prochaine. »

Cela faisait maintenant trop longtemps que je restais planté devant ma table de soin. Il s'était écoulé un moment plus long que ce que le comique pouvait logiquement considérer comme normal. Je m'étais lavé les mains. J'avais enfilé les gants en caoutchouc. Quelque chose devait se produire. L'examen. Le toucher de la prostate par voie rectale. Mais je ne pouvais plus interrompre le flux de mes pensées, je devais d'abord les laisser se dérouler. Jusqu'au bout. J'ai respiré à fond. Pour gagner du temps, j'ai posé une main sur une des fesses poilues et j'ai encore respiré à fond.

« Nous considérons un adulte qui essaie de s'imposer à un enfant comme anormal, avait dit le professeur Aaron Herzl. Comme une personne qui présente une anomalie. Un patient qui doit être traité. C'est là que commence le dilemme, la question pour la semaine prochaine. Car *quel* traitement faut-il en l'occurrence ? Avant que je n'entre dans les détails, j'aimerais que vous commenciez par vous poser à vous-mêmes la question suivante : sur l'ensemble des personnes présentes ici, d'un point de vue statistique, quatre-vingt-onze pour cent se sentent attirés par l'autre sexe, neuf pour cent par le même sexe. Moins d'un pour cent se sent attiré par des enfants, donc je peux heureusement partir du principe qu'il n'y a pas ce genre de personnes parmi nous cet après-midi. » Des rires se sont élevés sur les bancs de l'amphithéâtre : des rires un peu gênés s'efforçant le plus possible de faire croire à l'expression d'un soulagement. « Et maintenant, renversons la situation. Essayons de nous imaginer, pour bien comprendre cet exemple, que notre propre préférence sexuelle, bien saine, soit interdite. Que nous soyons arrêtés après avoir été surpris à avoir des rapports sexuels avec une personne adulte de l'autre sexe. Que nous soyons enfermés pendant un certain nombre d'années en prison ou dans une clinique. Et que pendant cette période d'enfermement, nous ayons des conversations avec un psychologue ou un psychiatre. Nous devons parvenir à convaincre ce psychologue ou ce psychiatre que nous voulons contribuer à notre guérison. Finalement, nous devons faire croire à l'autre que nous sommes bel et bien guéris. Pour que le psychologue écrive un rapport dont il ressort que nous ne représentons plus un danger pour la société. Que nous nous sommes déshabitués, en tant qu'hommes, à nous sentir attirés par des femmes, et en tant que femmes par des hommes. Mais tout ce temps, nous ne sommes pas dupes. Nous savons qu'une chose pareille est absolument impossible. Que nous ne sommes pas "guérissables". Tout ce que nous voulons, c'est nous retrouver dehors le plus vite possible pour nous en prendre de nouveau à des femmes et des hommes. »

J'ai déplacé ma main de quelques centimètres sur la fesse du comique. Comme si j'allais *faire* quelque chose. Puis m'est revenu à l'esprit un passage du cours dont je ne me souvenais plus précisément, mais qui portait sans aucun doute sur la « guérison » des violeurs d'enfants. Je me suis seulement souvenu du plat de moules à la fin.

« Imaginez un plat de moules, a dit Herzl. Il y a une délicieuse marmite de moules posée devant vous sur la table. Des moules appétissantes. De bonnes moules. Dans le meilleur des cas, nous avons appris que nous ne devons pas consommer les quelques moules encore fermées. Que cela rend malade. Gardez ces moules à l'esprit quand vous réfléchirez à vos devoirs pour la semaine prochaine. Ces moules sont elles-mêmes malades. Certaines sont même déjà mortes. Allons-nous forcer l'ouverture de cette moule pour la manger malgré tout ? Allons-nous la laisser mener pendant deux ans des entretiens avec un psychologue en milieu carcéral pour ensuite recommencer à la mettre dans notre bouche parce que le psychologue nous a assuré qu'elle était de nouveau comestible ? Ou allons-nous la jeter ? À la semaine prochaine. »

Le comique a changé de position sur la table de soin. Il a légèrement relevé la tête et l'a tournée de côté. Il m'a regardé. J'ai vu son regard affolé.

« Marc, a-t-il dit. Qu'est-ce qui se passe ? »

J'ai essayé de sourire, mais cela m'a fait mal. À l'arrière de mes mâchoires a retenti un claquement sec. « Mais pourquoi se passerait-il quelque chose ? » ai-je demandé.

Je ne pouvais plus me raconter d'histoires. J'avais regardé son derrière poilu. Je savais que le cul d'un homme poilu ne me disait rien. Qu'un cul pareil faisait naître en moi un dégoût salutaire : une assiette de nourriture infecte ou avariée que l'on repousse avec des haut-le-cœur. *Ne pas manger !* J'étais « normal ». J'ai pensé aux femmes. Pas seulement à Caroline ou à Judith : à toutes les femmes. C'était biologique, nous avait appris le professeur Herzl. Un homme qui ne regarde pas toutes les femmes, c'est comme une voiture dans laquelle on garde un pied appuyé à la fois sur l'accélérateur et le frein. Ça commence par sentir le caoutchouc brûlé et pour finir le moteur lâche ou prend feu. La biologie nous dicte de féconder le plus de femmes possible. J'ai fait la même projection que, trente ans plus tôt, lors du cours d'Aaron Herzl. Pourrais-je jamais guérir ? Serais-je capable, si les penchants salutaires qui sont les miens étaient jugés malsains par la société, de convaincre un psychologue en milieu carcéral que j'en étais « guéri » ? Je pense que oui. Mais dès ma libération, je reprendrais dans les vingt-quatre heures mes vieilles habitudes.

Je ne veux pas me placer sur un plan moral supérieur par rapport aux hommes qui se sentent attirés par les petites filles. Tous les hommes se sentent attirés par les petites filles. Là aussi, c'est biologique. Nous regardons ces petites filles en pensant à la descendance : en nous demandant si, dans un proche avenir, elles seront en mesure de garantir la survie de l'espèce humaine.

Mais de là à mettre en pratique cette attirance, il y a un pas. La biologie a ses systèmes d'alerte : chez les petites filles, tous les signaux sont rouges. *Ne pas toucher ! Ne pas approcher ! Celui qui continue malgré tout fait des dégâts.*

« Je crois qu'il vaut mieux que vous veniez vous asseoir un instant », ai-je dit au comique.

Il s'est redressé, s'est assis sur la table, les jambes pendant dans le vide, il a sorti un mouchoir blanc de la poche de son pantalon et me l'a tendu.

« Tenez, a-t-il dit. Il est propre », a-t-il ajouté en me faisant un clin d'œil.

« Désolé », ai-je dit. J'ai essayé de me moucher, mais mon nez était totalement vide. « Si vous voulez bien revenir… sinon je vous fais une ordonnance pour le service des urgences.

— Vous n'êtes bien entendu pas obligé de me dire quoi que ce soit, a-t-il dit. Mais si vous avez envie de parler, j'ai tout mon temps. »

Il a écarté les bras. J'ai regardé son visage rond et ouvert. Je lui ai dit. Je lui ai tout dit. J'ai juste évité de lui confier plusieurs choses. En pensant à l'avenir. À mes projets concernant cet avenir surtout.

« Et vous n'avez toujours aucune idée de qui ça peut être ? a-t-il demandé quand j'ai eu terminé.

— Non.

— Mais, bon sang ! Quelqu'un qui fait ce genre de choses, il faudrait tout de même… »

Il n'a pas terminé sa phrase, mais c'était inutile. J'ai pensé à la marmite de moules : aux moules qui ne s'ouvraient pas.

48

Le verre à liqueur contenant le cocktail fatal était posé sur la petite table roulante à côté du lit de Ralph. Sur la table il y avait aussi un yaourt aux fruits entamé dans lequel la cuillère était encore enfoncée, le journal du matin même et une biographie de William Shakespeare qu'il lisait ces dernières semaines. Un marque-page y était glissé, même pas à la moitié. Ralph avait demandé à Judith et à ses deux fils de bien vouloir sortir de la pièce un instant.

Quand nous nous sommes retrouvés seuls, il m'a fait comprendre d'un signe de la tête que je devais m'approcher.

« Marc, a-t-il dit. Il m'a pris la main, l'a attirée sur la couverture et a posé son autre main dessus. Je veux te dire que je suis désolé. Je n'avais pas… je n'aurais jamais… » Il s'est tu un moment. « Je suis désolé. Voilà ce que je voulais te dire. »

J'ai regardé son visage à la fois amaigri et gonflé : ses yeux qui me voyaient encore maintenant mais qui dans une heure, tout au plus, ne verraient plus rien.

« Comment… comment va-t-elle maintenant ? » a-t-il demandé.

J'ai haussé les épaules.

« Marc », a-t-il répété. J'ai senti la pression de sa main sur la mienne. Il a essayé de serrer davantage, mais je me suis rendu compte du peu de forces qui lui restaient encore. « Est-ce que tu pourrais lui dire… de ma part… est-ce que tu pourrais lui dire ce que je viens de te dire ? »

J'ai détourné le regard ; sans difficulté, j'ai retiré ma main d'entre les siennes.

« Non. »

Il a poussé un profond soupir, a fermé un instant les yeux et les a rouverts.

« Marc, j'ai longtemps hésité à te le dire. J'ai pensé : peut-être que je suis la dernière personne dont tu veux entendre une chose pareille. »

Je l'ai regardé. « De quoi parles-tu ?

— De ta fille, Marc. De Julia. »

Malgré moi, j'ai jeté un coup d'œil vers la porte, puis vers le verre à liqueur à côté de son lit. Ralph a vu ce que je regardais.

« J'ai finalement décidé qu'il fallait que tu saches. C'est peut-être un peu tard, mais je ne le sais pas depuis très longtemps, moi non plus. Deux semaines pour être précis. »

Pendant une demi-seconde, j'ai pensé qu'il allait me parler de Judith : qu'il était au courant pour nous deux, qu'elle lui avait tout confessé, mais qu'il nous souhaitait tout le bonheur du monde. L'instant d'après, je me suis aperçu qu'il avait dit très clairement : *de ta fille. De Julia*.

« Alex m'a fait jurer de me taire. Il savait que je n'en avais plus pour longtemps, c'est pour cela qu'il me l'a dit. Il fallait qu'il s'en décharge, il a dit qu'il pensait qu'il allait devenir fou s'il gardait ça pour lui plus longtemps. Sa mère n'est au courant de rien. Je suis le seul à le savoir. Avec Julia. »

J'ai repensé à la nuit sur la plage. Au comportement d'Alex quand il était tombé sur Judith et moi près de l'autre café sur la plage. Il dissimulait quelque chose, m'étais-je dit à l'époque. Il n'avait pas tout raconté.

« Tu te souviens du réparateur qui est passé plusieurs fois pour déboucher le réservoir sur le toit ? Quand nous n'avions plus d'eau courante ? »

Peut-être que j'ai cligné des yeux, ou qu'il a décelé de l'incompréhension dans mon regard, car il a précisé : « Le réparateur de l'agence de location. Un petit mec. D'une trentaine d'années, ou dans ces eaux-là…

— Oui, je m'en souviens… un réparateur… pour l'eau. Et quel rapport ? »

Ralph s'est empli les poumons à grand-peine, on aurait dit un matelas pneumatique en train de se vider. « Julia lui avait donné rendez-vous ce soir-là. Au réparateur. Je ne sais pas exactement quand elle a pris ce rendez-vous, de toute évidence une des fois où il est passé. Ou, qui sait, à une autre occasion au village, ou sur la plage. En tout cas, le soir en question, celui du solstice d'été, ils s'étaient donné rendez-vous à l'autre café de la plage. Alex a essayé de la dissuader, il se méfiait. Je veux dire, il avait déjà du mal à supporter qu'elle ne veuille visiblement plus de lui. Elle lui avait dit qu'elle le trouvait encore trop bébé, qu'elle aimait mieux les hommes, les vrais. Enfin, ce soir-là… cette nuit-là… Alex l'a finalement tout de même accompagnée. Parce qu'il se méfiait, je l'ai déjà dit. Et c'est là qu'il s'est passé ce qui s'est passé. L'homme a menacé Alex, Marc. Il l'a menacé de s'en prendre à lui s'il disait quoi que ce soit à ses parents. Ah, si je l'avais su à l'époque… Ce salaud n'aurait jamais eu l'occasion de répéter ce que je lui aurais fait !

— Mais… mais comment est-ce que Julia…

— Attends, je n'ai pas terminé. Julia et Alex se sont mis d'accord pour ne rien dire. Ou plutôt, Alex a dû lui jurer de ne rien dire. À ce moment-là, sur la plage. Après ce qui s'est passé.

— Mais je l'ai trouvée… Quand je l'ai trouvée…

— Elle avait terriblement honte, elle pensait que tout était sa faute. Elle a pensé que Caroline et toi jugeriez qu'elle avait agi si bêtement que vous ne lui feriez plus jamais confiance. Que vous ne la laisseriez plus jamais sortir seule. Elle a donc eu l'idée de prétendre qu'elle avait perdu connaissance. De vous dire qu'elle ne se souvenait plus de rien. »

Une demi-heure plus tard, Judith et moi étions dans le couloir. Alex et Thomas étaient allés à la cafétéria. Judith venait de dire qu'elle était vraiment heureuse que j'aie été présent. Et j'avais dit que Ralph était « parti joliment ».

C'est là que le docteur Maasland est venu et a commencé à nous assommer avec ses histoires de prélèvement jamais arrivé. Il a demandé à Judith l'autorisation de procéder à une autopsie.

« C'est tout de même très curieux, avait dit Judith une fois le docteur Maasland reparti. Tu ne sais vraiment plus ce qui s'est passé à l'époque ? Je me rappelle que tu m'as dit que, d'après l'hôpital, il n'y avait rien de grave.

— C'est effectivement curieux, ai-je répondu. Ce connard avec ses airs suffisants fait comme si c'était moi qui l'avais perdu, alors que c'est eux qui auraient dû faire attention.

— Mais tu viens de dire que tu ne te souvenais pas de ce qui s'est passé. Pourquoi tu as dit ça, Marc ? Je ne comprends pas très bien. J'ai pensé qu'il devait y avoir autre chose. Entre toi et Ralph. De quoi deviez-vous parler tout à l'heure ? Est-ce que c'est en rapport avec ça ?

— Écoute bien, Judith. Je pense qu'il vaut mieux pour nous deux que nous arrêtions de nous voir un petit moment. Je veux même dire plus longtemps. Je t'ai soutenue jusqu'ici, mais je dois maintenant mettre un peu d'ordre dans ma vie. Il s'est passé trop de choses. Des choses dont tu n'as pas la moindre idée. Je ne peux vraiment pas t'avoir près de moi en ce moment. »

49

Deux jours plus tard, j'ai reçu un appel du docteur Maasland. J'étais en pleine consultation avec une écrivaine qui, à force d'abuser du vin rouge, paraissait vingt ans de plus que son âge – et encore dix-huit ans de plus que sur le portrait retravaillé sur Photoshop au dos de son dernier livre.

« Est-ce que je peux vous rappeler plus tard ? ai-je demandé. Je suis avec un patient.

— Je crains que non, docteur Schlosser. L'affaire est bien trop grave. »

Ces dernières années, le vieillissement du visage de l'écrivaine s'était accéléré. Le vin rouge draine la peau par en dessous. C'est comme lorsque le niveau de la nappe phréatique diminue. L'hydratation ne se fait plus qu'en dessous de la surface de la peau qui, elle, est laissée à l'abandon. La vie disparaît. Les animaux s'en vont chercher un autre endroit où l'eau est moins rare. Les plantes dépérissent et meurent. Le soleil et le vent ont le champ libre. La terre se fissure. Erosion. Du sable très fin continue de raviner le sol.

« Est-ce que vous avez pu retrouver des traces du prélèvement ? ai-je demandé au docteur Maasland.

Le prélèvement que je vous ai envoyé à l'époque. C'est tout de même curieux qu'il ait pu se perdre. »

J'ai entendu un soupir à l'autre bout du fil. Le genre de soupir que poussent les spécialistes quand ils doivent expliquer un phénomène compliqué à un médecin généraliste. Un phénomène qui dépasse un simple médecin généraliste.

« Nous n'en sommes pas encore arrivés là, mais en l'occurrence ce n'est pas le problème. Nous avons pratiqué hier une autopsie sur le corps de monsieur Meier et il en est ressorti, sans aucun doute possible, que quelqu'un, et nous supposons que c'est de vous qu'il s'agit, a prélevé du tissu sur la cuisse de M. Meier…

— Mais c'est ce que j'ai toujours dit.

— Si vous voulez bien me laisser terminer, docteur Schlosser. En l'occurrence, le problème est qu'une *trop grande quantité* de tissu a été prélevée. Sur une trop grande zone. Alors que n'importe quel médecin est censé savoir que, s'il existe le moindre soupçon d'une maladie aussi grave, il vaut mieux dans un premier temps éviter de procéder à tout prélèvement. Il faut commencer par demander une numération des globules blancs et envisager seulement après une culture de tissu. Ce sont des connaissances de base qu'on apprend en première année de médecine, docteur Schlosser.

— J'ai cru avoir affaire à un lipome, ai-je dit. Compte tenu des habitudes alimentaires de M. Meier, cela n'avait rien d'improbable.

— À cause de votre incision profonde, les cellules ont très probablement rejoint un vaisseau sanguin. À partir de ce moment-là, M. Meier n'avait plus l'ombre d'une chance. J'ai donc aussitôt alerté les instances compétentes. En temps normal, il faut attendre des semaines ou même des mois avant d'obtenir une réaction, mais compte tenu de la gravité de cette affaire et vu que la réputation de notre hôpital est aussi en jeu, elles ont pu libérer un créneau très rapidement.

— Un créneau ?

— Au conseil de l'ordre des médecins. On vous y attend mardi de la semaine prochaine, à neuf heures. »

J'ai souri à l'écrivaine qui commençait à manifester des signes d'impatience et s'agitait sur son fauteuil.

« Mardi prochain…, ai-je dit. Mais l'enterrement a lieu ce vendredi. Je croyais que…

— Docteur Schlosser, j'espère que nous nous sommes bien compris. J'ai dans l'idée que la famille ne tiendra pas à ce que vous soyez présent à l'enterrement. En tout cas, pas lorsque nous leur aurons fait part des résultats de notre examen.

— Et quand allez-vous les en informer ? Faut-il tant de précipitation alors qu'il n'y a même pas eu de jugement définitif prononcé ? Cela n'aura lieu que mardi ? Ou même pas, peut-être que le conseil de l'ordre souhaitera d'abord se pencher calmement sur le problème. »

Je me suis rendu compte que je posais trop de questions en même temps. Les gens *nerveux* posent trop de questions en même temps. Mais je n'étais pas nerveux, du moins j'essayais de m'en convaincre. Seulement je n'aurais jamais dû lâcher les mots « conseil de l'ordre » en présence d'un patient.

J'ai entendu de nouveau un profond soupir à l'autre bout du fil.

« Nous envoyons toujours nos conclusions par courrier. Voilà la seule chose que je peux faire pour vous. Nous sommes obligés de tenir la famille au courant mais, en envoyant une lettre, nous respectons tout de même les directives, et nous donnons au médecin concerné une journée de répit. Vous pouvez y voir un geste secourable entre confrères, Marc. »

50

« Allo, ici Herzl. »

La voix humaine ne vieillit pas. Même s'il ne s'était pas tout de suite présenté, j'aurais reconnu le son de la voix de mon ancien professeur de biologie médicale.

« Professeur Herzl, ai-je dit. Comment allez-vous ?

— Je crois que c'est à toi qu'il faut poser la question, Marc. Tu es seul ? Es-tu libre de parler ? »

J'étais effectivement seul derrière mon bureau dans mon cabinet de consultation. La salle d'attente était inhabituellement pleine : pas moins de quatre patients attendaient que je les appelle chacun leur tour, mais je n'avais pas encore eu envie de voir des patients et je les avais donc fait attendre.

« Je suis seul, ai-je dit.

— Parfait. Il ne faut pas m'en vouloir d'aller droit au but, Marc, et de ne pas m'attarder à parler de la pluie et du beau temps. Je te propose de commencer par m'écouter, puis seulement après, une fois que j'aurai terminé, de me poser une question. Comme autrefois pendant les cours, en fait. Est-ce que cela te pose un problème ?

— Non.

— Parfait. Écoute. Depuis que j'ai été écarté de l'université, j'ai occupé toutes sortes de fonctions dont je préfère ne pas parler pour éviter de t'importuner. Les Pays-Bas sont communistes. Quand on tombe en disgrâce, on est bon pour nettoyer les toilettes. Ce n'est pas allé jusque-là en ce qui me concerne, mais j'ai tout de même travaillé pendant des années dans des endroits où je n'avais pas ma place. Quoi qu'il en soit, mes idées de l'époque sont à présent devenues monnaie courante. Mais ne va pas t'imaginer que qui que ce soit est jamais venu me présenter ses excuses. En revanche, ces cinq à dix dernières années, on m'a de nouveau proposé du travail qui me convient mieux, pour ainsi dire. Il se trouve donc que, depuis un an ou deux, j'exerce les fonctions, à titre indépendant, de conseiller du conseil de l'ordre. »

Aaron Herzl s'est tu un instant, mais je me suis retenu et je n'ai pas posé de question. En revanche, j'ai appuyé le téléphone plus fort contre mon oreille.

« Parfait, a dit Herzl. Je me contente de donner des conseils, je n'ai pas de pouvoir de décision. Parfois, je vois des choses qu'un autre ne voit pas. Il y a quelques jours, j'ai reçu ton dossier sur mon bureau, Marc. J'ai aussitôt reconnu ton nom. Médecin généraliste. J'ai toujours trouvé dommage que tu n'aies pas continué, tu en avais sans aucun doute les capacités. Demain matin neuf heures. L'heure de vérité. J'ai examiné ton dossier dans les moindres détails, cela n'arrive pas tous les jours qu'un de mes anciens étudiants doive se présenter devant le conseil. Et je dis bien "dans les moindres détails", mais ce n'était même pas la peine. J'ai compris tout de suite. Écoute bien, Marc. Je vais maintenant te poser quelques questions. Le mieux est que tu répondes seulement par "oui" ou "non". Cela restera entre nous. Je ne peux t'aider que si tu es franc avec moi. Par ailleurs, j'ai intérêt pour ma part à ne pas tout savoir. J'espère que tu le comprends.

— Oui », ai-je dit. À ce moment-là, mon assistante a passé la tête dans l'entrebâillement de la porte de mon cabinet. Elle a pris une expression interrogatrice en désignant de la main la salle d'attente derrière elle. J'ai articulé un mot en silence. *Non !* a-t-elle lu aussitôt sur mes lèvres, et sa tête a disparu derrière la porte.

J'ai pensé que Herzl allait de nouveau dire « parfait », mais il ne l'a pas fait – il se pouvait aussi que cela m'ait échappé.

« Le prélèvement d'un tissu pour une culture n'est jamais pratiqué par un médecin généraliste, je n'ai pas besoin de te le dire. Et encore moins quand il pense qu'il peut être question d'une maladie mortelle. On ne peut donc pas dire, à proprement parler, qu'il s'agit d'une faute professionnelle. Plutôt d'une aliénation mentale. Un médecin généraliste n'est même pas autorisé à brûler un grain de beauté. Il ne peut pas retirer un lipome. Dès lors qu'il a le moindre soupçon de maladie grave, il ne touche absolument à rien. Ce n'est pas ce qui s'est passé ici. Mais ce n'est pas tout. Le tissu a été retiré avec une telle précision que, dans le cas d'une maladie mortelle, la propagation de la maladie ne pouvait que s'accélérer. Est-ce que jusque-là, j'ai raison, Marc ?

— Oui.

— Ensuite le prélèvement n'est jamais arrivé à l'hôpital. Il se peut bien entendu qu'il ait été égaré. Mais il se peut aussi que tu aies *oublié* de l'envoyer. Attention, Marc. Seulement oui ou non. Est-ce que tu l'as oublié ?

— Oui. »

J'ai entendu le professeur Herzl pousser un profond soupir. Vraisemblablement un soupir de soulagement. Puis je l'ai entendu feuilleter des papiers.

« Je suis heureux que tu soies aussi honnête envers moi, Marc. Maintenant nous en arrivons à ton patient. Le patient décédé… Ralph Meier. Un acteur. Je n'avais encore jamais entendu parler de lui, mais cela ne veut rien dire. Je passe le plus clair de mon temps chez moi. Je lis, ou j'écoute de la musique. Mais bon, venons-en au fait. Avais-tu une raison de préférer que ce patient disparaisse ? Et je ne veux pas dire par là que tu aurais préféré qu'il aille consulter ailleurs que chez toi. Non, je veux dire littéralement disparaître. Dans le sens de *disparaître de la surface de la terre*. Comme c'est en fait concrètement le cas ici : dans une tombe. Était-ce un peu l'idée qui te trottait dans la tête, Marc ?

— Oui.

— Quelque chose s'est passé qui à tes yeux faisait que Ralph Meier n'avait plus le droit de vivre plus longtemps. C'est possible. Cela nous arrive à tous de le penser à propos de quelqu'un. Nous restons finalement des êtres humains. Tu auras sans doute eu tes raisons. Ce que je vais maintenant te demander n'a en fait rien à voir avec cette affaire et la façon dont le conseil de l'ordre va la traiter demain. C'est purement parce que cela m'intéresse personnellement. Parce que je m'intéresse à toi, mais aussi à l'espèce humaine. Tu as bien sûr parfaitement le droit de ne pas me répondre. Je ne suis pas allé fouiller dans ta vie privée. Je sais que tu as une femme et deux jeunes adolescentes, je n'ai pas cherché plus loin. Ma question est très simple. La mort de Ralph Meier a-t-elle un rapport avec ta famille, Marc ? »

J'ai hésité. « Oui », ai-je dit, mais Aaron Herzl a dû entendre mon hésitation.

« Encore une fois : si tu ne veux pas répondre, ne le fais pas, a-t-il dit. Je ne t'en voudrais pas. Cela a donc un rapport avec ta famille. Avec ta femme ? »

J'ai à nouveau hésité. Une partie de moi-même voulait mettre tout de suite un terme à la conversation, et une autre partie ne voulait plus se contenter de répondre par « oui » et « non ». Cette dernière partie voulait tout raconter à mon ancien professeur de biologie médicale.

« Non, ai-je dit. Enfin, c'est-à-dire, au début... Non, pas vraiment.

— Je ne veux pas me vanter de ma perspicacité, Marc, mais cela ne m'avait pas non plus paru très probable. J'ai parié plutôt sur une de tes filles. Quel âge ont-elles maintenant ? Quatorze et douze ans, je crois. C'est bien ça ?

— Oui. » J'aurais voulu tout raconter à Aaron Herzl, mais ce n'était pas la peine. Il savait déjà.

« Marc, a-t-il dit. Je comprends que tu aimerais peut-être en dire plus, que cela pourrait être bon pour toi. Bon pour nous deux. Mais nous devons en l'occurrence nous limiter aux faits. Je vais donc te demander encore une fois avec insistance de ne répondre que par oui ou non. J'ai reçu un jour sur mon bureau un dossier qui, à strictement parler, n'avait qu'un rapport indirect avec le conseil de l'ordre. Une affaire concernant un adulte qui s'en était pris à une fillette de douze ans. Et qui affirmait qu'elle avait trouvé ça “agréable” elle aussi. C'est ce qu'ils disent tous. Nous, en tant que médecins, nous sommes naturellement plus avisés. Nous savons que c'est un défaut. Un lot défectueux à retirer de la vente. Nous pourrions au moins faire cela. Mais bon, je m'égare. Est-ce que c'était ce genre de chose, Marc ? Il ne faut répondre que par oui ou non.

— Oui.

— Alors tu as fait ce que tu devais faire. Tu as fait ce que tous les pères devraient faire.

— Oui », ai-je dit encore, même si Herzl ne m'avait en fait pas posé de question.

« Le problème demeure que tu ne peux pas vendre l'affaire de cette façon au conseil de l'ordre, a-t-il poursuivi. Ils n'ont aucune envie de se retrouver en face de pères aux instincts salutaires. Je peux essayer de manœuvrer dans le sens de la *négligence*. Mais les éléments dont nous disposons sont bien trop évidents. Cela ne va pas se régler par une suspension de plusieurs mois, Marc. Ce sera plutôt une interdiction totale. Si cela s'arrête là. Et je parle de poursuites pénales. Tu ne veux pas faire subir une telle chose à ta famille. Tu ne veux certainement pas le faire subir à ta fille.

— Mais alors ? ai-je demandé. Qu'est-ce que je dois faire ? »

Le professeur Aaron Herzl a poussé un profond soupir.

« D'abord, il ne faut pas te présenter demain matin. Cela ne ferait qu'empirer les choses. Personnellement, je te conseillerais de disparaître totalement. Littéralement. À l'étranger. Je prendrais une décision à ce propos aujourd'hui, Marc. Discutes-en avec ta famille. Pars. Commence une nouvelle vie ailleurs. Si tu as besoin de références, prends contact avec moi. Je peux t'aider. Pour le moment, c'est vraiment tout ce que je peux faire pour toi. »

Quand nous avons mis fin à la communication, je suis resté un certain temps assis derrière mon bureau, hésitant. Je pouvais demander à mon assistante de renvoyer les patients chez eux. J'avais besoin de temps pour réfléchir. D'un autre côté, je pouvais aussi réfléchir en écoutant des radotages interminables à propos de rien. Et souvent mieux d'ailleurs.

J'ai appuyé sur l'interphone.

« Liesbeth, envoyez-moi le premier, ai-je dit. Je suis prêt. »

Continuer à me comporter normalement, me suis-je dit. Tout doit avoir l'air aussi normal que possible. J'ai regardé la pendule accrochée au mur. Dix heures dix. J'avais encore tout mon temps.

Mais alors que mon premier patient venait tout juste de s'installer, il y a eu soudain un grand tumulte à la porte de mon cabinet. « Docteur ! » a appelé la voix de mon assistante. « Docteur ! » J'ai entendu comme un bruit de chaise que l'on projette avec force, puis une autre voix.

« Où es-tu, salaud ? hurlait Judith Meier. Montre-la, ta sale gueule, si tu l'oses ! »

51

J'ai feuilleté le dossier. Je faisais mine de chercher quelque chose. Ce n'était pas le dossier de Ralph Meier, mais d'un patient lambda que j'avais pris au hasard dans l'armoire : ni trop épais, ni trop fin. Je n'avais pas de dossier pour Ralph Meier.

« Voilà, je l'ai, ai-je dit. Ralph est venu me voir début octobre l'an dernier. Il ne voulait pas que tu le saches à l'époque. Il avait peur que tu ne te fasses du souci. »

Je l'ai regardée. Judith a aussitôt détourné les yeux. Elle a reniflé et tapoté les doigts sur l'accoudoir de son fauteuil.

« Moi aussi j'ai d'abord pensé qu'il n'avait rien, ai-je poursuivi. Dans la plupart des cas, ce n'est rien. Bon, il m'a dit qu'il était fatigué. Mais il aurait pu y avoir d'autres raisons. Il travaillait dur. Il travaillait dur tout le temps.

— Marc, épargne-moi tes digressions et tes excuses. Nous avons dépassé ce stade depuis longtemps. Le docteur Maasland m'a informé dans les détails. Tu n'aurais jamais dû pratiquer une telle intervention dans de telles circonstances. Et ce qu'ils ne savent pas encore au conseil de l'ordre, c'est que tu lui as prescrit ces saloperies pour réprimer les symptômes.

Au début, je n'étais absolument pas au courant qu'il avalait ces comprimés. Je les ai trouvés un jour par hasard dans un compartiment de sa valise. C'est là qu'il m'a tout avoué. Et qu'il m'a dit qui lui avait prescrit ces comprimés.

— Judith, il était *fatigué*. Épuisé. Il avait deux mois de tournage devant lui. Je lui ai dit qu'il ne devait pas trop présumer de ses forces. Que ce n'était que pour deux mois. »

Je me sentais parfaitement maître de moi. Calme. J'avais repris *pleinement le contrôle de moi-même*, comme on dit. Le seul fait que j'aie employé l'expression « présumer de ses forces » – une expression que je n'utilisais jamais – signifiait que j'y croyais de nouveau. J'ai regardé la pendule accrochée au mur. Nous étions là depuis un quart d'heure. J'avais entendu de vagues bruits dans la salle d'attente, puis la porte du cabinet se refermer. À présent le silence régnait. Tout le monde était parti.

« Pourquoi maintenant, Judith ? ai-je demandé. Pourquoi viens-tu ici me traiter d'assassin, devant mes patients et mon assistante ? Vendredi dernier à l'enterrement, je pensais que tu étais perturbée par toutes ces histoires auxquelles Maasland essayait de te faire croire. Mais on dirait que tu y crois vraiment. En plus, ces derniers mois, tu n'avais pas l'air d'avoir du chagrin pour Ralph, c'est le moins qu'on puisse dire. Je ne t'ai en tout cas jamais entendue te plaindre, toutes les fois où je suis venu prendre un café chez toi. »

Judith s'est mise à pleurer. J'ai poussé un profond soupir. Je n'avais vraiment pas le temps de m'occuper de ça. Je voulais monter, parler avec Caroline de ce que nous allions faire. Dans quelques jours commençaient les vacances d'automne et nous prendrions l'avion tous les quatre pour Los Angeles. Je devais discuter avec Caroline pour savoir s'il ne valait pas mieux partir plus tôt – sans lui parler de la conversation avec Aaron Herzl bien sûr.

« Tu m'as dit que tu ne pouvais plus m'avoir près de toi, Marc ! s'est exclamée Judith dans un sanglot. Que nous devions arrêter de nous voir. Ce sont tes mots, à la lettre. "Il s'est passé trop de choses. Je ne peux vraiment pas t'avoir près de moi en ce moment." Je n'en revenais pas d'entendre des choses pareilles ! Comment as-tu pu être si dur ? Cela faisait à peine une demi-heure que Ralph était mort. »

Je l'ai regardée fixement. Avais-je bien entendu ? Je m'étais toujours cru capable de deviner ce qui n'allait pas chez quelqu'un en moins d'une minute, mais ce que je voyais maintenant, jamais je ne l'aurais cru possible, même dans mes pires divagations. J'ai regardé son visage baigné de larmes. Il exprimait surtout de l'insatisfaction. Une profonde insatisfaction, de celles que l'on ressent en fait dès sa naissance. Rien ne peut permettre de dissiper cette insatisfaction. Une nouvelle machine à expresso hors de prix, des gestes attentionnés, des travaux d'aménagement… l'insatisfaction peut redisparaître un temps à l'arrière-plan, mais c'est comme une fuite d'eau qui finit par se voir sur le papier peint : on peut la cacher par un nouveau papier peint, mais au bout d'un certain temps les taches marron réapparaissent.

Il n'y a pas grand-chose à faire contre cette insatisfaction. On peut l'étouffer un moment par des médicaments, ceux qu'on appelle pilules du bonheur, mais en définitive elle ne fait que resurgir de plus belle.

Une seule injection, je le savais, pouvait faire disparaître l'insatisfaction du visage de Judith. À tout jamais.

J'ai pensé à la réaction qu'elle avait eue sur la plage quand Ralph avait projeté la marmite dans les airs. À ses jérémiades à propos des fortes détonations en général. À ses inquiétudes à propos de la caution que l'agence de location ne leur restituerait peut-être pas. Puis j'ai pensé à ce que Caroline m'avait raconté. Stanley et Judith au bord de la piscine. *Il l'a entièrement couverte de baisers*, avait dit Caroline. *Et quand je dis entièrement, je pèse mes mots*.

Je savais à présent ce que j'avais à faire. Je me suis levé de mon fauteuil et j'ai contourné mon bureau. J'ai posé mes mains sur les épaules de Judith. Je me suis ensuite penché en avant, jusqu'à ce que mon visage touche le sien.

Je m'étais attendu à de la chaleur. Un visage mouillé mais chaud – mais ses larmes étaient froides.

« Ma chère Judith », ai-je dit.

52

Nous étions assis au bord de la piscine. Rien que Julia et moi. Caroline était allée faire des courses à Santa Barbara. Stanley avait rendez-vous quelque part à Hollywood pour un nouveau projet. Emmanuelle était montée à l'étage faire une petite sieste.

Julia était allongée à plat ventre sur un matelas pneumatique à l'ombre d'un palmier. Sur mon transat, je feuilletais quelques magazines que j'avais trouvés à l'intérieur. Le dernier *Vogue*, *Vanity Fair* et *Ocean Drive*. Au loin, j'entendais effectivement la mer, comme Stanley l'avait dit. Et un train sifflait de temps en temps. Entre la villa de Stanley et la mer, il y avait un passage à niveau non gardé avec une seule voie. Le sifflement des trains était différent de celui entendu un an plus tôt, à l'hôtel de Williams, mais je ne l'écoutais sans doute pas non plus de la même manière.

Je regardais Julia. Peut-être était-elle endormie. Peut-être pas. À côté de l'extrémité supérieure du matelas pneumatique était posé son iPod, mais elle n'avait pas mis les écouteurs. Aux Pays-Bas, c'était l'automne. Ici, on recherchait l'ombre parce qu'il faisait trop chaud au soleil. Je m'étais attendu à ce que le conseil de l'ordre m'appelle pour savoir pourquoi je ne m'étais pas présenté ce mardi-là. Il n'avait pas réagi. Pas plus que durant les jours suivants. Le vendredi, j'ai fini par appeler moi-même et je suis tombé sur une secrétaire qui m'a annoncé que toutes les affaires en cours avaient été « repoussées après les vacances d'automne ». Elle m'a demandé de répéter mon nom. « Docteur Schlosser, a-t-elle dit. Oui, j'ai trouvé. Il y a une flèche rouge à côté de votre nom. Cela veut dire que votre affaire sera traitée en priorité. Mais aucune décision ne sera prise avant la semaine qui suit les vacances d'automne. Vous aurez des nouvelles au plus tard à la fin de cette semaine-là. »

Le lendemain les vacances d'automne commençaient et nous partions tous les quatre pour Los Angeles. Stanley avait proposé de venir nous chercher, mais je lui avais dit que ce n'était pas la peine. Avec notre voiture de location, en prenant le Highway 1, nous avons rejoint Santa Barbara en moins de deux heures.

Les premiers jours, nous n'avons pratiquement rien fait. Nous restions au bord de la piscine et nous nous promenions dans les rues commerçantes. Nous avons mangé à nouveau du crabe sur la jetée.

« J'ai une théorie, a dit Stanley le troisième jour. J'y ai longuement réfléchi. Enfin… pas si longtemps que ça. »

Nous dînions dans un restaurant de poissons au bord de la plage. Le soleil venait de se coucher. Caroline, Emmanuelle, Julia et Lisa étaient parties se promener un peu, le long des vagues. Stanley a sorti la bouteille de vin blanc du seau à glace et rempli nos verres.

« La fête du solstice d'été, a-t-il poursuivi. L'an dernier. Nous étions sur la plage avec ces filles. Ralph a voulu donner des coups de pied à la Norvégienne. Puis nous ne nous sommes plus vus pendant plusieurs heures. Entre-temps, il est arrivé à ta fille… enfin, il est arrivé ce qui est arrivé. Alors tu fais un rapprochement. Juste après les vacances d'été, Ralph tombe malade. Très gravement malade. Un an plus tard, il est mort. Je ne suis pas médecin. Je ne sais pas comment c'est possible, d'un point de vue technique, mais tu pourrais peut-être me l'expliquer. »

Je n'ai rien dit. Je me suis contenté de sourire et j'ai pris une gorgée de vin.

« Mais d'abord je vais te raconter quelque chose, Marc. L'an dernier, nous avons tourné *Auguste*, comme tu le sais. J'avais aussi donné un petit rôle à Emmanuelle. Une des filles illégitimes de l'empereur. Un jour, Emmanuelle vient me voir pour me dire qu'elle ne veut plus du rôle. Elle ne pouvait pas supporter l'attitude de Ralph vis-à-vis d'elle. Sa façon de la regarder. Aussi bien pendant le tournage qu'en dehors. Alors je suis allé parler avec Ralph. Je l'ai mis en garde sans équivoque : il devait faire attention à ce qu'il faisait. Il a fait comme s'il s'agissait d'une plaisanterie, comme si Emmanuelle exagérait, mais il a arrêté. J'ai dû promettre solennellement à Emmanuelle qu'elle ne reverrait plus jamais cet homme après le tournage. »

C'était tentant. C'était tentant de raconter à Stanley sinon tout, du moins quelque chose. J'avais bu presque une bouteille entière de vin blanc. Une belle histoire, me suis-je dit. Je pouvais en faire une belle histoire.

« Ce Ralph était totalement perturbé, a dit Stanley. Son rapport avec les femmes. Enfin, nous l'avons bien vu, toi et moi. En soi, cela ne me dérange pas qu'il ne soit plus là. Je suis simplement curieux. D'un point de vue purement technique. D'ailleurs, techniquement, il me paraît très peu probable qu'avec Julia il… Il ne pouvait pratiquement pas marcher après le coup de pied que tu lui as donné dans le genou, tu te rappelles. Mais ce n'est pas le problème. Le problème, c'est que toi tu pensais qu'il était peut-être le coupable. Alors tu as fait quelque chose. Peut-être le soir même d'ailleurs… »

Presque bon, avais-je envie de dire. Mais j'ai dit autre chose.

« Essaie d'imaginer », ai-je dit.

Pendant une seconde entière, Stanley m'a regardé fixement. Puis il y a eu une lueur dans ses yeux. L'instant suivant, il s'est esclaffé.

« C'est parfait, Marc ! Non, vraiment, parfait. Tu n'as pas besoin de m'en dire plus. Je crois que ta réponse me suffit. Et même largement. »

L'après-midi, nous avons regardé les photos que Stanley avait prises l'année précédente pendant les vacances dans la maison de location. Je lui avais demandé le plus incidemment possible s'il avait d'autres photos que celles que j'avais déjà vues sur son site Internet.

Nous étions assis au petit bureau de Stanley, il avait fermé les stores vénitiens afin de bloquer la lumière éblouissante du dehors et cliquait pour faire défiler les photos sur son écran d'ordinateur.

Caroline et Emmanuelle étaient restées au bord de la piscine. Lisa et Julia se tenaient debout à droite de Stanley et s'appuyaient contre son bureau. J'étais assis à sa gauche sur un tabouret.

Il n'y en avait pas tellement de nouvelles. J'ai lancé un coup d'œil en biais en direction de Julia quand les photos du réparateur sont passées. Il y en avait une que je ne connaissais pas : Julia et le réparateur étaient debout l'un en face de l'autre, tandis que Julia, tenant sa main à l'horizontale au-dessus de la tête du réparateur, montrait la différence de taille entre eux deux. Ils riaient tous les deux.

J'ai attendu le moment où Julia regarderait de côté. Dans ma direction. Cela faisait des semaines déjà que je pensais que je devais attendre le bon moment. Mais plus le temps s'écoulait, plus je commençais à douter qu'il se présenterait.

Si elle m'avait regardé maintenant, au moins nous aurions su chacun que nous savions. Pour moi, cela aurait suffi.

Mais elle n'a pas regardé de côté. Elle a juste pouffé de rire et encouragé Stanley à cliquer pour faire apparaître la photo suivante.

« Regarde ! s'est écriée Lisa. C'est l'âne ! »

Nous l'avons regardé tous les trois.

« L'âne du camping ! Ce pauvre âne, papa ! »

Je me suis approché de l'écran. On pouvait effectivement voir un âne, un âne qui passait la tête par-dessus une palissade en bois.

« Tu le connais cet âne, Lisa ? a dit Stanley en riant. Peut-être que tu l'as vu au zoo. En tout cas, c'est là que j'ai pris la photo. Il y a là-bas une sorte de zoo, tu sais, un zoo très simple. Quand j'y suis allé, vous étiez déjà partis depuis un certain temps… Ah, mais bien sûr que vous le savez ! C'est là que vous avez apporté le petit oiseau. Toi et ton papa.

— Mais l'âne n'était pas encore là, a dit Lisa.

— Comment sais-tu que c'est *cet* âne ? ai-je demandé aussitôt.

— Ça se voit, c'est tout, a dit Lisa. Il y avait aussi un lama. Est-ce que tu as pris aussi des photos du lama, Stanley ? »

Stanley s'est affaissé contre le dossier de sa chaise et il a passé un bras autour de ma fille cadette.

« Je n'ai pas photographié de lama là-bas, ma chérie, a-t-il dit. Mais je te crois sur parole. Je crois d'ailleurs qu'il y avait un lama. »

« Papa, tu viens toi aussi ? »

J'avais fermé les yeux et je les ai rouverts. Julia était là, un pied déjà posé sur le plongeoir. Comme j'avais le soleil dans les yeux, je ne pouvais pas bien voir son visage.

« D'accord », ai-je dit.

Stanley avait déjà pris une grande série de photos d'elle. Ici dans le jardin. Et sur la plage. Demain, une séance de photos officielle aurait lieu. Avec une habilleuse et un visagiste. Il n'y avait encore rien de concret, avait dit Stanley, mais Julia suscitait vraiment un grand intérêt. Il a cité les noms de plusieurs grands magazines de mode et de cinéma. Il a aussi pris quelques photos de Lisa.

« Quel âge as-tu maintenant ? lui a-t-il demandé. Douze ans ? C'est parfait. Peut-être qu'il faudrait que tu attendes un peu plus longtemps, mais il peut toujours y avoir un magazine dans le lot qui se montre intéressé. Qui trouve que tu corresponds exactement à ce qu'ils cherchent. »

Depuis notre arrivée aux États-Unis, je n'avais plus repensé au réparateur. Ou tout au plus comme à un organisme. Un organisme qui respire. Un cœur qui bat. J'ai regardé Julia qui à présent se tenait au milieu du plongeoir. J'ai essayé à nouveau de ne pas penser à lui. Et j'y suis arrivé. J'ai souri à ma fille.

« Allez papa, viens. »

J'ai fait mine de me lever, puis je me suis de nouveau affalé dans mon fauteuil. J'ai attendu qu'elle ait atteint l'extrémité du plongeoir.

Elle a tourné la tête vers moi. Le bon moment était à jamais révolu, avais-je décidé. Le bon moment appartenait au passé. Ma fille sur le plongeoir était l'avenir.

Nous nous sommes regardés. D'abord je l'ai regardée comme une jeune fille. Puis comme une femme. Elle a pris son appel.

MIXTE
Papier issu de
sources responsables
FSC® C003309
FSC
www.fsc.org

10/18, une marque d'Univers Poche,
est un éditeur qui s'engage pour
la préservation de son environnement
et qui utilise du papier fabriqué à partir
de bois provenant de forêts gérées
de manière responsable.

Impression réalisée par

CPI
BRODARD & TAUPIN

La Flèche (Sarthe), 3004272
Dépôt légal : mai 2014
X06306/01

Imprimé en France